남과 여 L' un est l' autre

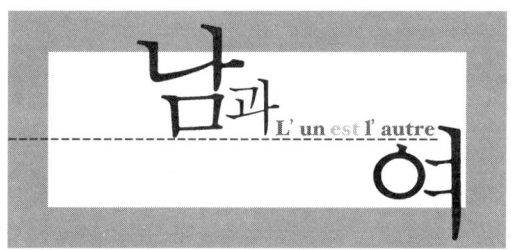

남과 여

L' un est l' autre

엘리자베트 바댕테르 지음
Elisabeth badinter

최석 옮김

문학동네

동생 미셸과 친구 앙리에게 이 책을 바친다

남과
L' un est l' autre
여 차례

2부 하나 없는 다른 하나

3부 하나는 다른 하나다

서문

대략 15년 전부터 인문과학의 여러 전문가들은 서구사회의 남성과 여성의 가치관, 욕구 그리고 행동의 변화를 매우 주의깊게 관찰해왔다. 그 결과 서구 이외의 몇몇 나라들은 기꺼이 옛날의 가치로 회귀하려 하는 반면, 서구의 산업화된 나라들은 급격한 전복을 통해 연합진영을 구축하려는 움직임을 보인다. 그 변화의 속도는 대단히 빠르고 급진적일 뿐 아니라 우리의 최근 전통과는 판이하게 달라서 가히 개혁이라 불릴 만하다. 또다른 세계 질서가 자리를 잡아가는 셈인데, 우리는 그 새로운 세계를 흥미롭게 바라보는 관객이 동시에 그 안에서 걱정스레 움직이는 배우이기도 하다.

통계나 증언 혹은 개인적 경험은 한결같이 남성과 여성 모두 그들 자신이나 상대 성에 의해 규정된 이미지를 근본적으로 변화시키고 있음을 보여준다. 오랫동안 생득적인 것으로 정의되어온 양성(兩性) 각각의 고유 영역은 점차 경계가 모호해지고 있다. 그들의 관계에서 이전의 토대는 사라져버리고 부모세대가 이어왔던 관계와는 다른 길로 나아가고 있다. 그 기준 또한 복잡해지면서 뚜렷한 지표도 점차 사라져간다. 혹자는 그러한 사실 앞에서 마땅히 당혹스러워하고 불안해할 것이다.

다른 많은 사람들과 마찬가지로 이러한 사실을 예의주시했던 나는 우선 우리가 체험해온 변화가 역사를 점철하고 있는 다른 많은 변화와 근본적으로 다를 게 없다고 생각했다. 과거에는 변화의 속도가 더뎌 그 시대의 사람들이 절실히 느끼지 못했을 뿐이지 습관이나 이미지의 변화가 어떤 식으로든 마찰 없이 일어날 수는 없다. 그것이 눈에 띄는 변화이건 혹은 눈에 띄지 않는 변화이건 간에 말이다. 그리고 새로운 질서는 시간이 지남에 따라 과거의 연장선상에서 자연스럽게 자리잡게 된다.

그러나 이제 과거는 더이상 현재에 부합되지 않는다. 우리가 지금 겪고 있는 전환은 관습의 단순한 진보나 개혁과는 성격이 다르다. 지금의 유형 변화는 우리의 행동과 가치관을 다시 문제삼을 뿐만 아니라 우리의 정체성이나 남녀의 본성 같은 존재의 가장 내밀한 부분까지 근본적으로 뒤흔들어놓고 있다. 그리하여 우리의 불안은 "나는 누구인가?" "남성 혹은 여성으로서의 내 정체성은 무엇이며, 나의 특수성은 무엇인가?" "남성과 여성을 어떻게 구분지을 것인가?" "어떻게 남성과 여성이 공생해나갈 것인가?"라는 위대한 형이상학적 문제를 다시 거론할 수밖에 없는 참된 존재론적 고뇌의 형태를 띠게 된다.

데카르트는 옳았다. 존재의 문제는 현기증을 일으키고, 우리는 데카르트처럼 며칠간의 명상만으로 문제를 해결해낼 천재가 아니다. 또한 많은 사람들이 성서에서 해답을 구하려 했지만 그것은 더이상 오늘날의 해답이 되어주지 못한다. 이 '엄청난 혼란' 속에서 우리 스스로 일어설 수 없기 때문이거나 혹은 성서가 우리 시대의 새로운 문제에 관해서는 해답을 주지 못하기 때문이다.

그렇다면 이 새로운 문제는 도대체 어디서 생겨난 것인가?

우리는 두 세기를 거슬러올라가 서구 민주주의의 탄생에서 그 먼 유래를 찾을 수 있다. 민주주의의 기본이념이 평등인 만큼 민주주의는 평등을 실현하고 신분적 계급이념에 근저한 권력 체계를 몰아내기 위해 투쟁해왔다. 사람들은 진정한 평등이 한낱 유토피아에 불과하다는 사실을 모르지 않는다. 하지만 그 평등이 지닌 이데올로기적 힘은 강력하여 가히 남녀관계를 근본적으로 바꾸어놓기에 충분했다.

요컨대 남녀평등이 화두로 부각된 것은 20세기에 들어와서다. 수천 년 동안 이어진 여성에 대한 남성의 지배권, 즉 가부장 제도는 불과 20년 사이에 무너져내렸다. 그 사이에 사람들은 남녀평등의 가능 조건을 깨닫게 되었을 뿐 아니라 상호보완성이라는 케케묵은 전형을 비판하고 남녀 정체성의 개념마저도 흔들어놓았다.

성의 구별이 불평등의 근원임을 깨달은 우리들은 체계적이고 세밀하게 남녀간 임무의 구별 대신 임무의 혼합을 주창해왔다. 그리하여 남성의 영역과 여성의 영역으로 양분된 세계(가정과 일, 육아와 사무실 등)의 이미지는 우리 주위에서 점차 사라져갔지만, 동시에 우리의 가장 개별적인 특징마저도 잃어버린 듯한 인상을 받는다. 얼마 전만 해도 남녀의 역할은 확연히 구분되었다. 여성은 아이를 낳고 남성은 보호했다. 여성은 가정과 아이를 보살피고 남성은 세상의 정복에 나섰으며 필요에 따라 전쟁을 하기도 했다. 이러한 임무 분담은 각각의 정체성 형성에서 서로 다른 특성을 발전시키는 장점을 지니고 있었다.

그러나 오늘날에 와서는 출산이 전적으로 여자의 역할이라는 유일하고도 본질적인 차이만이 남아 있을 뿐이다. 그러나 여성의 본질을 출산에만 국한시킨다고 가정하면[1] 남성의 본질은 수수께끼로 남는다. 남성에게만 존재하고 여성은 도무지 알지 못하는 경험이란 성적인 경험말고 달리 무엇이 존재할 수 있을까? '임신하지 않는 사람'이라는 부정적인 차원으로만 남성을 정의할 것인가? 우리의 무의식 속에 잠재된 이런 유의 질문들은 근본적으로 새로운 문제를 제기한다. 양성의 상호보완성이라는 전형을 비난하는 것은 분명 사회적 혹은 '정치적' 결과에만 영향을 미치지 않는다. 그것은 우리의 본성, 그리고 문화라는 더 광범위한 부분에까지 의구심을 갖게 한다. 시험관 수정이나 유전자 조작이 가능해진 현시대에 우리가 옛 조상들의 고루한 방식을 고수해도 좋을 만고불변의 이치가 존재하기나 할까?

이 어지러운 질문들에 대한 불가능한 해답을 구하는 대신 우리는 역사와 인류학에 질문을 던져 지금 우리가 겪고 있는 현상의 중차대함을 가늠해볼 수 있을 것이다. 우리가 배운 바로는 어느 사회에서든 양성의 상호보완성은 존재해왔다. 하지만 이 상호보완성의 본질은 여전히 의문으로 남는다. 많은 인류학자들은 이 상호보완의 관계가 늘 불균형을 이루었고, 언제나 여성이 부당한 대우를 받았다고 생각한다. 물론 그렇지 않다고 말하는 사람들도 있다. 엄밀하게 역사 시대라고 규정지은 사회에서 우리는 남성적 절대권력의 형태를 띠었던 가부장 제도의 흔적을 확인할 수 있다. 하지만 가부장적 이데올로기가 막을 내리고 그 절대권력 역시 힘을 잃은 지금의 상황에서 우리는 가부장제가 필연이라기보다는 역사적 우연이라고 가정해볼 수 있다.

가부장적 권력의 종말과 더불어 양성의 상호보완적 관계라는 전통적 모델이 무너졌다고 해서 그 둘 사이가 본래부터 연관이 있다고 볼 수는 없다. 상호보완성은 인간의 본성일 수 있겠지만 반면에 세계 도처에서 행해지고 있는 남성의 지배권은 이 상호보완성을 실현해나가는 가능한 여러 방식 중의 하나일 뿐이다. 대단히 드물기는 하지만 조화로운 상호보완성과 "양성의 만족스런 평등"[2]을 실현하고 있는 소위 원시사회가 아직 존재하고 있다.

차이 속의 평등, 즉 균형은 페미니스트들만의 슬로건이 아니다. 민주사회에서 가부장 제도의 붕괴와 더불어 상호보완성의 전형이 함께 사라진 것은 어쩌면 이 균형을 무시해왔기 때문일지도 모른다. 옳든 그르든 간에 이 전형에 의해 생겨난 고유한 역할 분담은 양성간의 불평등한 관계와 매우 밀접한 연계를 보인다. 그래서 이 불평등한 관계를 무너뜨리기 위해 우리는 소위 '자연발생적인' 분리를 부정하는 한이 있더라도 이 역할 분담을 철회하기 위해 모든 노력을 기울이고 있는 것이다.

남녀를 결합하는 상호보완성의 관계와 한쪽이 다른 한쪽에 행사하는 지배 체제라는 분리의 가정은 이러한 체제가 어떤 조건하에서 생겨나는지, 그것을 지탱하는 논리는 무엇인지, 또 그 논리는 '양성의 유사성'이라는 새 모델을 탄생시킨 민주사회의 논리와 어떻게 상충되는지 등의 문제 해결을 요구한다.

이러한 고찰은 특히 위험스러워 보이는 두 가지 단계를 거친다. 우선 기원의 문제로 거슬러올라가봐야 하는데, 우리는 그 기원의 문제가 하나의 방법론적 허구일 뿐 아니라 거의 알려진 바 없는 선사 시대의 유물이라는 것을 알고 있다. 그런 다음 우리 문화 속에서 남녀관계의 변화를 감히 기술해봐야 할 것이며 특히 그 변화의 이유를 밝혀야 할 것이다. 이러한 단계가 시대의 흐름을 따라

연대기적으로 이뤄진다 하더라도 중요한 것은 그같은 변화의 역사적 개관이 아니라 그 변화의 원동력을 찾아내려는 의지일 것이다.

권력의 문제는 보다 결정적이다. 사실 양성간의 권력의 분배는 어떤 절대적 신의 섭리 같은 것에 의해 일순간 영원불변하게 결정되어버린 것 같지는 않다. 그것은 종종 파악하기 힘든 어떤 이유 때문에 시간적 혹은 공간적 차원에서 변화해왔다. 물론 생태학적 경제적 이데올로기적 혹은 과학적 변모는 그 이유들을 이해하는 데 훌륭한 지표를 제공해준다. 하지만 그러한 지표들만으로는 남녀관계의 역사를 완전히 밝혀낼 수는 없다. 분석되지 않는 욕망이나 늘 암묵적인 생각 같은, 이성으로 해결할 수 없는 요인이 여전히 남아 있다.

따라서 우리의 시도는 상당한 위험부담을 안게 된다.

그 시도의 범위가 지극히 광범위한 탓에 이미 무지, 경박성, 도식주의, 우스꽝스런 흉내내기 등의 비난을 면할 길이 없다. 그러한 사실을 인식한다고 해도 그것이 비난을 전적으로 피할 구실이 되지는 못한다. 게다가 이러한 격정적인 대립의 역사는 우리 자신의 열정마저 앗아가버린다. 하지만 세대에서 세대로 이어진 그 케케묵은 원한이나 상대편에게 적대적으로 얽혀 있는 이 무의식적인 결탁에서 어떻게 벗어날 수 있을 것인가?

마지막으로 우리의 작업이 문화주의적 입장을 취할 것이라는 사실을 솔직히 인정하는 것이 중요할 것이다. 오늘날 양성관계의 진화는 주목할 만한 것이어서 우리는 그것이 진정한 변환의 발단이 아닐까 하는 생각을 갖게 된다. 남성과 여성의 관계를 전복시키는 것으로만 만족하는 문화적 변환이 아닌 양성의 '본성' 자체를 재고하게 만드는 그런 변환 말이다. 게다가 우리 앞에 도래할 과학적 가능성이 머잖아 우리의 불안정한 정체성을 뿌리째 뒤흔들어버리지 않을까? 인공산모의 가능성과 꼭 불가능하다고 할 수 없는 '임신한 남자'의 가능성은 '남성-기계homme-machine'의 유령이나 사람들이 그저 '현실 부정'이라고 부를 '본성의 부정'의 유령을 되살아나게 할 것이다.

어찌 되었든 지금의 변화는 환경적 요인의 결과라기보다는 양성간의 욕망의 대립에서 생겨난 것이다. 오늘날 여성들은 이제 자신들이 더이상 원치 않는 것을 '표명'했고, 전례없는 개혁을 시도했다. 개혁의 표적은 남성이다. 남성들은 새로운 흐름에 심사숙고해야 하고, 그들이 원하는 것이나 양성간의 새로운 계약을 어떻게 받아들일 것인가에 대해 말해야 할 것이다.

우리는 똑같이 책임을 부여받은 양성 사이에서 어떤 새로운 균형이 자리잡을 수 있을 거라고 기대해도 좋을 것인가? 아니면 다시 한번 지배의 욕구가 지혜로운 화해를 외면해버릴지도 모른다는 사실을 두려워해야만 할 것인가?

미래의 유토피아만이 '역사'의 페시미즘을 딛고 일어설 수 있다.

1부 하나와 다른 하나

과거의 인간을 이해하지 못하면
미래의 인간을 이해할 수 없다.
　　──A. 르루아 구랑

원시사회로의 귀환, 그것은 물리칠 수 없는 유혹이다. 하지만 오늘날 우리가 선사 시대의 관습에 관해 거의 무지한 만큼 이 유혹은 위험천만하다. 그 당시의 양성관계를 이해하고자 하는 순간 크나큰 난관에 부딪치게 된다. 양성관계를 규제하던 법률이나 그들이 느꼈던 감정 혹은 그들의 반목에 관해서 우리는 고작 빈약하고 간접적인 증거만을 가지고 있기 때문이다. 이 주제에 대한 선사학자들의 침묵은 거기서 연유한다.

민족 중심주의와 시대착오의 위험을 루소[1]가 경고한 바 있고 고대 문화와 원시 문화 간의 그릇된 비교의 위험성을 레비-스트로스[2]가 경고한 지금, 우리는 구석기라는 검은 대륙을 어떤 방식으로 접근해 들어갈 것인가? 문화도 다르고 생활조건이나 사회적 관습도 다양한 그 유구한 세월 동안의 남녀관계를 어떻게 이해할 수 있을 것인가? '하나'와 '다른 하나'에게 주어진 역할, 일상의 업무나 종교적 혹은 주술적 관습에서 각자의 몫, 각각의 권한의 중요성 등 이 모든 것을 어떤 식으로 파악할 수 있을까?

선사 시대의 인간은 3만여 년 전부터 그들의 물질적 삶의 조건이나 정신적 관심사에 대한 흔적을 남겨왔다. 그러나 우리의 역사에 실마리가 되는 이런 기술적 경제적 유적이나 무덤 혹은 예술작품은 "파편화된 메시지"[3]일 뿐이다. 비교 모델이 없는 지금 우리는 어떻게 그것을 해석해낼 수 있을 것인가? 상상력만이 우리의 유일한 안내자이겠지만 상상력이란 무(無)로부터의 창조일 수 없다. 반대로 상상력은 유추와 우리의 불가피한 예측으로부터 생겨난다.

팽스방(센느 강변에 위치한 선사 시대 유적지로서 막달레니아인들의 뼈가 발견되었다―옮긴이)의 막달레니아 기(期) 수렵인에 대해 앙드레 르루아-구랑은 그들이 에스키모인이나 오스트레일리아인 혹은 최근까지 그들과 같은 조건에서 살고 있는 아프리카의 보쉬만 족과 흡사하다고 주장한다. 구석기 시대의 남녀관계에 대해 언급하기 위해 우리는 모든 수단을 다 동원하고자 한다. 우리는 몇몇 원시사회에 대한 연구에서도, 그리고 현재 진행중인 서구사회의 변화에 대한 고찰에서도 상상력을 동원할 것이다. 달리 말해 우리는 현대 인류학이 비난하지는 않지만 위험스럽다고 판단하는 몇 가지 법칙을 도용하겠다는 것이다.

하지만 양성에 대한 표상을 상상한다거나 이미 수천 년 전에 사라져버린 고대사회의 권력과 가치 체계에 대해 상상하게 되는 순간부터 우리는 달리 방도가 없다. 약간의 지어내기란 불가피하다. 중요한 것은 그 사실을 계속 인식하는 것이 아니겠는가?

유사(有史) 시대의 인간에 접근할수록 지표들은 보다 명확해진다. 우리는 새로운 기술적 대상으로부터 경제적인 변화나 양성 사이에 설정될 수 있었던 새로운 관계에 대한 정보를 얻을 수 있다. 우리가 의미를 좀더 잘 이해할 수 있는 종교적 혹은 예술적 표상은 양성 각각의 지위에 대해 보다 자세히 알려준다. 표상의 변화는 양성의 관점 변화나 힘 관계의 전복을 보여준다. 그들의 예술이나 종교적 숭배의 대상을 보면서 우리는 남성적인 것과 여성적인 것 중 어느 쪽이 종교적 혹은 주술적 권한의 후광을 받고 있었는지, 또는 선사 시대에는 대단히 중요했던 출산의 권한을 누가 쥐고 있었는지를 추측해낼 수 있다. 그 표상들 속에 새로운 인물이 등장하는 것은 결코 무의미한 일이 아니다. 그것은 양성의 권한에 대한 재평가를 의미하며 이전의 힘 관계의 변화를 의미한다. 힘의 관계란 영원한 것으로 고정되어버리는 것이 아니라 기술적 혹은 이데올로기적 변화에 따라 유동적으로 변한다.

요컨대 지난 역사의 이 먼 시기를 일별해보면 우리는 양성관계의 변화에 놀라지 않을 수 없고, 또한 양성에게 각기 주어진 권한이 상대적으로 균형을 이루고 있는 것 같은 인상을 받게 된다. 그 뒤를 잇는 시기와는 반대로 우리는 그 시대에 한쪽 성에 의한 다른 쪽 성의 보편적 억압의 흔적을 거의 찾아볼 수 없다. 하지만 아마도 거기에서 우리의 지어내기가 시작되는 것이 아닐까.

I. 양성의 시원적 상호보완성

세상의 어느 곳으로 눈을 돌려봐도 남성과 여성은 다를 뿐 아니라 서로를 훌륭히 보완해주고 있다. 그들이 함께 하면 가히 전능한 힘을 발휘한다. 함께 하는 그들은 삶의 주인이며, 생존이나 쾌락 그리고 인간이 살아가는 데 마찬가지로 필수적인 정서적 온정의 장인(匠人)이다. 서로에게서 분리되면 그들은 쓸모없게 되고 죽음의 위험에 봉착하고 만다. 마치 양쪽의 결합만이 의미가 있고 효력이 있기라도 하는 것처럼 인간이 완전해지기 위해서는, 즉 인간이 '완성되고 완벽하고 무결하기' 위해서는 한쪽은 다른 한쪽과 결합하고 협력해야만 한다. 아무것도 선험적으로 한쪽의 우월성이나 다른 한쪽의 열등을 드러내지는 않는다.

양성의 상호보완성은 해부학적으로도 명확하며 양성 각각의 기능에 의해서도 명백히 입증된다. 얼핏 봐도 모든 인간 집단에서 한쪽에만 허용되고 다른 한쪽에는 금기시된 임무가 존재해왔다는 사실을 확인할 수 있다.

사회에 따라 상당한 차이를 보이기는 하지만 양성간의 일의 분담은 늘 존재해온 것 같다. 그것은 인간사회를 동물 세계와 구별해줄 뿐 아니라 모든 장소, 오늘날 우리가 알고 있는 수많은 사회에서 여전히 행해지고 있다. 아마 거기에 인간 본성의 본질적 법칙이 존재하는지도 모른다.

만일 그러하다면 레비-스트로스가 근친상간의 금지에 중요성을 부여했듯이 우리도 일의 분담에 중요한 위치를 부여하고 싶어질 것이다. 이 위대한 인류학자는 근친상간이 가져오는 생물학적인 것과 사회적인 것의 연계를 보여주면서 그 금지의 보편성과 필연성을 역설했다. 양성의 임무 분담도 그러하다면 오늘날 우리 사회에서 확인할 수 있는 변화는 일종의 돌연변이를 예고할 수도 있을 것이다.

그러나 그것을 판단하기에 앞서, 우리가 원시사회에 대해 알고 있는 것들과 일치하는 것처럼 보이는 인류학자들과 영장류 학자들의 증언에 귀를 기울여보아야 할 것이다. 그런 다음에 우리는 임무의 상호보완성의 특성이나 내용에 관해 연구해봐야 할 것이며 한쪽과 다른 쪽의 권한이나 한쪽이 다른 한쪽에 가하는 지배권에 대한 중요한 물음을 제기해야 할 것이다.

1. 인간의 속성

인간 본성의 보편적 법칙인가?

인종학자와 인류학자만이 우리에게 다양성에 대해 얘기해줄 수 있고 따라서 그들이 직접 관찰하는 문화의 수많은 차이점에도 불구하고 그 문화들을 결합하는 공통점에 대해서도 또한 말해줄 수 있다. 근친상간 금지의 보편성에 대해 동조하는 그들은 양성의 역할 분담에 대해서도 똑같이 입을 모은다.

약 30년 전에 이미 마가렛 미드는 이런 글을 썼다.

> 그 문제가 크건 작건 간에…… 우리는 남성 여성에게 각각 주어진 무한히 다양한 형태를 띤―그것도 흔히 몹시 상반되는―역할의 분리를 늘상 보아왔다. 우리는 이 차별과 반드시 마주하게 된다. 그들의 소관인 다음 세대의 출산이라는 그들 공동의 협력을 제외한다면 남성과 여성 사이의 차별의 부재를 의도적으로 표명한 사회는 존재하지 않았고, 출산이라는 공동의 역할 외에도 인간이 지닌 다양한 속성 중 그 어떤 것도 전적으로 한쪽 혹은 다른 쪽에만 속하는 것은 없다는 생각, 즉 인간의 모든 속성은 양쪽 모두의 속성이라는 생각을 공언한 사회도 전혀 존재하지 않았다…… 그 속성이 얼마나 다르게 구분되었는지의 차이는 있었겠지만―어떤 속성은 한쪽에 다른 속성은 다른 쪽에, 또 몇몇 속성은 양쪽에―, 그리고 이 구분이 얼마나 자의적이었는지의 차이는 있었겠지만 이 이분법은 어느 사회에서든 절대적으로 존재해왔다.[1]

최근에 프랑수아즈 에리티에도 똑같은 입장을 취한다. 그녀에 따르면 중요한 것은 이 이원성이 애초부터 존재해왔다는 사실과

"모든 것은 둘로 나뉠 수 있고 인간이 정하는 두 개의 상반되는 극에 따라 하나의 성 혹은 다른 성에 부여될 수 있다는 사실을 인정하는 것이다".[2] 에리티에는 미드보다 더 성적 이분법의 불균등하고 비균형적인 성격을 강조한다. 그녀에 따르면 남성과 여성은 늘 서로에게 '반대한다'. 여성은 남성에 거슬러서 행동하고 "남성은 지배적 성인 반면 여성은 부차적 성이다".[3] 이것이야말로 그녀의 눈에는 가장 분개할 만한 사실이다. 미국의 여성 인류학자인 미드가 늘 이런 차이점들의 기원과 실재에 대해 자문하는 반면(그것들은 선천적인가 사회적인가? 그것들은 우리 포유동물의 천성에 뿌리박힌 지상명령과 같아서 그것을 어기면 개인적 사회적 혼란을 초래할 것인가? 혹은 좀 덜 절대적이어서 사회적인 편리에 따르는 것인가?), 프랑수아즈 에리티에는 성적 불균형의 근원이 양쪽 성의 천성에 있다고 생각한다. "남성의 신체적 우월성에 비해 대부분의 삶의 기간 동안 여성들이 경험하는 몸의 둔화나 동성(動性)의 손실, 약체화(弱體化) 등이 인간의 성적 불균형의 시원적이고 본질적인 원인이라는 사실은 의심할 여지가 없다."[4] 달리 말해 성적인 이분법은 신체적 진실 속에 뿌리박고 있다. 이 최초의 이분법에 이데올로기가 덧붙여져 남성의 지배권이 생겨나고 그 지배권은 생활 전반으로, 또 지식의 특수한 분야로 확장된다. 게다가 이 이원적 분류는 성에 따른 성향이나 행동 혹은 특성 등으로 가치부여되어 어느 사회에나 존재하고 있다.

그러나 우리가 양쪽에 긍정적인 혹은 부정적인 가치부여를 하건 하지 않건 간에 우리 모두는 양성간의 균형 있는 행동을 유도하는 사회를 포함한 모든 사회에서 양성의 보편적 상호보완성이 존재한다는 사실을 인정한다. 예를 들면 아미로테 섬의 마누스 족은 양성간의 역할에 거의 차이가 없다. 모두가 종교생활에 참여하

고 또 모두가 일상사의 책임자이다. 이 청교도적 집단에서는 성이
나 성적 유혹은 상당 부분 평가절하되어 있어서[5] 양성의 표피적
차이는 대단히 축소되어 있다. 이처럼 양성간의 평등이 마누스 족
의 경제적 종교적 삶의 큰 특징이기는 하지만 "전반적으로 여성
의 운명은 남성의 운명보다 덜 유쾌하다. 여성은 늘 그들이 부정
적으로 평가절하하는 육체적 행위를 대표하고 항상 남성 섹스의
파트너로서 자신의 육체를 봉사한다. 여성이 행복하지 않은 것은
남성에게 부여된 공적인 특성들이 여성에게 부여되지 않았기 때
문이 아니라—사회적 영향력, 권력, 부 등 모든 것이 여성에게도
허용되어 있다—어머니와 여자로서의 여성적 역할인 감각적이고
창조적인 영역이 무시되기 때문이다".[6]

여성성을 은폐해야 할 악으로 취급하는 다른 모든 곳에서와 마
찬가지로 여기에서도 상호보완성은 여성과 남성 간의 애정관계가
무시당한 채 여성에게 불리하게, 부정적인 면으로 강력하게 대두
된다. 양성에 공통적으로 존재하는 공격성[7]을 강조하는 문두구모
르 족[8]에게는 양성의 해부학적인 보완성 이외의 소위 여성의 삶
이란 가증스러운 것이다. 생식을 위한 성본능을 제외하고 임신이
나 수유는 배설로 간주되며 가능한 한 피해야 할 무엇이다. 그리
하여 미드는 사회를 두 그룹으로 나누는 것(한쪽은 성인 남자, 다
른 한쪽은 여자와 아이들)을 저지하려 든다면 그룹의 생존이라는
어마어마한 문제에 직면하게 된다고 말한다.

여기서 우리는 이중의 교훈을 얻는다. 하나는 각각의 성의 고유
한 특성을 완전히 포기한다는 것은 어렵고 위험하다는 사실이다.
왜냐하면 그 특성을 인정하지 않았다가는 죽음의 위험이 뒤따르
기 때문이다. 어떤 사람들에게 이것은 자명한 이치로 보인다. 그러
나 우리 서구사회의 남녀의 행동을 관찰해보면 이 자명한 이치는

의심스러워진다. 서구사회에서 양성간의 대화는 다시 활기를 띠고 있고 게다가 독창적이기까지 하다. 이것이 또하나의 교훈이다.

조르주 발랑디에의 말처럼 "양성 사이에 설정된 관계는 대단히 오래된 구조를 지녀서 거의 수정 불가능한 것처럼 보이며"[9] 이 제도를 '해치려는' 모든 시도는 사회계급을 없애려는 시도보다 훨씬 더 해로운 일종의 혁명이다. 성적 이원론이야말로 모든 이원론의 모델이며 '인류 역사의 모델'인 것이다.

따라서 현재 우리 사회가 안고 있는 문제점은 고대 이전부터 우리 안에 존재하고 있는, 인간 세계의 태곳적부터의 질서를 전복시킬 위험성을 내포하고 있다.

영장류와 인간의 분기점

모든 인간 집단에서 남성과 여성의 기술적 경제적 관계는 긴밀한 상호보완성을 갖는다. 원시인들에게 이 관계는 "긴밀한 전문화"[10]의 관계이기도 하다. 그런데 이러한 상황은 동물 세계에서는 존재하지 않는다. 육식동물의 경우는 수컷과 암컷이 함께 사냥하고 영장류의 경우는 먹이를 구하는 일이 암수 각자의 몫이기 때문에 성적 '전문화'의 흔적을 찾아볼 수 없다.

인류학자이자 영장류 학자인 사라 르디는 거기서 인간과 대비되는 동물의 가장 큰 자율성의 조건을 찾을 수 있었다. 그녀의 말을 빌리자면 "수많은 인간사회에서 사냥을 하거나 돈을 벌어줄 남자를 갖지 못한 여자나 자기에게 음식을 만들어줄 아내를 갖지 못한 남자는 상당히 불리하다. 그와는 반대로 인간을 제외한 모든 영장류에서 성인은 저마다 자신의 생존을 전적으로 혼자서 책임진다. 단 하나의 알려진 예외는 먹이를 종종 나눠 먹는 침팬지들이다. 하지만 그들 역시 수컷은 주로 암컷과 함께 사냥한 먹이를 먹는다. 어떤 경우에도 필요한 먹이를 얻기 위해 한쪽이 다른 한쪽에 의존하는 일은 없다".[11]

하지만 먹이에 대한 암컷의 이러한 자율성도 어미가 되면 큰 대가를 치러야만 한다. 제인 구달은 어미 침팬지 플로와 새끼 침팬지들이 살아가는 모습을 수년간 관찰한 후 어미 침팬지의 고충을 보고한 바 있다. 어미 침팬지는 가장 어린 새끼를 등에 업고 먹이를 찾아야 하고, 흰개미 사냥에 오랜 시간을 보내고 더 큰 새끼들에게는 흰개미 사냥법을 가르쳐주기도 해야 하며, 새끼들과 놀고 그들을 긁어주고 쓰다듬어주면서 수컷들로부터 새끼들을 보호해야 한다.[12]

인간의 식생활 양식에는 임무와 생활수단의 분배가 포함되어 있다. 모든 원시공동체에서 사냥은 보통 남성의 몫이었고 채소 수확은 여성의 몫이었다.[13] 균형 있는 식생활을 위해서는 양성 모두에게 육류와 채소류가 공히 필요하다. 그리하여 각자 상대편과, 마치 동물성 단백질과 식물성 단백질의 교환과 같은 생활수단의 교환이 이루어진다. 어쩌면 이 원시적 교환이 인간과 영장류의 최초의 차이점이며, 이 차이점이야말로 양성의 상호보완성의 근원인 동시에 오직 인간사회만의 근원적인 현상인 것이다.

우리는 이러한 성적 '전문화'가 인간화 과정에서 발생한 문제에 대한 '조직적 해결책'[14]이었다는 사실을 인정한다.[15] 상호보완성의 생리학적 생물학적 기원을 좀더 잘 이해하기 위해서는 암컷 영장류가 인간의 모델로 아주 서서히 진화하던 먼 시기로 거슬러 올라가야 한다.

모든 것은 8백만 년 내지 9백만 년 전에 아프리카에서 시작되었다. 그전에는 각자가 자신의 필요를 해결했고 따로따로 이동했다. 몇몇 학자들에 따르면 원시인들이 좀더 안전한 장소로 식량을 옮기는 법을 터득해야만 했던 때는 길고 건조한 계절, 즉 위험스런 사바나 기후 때문에 문제들이 생겨나기 시작하던 때다. 이것이 대다수 인류학자들, 특히 헬렌 피셔가 생각하는 이족류(二足類)의 기원이며 차후 이 이족류는 신체적 사회적 그리고 정서적인 삼중의 변화를 겪게 된다.[16] 몇몇 학자들[17]은 사바나 이론을 반박하지만 이족류가 겪은 변화에 관한 한 의견을 같이한다.

점차적으로 원시인의 골격은 걷기에 알맞게 진화해간다.[18] 엄지 발가락의 방향이 바뀌어 다른 발가락들과 평행을 이루게 되고 발목은 더 튼튼해지고 무릎은 안쪽으로 향해져 엉덩이의 연장선에 놓인다. 골반은 나란히 위치해 몸무게를 지탱할 만큼 견고해진다. 이러한 골격의 진화는 암컷들에게는 위험한 결과를 초래했지만 점차 인간으로의 진화를 의미하는 것이었다.

골반 구조의 변화는 생식기관의 직경의 축소를 초래해 수많은 암컷들이 산고를 겪었고 때론 해산하다 죽기도 했다. 거기서도 자연도태는 힘을 발휘했고 새로운 생식의 특성이 생겨났다. 암컷들은 달이 차기 전에 새끼를 낳게 되었고, 그러면서 두개골이 상대적으로 더 작은 새끼들이 축소된 생식기관을 좀더 용이하게 빠져나올 수 있었다. 그렇다고 암컷들이 더 자유로워진 것은 아니다. 왜냐하면 달을 채우지 않고 출생한 새끼들은 그만큼 더 오랫동안, 때로는 몇 달 혹은 몇 년 동안 보살핌을 받아야만 했기 때문이다. 이족류들은 부득이 어린 새끼들을 팔에 안거나 등에 업을 수밖에 없었다. 그리하여 암컷들은 사냥하는 일에서나 자신과 새끼들의 필요를 충족시키는 것에 더 많은 어려움을 겪게 되었다. 수컷들과 타협하지 않으면 안 되었고, 양성의 계약은 곧 관습으로 굳어졌다.

몇 세대를 거치면서 자연도태는 월경주기 동안에 교미한 원시인에게 유리하게 작용했다. 암컷들이 발정기를 잃게 됨으로써 일상생활의 변화가 초래되었다. 피셔에 따르면, 암컷의 끊이지 않는 성적 수용성과 정면교미(얼굴을 마주 대하고 행하는 교미 — 옮긴이)가 인간의 가장 근본적인 교환 중 하나인 사랑을 생겨나게 했다. 그 두 가지 유혹이 암컷으로 하여금 수컷과 경제적인 관계를 맺으면서 생존할 수 있도록 해준 것이다. 그들은 임무를 분담하거나 육류와 야채를 교환하는 방법을 알게 되었다. 성행위가 그들을 묶어주었고 경제적 상호의존이 그들의 관계를 강화시켰다.

그후로 어미는 여러 새끼들을 동시에 보살필 수 있었다. 어미는 분주하게 움직이지 않아도 되었고, 익숙하고 한정된 구역에서만 생활했다. 암컷이 채소를 수확하는 동안 수컷들은 사냥을 나갔다. 이러한 임무 분담에 힘입어 새끼들은 보다 쉽게 생존할 수 있었다.

이미 2백만 년 전부터 원시인은 유인원과 명확히 구별되기 시작했다. 오웬 러브조이는 이 차이점을 도표로 보여준다.[19](31쪽 도표 참조)

물론 그때까지도 아직 호모 사피엔스와는 거리가 멀었다. 하지만 특히 일의 성적인 분담 같은, 현재의 인간들에게서 볼 수 있는 특징이 이미 존재하거나 실현되고 있었다. 혹은 적어도 잠재되어 있었다. 오스트랄로피테쿠스 이후 2백만 년도 채 되기 전에 원인(猿人)이 출현했고 그 다음 네안데르탈인과 우리 모두의 조상인 크로마뇽인이 3만여 년 전에 사피엔스 사피엔스의 최초의 모습으로 유럽에 출현했다.

시간이 지남에 따라 양성간의 상호보완적 관계는 마치 인간의 증표이기라도 하듯이 혹은 인간 생존의 필수불가결한 조건이기라도 하듯이 점점 더 명확해졌고 법규화되어갔다.

원 시 인	유 인 원
땅에서만 거주	주로 땅에서 사는 종류와 주로 나무에서 사는 종류가 있지만 땅에서만 거주하는 유인원은 없다
두 발로 걷는다(이족류)	네 발로 걷는다(사족류)
핵가족화의 경향이 있는 부부생활. 암컷과 새끼는 점점 덜 움직이게 된다. 가정 정착의 가능성	부부생활이 없다. 긴팔원숭이를 제외하고는 핵가족이 없다. 먹이를 구하기 위해 암컷들이 움직이며 새끼들을 데리고 다닌다. 정착된 가정이 없다
음식의 교환	음식을 교환하지 않는다
도구 사용과 제작 시작	하찮은 도구만을 사용
지속적인 뇌의 발달	뇌가 발달하지 않는다
지속적인 성욕	발정기 때만 성욕을 느낀다
새끼들을 동시에 가르친다	한 번에 새끼 한 마리씩만 가르친다

2. 수렵인-수확인 시대의 상호보완성

선사학자들은 상기(上期) 구석기 시대의 출발점을 기원전 약 3만 5천년으로 보고 있다. 그 시기에 호모 사피엔스가 지구의 대부분 지역에서 주인이 되고 몇몇 탁월한 문명이 자리잡게 된다.[20] 죽은 자에 대한 제식이 시작되는가 하면[21] 예술적 창조도 눈에 띄게 발전하면서[22] 영혼성이 출현하지만 아직까지 우리는 그 복잡한 영혼성을 이해하지 못한다.

유사 이래 시기의 거의 열 배에 달하는 이 기간에 발생한 기후변화는 우리 조상들의 생활조건에 변화를 초래했고, 틀림없이 남녀관계에도 영향을 미쳤을 것이다. 그러므로 그 긴 시기의 남녀관계에 대해 말한다는 것은 모두가 추측이고 어림짐작일 수밖에 없다.

하지만 그런 위험을 무릅쓰고라도 그 시기의 양성관계에 대해 말할 수 있는 것은, 모든 문명 속에는 오늘날에도 완전히 사라지지 않은 생활수단으로서의 수렵과 수확이 공통적으로 존재한다는 확신 때문이다. 오늘날까지도 존재하는 삼십여 개에 달하는 수렵인-수확인의 사회가 남녀관계의 공통된 전망을 제공해주지는 않지만, 르루아-구랑은 에스키모인이나 오스트레일리아인, 보쉬만 족 혹은 아프리카의 피그미 족이 최근까지도 팽스방의 막달레니아 수렵인과 근본적으로 같은 기술적 경제적 생활을 해왔다고 말한다.[23] 그들의 삶의 조건은 양성간의 거리를 유지하는데도 그리고 그들의 상호보완성에도 유리하게 작용한다.

성 분리의 표시

양성의 근원적 분리를 환기시켜주는 아프리카 종족들의 전설은 숱하게 많다. 그들에게 양성의 분리는 지리적 경제적 분리였던 만큼 철저했다. 그래서 케냐의 마사이 족은 본래 남자와 여자는 서로 가까이 살기는 했지만 각각 분리된 두 부족이었다고 말한다. 여성은 영양을 길렀고 남성은 가축을 길렀다. 각 부족은 서로 독립적으로 살았고 서로 우연히 만나 숲속에서 사랑을 나누었다. 그렇게 해서 태어난 아이는 어머니 곁에 머물렀지만 남자아이는 자라면서 남자들의 부족으로 보내졌다. 그러한 생활은, 여자들의 어리석은 실수와 다툼으로 인해[24] 영양들을 잃게 되어 부득이 남자들의 부족에 합류할 수밖에 없게 될 때까지 계속되었다. 여자들은 그때 남자들의 배우자가 되고 그들에게 종속됨을 수락했다.[25]

서아프리카의 전설은 양성 합류의 원인에 대해 다르게 이야기하지만 거기서도 양성의 근원적 분리에 관한 신화는 빈번히 발견된다.

이같은 고대의 모든 전설들이 사실이 아니라거나 실재와는 다른 그저 이데올로기적인 표현에 불과하다는 것을 안다고 해도 수많은 원시 전설들이 양성관계를 원초적 분리의 표시로 여기고 있다는 것은 여전히 주목해야만 한다. 마치 그 전설들이 최초로 '직립인간homo erectus'이 출현했던 먼 시기의 기억을 환기시켜주기라도 하듯이 말이다.

물론 이 시기에는 더이상 상기 구석기 시대의 수렵인-수확인의 사회는 존재하지 않는다. 하지만 발굴된 몇몇 흔적들로 보아 남성과 여성은 각기 두 종류의 생활방식을 지녔음을 알 수 있다. 아마도 그들은 서로를 인정하면서도 상대적으로 분리된 두 개의 사회를 형성하고 있었다는 사실을 믿지 않을 수 없다.

수렵과 수확의 자연스런 분리는 그 바탕을 유지하면서도 양성 구분의 형태를 변형시킨다. 그것은 활동의 두 가지 다른 분야를 설정하면서 또한 분명하게 구분된 정신적 유형을 낳았다. 세르주 모스코비치에 의하면 북극 근처의 아이누 족은 남녀의 임무가 극명히 구별되어 있어서 양쪽 공통의 일은 아무것도 존재하지 않았다. "여자는 음식거리를 줍고 수확하는데 좀처럼 밭 근처의 제한된 좁은 공간을 벗어나는 일이 없으나 남자는 훨씬 더 먼 구역까지 사냥을 나간다. 여자가 사냥을 할 때도 남자의 사냥과는 다르다. 여자는 몸집이 작은 동물들만 사냥한다." [26]

동식물 가원이 유동성에서 생기는 수렵인-수확인들의 반(半)유목생활은 양성관계에 결정적 영향을 미친다. 양성은 각각 자신들의 먹이를 찾기 위해 독립된 길을 찾아 나섰으며 구역을 분할하여

서로 멀리 떨어져서 여성은 아이들과, 남성은 남성끼리만 지내게
된다.

　주거지에서 서로 만나도 구석기 시대의 남성과 여성은 여전히
일정한 거리를 유지했다. 르루아-구랑은 "선사 시대 주거지에서
의 남성 공간과 여성 공간에 대해"[27] 말한다.

　우리는 또한 남녀가 함께 식사하지 않았다고 가정해볼 수 있다.
식사 시간에 행해지는 남녀 차별은 문명화되지 않은 민족들에게
아직도 생생하게 남아 있는 관습이다. 아프리카의 경우 이와 같은
차별은 도처에 존재했고,[28] 쿠르드나 구얀의 인디언, 베다 인도 혹
은 유카탄 등 전혀 다른 문화에서도 공히 존재했다. 음식 분배에
도 성적 차별이 있었다.[29]

　사실 구석기 시대의 수렵인-수확인들은 그들의 '커플' 생활의
흔적을 거의 남기지 않았다. 아직까지도 우리는 그들의 풍요로운
벽화나 모빌 예술에서 인간 '커플'의 모습은 어디서도 발견해내
지 못했다. 르루아-구랑은 "당시의 인간이나 동물의 성행위에 대
한 흔적의 부재"나 혹은 성적인 암시의 부재에 대해 늘 의아해한
다.[30] 기껏해야 남녀 모두가 동물을 소유하고 있었다는 아주 하잘
것없는 암시만이 발견될 뿐이다. 하지만 여성 가까이에서 성적으
로 흥분한 남성[31]의 모습은 한 번도 발견된 적이 없다.[32]

　그러나 상기 구석기 시대의 유적들에서 남녀가 전혀 등장하지
않는 것은 아니다. 막달레니아 기의 벽화에는 시기에 따라 때로는
사실적으로 때로는 추상적으로 표현된 남녀의 모습이 도처에서
발견된다. 하지만 라스코 벽화에서 볼 수 있듯이 공간 배치에 따
라 남녀가 서로 떨어져 있다. 다른 동굴에서와 마찬가지로[33] 거기
에서도 그림이 그려진 세 부분(입구, 중간, 맨 안쪽)은 대단히 상이
한 독립 공간을 이루고 있다. 남성의 흔적은 입구와 맨 안쪽에 자

주 보이고 여성의 흔적은 중심부에서 가장 빈번히 등장한다.[34]

분명 구석기 시대의 양성의 구분은 예술 속에도 존재한다. 적어도 그것은 우리의 먼 조상들이 우리에게 남겨준 그들의 모습이다. 남성과 여성은 개별적인 두 그룹을 이룬 것처럼 보인다. 우리는 그들의 관계나 상호교환에 대해서는 무지하지만 그들은 분명 생활과 생존을 위해 서로 중요한 관계를 맺거나 교환을 행했다.

상호보완성의 표시

임무의 성적 분담이 아무리 깊이 뿌리박혀 있다 하더라도 양성 간의 상호보완성을 거부하지는 않았다. 반대로 성적 분담과 거기서 생기는 각각의 임무는 상호보완성의 확실한 보증인 셈이다.

남녀가 서로 다른 종류의 식량을 얻고자 노력할 때 그들간에 상호의존관계가 생겨난다. 양쪽 중 한쪽이 어떤 재산을 독점하지는 않는다. 규칙적인 식생활에서는 음식을 한 곳으로 모을 필요가 있었을 것이며 남녀는 그 음식을 중심으로 한데 모였을 것이다. 그룹의 어느 한쪽도 다른 쪽이 없으면 존속할 수 없기 때문에 상호보완성은 객관성을 띠게 된다.

이 상호의존성은 상대편에 대한 고려는 물론 아마도 우리가 믿는 이상으로 양쪽의 평등을 요구했을 것이다. 반(半)가부장적 수렵-목축 민족인 마사이 족의 경우 남성이 육류를 차지하지만 일상의 중요한 양식인 우유는 여성에게 그 권한이 부여된다. 여성은 무례한 남성에게는 우유를 나눠주지 않는다.

1970년대의 1980년대에 이르기까지 대부분의 학자들은 이러한 임무 분담을 계급의 관점에서 바라보았다. 집단행동인 사냥이 인간의 지력을 빨리 발달시킨다고 인식했기 때문에 수확에 종사한 여성은 미개 상태에 머물 수밖에 없다고 여겼다. 프랑스에서는 에드가 모랭과 세르주 모스코비치가, 미국에서는 로빈 폭스Robin Fox와 리오넬 타이거Lionel Tiger가 특히 사냥이 문명화에 공헌했다고 주장한다. 그들에 따르면 "사냥은 종합적 인간 행위로서 인간과 환경의 관계를 개선시킬 뿐만 아니라 인간끼리의 관계나 남성과 여성의 관계 그리고 성인과 젊은이의 관계도 변화시킨다".[35]

사바나에서의 사냥이 인간의 오관과 지력을 발달시켰다는 에드가 모랭의 말은 옳다. 사냥은 인간에게 감각적 자극들을 판명해내도록 가르쳤고 인간을 가장 약삭빠른 동물과 접하도록 함으로써 주의력, 집요함, 전투력, 용맹, 꾀, 미끼, 함정, 매복 등 전략적 성향을 계발시켰다.[36] 사냥이 사회화의 강력한 요인이었다는 것은 이론의 여지가 없다. 인간은 사냥을 통해 협동과 타협, 그리고 분배의 법칙을 익혀나갔다. 서로 양보를 모르는, 지능이 발달된 수컷 원숭이들과는 달리 수렵인들은 연대감이나 우정 그리고 일종의 평등성을 실현해나갔다.

여자들은 어린애를 돌보고 수확량을 할당받았을 뿐 "사냥에는 거의 참여하지 않았기 때문에 사회적으로나 문화적으로 성숙하지 못했다"는 비난을 받았다.[37] 더 둔하고 더 약하며 조직력이 부족하고 혹은 월경주기에 따라 기질도 변하는 여성들은 그룹을 저해하는 성적 대상이었을 뿐, 자신들을 결속시킬 어떤 모티프도 갖지 못한 채 더 강하고 뛰어난 지력의 용맹스런 남성들에게 복종할 수밖에 없었다.

몇몇 인류학자와 영장류 학자들—대부분 여성들인데[38]—은 선사 시대 여성의 소위 지적 사회적 열등성에 대해 새롭게 문제를 제기했고, 그로 인해 새로운 형태의 논쟁을 불러일으켰다.

아드리엔 질만[39]은 여성의 수확을 완전히 다른 방식으로 기술한다. 그녀는 여성이 남성만큼 육체적으로 강하지 못하기 때문에 수확은 위험한 행위였고, 그만큼 여성에게 더 많은 에너지와 지력을 요구했다고 주장한다. 여성은 음식이 될 만한 식물을 신속하고 효과적으로 수확하는 방법을 터득해야만 했고 도구를 사용하거나 위험을 더 빨리 인식하는 법도 익혀나가야만 했다. 무엇보다 여성은 아이들을 보호하고 음식을 먹여주고 생활에 적응할 수 있도록 보살펴주는 등 아이들의 욕구를 충족시키기 위한 지속적인 주의를 기울여야만 했다.[40]

보통 얘기되는 것과는 달리 여성이 남성보다 사회화 과정에 소극적이었던 것은 아니다. 여성의 참여는 남성과는 달랐지만 중요했다. 오랜 모성적 보살핌이야말로 인간이 지닌 사회성의 원천이다. 언어와 사랑이라는 사회생활의 기초 규율을 가르치는 것은 어머니다.

결속력이나 지력이 남성만의 고유한 특성은 아니다. 양성은 각기 나름의 방식으로 이런 인간의 특질을 계발시켰다. 상호보완성은 그 점에서도 마찬가지로 다른 쪽의 필요를 보강하면서 혹은 불가피한 개인적 불평등의 영향력을 조절하면서 자기 역할을 충분히 해낸다.

동굴 벽화에 대한 르루아-구랑과 라밍-앙프래르Annette Laming-Emperaire의 귀중한 연구 또한 구석기 시대의 남자들이 20세기 사람들의 눈에는 이해할 수 없는 방식이긴 하지만 상호보완성에 관한 실재적 인식을 가지고 있었다는 사실을 보여주는 데 결정적인 공헌을 한다. 인간의 모습이 분명하게 형상화되어 있는 것은 물론이고 동굴의 입상들 중에는 추상적이든 사실적이든 남녀의 모습이 발견되고 커플을 이루고 있는 서로 다른 종의 동물(언제나 일정한)의 모습도 존재한다.[41] 그리하여 동물, 인간, 부호들이 각각 상호보완적인 두 그룹으로 나뉜 여러 형태의 연계망을 발견할 수 있다. 예를 들어 남자는 말, 사슴과 함께 그리고 여자는 들소, 소, 맘모스 등과 함께 각각 다른 위치에 배치되어 있다. 따라서 하나는 남성을 상징하는 그룹, 또하나는 여성을 상징하는 그룹이었을 가능성이 대단히 높다.

르루아-구랑은 그러한 '짝짓기'가 번식과 무관하지 않은 하나의 근본 원리라고 결론짓는다. "분명 서로 상호보완적이기는 하나 자신들의 번식 행위를 공공연히 드러내지는 않는 신성한 남성적 존재와 여성적 존재가 공존하는 오래된 부족이 현대에도 존재하듯이 우리는 시대가 지나면서 다듬어진 어떤 제도를 보고 있는 듯한 인상을 받는다."[42]

결국 외관상의 차이에도 불구하고 남성적인 것과 여성적인 것은 분리될 수 없다. 그러나 동굴예술은 남녀의 상호보완성만이 아니라 한쪽이 다른 쪽보다 우위를 차지하지 않는다는 사실도 보여준다. 그 당시에 남성 그룹과 여성 그룹 사이에 어떤 계급이 존재했다는 사실을 증명하는 것은 아무것도 없다. 생존 조건이 양성간에 일종의 균형을 조장하는 한편 예술에 표현된 이데올로기적 표상 또한 나름대로 양성간의 평형관계 혹은 평등성까지도 보여주고 있다. 어쨌건 당시의 남성이 여성에 대해 전제적 권한을 행사했다고 믿게 해주는 것은 아무것도 없다. 물론 여성 역시 마찬가지다.

3. 지배권 문제

양성간의 임무 분담에 관해서는 아무도 이의를 제기하지 않지만 원시사회의 남성과 여성 간 지배권의 문제에 이르면 이견이 분분하다. 일반적으로 상호보완성은 평등과 균형의 관점에서보다는 계급과 지배의 관점에서 인식되어왔다. 게다가 여성과 평등한 관계에 있는 남성보다는 여성의 머리를 잡아당기는 혈거 시대의 남성을 자주 묘사해왔다. 풍자나 유머를 차치하고라도 우리는 양성의 평등과 상호존경이 한쪽의 지배와 다른 쪽의 억압이라는 관계보다는 비교적 널리 퍼지지 못했었다는 사실을 인정할 수밖에 없다.

몇 해 전부터 미국의 몇몇 인류학자는 구석기 사회의 남녀관계의 새로운 유형을 제시하고 있다. 그들 중 어떤 학자들은[43] 남녀 상호간의 협력의 필요성을 강조하면서 그럴 만한 사유재산 제도가 없었기 때문에 일의 분담 자체만으로 한쪽이 다른 한쪽을 착취할 수는 없었다고 생각한다. 다른 몇몇 학자는 음식물의 균등한 분배가 절대적으로 필요했다는 사실에 역점을 두면서 남녀의 평등관계를 주장한다. 아드리엔 질만은 지배권의 문제는 식량 자원의 문제와 불가분의 관계에 있다고 생각한다. 선사 시대의 인간이 육식 성향이 강했다고는 하지만[44] 여성이 수확하는 식물성 음식물 역시 특별한 계절에는 동물성 음식물보다 더 중요했으며 보통 때에도 동물성 음식물에 못지 않게 중요한 식량 자원의 일부였다는 것은 두말할 필요가 없다. 양성간의 상호존중을 옹호하는 이 무게 있는 주장은 대부분의 인류학자들의 주의를 끌지 못했다. 왜냐하면 거의 일 세기 전부터 그들은 인척관계라는 유일한 문제에 관심을 집중하고 있었기 때문이다. 그들 중 몇몇 학자는 모계 쪽의 확실한 인척관계가 여성 권력을 형성한다고 생각하며, 다른 몇몇 학자는 남성이 힘과 연합이 여자들의 교환이나 혹은 여성들과 어린애들에 대한 남성의 지배력의 근원이라고 생각한다.

우리가 어떤 가설을 받아들이건 간에 남녀 모두 자신들의 가장 은밀한 욕망들을 그들이 살았던 원시사회에 부분적으로 투여했다는 사실이나 그들의 세계를 모델로 삼았다는 사실은 받아들여도 무방할 것이다. 어머니의 권한을 찬양했던 19세기에 특히 모권제에 대한 가설이 받아들여졌고, 그에 따라 우리 시대의 여권주의자들에 의해 다시 활기를 찾고 있는 것과 마찬가지로 세상의 대부분이 아직 가부장 제도하에서 살고 있다는 사실 때문에 인류학자들은 가부장 제도를 지배권의 최초 모델로 생각하려는 경향이 있다. 우리가 상정하는 가설 역시 아마 나름대로 지금 일어나고 있는 우리 사회의 변화에 영향을 받고 있을 것이다.

원시 시대에는 모권제도 가부장제도 없었다

19세기 말에는 원시 모권제에 대한 가설이 전폭적인 지지를 얻었다. 독일인 바흐오펜Johann Jakob Bachofen과 영국인 루이스 헨리 모건Lewis Henry Morgan은 원시 가족은 모권제였으며 모계의 조상이나 혈통만을 인정했다는 가설을 내세웠다. 그들을 이어 곧 프리드리히 엥겔스가 그 주장을 받아들였다.

이 이론의 근거는 부성(父性)이란 의심스럽고 무시될 수 있는 반면 어머니와 아이들의 연관은 확고부동하다는 점이다. 따라서 선조는 어머니로부터 생겨나고 그 어머니와 연결되어 있는 남자는 어머니의 그룹에 편입되는 것이 논리적인 것처럼 보였다. 원시 시대의 인간들이 부성을 인식하게 된 것은 훨씬 뒤의 일인 것이다. 훨씬 나중에야 남자들은 가장으로서의 지배권이나 재산 혹은 여성들이 획득했던 지위를 손에 넣을 수 있었으며 그렇게 가부장의 위치를 획득함으로써 아이들은 부계 조상을 따르게 되었다.

프랑수아즈 피크에 따르면, "이러한 주장은 일부일처제의 가부장적 가족의 문화를 해명해주고 혹은 그것의 정당성을 의심해보거나 그것이 사라질 수도 있다는 상상을 가능케 해준다. 모계적 연관이 자연스러운 것처럼 보이는 반면 부성은 하나의 믿음, 추정, 허구, 혹은 인위적인 법칙일 뿐이다".[45] 그리하여 세기 초에 반(反)진화론자들에 의해 맹렬히 비난받던 원시 모권제가 1970년대와 1980년대에 호의적으로 재거론될 수 있었던 것은 우연한 일이 아니다.

많은 사람들이 생존이나 도구 제작 혹은 문화적 전통에 여성이 어느 정도로 역할을 수행해왔는가를 조리 있게 역설했다. 미국인 여성 인류학자 에블린 리드Evelyn Reed는 『여성의 진화 *Woman' s Evolution*』[46]라는 책을 펴내 약간의 물의를 일으켰는데, 그녀는 그 책에서 브리포R. Briffault의 가설들을 옹호했다. 『어머니들 *The Mothers*』[47]이라는 책에서 브리포는 모성애가 인간의 사회화를 가능케 만들었다는 것과 경제보다 더 근원적인 생물학적 토대가 모성적 지배력을 형성했다고 주장한다. 그러나 브리포가 부정확한 출처에서 방대하고 복잡한 민속학적 자료들만 제공했기 때문에 그 자료를 충실히 따른 리드의 책 역시 전문가들을 납득시키지 못했고, 현재 널리 받아들여지는 원시 가부장제라는 이데올로기를 뒤엎지도 못했다.[48]

사실 모권제를 처음으로 주장한 사람들도 어머니의 권한을 명백하게 규정짓지 못했고 어떤 지배 체제와 연관을 가질 수도 있었을 선사 시대에 관한 충분한 정보를 제공하지도 못했다. 여기저기 제시된 인종학적 자료들 역시 대개가 정확하지 못하거나 증명할 수 없는 것들이었다. 게다가 모권제라는 도식도 남성들의 눈에는 지극히 왜소한 것이어서 설득력이 없다. 수십 년 전부터 선사학자들은 사회적 경제적 관점에서뿐 아니라 종교적 지적 관점에서도 수렵인들의 문화가 얼마나 중요한지를 명백히 보여주고 있다. 구석기 시대의 인간의 표상들, 예를 들어 전능한 여성들에게 복종하고 있는 야수의 표상 같은 것은 더이상 설득력을 지니지 못한다. 사실 모권제에 대한 가설은 그것에 반대하는 사람들에 의해 희화화되었고, 그렇게 희화화된 여성들의 입으로 "어머니는 아버지들보다 앞선 시기에 정치적 권한과 대등한 어떤 권한을 가졌을 것이다"라고 말하게 한다. 인류학자이면서 페미니스트들인 사람들은 그런 얘기를 해본 적도 없는데, 반대자들이 그 희화를 이용해 그들의 가설을 배제시키려 하면서 어쩌면 가장 흥미로운 주장들을 은폐시켜버릴지도 모를 일이다. 약 백여 년 전부터 가부장제의 옹호자들은 모권제의 옹호자들과의 일체의 타협을 거부해왔다.

미국의 인류학자들[49]이 세기초에 진화론을 완전히 거부해버렸을 때 모권제 이론 또한 배척당했다.[50] 그들은 현상의 다양성을 역설했다. 심지어 어떤 사람들은 모권제를 옹호하던 학자들이 부계제의 부재와 결혼생활의 불안정성을 근거로 주장하곤 했던 모성의 근원적 특성을 받아들이지 않기도 했다. 로이와 그후 레비-스트로스 파의 인류학자들도 모권제의 도식에 반대했다. 그들에 의하면 인간 그룹의 근원은 파벌이 아니라 보편적 사회단위인 가족이라는 것이다.[51] 인류는 진정 세 사람의 관계에서 출발하고 어머니나 아이에 대한 아버지의 지배권으로부터 비로소 시작되는 것이다. 거기에 맞추어 최근 미국의 사회생물학자들이 이 가설을 받아들이고 있다.

1960년대에 리오넬 타이거와 로빈 폭스[52]는 원시 남성들의 수렵 행위가 부계제의 기원이라는 생각을 열렬히 옹호했다. 협력과 결속 그리고 분배로 인해 남성들은 애초부터 연합의 소지가 있었다. 그들은 그렇게 함으로써 다른 그룹의 이성 파트너를 선택하고 가장으로서의 지배적 역할을 떠맡는 법을 익혀나갔다.

1973년에 에드가 모랭은 이에 대해 더욱 심원한 주장을 펼쳤다. 수렵인이고 개척자이며 사회화된 남성과 연약하고 틀에 박힌 별로 가진 것이 없는 여성을 대비시켰다. "인간의 무리는 두 가지 모습으로 등장했다. 한쪽은 무기를 높이 들고 동물과 맞서는 남자, 또 한쪽은 어린애를 향해 몸을 굽히고 식물성 음식을 줍는 여자…… 남성의 지위는 정부와 사회 통제를 장악하고 여성과 아이들에게 정치적 지배력을 행사하며 그 지배력은 현재에도 여전히 존재한다."[53]

모랭 역시 인간화 과정에서 남성과 아이의 관계가 결속되었을 것이므로 가부장 제도를 가족이나 사회의 최초의 구조라고 생각한다. 부계 제도는 어머니의 남자형제[54]나 그의 동료 때문에 불편을 겪지는 않는다. 어머니는 자기의 남자형제를 개입시키고 남성의 계급 원리를 개입시킴으로써 어머니와 아이 사이의 분열된 관계를 다시 결속시켜나간다. "인간화 과정을 준비하고 우리가 아는 바대로의 사피엔스가 완성시킨 위대한 현상은 아버지를 살해하는 것이 아니라 아버지가 탄생하는 것이다."[55]

가족은 부계 조직과 성적 규제를 통해 사회와 연관을 맺는데 그 둘은 족외결혼법에 의해 또다른 사회들과 새로운 관계를 형성하기도 한다.[56]

남성들은 직접 여자들을 선택하고 여성으로 하여금 자신의 파트너를 선택하지 못하게 함으로써 남성의 고유 영역에서의 남성의 지배력에 여성이 이의를 제기하지 못하도록 하였다. 모랭은 남성계급이 여성 욕구의 규제를 통해 자신들의 결속과 지배권을 확고히 할 수 있었다고 결론짓는다.

이것이 오늘날 가장 널리 통용되는 가설이다. 모든 학자들은 성적 불균형이 인간사회의 특징이라고 한 레비-스트로스의 말에 동의한다. 시몬 드 보부아르마저도 이것에 찬성한다. 그녀의 눈에는 여성의 황금시대란 신화일 뿐이다. "사회는 늘 남성 위주였고 정치적 권한은 언제나 남성의 손에 있었다. 가부장제의 승리는 우연의 결과도 아니고 치열한 혁명의 결과도 아니다. 인류의 기원에서부터 남성의 생물학적 특권이 남성으로 하여금 자신들을 지고의 유일한 주체로서 인정하게 했다."[57]

우리들로서는 모권제나 가부장제 어느 쪽도 설득력이 없다. 어쩌면 우리가 살고 있는 사회가 또다른 가설을 제시해주기 때문일 것이다. 비교할 수 없는 것들을 서로 비교하는 것이 모순이라면, 즉 가장 원시적인 사회와 가장 발전된 최근 사회를 비교하는 것이 이치에 닿지 않는 일이라면 우리는 적어도 우리가 지금 목격하고 있는 가부장제의 추락이 반대로 어떤 모권제의 출현을 전제하지 않는다고 말할 수 있다. 지금의 우리 사회는 아버지나 어머니 한쪽의 독점적 권한의 부재를 받아들이는 데 익숙해 있는 것 같다. 따라서 원시사회에서도 역시 그런 한쪽의 독점적 권한 없이 지낼 수 있었다는 가설이나 지금 사회에서 관찰될 수 있는 방식과는 다른 방식으로 권력을 공유했을 수도 있었다는 가설은 어리석은 것만은 아니다.

요컨대 우리 가설의 근거 중 하나를 밝힌 지금 그것을 유리하게 옹호하는 주장들이 있다. 우선 부권제나 모권제라는 개념은 너무 복잡하고 엄격하게 보여서 고대 인간사회에 적용될 수 있을 것 같지 않다. 어머니-아이의 관계가 가장 분명한 최초의 사회적 관계라고 하더라도 그것이 반드시 오늘날 이토록이나 다양한 사회의 어느 곳에서도 찾아볼 수 없는 그 모권[58]이 존재했다는 것을 의미하지는 않는다.

우리가 '모계 중심 사회'[59]라고 부르는 것도 역시 순록 사냥 시대의 수렵인들의 환경에는 그다지 적합한 것처럼 보이지 않는다. 아이가 어머니의 성(姓)을 따르는 것은 아직도 실현가능한 일이겠지만 유목사회에서 땅을 물려받는다는 것은 그 시대에는 결코 존재하지 않았던 사유재산 제도를 전제로 하는 만큼 불가능한 일이다.[60]

프랑수아즈 에리티에에 따르면 여성의 정치적 권한이란 환상에 불과하다. 모계를 따르는 그 어떤 사회에서도 모권이란 존재하지 않는다. 거기에 가장 근접한 이로쿼이어인[61](이 수렵인-수확인의 사회에서 여성은 남성과 동등한 권리나 권력을 거의 누리지 못한다)의 남성들조차도 자신들이 더 뛰어나다고 생각한다. "권력을 가진 여자들이 큰 집안의 생활을 지휘하고 여성의 일을 규제한다고 하더라도 그것은 여성으로서가 아닌 자문위원회에서 지정하는 남성의 대리인 자격으로 남성의 말을 전달하는 것이다."[62]

현재 우리가 이해하는 바대로 부권제라는 가설[63] 역시 논란의 여지가 있다. 부권제라는 것은 그 당시로서는 거의 불가능했던 결혼 제도와 생물학적 아버지의 확인을 전제로 해야 가능하다. 바흐오펜처럼 통제되지 않은 문란한 성적 무질서를 논하지 않는다 하더라도 우리는 여자들이 가임 기간에 많은 남성 파트너를 가졌다는 사실은 상상할 수 있다. 따라서 우리는 모권을 여성의 사회적 기능으로 생각하는 몇몇 멜라네시아나 오스트레일리아의 사회[64]에서처럼 선사 시대의 수렵인들이 부권을 같은 시각으로, 즉 집단성이라는 시각으로 바라보았다고 가정할 수 있다. 모든 남성은 실세로 혹은 잠재적으로 그 사회의 '아버지'가 된다. 그들은 그들 사회의 모든 어린이를 보호하고 양육할 의무가 있다.

상기 구석기 시대에 어떤 권력 체계가 존재했다는 것을 증명할 만한 것은 아무것도 없다. 또한 남성들이 자신들의 편의에 따라 여성을 교환했는지도 알 수 없다. 단지 우리는 어머니는 어린 아이를, 아버지는 청년이 된 남자를 떠맡았다는 사실을 상상할 수 있을 뿐이다.

'정치적' 권한에 대한 문제가 아직 남아 있는데도 모권제를 주장하는 현재의 이론가들은 이 권한을 여성만을 위해서 제시하지 않고 모든 권한의 정수, 즉 가장 본질적인 권한으로 간주하고 있다.

어떤 사회에서도, 모계를 따르는 사회에서조차도 여성이 남성을 지배한다고 단언할 수는 없기 때문에[65] 이러한 정치적 권한이 늘 남성의 소관이었다는 것은 현재 모두가 동의하는 사실이다. 하지만 이런 동의에도 불구하고 그것이 소위 최초의 부권에 대한 가설을 정당화하지는 못한다. 남성의 권한이 반드시 아버지의 권한이었던 것은 아니다. 게다가 구석기 시대의 여성들은 아마도 오늘날에도 알려지지 않은 어떤 권한을 행사하고 있었는지도 모른다.

권력의 다원성

사라 르디는 인간을 제외한 영장류에 대해 말하면서 개체 대 개체의 관계에서 정복자의 역할을 하는 동물에 '지배적'이라는 수식어를 붙인다. 그녀에 의하면 암컷은 우리가 보통 생각하고 있는 것보다 훨씬 더 강력한 권한을 가지고 있지만 암컷이 수컷의 행동을 직접 통제하는 일은 드물다. 반대로 영장류의 수컷들은 세대를 거치면서, 혹은 인간의 경우에는 이 문화에서 저 문화를 거치면서 여성을 지배하려 들지 않고 또한 그들의 전투적 우월성을 자신들보다 더 약하고 덜 전투적인 상대편 성에 대한 정치적 지배권으로

변형시키지도 않았다.[66]

지배의 이유는 생물학적이고 생리학적이다. 대부분의 영장류의 경우 수컷은 암컷보다 몸집이 크기 때문에 암컷을 마음대로 부릴 수 있다.

마찬가지로 인간의 성적 이형(二型)은 어디서나 어느 시기에나 존재하게 마련이다. 1974년[67] 에티오피아의 아가르 삼각주에서 3백만 년 이상 된 루시[68]를 발견하고 다음해에 루시의 '동료들'[69]을 발견하면서 그 사실을 확인할 수 있었다.

역사상 처음으로 우리는 개체간의 비교가 가능할 정도로 많은 수의 인간 화석을 동일한 장소에서 발견했다. 그 화석들을 연구해 본 결과 그중의 반이 나머지 반보다 분명 더 크고 몸무게도 많이 나간다는 사실을 알아냈다. 요한슨과 그의 동료들은 다소 주저하다가 더 큰 뼈가 남성의 뼈이고 더 작은 뼈가 여성의 뼈라는 결론을 내렸다. 그 차이는 오늘날 남녀의 차이보다도 현저했다.[70] 화석에서 발견할 수 있었던 이 성적 이형으로 인해 우리는 일의 성적 분담이 3백만 년 이상 이전부터 존재해왔다고 말할 수 있을 것이다. 그때 역시 지배권은 남성에게 있었다.

그러나 신체적 우월성으로 남성이 단번에 정치적 권한을 가질 수 있었다 하더라도 인간에게는 반드시 남성에게만 속하지 않는 다른 권한들도 있다. 우리가 관심을 쏟고 있는 선사 시대에 여성 역시 상당한 권한을 보유하고 있었다는 것을 알려주는 흔적들이 남아 있다. 그래서 우리는 한 성이 다른 성에 대해 행사하는 지배력을 연구하는 데 그칠 것이 아니라 양성의 고유한 권한에 대해 고찰해보는 것이 더 바람직할 것 같다. 우리는 여성은 내재성이고 남성은 초월성이라는 너무 성급한 결론을 내렸던 것이다.

선사 시대의 예술을 보면 그런 결론은 전혀 근거 없음을 알 수 있다. 성적 표상의 진화는 인류의 양성에 대한 극도의 흥미를 보여주며 특히 여성에 관한 각별한 매력을 증명한다.[71] 도려내기나 프레스코 화법만으로 표현했던 오리냑 기(기원전 3만년)부터 우리는 이미 출산의 상징이 된 여성의 성기를 발견할 수 있다. 다음 시대 그라베트 기와 솔뤼트레엥 기(기원전 2만 5천년~기원전 만 5천년까지)의 말기에는 우크라이나나 중유럽에서[72] 뼈, 상아, 돌 등으로 된 작은 여자 입상이 발견된다. 이 기간 동안에는 남자 입상의 숫자는 급격히 감소하여 손으로 셀 수 있을 정도이다.

반대로 막달레니아 기에는 인간의 형상이 훨씬 더 희귀한 데 반해 남성의 표상은 더 우세하다.[73] 주술적 의식을 행하고 있는 듯한 가면을 쓴 남성의 모습이 점점 더 자주 등장하는 것은 사냥의 중요성을 의미한다. 사냥감이 남성의 가장 중요한 음식인 반면 식물성 음식은 여름 동안의 그저 괜찮은 보조 식량일 뿐이다. 성의 표상은 음식의 새로운 균형을 표현하게 된다.

대부분의 연구가들은 사냥인의 탁월한 특권을 강조하는데 사냥하는 남성은 죽음에 맞서 싸우면서 무미건조한 일상에서 벗어난다. 그들은 사냥을 통해서 세상이나 여성에 대한 지배권을 구축해 나간다. 남성은 몸집이 큰 육식동물에 대항하여 동굴을 지키거나 육류 음식물을 구하기 위해 목숨을 내걸면서 자신이 자연보다 우월하다는 사실을 입증해 보인다. 그의 육체적 힘은 그렇게 해서 얻은 정신적 특권에 비하면 아무것도 아니다. 그리하여 우리가 동굴벽화에서 볼 수 있는 동물에게 제압당한 남성의 모습[74]은 그의 약함을 드러낸다기보다는 용맹과 비장한 위엄을 나타내고 있는 듯하다.

오늘날에도 아직 수렵인 사회가 존재하는 곳이면 어디서든지 그들의 특권은 농작인이나 가축 사육인 혹은 식물성 음식을 수확하는 사람들보다 훨씬 더 큰 비중을 차지한다. 미르치아 엘리아데에 따르면 콜롬비아의 데사나 족은 음식의 75퍼센트를 어업이나 원예로 충당하지만, 그들의 눈에는 수렵인들의 생활만이 살아볼 만한 가치가 있는 것처럼 보이기 때문에 자신들을 스스로 수렵인이라고 부른다.[75] 에리티에는 거기에 다음과 같은 설명을 덧붙인다. "남성이 가치를 부여하는 것은 아마도 남성은 자신의 자유로운 의지에 따라 남의 피를 흘리게 할 수 있다는 것, 자기의 목숨을 무릅쓸 수 있다는 것, 다른 사람의 목숨을 빼앗을 수 있다는 것에 있으며, 여자는 자신의 피가 자신의 몸 밖으로 흐르는 것을 '그저' 바라보는 것, 자신이 반드시 원하지도 않으면서 혹은 그것을 막지도 못하면서 어쩔 수 없이 출산하는 것(그러면서 때때로 죽는다) 등이다. 아마도 그것이 양성관계의 기원에 관련된 모든 상징적인 임무의 두 가지 본질적 영역인 듯하다."[76]

우리는 구석기 시대의 양성관계에 대한 또하나의 가설을 제시하고자 한다. 우리는 수렵인으로서의 남성의 물리적 혹은 정신적 권한에 여성의 출산력이 상응한다고 믿는다. 이 생각은 그 당시 예술의 고유한 두 가지 특성에 근거하는 것이다.

우선 많은 수의 여성 입상은 출산의 엄숙한 의식(儀式)을 보여주면서 신석기 시대의 여신—어머니의 표상을 정립한다. 분명 오리냑 기와 그라베트 기의 예술가들은 근본적으로 출생의 모성적 양상과 종족 보존에 관심을 기울이고 있다. 거대한 배와 사타구니에까지 처진 비대한 젖가슴을 한 그라베트 기 여인들의 입상은 막 해산하려는 여인을 표현한다. 몇몇을 제외하면[77] 어울리지 않게 '비너스'라고 불리는 입상들은 얼굴이 없고, 출산에 관련된 부분만 비대하게 강조되어 있다.[78] "젖가슴, 배, 치골과 둔부는 가느다란 상반신과 다리로 이어지는 일련의 범위에 속한다."[79] 그것은 출산의 신비스런 영역이다. 이 '비너스'들의 정확한 기능을 명확하게 기술하기는 불가능하지만[80] 그것들이 여성의 신성성, 즉 여신의 신비적 종교적 권능을 표상한다는 것은 추측할 수 있다.

그러나 여성성이나 모성성이 구석기 시대의 예술가들에게 커다란 매력을 불러일으킨 것은 그 시대에 완벽하게 들어맞는 또하나의 이유 때문이다.

우리는 르루아-구랑이 성행위의 표상들의 부재를 끊임없이 강조한 사실을 알고 있다.[81] 생식행위를 하는 커플은 단 한 커플도 보이지 않으며, 구석기 시대의 예술을 통틀어 어떠한 에로틱한 흔적도 남아 있지 않다. 그것은 출산이 엄격한 여성적 권한이었다는 증거가 아니겠는가? 남성들은 자신들도 출산에 참여한다고 생각했지만 그 당시 그것은 여성의 출산이라는 명백한 현실과는 비교될 수 없는 모호한 개념에 불과하다.[82] 따라서 남성은 종의 번식을 일종의 단성생식으로 생각했을[83] 가능성이 크며 그렇게 함으로써 생명을 창조하는 어마어마한 능력을 자신의 상대자인 여성들의 소유로 단번에 인정해버린 셈이다. 남성들이 소유하지 못한 그 능력은 남성들의 선망과 찬탄의 대상이 될 수밖에 없었다. 그 능력은 사냥인으로서의 남성의 능력을 능가하지는 못했을지라도 거의 거기에 비견될 만한 것이었다.

우리는 오늘날 선사 시대의 인간들이 두 종류의 숭배 의식을 가지고 있었다는 사실을 기꺼이 인정한다. 사냥하는 남성은 동물적 신성을 숭배했고 여성은 풍요의 여신을 숭배했다. 양성이 별개의 그룹을 이루고 있다는 사실에서 우리는 남성들이 사냥을 떠나기 전[84] 아주 외딴 성소(聖所)에서 은밀히 의식을 치렀다는 사실을 추론해낼 수 있다. 구석기 시대 사람들은 사냥감을 보다 잘 유혹하기 위해 동물의 가면을 쓰고 의식을 행하듯 춤을 추면서 사냥했을 것이다.[85] 그래서 몸을 구부리거나 옆얼굴을 길게 늘인 남성의 표상들은 흔히 발견된다.

우리는 무슨 이유로 남성의 얼굴을 '동물'로 표상화했는지에 대해 자주 의문을 가져왔다. 르루아-구랑은 동물과의 이러한 동화, 특히 가장 빈번히 남성을 상징하는 말의 연구에도 관심을 가졌다.[86] 이 가설은 설득력 있는 이원론을 펼치는 앙리 델포르트의 주장과 완전히 일치한다. "동물의 표상은 인간의 외부에 살고 있는 세계를 표상한다. 그와는 반대로 인간, 혹은 인간 집단은 여성이 종의 보존과 갱신을 전적으로 떠맡고 있기에 여성적 형상으로 표현된다. '인간-여성'과 '동물-생물계'의 원리 사이에서 생겨나는 이러한 대립이 구석기 시대의 예술에서 보여지는 여성의 형상(자신을 보호하려는 근심 어린 얼굴 표정)과 동물의 형상(사실적이고 정확한 형태를 가진) 사이의 차이점이나 남성적 표상의 상대적인 빈약성을 설명해줄 수 있을 것이다."[87]

인간이 여성의 형태로 더 잘 표현되었다는 사실에서 우리는 또한 여성이 출산력 이외에도 죽은 자들을 소생시키는 힘도 가지고 있었다고 가정해볼 수 있다. 생명의 중심으로서의 여성은 변증법적으로 죽음의 중심을 연상케 한다.

상기 구석기 시대부터 특히 여성의 기관을 상징하는 조개껍질이 무덤에서 발견되었다. 그것들의 존재는 필시 죽은 자를 되살리는 마술적이고 종교적인 의식을 드러내는 듯하다.[88] 흔히 여성들이 장례 의식을 주관했다고 믿는 이유도 그것 때문이다. 출산력을 가진 사람이 아니고는 누가 죽은 자를 되살리는 힘을 지닐 수 있단 말인가?

미국의 여성 인류학자 아네트 웨이너[89]가 발표한 파푸아 섬의 트로브리앙[90] 여인들에 대한 최근 연구는 그러한 가설을 지지해준다. 그녀는 이 모권제 사회에서 여성의 재생의 힘을 조명한다.

삶과 죽음의 주기에 있어서 남성과 여성은 연속되는 세대 속에서 문제가 되는 이 시간의 서로 다른 면을 통제한다. "모권적 정체성의 부활이나 무한한 우주적 시간을 통해 움직이는 인간의 본질은 여성에게 의존하고 있다. '초역사적 시공간의 지속 속에서 작동하는 여성의 권한……' 반면 남성은 사회·정치적 행위 분야에서의 지속적 자원인 재산을 통제한다. '남성적 권위의 범위는 역사적 시간과 공간 속에 위치한다…….'"[91]

그러므로 '달라 dala'[92]의 대물림을 책임지고 있는 트로브리앙 여인들의 권한은 영속적이다. 이 권한은 오로지 그녀들만의 몫이다. 남성들의 불멸에 대한 열망은 '달라'의 정체성에 대해 그녀들이 행사하는 통제를 통해서만 이루어질 수 있다. 그 사실을 통해 우리는 그녀들이 어떤 초월적 역할을 행하는지 알 수 있을 것이다.

물론 트로브리앙 사회에 대한 분석을 그대로 정당하게 선사 시대의 사회에 적용할 수는 없다. 하지만 웨이너의 작업은 권력의 지위로부터의 여성의 일탈에 근거한 지배적 이론을 벗어났다는 큰 장점이 있다. 그 작업은 여성들이 자연−문화라는 보편적 대립 관계에서 자연 측면을 대표한다는 생각이나 여성들은 결혼 의식에서 교환하는 많은 물건의 일부에 지나지 않는다는 생각에 종지부를 찍는다.[93]

대신 우리는 석기 시대의 사회에서 권력과 통제는 남성과 여성 모두에 의해 공히 이루어졌다고 제안하고자 한다. 그와 아울러 임신이나 죽음이 단순히 생물학적 사실임을 넘어서 어떤 신비주의적인 대상이었던 그 당시에는 여성들이 남성의 정치적 사회적 권한으로부터 분리된 우주적 차원의 대단히 중요한 권한을 가지고 있었다고 말이다.

웨이너가 말한 대로 우리는 사회가 성적으로 구분된, 그러나 서로 연관을 맺고 있는 두 영역으로 나뉘어 있다고 가정할 수 있다. 각기 자신의 영역에서 각자는 서로 다른 분야를 통제함으로써 다양한 방식과 다양한 정도로 상대편에게 영향력을 행사한다고 가정할 수 있는 것이다.

정직하게 말하자면 증거의 부족으로 우리는 추측만을 할 수 있을 뿐이다. 우리의 추측은 상반되는 두 가설 사이에 놓여 있다. 몇 몇 페미니스트들은 구석기 시대에는 "모든 결정이 공동으로 이루어졌다"[94]고 생각하는 반면 철학자 장 배츨러Jean Baechler는 수렵인들을 지배하고 있었던 민주적 이상은 "남성의 지배를 받았던 여성"[95]과는 무관했음을 최근 주장한 바 있다.

양성 사이에서 일종의 균형을 설정하는 우리의 권력 분리의 가설에서는 "하나는 다른 하나와 동등하다". 시몬 드 보부아르[96]가 생각했던 것과는 반대로 여성을 '다른 하나'라고 부르는 것은 양성 사이의 상호관계를 포기하는 것도 아니고 여성을 '불필요한' 존재로 보는 것도 아니다. 오히려 여성이 특별한 권한을 갖고 분리되어 다른 그룹을 형성했을 것이고 여성들이 남성들과 상대적으로 자율적인 관계를 맺고 있었다고 생각하기 때문이다. 물론 그 관계가 복종이라는 단순한 관계가 아니었음은 말할 필요조차 없다.

에드가 모랭의 "무기를 높이 쳐들고 있는 남성"이나 "아기에게 몸을 기울이고 있는 여성"[97] 같은 시적인 이미지들은 대단히 상대적인 것들이다. 구석기 시대의 예술은 당당한 수렵인들의 모습만을 보여준 것은 아니다. 거기엔 또한 상처입었거나 무릎을 끓거나 패배한 남자의 모습도 그려져 있다. 반대로 굴욕이나 복종의 표시로 몸을 굽히고 있는 여성의 모습은 어디에도 없다. 여성의 조각 작품들에서는 열등한 지위와는 도저히 연관될 수 없는 힘과 평온의 인상이 나타나 있다.

누군가는 막달레니아 기 동안에는 여성을 표현하는 형상들이 점점 희귀해져서 구석기 말(기원전 9천년)에는 완전히 없어져버렸다고 우리에게 반문할 것이다. 그건 아마도 여성의 특권이 수렵인 남성으로 옮겨갔음을 의미하는지도 모른다. 하지만 그것이 남성의 전능의 표시는 아니다. 그렇지 않다면 우리는 다음 시대—시대적 이데올로기와는 완전히 상반되면서 여성의 특권이 절정에 이르는 시대—가 어떻게 구석기를 이어갈 수 있었는지를 이해할 수 없을 것이다.

II. 여성의 권한에서 권한의 분배로

우리가 논의하고자 하는 기간은 기원전 1만년에서부터 기원전 2000년대 말까지 이른다. 뷔름 빙기 말기에서 유사 시대의 시작 얼마 전까지의 기간이다. 이 기간은 특성상 서로 다른 문화와 생활양식으로 구분되는 세 가지 커다란 단계로 이루어졌다. 그중 '중석기 시대'[1]라고 불리는 가장 오래된 시기는 이천 년 이상에 걸쳐 있다. '신석기 시대'[2]라고 불리는 두번째 단계는 구리 시대[3]와 철기 시대[4] 이전의 삼천 년에 걸쳐 있다.

가능한 한 정확하게 이야기하자면, 이 오랜 기간 동안 남녀관계는 한쪽의 특권이 생겨나 다음 다른 쪽으로 옮아간 듯 보인다. 하지만 우리가 알고 있는 얼마 안 되는 지식으로는 그 당시의 개혁에 대해 우리가 그 이후에 일어난 개혁에 대해 추측하는 만큼의 많은 일을 추정해볼 수는 없다. 그러한 의미로 이 팔천 년은 양성의 관점에서 구석기 시대의 연장선상에 있다. 당시의 상호보완의 관계는 유사 시대에 거의 보편화된 절대적 가부장제의 배타적 관계가 아닌 협동과 간섭이라는 적극적 방식으로 존속하고 있었다.

1. 여성의 권능: 어머니의 권한

기원전 8000년에서 기원전 6000년 사이—서구보다 거의 이천 년 이전—에 중동에서는 생활양식에 근본적인 변혁이 일어났다. 수렵과 식물 채집 대신 가축 사육과 곡물 재배가 시작된 것이다. 신석기 시대는 경제의 역사에서만 새로운 페이지를 연 것이 아니라 "사회와 문화적 정신적 삶에서의 근본적인 변혁"[5]을 의미하기도 했다.

신석기 시대의 특징은 아마 전 시대보다 훨씬 더 우월해진 여성들의 특권에 있을 것이다. 이 여성적이며 모성적인 특권은 신성이 점점 더 확고하게 표명된 대다수 인상적인 여성의 조각품이나 형상에 의해 입증된다. 또한 남성의 형상은 점점 희귀해지고 초라해지며 여신들에게서 나타나는 엄숙함이나 신비스러운 면은 찾아볼 수 없게 된다.

중동 전체에 퍼져 있는 여신—어머니 예배 의식은 남성을 겨우 명맥을 유지할 초라한 위치로 전락시키는 전능한 모권제를 의미하는 것이 아니다. 남성이 여성과 경제적 권한을 지속적으로 공유했다는 사실이나 그들이 정치적 권한을 갖고 있었다는 사실을 반박하는 것은 아무것도 없다.

하지만 모권제에 대해서는 말할 수 없다 하더라도 우리는 우리가 알고 있는 원시의 남성 권한을 지지하는 사람들을 당혹스럽게 만들 아주 분명한 여성적 권한을 제시해주는 가치 체계를 만나게 된다. 여신–어머니는 신화도 전설도 상징도 아니다.[6] 여성의 가치 와 그 역사적 실체를 확인하기 위해서는 박물관을 장식하는 수많 은 돌 조각품을 관찰하는 것으로 족하다.

사람들은 인간관계란 신적인 표상들에 반드시 복종하지도 않으 며 인간들의 관계가 신들의 관계의 모방도 아니라고 말할 것이다. 우리는 거기에 신석기 시대의 종교도 다른 이데올로기와 마찬가 지로 현실 세계와 단절되지 않았다고 답할 것이다. 인간이 자연의 영향을 받기보다는 자연을 정복하기 시작하는 이 시기에 여성의 역할은 대단히 중요하다. 곡물을 재배하거나 출산을 통해 풍요의 권능을 상징한 것도 여성이다. 따라서 신성을 여성성의 형태로 구 현한 것은 그리 놀라운 일이 아니다. 신성의 특권이 여성에게 할 애되지 않았다면 그것이 오히려 이상한 일이었을 것이다.

여성의 농사와 남성의 목축

오늘날 학자들은 농업이 여성의 손에서 생겨났다는 데 의견을 같이한다.[7] 남성들은 사냥감을 찾아다니고 가축을 돌보느라 농사 일에는 관여하지 않았다. 반대로 채집에 익숙해진 여성들은 파종 과 발아의 자연스런 현상을 관찰할 수 있었다. 따라서 여성들이 인위적으로 파종과 발아를 시도해보는 것은 자연스러운 일이었다.

루이스 멈포드는 신석기 시대 초기와 후기 문화의 차이점, 즉 꽃, 과일, 채소 등의 재배에 해당하는 원예문화와 곡물 재배에 해 당하는 농업문화의 차이점을 보여준다.[8] 거의 전적으로 여성의 일 에 해당하는 원예는 농업의 먼 시초이다. 그것을 통해 여성들이

가축 길들이기의 첫 시도를 했다는 추측을 해볼 수도 있을 것이다.[9]

그리하여 밭에서 체계적인 경작을 하기 훨씬 이전부터 인류의 첫 음식물이 작은 정원 한쪽 구석에 심어져 수확되었고, 그 씨앗들이 다시 심어졌다. 이렇게 함으로써 여성들은 비록 음식을 완전하게 공급할 수는 없었지만 음식의 일부를 말리고 저장해서 지속적으로 균등한 식사를 제공할 수 있었다.

농업, 즉 정확한 의미로 곡물 재배는 비옥한 터키 제국에서 조심스럽게 나타나기 시작했다. 기원전 8000년경 여리고에서 밀알이 발견되면서 학자들은 기원전 6500년경에 이르러서야 이란과 터키 그리고 팔레스타인에서 농업이 확고하게 정착되었다고 추측한다. 당시 그곳에서 다양한 종류의 밀,[10] 보리, 그리고 때때로 호밀, 귀리, 살갈퀴, 스위트피, 포도나무 등도 재배했었다.[11]

곡식 재배와 도기(곡물의 저장이나 음식을 담을 다양한 용기들) 제조 사이에 일종의 유기 조직이 있었던 것처럼 보이는 탓에[12] 대부분의 페미니스트들과 마르크스주의자들은 도기 제조가 여성들에 의해 생겨났다고 믿는다.[13] 이 가설은 상당히 매력적이기는 하나 증명된 것은 아니다. 마찬가지로 직조, 가죽 제조, 편조(編組), 광주리 세공 등이 순전히 여성들에 의해 이루어졌다는 프로이트의 가설도 증명된 바 없다. 오늘날에도 몇몇 인종에서는 그러한 일들이 온통 여성들의 손에서 이루어진다.

여성들이 처음으로 농사일을 시도하는 동안 남성들은 사냥감을 닥치는 대로 잡아 죽이는 일이 잘못됐다는 사실을 깨달았다. 왜냐하면 동물들의 번식이 어려워지고 그 결과 어떤 부류의 동물은 매우 희귀해졌기 때문이다. 인간의 음식으로 아주 귀중했던 몇몇 종류의 동물을 보호하기 위해 그들은 이 동물들을 사육하기 시작했

다.[14)]

그 이후부터 남성들은 사냥보다 동물들을 기르고 보살피는 일에 훨씬 더 많은 시간을 할애하게 되었다. 남성이 기본적 육식에 대해 주도권을 쥐고 있다 하더라도 추운 지방에서 육식은 그 중요성이 덜하다. 게다가 사육이 사냥을 대신한다 하더라도 사육사의 지위는 늘 생명을 무릅쓰는 사냥인의 지위에 훨씬 뒤져 있었다.

일의 상호보완성은 여전히 존중되었지만 각자에게 주어진 가치는 더이상 동등하지 않았다. 수렵 시기에서 멀어지면 멀어질수록 농사에 점점 가까워지고 따라서 여성의 권한이 더욱 돋보이게 된다. 몇천 년 사이에 삶에 대한 가치들이 죽음의 매혹을 압도하게 되고, 여성은 신석기 사회를 주관하게 된다.

여신의 지배 : 자연의 어머니이자 지배자

여신의 지배는 신석기 시대의 초기[15)]에서부터 청동기 시대에 이르기까지 — 어떤 지방에서는 훨씬 이후까지 — 오랜 기간 동안 지속된다. 인더스 강과 에게 해 사이의 옛 문명 국가들에서나 동유럽 국가들에서 여신-어머니를 상징하는 입상들이 발견되었다. 유럽 남동부에서 발견된 3만 점에 이르는 갖가지 재료로 만들어진 작은 입상들은 거의 전부가 여성의 모습을 하고 있다. 특히 그 모습들이 페리고르(프랑스 중부 지방—옮긴이) 지방에서 발견되는 '비너스'처럼 하나같이 큰 엉덩이와 풍만한 가슴을 하고 있다.

서유럽의 경우는 좀 다르다. 거기서는 고작 이삼백 개의 돌로 된 입상이 발견됐을 뿐이며, 그것도 마치 "종교란 옛날부터 생명이나 생명을 주는 여성과 관련되어 있다"기보다는 오히려 죽음이나 장례식과 관련되어 있다"[16)]는 메시지를 담고 있는 듯하다. 그로 보아 우리는 그곳의 농업이 동유럽이나 동양에서보다 훨씬 더 뒤늦게 생겨났다는 것을 알 수 있다.

그 밖의 도처에서[17] 유사한 신조나 풍습은 아시아 셈 족이나 인도유럽 족과 같이 다양한 민족들에게서 생겨났다.

중동에서 여성의 입상들이 많이 발견된 것은 기원전 6500년경이다.[18] 남부 아나톨리아의 가장 오래된 도시인 사탈 후육[19](기원전 6500년과 기원전 5500년 사이)에서 임산부나 양식화된 유방 같은 여성의 조각들로 장식된 집들을 발견했다.[20] 그러나 두 마리 표범 위에 손을 얹고 왕좌에 앉아 있는 저 유명한 포트니아[21]를 보자면 그 위풍당당한 인물이 자연의 어머니이자 지배자라는 것을 쉽게 이해할 수 있을 것이다. 캉의 얘기대로 사탈 후육에서 발

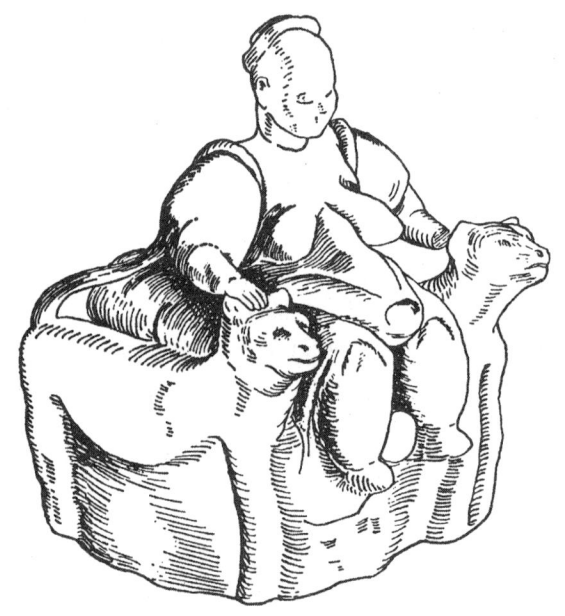

사탈 후육의 여신(엘리아르 작품)

견된 육천 년 전의 이 포트니아는 신석기 시대 초기부터 남성적 유일신의 종교가 승리하게 될 때까지의 노동자들과 목자들의 희망을 상징하는 숱한 여성신들을 탄생시키게 될 것이다.

팔레스타인에서 발견되는 기원전 4500년경의 것으로 추정되는 몇몇 포트니아는 고의적으로 얼굴을 무섭게 만든 흔적이 있다.[22] 과장하고 일그러뜨려서 악마적 특성을 강조하는 것이 무릇 전능한 어머니가 반드시 선량한 것만은 아니라는 것을 보여주고 있는 듯하다. 생명과 기쁨을 뿌려주는 관대한 어머니의 모습 곁에 아이들을 즐겁게 해주기를 거부하는 잔인한 어머니도 존재하는 것이다. 마치 삶과 죽음, 여신과 식인 마녀,[23] 자애로운 가슴과 악독한 가슴의 상징을 은밀히 연관짓듯이……

기원전 5000년경의 둔부가 큰 여신-어머니 입상[24]은 옛날의 비너스의 입상들처럼 왕좌에 엄숙하게 앉아서 때로는 아이를 출산하는 모습을, 또 때로는 자신보다 더 왜소한 남성신을 동반하고 있는 모습을 보여준다. "그것은 출산력, 양육(그 여신은 자신의 젖을 내어주고 있다), 에로스, 장례 등 다채로운 모습을 띠고 있어 거기에서부터 한 전능한 존재가 보이는 여러 양상의 신성한 모습이 생겨나게 된다."[25]

여신이 늘 무시무시한 시선에 당당한 모습으로 앉아 있는 것은 아니다. 그녀는 식물이나 동물의 형태로 구현되기도 한다.[26] 각각의 종을 번식시키기 위해 '위대한 어머니'는 각 종과 교미할 수 있는 동물에 부합하는 형태를 갖는다. 그 여신은 모든 종의 생산을 담당하므로 그녀의 영역은 모든 존재에 확장되어 있다. 따라서 육천 년 전 메소포타미아의 여신인 닌-우르-사그는 힌두의 여신 아디티나 이집트의 여신이며 호루스의 어머니인 하토르가 그랬듯이 젖소의 모습을 하고 있다는 사실은 놀라운 일이 아니다.[27]

여신이 인간의 모습을 하고 있을 때, 그 여신은 늘 벌거벗고 있으며 뚱뚱하고 눈에 띄게 여성성이 강조되어 있다는 공통된 특성을 드러낸다. 때때로 그것은 음탕하게 넓적다리를 벌리고 있는 모습을 보여주기도 하는데,[28] 어떤 경우에도 그것은 번식의 근원인 임신한 여신의 인상을 강조하고 있다.

그러나 여신은 자신을 다양한 모습으로 구현하는 데 그치지 않는다. 그것은 자신의 동반자(들)에 따라 진화된 모습을 보이기도 한다. 많은 민족들에서 여신은 사족류, 파충류 혹은 조류 등과 같은 짐승들 사이에 있는 인간의 모습을 하고 있다. 이 세 가지 동물의 모습은 지중해로부터 인도와 그 너머에서는 물론 에게 문명 시대부터 왕정 시대에 이르기까지 발견되고 있다.[29] 그후의 여신은 두 남성을 동반한 인간의 모습으로 나타난다. 그녀는 두 남성신의 배우자가 되어 있다. 인간의 모습과 동물의 모습을 동시에 나타내기를 거부했던 미노스 시대의 크레타에서는 여성은 두 남성신을 동반하고 있지만 이 두 남성신의 권위가 여신의 권위를 능가하거나 위축시키지는 못한다. 오히려 두 남성신이 여신을 바라보면서 존경을 표하고 있다.[30] 요컨대 여신이 동물을 동반하고 있건 두 남성을 동반하고 있건 간에 그 입상들은 두 가지 의미를 지닌다. 즉 여신의 그 수행원들에 대한 지배적 태도를 보여주면서 특히 신들의 일처다부가 일부일처에 선행한다는 사실을 보여주고 있다. 동물의 지배자이거나 혹은 젊은 남성신의 배우자로서 여신은 풍요를 주관하고 있으며 바로 그 점에서 여신의 행위는 신성하며 적어도 주술적 종교적인 것이다.

'전체' 이신 '우리의 어머니'

베다 시대의 인도에서 아디티는 여신-어머니의 이름 중 하나다. 리그베다의 한 구절에서 아디티는 이렇게 정의된다.

> 아디티는 하늘이고 아디티는 대기라네.
> 아디티는 어머니이고 아버지이며 자식이라네.
> 아디티는 모든 신이고 운명의 오신(五神)이라네.
> 아디티는 모든 태어난 것이고 모든 태어날 것이라네.[31]

'위대한 여신'이 통합된 우주를 지배하고 있다. 과거의 모든 존재뿐만 아니라 미래의 모든 존재 위에서 군림한다. 말하자면 여신의 지상권은 시간과 공간의 무한성에까지 뻗어 있다. 다른 여신-어머니들과 마찬가지로 아디티가 숱한 신전의 최초 여신이기 때문에 유일신에 대해 말하는 것이 좀 이르다 할지라도 제신들이 아디티로부터 생겨났다는 사실이 우리의 주의를 유일신이라는 관념으로 이끈다. 아디티는 전적으로 우주의 통합뿐만 아니라 삶과 죽음의 상징이기도 하다.

고대 인도나 페르시아 또는 동구의 여러 종교들은 위대한 어머니, 즉 신성한 물이라는 공통된 신화를 가지고 있다. 대지에 물을 대고 대지를 비옥하게 하는 강들은 그의 이름을 따서 명명되었다.[32] 그는 또한 전투의 신이고,[33] 존재의 파괴를 주관하는 호전적인 신이기도 하다. 초기 고대사회에서 먹을 음식을 마련하는 인간의 숫자는 제한되어 있었다. 어떤 사람들이 죽어야만 다른 누군가가 태어나고 성장할 수 있었다. 이 여신-어머니는 이 잔인한 필연성과, 삶과 죽음은 동일한 사물의 양면이라는 생각을 구현하고 있다.

또한 여신-어머니는 창조에서의 '총체'를 구현하고 있기 때문에 우리는 여러 지역에서 양성(兩性)을 띤 대지와 풍요의 신들을 발견할 수 있다. "그 신성은 모든 창조적 힘을 지배하며 이 양극성의 형태나 모순의 양립 형태는 차후 가장 고차원의 사색에서도 다시 등장할 것이다."[34]

여신의 양성성이야말로 여신은 번식을 위해 그 어떤 외부의 도움도 필요로 하지 않는 '전체'라고 말할 수 있는 가장 명확한 이유이다. 그는 단성생식으로 우주를 낳는다. 마치 그 이후에 남성 유일신의 종교들 속에서 아버지-신이 단성으로 우주를 창조하듯이.

어머니-여신에 관한 이러한 관점은 남녀관계에 어쩔 수 없이 새로운 인식을 가져오게 된다. 여자는 여신의 인간적 대용이었고 신석기 시대의 남성은 여성 형태를 띤 어떤 신을 경배했다. 일상생활에서 아이를 낳는 데 남성은 개입하지 않거나 거의 무관한 것으로 믿어졌다.

각 분야에서 많은 역사와 전설들을 수집하면서 미르치아 엘리아데는 임신의 생리학적 원인이 밝혀지기 전의 남성들은 임신이 아이를 직접 어머니의 뱃속에 집어넣는 것이라 믿었다고 추정한다.[35] 당시 사람들은 아이의 생명은 태어나기 전에 물이나 수정, 돌, 나무 혹은 동굴 같은 어머니-대지의 품에서 살고 있다가 그들 어머니의 뱃속으로 '입김'처럼 들어가는 것이라고 여겼다.[36] 이런 관점에서 보자면 아버지는 입양의 성격을 띠고 있는 일종의 의식에 의해서 아이들을 합법적 자식으로 인정하는 일을 수행할 뿐이다.[37]

그럼에도 어떤 사람들은 신화나 전설이 인간의 지식이나 감정 일체를 알려줄 수는 없다고 이의를 제기할 것이다. 그리하여 트로브리앙 사람들에 대한 최근의 연구에서 학자들은 소위 말하는 생물학적 부성(父性)에 대한 무지는 진정한 무지이기보다는 사실을 부정하려는 경향에서 생겨난다는 걸 밝혀냈다. 게다가 생리학적 조건들을 모른다 하더라도 번식에 있어서 분명 아버지의 몫이 있다는 사실을 쉽게 짐작해볼 수 있다. 그러나 그것이 여성들이 홀로—우주나 정령의 힘을 빌려—출생의 열쇠를 쥐고 있다는 가치 체계의 중요성을 결코 손상시키지는 못한다.

일종의 단성생식에 대한 이런 믿음은 심리적 혹은 이데올로기적 관점에서 오늘날 여전히 미개사회에서 이루어지고 있는 남성의 의만(擬娩, 여자가 분만할 때 겪는 고통·의식·간호를 남자가 대신 연기하는 미개인의 풍습—옮긴이)과 비교해볼 수 있다. 어머니가 해산할 때 아버지는 자신의 몸을 뉘인다. 그것은 아이에 대한 그의 권리 확인 방식이다. 흔히 아버지는 해산을 흉내내면서 소리를 지르고 아이 출생 후 몇 주가 지나서야 다시 정상생활에 들어간다.[38]

그와는 반대로 신석기 시대 사회에서는 여자—어머니의 출산력만을 중요하게 생각했다. 이러한 방침—그렇게 얘기할 수 있다면—은 당시의 종교적 체계와 경제적 구조에 깊이 뿌리박고 있다. 여성적 모성적 신성(神性)은 신석기 시대부터 인지돼왔지만 농사의 발견은 분명 그 여성적 권능을 배가시켰다. 오늘날에도 흙의 비옥함을 여성의 다산성에 비유한다. 여성이 풍요로운 수확에 책임이 있는 것은 여성이 출산의 '신비'를 알고 있기 때문이다.

농사문화는 여성이 의식을 주관하는 '우주적 종교'[39]를 정성스레 숭배한다. 농사일은 그것이 어머니—대지의 몸에서 행해지고 경작자들을 상서롭거나 불길한 시기의 주기성을 띤다는 점에서 이미 하나의 의식이다.[40]

대지의 풍요성과 여성의 출산력 간의 신비스런 유사성은 엘리아데가 '농업적 의식'이라고 부른 근본적 직관들 중 하나다. 대다수 의식들은 에로틱한 마술이 농업에 끼치는 결정적 영향을 증명해보인다. 나체, 통음난무 혹은 들에 뿌려진 모유 등이 그 증거이다. 그러나 생명의 총체적인 잉태 덕택으로 여성이 논밭의 풍요에 영향을 준다면 식물의 풍요는 역으로 여성의 잉태를 돕는 셈이다. 죽은 사람들은 이러한 풍요의 두 근원으로부터 그들을 다시 생의 물결로 흡수시켜줄 에너지와 물질을 기다리면서 상호 협력한다.

죽은 사람들(곡식처럼 땅에 묻힌)의 농사와 풍요와의 연관성[41]은 다시 한번 어머니-대지의 권능과 여성의 특권을 확인시켜준다. 풍요의 예배 의식이 죽음의 의식과 밀접하게 연관되어 있다는 점에서 농사짓기는 재생을 의미하는 것이기도 하다.

따라서 삶, 즉 풍요와 관련된 모든 것은 여성의 몫이다. 게다가 초목의 풍요나 다산의 근원이기도 한 여성은 죽은 자들을 보호하기 이전에 살아 있는 것을 보호하는 존재이다. 손에 양귀비와 아편제를 들고 있는[42] 크레타의 여신들처럼 여자들은 자신들이 수확한 식물들 덕분에 병을 치료하는 권한을 지녔다.

그들의 정치적 권한을 증명할 만한 자료는 없다 할지라도 당시의 여성들의 지배권은 대단히 막강했다는 사실에는 의심의 여지가 없다.[43] 우리는 여전사들이었던 아마존의 여인들[44]과 자신의 남편들을 살해했던 렘노스 여자들에 대한 전설을 익히 알고 있다. 하지만 이러한 반증은 남녀관계의 역사적 모델이라기보다는 억압 해소의 역할로서 의미가 있는 듯하다.

표상들과 실제생활 사이에는 괴리가 있을 수 있지만, 수천 년에 걸쳐 있는 종교에 대한 분석은 각 성(性)에게 부여된 특성의 믿을 만한 지표들을 제공한다. 그런데 신석기 시대는 모성적 통치의 지표들을 보여주고 남성의 권한은 상대적으로 그늘에 가려져 있다.

이 시기의 남녀관계를 이해하기 위해 우리는 두 가지의 확실한 사실만을 제시하고자 한다. 첫번째는 남성에 관한 것이다. 신석기 시대의 수렵기와, 청동기 시대에 전쟁이 확장되던 시기 사이에 남성들은 목축과 공예에 관여했고 그런 다음 농사일을 맡았다. 물론 그런 일들은 가사일에서 대단히 중요한 부분을 차지하지만 사냥이나 전쟁만큼 그들의 목숨을 위협하지는 않았다. 따라서 다른 어느 시기보다 평화로웠던 이 시기에 남성은 옛 명성의 일부를 상실해버렸다는 사실을 간과할 수 없다. 견고한 남성신들의 부재가 보여주듯이 그 당시에는 남성적 가치는 실추되어 있었다.

두번째 확실한 사실은 신석기 사회의 명백한 신앙과 관련되어 있다. 인간의 삶이 주술적 종교적 실천의 리듬에 맞추어지고 여신에게 기원하며 자신들을 희생하는 한, 어떻게 여신의 인간적 실체인 여성이 그렇지 않은 남성에 비해 특권을 갖지 않을 수 있겠는가? '대지이신 우리 어머니'에게 기원하는 수천 년 묵은 우리의 관습이 차후에 '하늘에 계신 우리 아버지'에게 기도하게 되는 남성적 특권과 흡사한 어떤 여성적 특권을 어떻게 부정할 수 있겠는가?

전능하신 신이 군림하는 곳이라면 어디에서든 남성이 세상을 지배하고 아버지가 가족을 지배한다는 것은 사실이다.[45] 그러나 신석기 시대의 여성들에게서는 사정이 다르다. 그녀들은 "군림하나 지배하지는 않는다"고 말할 수 있다. 하지만 경제활동이 점차 여신-어머니의 숭배와 밀접하게 관련을 맺게 됨에 따라 남성이 여성에 대해 이미 억압적 권능을 행사했을 거라는 사실은 납득하기 어려워진다.

2. 부부 혹은 분배된 권한

기원전 4000년부터 기원전 2000년대 말에 이르기까지 남녀관계는 균형과 조화의 시기를 맞이하는데 이 균형과 조화는 차후의 몇몇 시기에서도 발견된다. 양성간의 이 화해의 시기는 모든 사회에서 동시에 시작되거나 끝난 것은 아니다.[46] 몇몇 학자들은 여러 고에서 기원전 5000년부터 시작되었다고 전제하고 또다른 학자들은 가부장 제도의 시작에서부터 그리스 민주주의 태동기까지로 그 영향권을 확장시킨다. 그들은 아버지에게 부여된 권한이 어머니의 권한을 배제시키거나 혹은 여성의 자유에 반대되지 않는다는 사실을 설명하기 위해 '준(準)가부장 제도'라는 용어를 제시했다. 그러나 아직도 잘 밝혀지지 않은 이 시기의 정확한 명칭이야 어떻든 간에 우리가 가지고 있는 서류들을 보자면 당시에 양성간의 상호존중을 바탕으로 사회가 구성되었다는 인상을 갖게 된다.

모든 정황으로 미루어 보아 남성은 여성과 화해하고 있었고 이전에는 자신들이 독차지하고 있던 다양한 임무와 기능에 여성을 참여시켰던 것 같다. 어떤 의미에서 이 새로운 협력관계는 남성의 여성에 대한 일종의 소유권 상실의 시초로 해석될 수 있고, 차후의 역사가 그것을 증명해준다. 그러나 사람들은 또한 이 시기를 미래의 관점에서 관찰하기를 거부하고 한쪽이 다른 한쪽에 대한 우월권을 강요하기 위한 긴 투쟁이 시작되기 전에 마치 호흡을 가다듬는 한순간처럼 그 시기를 그 자체의 관점에서 바라볼 수도 있다.

이 시기에는 새로운 부부 개념이 생겨난다. 서구에서 동아시아에 이르기까지 점차 생산과 번식에는 둘이 필요하다는 인식이 생겨났는데, 당시엔 아직 여신-어머니에 대한 숭배를 신-아버지가 차지하지 않았었다. 그러나 그들은 경배의 대상인 신과 여신에 의해 형성된 부부였다. 그들은 이제 한쪽과 다른 한쪽에 부여된 고유한 권한의 구분이라는 구시대의 도식에 따르지 않고, 하나의 목표를 성취하는 데 어느 한쪽도 다른 한쪽 없이는 불가능하다는 생각으로 양성은 하늘과 땅을 공유했다.

생산과 번식

어떤 학자들은 보습을 사용한 남성의 농사[47]가 등장한 것이 수메르인들이 살았던 기원전 6000년경이라고 추측한다. 그러한 농사는 중동 전역에는 기원전 4000년대에 이르기까지 널리 보급되었지만 서양에는 호메로스 이전 시대, 즉 기원전 1500년에서 2000년에 이르러서야 나타나기 시작한다.

연대야 어떻든 간에 남성은 자신들의 고된 일을 거들어줄 여성 파트너와 비교적 일찍 화해를 했어야 했다는 가설은 비교적 신빙성이 있다. 막대기로 땅을 갈면서 분주하게 일하고 있는 농민들을 보여주고 있는 고대 이집트의 자료들을 토대로 추측해보자면 괭이―대부분은 나무로 만들어진―로 땅을 경작하고 고랑을 파는 일이란 상당히 고된 일이었다.[48] 인간이 농사일에 동물을 이용하거나 바퀴 없는 쟁기를 사용하게 된 것은 물론이고[49] 나무 보습 대신 금속의 날을 사용한 것은 훨씬 이후의 일이다.[50] 그러나 바퀴 없는 쟁기를 사용하기도 전에 남녀가 농사일을 분담했을 가능성도 배제할 수 없다. 힘든 경작일은 남성이, 덜 힘든 파종은 여성이 그리고 수확은 양쪽 모두가 담당했다. 그 당시의 주술적 종교적 의식과도 일치하는 것이며, 양성의 신체적 특성을 존중했던 분배인 셈이다.

청동기 시대에 바퀴 없는 쟁기를 사용하는 기술이 개발되었을 때, 농부들은 일손을 덜 수 있었고, 더 넓은 땅에 씨를 뿌릴 수 있었으며,[51] 멍에를 단 두 마리 소를 활용하게 되면서 농사는 남성의 영역이 되었다. 금속 보습을 댄 쟁기의 사용은 남성만이 할 수 있었으며, 들판은 남성의 재산이 되었다. 여성에게는 옛날의 정원만이 남게 되었다.

하지만 본래 여성들의 것이었던 영역을 남성들이 지배하기 전에 땅[52]의 풍요와 여성의 풍요 사이의 유대는 농업사회의 두드러진 특성으로 남아 있었으므로, 여성은 풍요에 영향력을 행사하는 권한과 곡물 분배의 권한을 고수하고 있었다. 이 권한은 쟁기가 남성의 심벌로 등장할 때야 비로소 퇴색한다. 그후로 대지의 풍요는 여성적 원리의 유일한 영향력에서 벗어나 양성적 원리의 연관 관계에서 결정된다.

여성과 땅의 동화는 고랑과 여성 성기의 동화로 전이된다. 곡물과 자연스런 관련을 가진 것은 더이상 여성이 아니며[53] 남성, 한결 정확히 말해 남성의 씨뿌리기였다. 쟁기-남근은 남성의 역할을 한결 부각시키면서 땅을 비옥하게 만드는 역할을 남성에게 부여했다. 그러나 이 시기에 풍요와 번식의 과정 속에서 여성의 본질적인 몫을 부정하는 사람은 아무도 없었다. 생산이라는 작업은 여전히 두 쪽의 몫이었고 부부를 필요로 했다.

20세기 초의 몇몇 인류학자들의 말을 따르자면[54] 오스트레일리아의 몇몇 부족들은 아직도 번식의 생리적 조건을 모르고 있었다. 그들은 임신을 성행위에 대한 고려 없이 설명했으며 아버지의 역할을 잘 모르거나 혹은 적어도 잘 모르는 것 같은 인상을 주었다.[55] 부성(父性)은 사회적 측면에서만 고려되었다.

어떤 학자들은 오늘날 아버지에 대한 인류학적 설명에 이의를 제기하고 생물학적 부성을 몰랐다는 가설이 틀렸다고 생각한다. 그렇지만 선사 시대의 남성에 대한 문제는 여전히 미해결로 남아 있다.

프르질뤼스키는 원시 남성들의 무지를 인정한다. 그에 따르면 모든 처녀는 의무적으로 처녀성을 상실해야 했고, 임신과 남성의 행위 사이에는 아무런 연관도 없었다. 그는 남성들에게 진실을 알려준 것이 목축이라고 믿었다. 목축이라는 이 새로운 행위를 성과 있게 실천하기 위해 가축들의 행위를 관찰했어야 했다. 그렇게 함으로써 사람들은 암수가 같이 있거나 떨어져 있는 것이 번식을 용이하게 하거나 방해한다는 사실을 알아냈다. 그후 남성들은 이 발견을 자신들에게 적용하는 것만으로도 진실을 충분히 파악할 수 있었다. 그들은 잉태에 대한 자신들의 생각을 바꿨다. 여성을 임신하게 만드는 것은 어떤 특정한 음식을 먹거나 어떤 특정한 물건을 만져서가 아니라 남성의 물질이 여성들 속에서 싹을 틔워 이뤄진다는 것을 알았다.

"최초의 단성번식의 개념은 양성번식으로 전이된다. 생명을 전수하는 것에는 양성의 참여가 필요하다⋯⋯ 이리하여 권리와 종교에서 혁신이 일어난다. 그때까지 아이는 어머니에게만 속해 있었다. 아이는 그를 태어나게 만들 싹의 성격에 따라 어떤 식물 혹은 동물이었다. 그러나 이제부터 아이는 아버지에게 속하게 된다. 그는 남성의 아이이고 조상의 혈통을 잇게 되었다."[56]

프르질뤼스키는 그때에 모계혈통이 부계혈통으로 바뀐다고 생각한다. 그러나 그토록 급진적인 변화는 점진적으로 그리고 저항에 맞서가며 이루어졌다는 사실을 위에 언급한 인종들의 민요에서 알 수 있다.[57]

그리스 신화에는 아직도 아이가 어머니에 속해 있던 시기의 회미한 흔적이 발견된다. 피에르 비달-나케[58]는 아테네인들을 야만에서 문명으로 인도한 세크롭Cécrops의 신화를 상기시킨다. 문명화된 아테네는 그 이전과는 모든 것이 상반되었다. 거기에서 아테네 여인들은 더이상 투표에 참여하지 않고 아이들도 이제는 어머니의 이름으로 불리지 않았으며, 아테네 여인들은 자신의 고유한 이름도 갖지 않게 되었다. 그들은 아테네 남성들의 아내이거나 딸로서 존재할 뿐이다. 클레아르크Cléarque의 말을 빌리자면 "전에는 성적 결합이 우연스럽게 이뤄졌기 때문에 아무도 아이의 아빠를 알 수 없었고, 아이는 어머니의 이름으로 구분될 수밖에 없었다".[59]

이런 생각이 번식에서의 남성의 역할에 대한 무지를 알려주지는 않는다 하더라도 여성의 성적인 자유 때문에 아이의 생물학적 아버지를 몰랐다는 사실과 모계 가족구조에 필시 의존할 수밖에 없었다는 사실만은 입증한다. 그렇다면 우리가 알고 있는 가부장 제도 내의 결혼에서 생겨난 부부 개념이란 우리가 생각하는 것보다 훨씬 이후에 생겨난 셈이다. 결혼 제도의 성립과 마찬가지로 농사나 글쓰기 그리고 사유재산 제도가 생겨난 것이 세크로의 덕이라고 한다면[60] 우리는 신화가 부성(父性)과 농사 발전 사이에 오늘날 선사학자들이 제시하는 것과 같은 관계가 성립한다는 사실을 알 수 있다.

전쟁의 탄생[61]

신석기 시대 동안 선사 시대의 수렵인들은 무장을 했으나 평화롭게 살았다. 출토된 그들의 무덤에서는 어떠한 전쟁의 흔적도 발견할 수 없다. 초기 신석기 시대의 사람들은 여기저기 흩어져 살았으므로 평화로웠다. 후기 구석기 시대부터 공격성의 흔적들이 발견된다고는 하지만 그것들은 전부 개인들 사이의 공격성일 뿐 전쟁이라고 말할 수 있는 것은 아무것도 없다.

호전적 증거들이 다양해지고 집단성을 띠게 되는 것은 농업이 한창이던 중기 신석기 시대부터이다. 이유는 간단하다. 생활과 곡식의 조건들이 사람들로 하여금 무리지어 살고 싶은 충동을 낳았다. 그 시기는 마을이 형성되고 생산이 증가하던 시대다. 고대 신석기 시대에서는 발견되지 않았던 거대한 식량 단지가 가구들 사이에서 발견된 걸로 보아 당시 지배적이었던 식량 비축의 욕망을 확인할 수 있다.

그러나 자원의 축적에 의해 야기된 인구 집중 현상은 새로운 땅의 필요성을 낳았다. 그리하여 영토 소유를 위해 집단간에 전투가 벌어졌고, 약탈과 정복이 곧 일상의 일부가 되어버렸다.

집단무덤에서 전쟁의 흔적이 발견된 것은 특히 신석기 시대 말기와 철기 시대이다. 해골에서는 분명한 상흔이 남아 있고 뼛속에는 분명 잔혹한 행위의 증거인 날카로운 화살이 깊숙이 박혀 있다.[62]

전쟁은 말할 것도 없이 남성의 몫이었고 남성을 속박했다. 화살이 관통한 뼈는 남성의 뼈였고, 여성의 뼈에서는 그러한 흔적을 거의 찾아볼 수 없었다. 농업 발전에 따라 전사들이 수렵인의 뒤를 이었고 수렵의 쇠퇴에 따라 잃어버렸던 남성들의 권위와 권한을 되찾을 수 있었다. 시간이 지남에 따라 전사들은 이 위험하고도 고상한 활동의 전문가로서 특권층을 형성하기에 이른다.

그런에도 신화는 여전히 여전사들의 이야기로 가득 차 있다.[63] 방랑객들의 이야기들 또한 그 수가 적지 않다.[64] 불행하게도 이 예들의 대부분은 입증할 수 없거나 설득력이 없다. 여성들도 군대에 가담하고 유니폼을 입었을 수 있으나 결코 적과 대치해서 맨 앞줄에 서지는 않았다. 그러나 대단히 상이한 두 유형의 문화가 여성들의 전쟁 참여를 신화적으로가 아닌 역사적인 방식으로 입증해준다. 그 하나는 준(準)가부장제였던 켈트 문화인데 거기에서 여성은 대단히 중요한 역할을 담당하도록 허용되었다.[65] A. 펠르티에는 여자들이 지휘하는 일개 무리와 마주친 로마 사람들의 당황한 모습을 기술하고 있다.[66] 그는 엑 상 프로방스 근처에서 마리우스와 암브롱이 대치하고 있던 전투에 여성들이 참가한 것을 보고 놀란 플루타르크를 인용하고 있다. "거기에서 여성들은 몸을 던져 검과 도끼를 휘두르면서 분노의 날카로운 비명을 지르며 도망가는 적들과 따라오는 적들을 물리치고 있었다…… 여성들은 전투의 일원이었고 살을 찢는 상처를 끝까지 용맹스럽게 참아내면서 맨손으로 로마 병사들의 검과 방패를 빼앗았다."(『마리우스의 생애 Vie de Marius』, 19, 9)

브라질의 문화는 아마존 여인들식의 행동, 즉 여성들의 전투 참여의 다른 예를 보여준다.[67]

그러나 그 두 문화의 어느 한쪽도 역사적으로 남성의 영역이었던 전쟁에 남성이 참여하는 것을 배제하지는 않았다.[68]

특히 늘 남성적 행위로 여겨지던 전쟁은 모성의 상대적 보완물이었고 남성들이 그토록 필요로 했던 어떤 특성을 남성에게 부여해주었다.

종교의 이원성

기원전 4000년대 말부터 3000년대 초에 이르기까지 신의 이원성은 분명 이전의 삼원성을 제압하고 있었다. 그 사이에 우리는 일처다부제에서 일부일처제로의 전환을 확인하게 된다. 신들 사이에서도 문명의 혜택을 덜 받은 부족에게는 삼원성이 여전히 존재했던 반면 문화가 풍요롭게 번창하던 지역에서는 이성(異性)의 부부 개념이 자리잡고 있었다.

이집트에서 커플신이 등장한 것은 기원전 3000년경이다. 오시리스는 곡물의 신인 동시에 물의 수호신이다.[69] 우주의 풍요의 여신인 이시스와의 결혼은 물(나일 강)과 땅의 결합을 상징한다. 그들이 사랑을 나누면서 모든 자연을 잉태한다. 그러나 A. 모레가 전하는 전설에 의하면 거기에서 여성 고유의 권한에 대한 첫 탈취가 생겨난다. 모든 식량과 섬유, 농업기술과 관개를 인간에게 전수한 것은 이시스가 아니라 오시리스였다.

같은 시기에 바빌론에서는[70] 농업의 신은 남성의 형상을 하고 있었다. 메소포타미아에서 아나톨리아와 시리아에 이르기까지 신성한 커플 옆에서 농업신의 특별한 역할을 떠맡기 위해 서 있는 풋내기 젊은 신을 볼 수 있다. 이 특이한 재능을 부여받은 젊은 신은 곧 위대한 신에 '흡수'된다. 그는 위대한 여신의 연인이 될 것이고 우주의 풍요를 주관하게 된다.

인도 유럽 신화의 도처에서 우리는 일찍이 주피터–주노 식의 커플,[71] 즉 일부일처제에 따른 모계적 결합이 이루어지는 경향을 발견하게 된다.[72] 동물의 지배자였던 여신은 두 남성의 배우자가 되었다가 후에 그중 한 사람과 짝을 이룬다. 나이든 여신과 젊은 여신의 형상을 띤 단성 커플인 데메테르와 코레 여신 커플[73]은 아스타르테와 아도니스라는 이성 커플에게 자리를 내준다.

양성의 모습을 띤 신의 커플은 출생에 대한 인식 변화의 증거이다. 생산은 이전의 단성 커플이 보여주듯이 여성 고유의 권한이 아니다. 어머니는 남성의 개입 없이는 더이상 아이를 낳을 수 없

다.[74]

그러나 신 커플 사이에서 권한의 균형은 오래 지속되지 않은 듯하다. 오래된 삼신(三神) 한 쌍의 모습에서는 여신이 남성 수행원들 위에 군림했으나 이신(二神) 한 쌍에서는 반대로 남신이 점점 더 중요한 위치를 차지하면서 결국 여성들보다 종종 더 큰 힘을 갖게 된다. 신의 모습에서의 이러한 변화는 인간 커플에서의 양성의 권한에 의미심장한 변화를 야기시킨다. 여성적 표상은 철기 시대와 유사 시대에도 계속되지만 사랑과 불가분의 관계인 커플의 개념이 여성적 권한 축소의 기원이기도 하다는 생각을 확인할 수밖에 없다.

여성의 특권이 기울어지기 이전의 남녀는 비교적 동등한 관계를 유지했다고 할 수 있다. 남녀관계의 역사상 이 예외적인 시기는 하늘과 땅의 공유에 의해 특징지어진다. 생산자이면서 번식자인 신적 커플로서의 남자와 여자는 서구사회에서 훨씬 뒤에야 나타나는 협력과 균형의 관계를 맺고 있었던 것처럼 보인다. 하지만 사람들은 여성성도 신성을 구현한다는 사실이나 초월적 힘은 남성에만 속해 있지 않다는 사실을 곧 잊게 될 것이다.

3. 양성의 간섭, 대등 그리고 평등

고대 그리스에 대한 최근 연구들[75]은 기원전 5세기에서 4세기 무렵에 몇몇 종교적 혹은 사회적 관습에서 발견되었던 양성의 대등이나 간섭을 공통적으로 주장한다.

장-피에르 베르낭은 상호보충의 관계였던 남신과 여신—헤르메스와 헤스티아—의 신화를 예로 들면서 양성의 대등성을 조명해낸 초기 학자들 중의 하나였다.[76] 알다시피 헤르메스는 여행의 신이다. 가정의 수호신인 헤스티아는 가정의 중심이고 거기에서부터 인간 사이의 공간과 그 공간의 성격들도 생겨난다. 그녀는 '내부'이다. 반면 헤르메스는 끊임없는 '외부'이며 어디서든 편재한다. 헤스티아의 영역은 집이나, 헤르메스는 세상 도처를 편력하며 일을 하고 전쟁과 무역 등 공적인 활동에 참여한다. 일견 보아 모든 것에서 남녀는 대치되는 것처럼 보이지만 베르낭은 한쪽에서 다른 한쪽의 신의 모습을 발견하기 때문에 그 대치는 실제적이라기보다는 피상적이라는 사실을 강조한다. 헤르메스도 정착성을 대변할 수 있고 헤스티아 역시 동성(動性)을 지니기도 한다.

양성간의 이러한 모호성은 결혼[77]이나 음식[78] 같은 중요한 사회관습에도 존재한다. 베르낭은 '내부', '외부' 또는 정착성, 동성 같은 양극성은 가정의 관습에서 증명될 뿐만 아니라 남녀의 본성에 이미 자리잡고 있다는 결론을 내린다. "헤스티아도 헤르메스도 떨어져서 존재할 수는 없다. 그들은 커플의 형태로 그들의 직분을 확보하고 다른 쪽의 존재를 자신들의 필요한 상대자로 인정하게 된다. 게다가 이 두 신성(神性)의 상호보완성은 각각의 신성한 특성에 근본적 모호성을 부여하는 '대치' 혹은 '내적 긴장'을 전제로 한다."[79]

처녀 여신인 헤스티아는 정착성이라는 직분을 확보하기 위해서 삶과 출산의 근원으로서의 '어머니' 역할도 담당해야 한다. 공간과 이동의 신인 헤르메스도 가정 속에 정착할 줄 알아야 한다. 한쪽이 그저 다른 한쪽의 보완물인 것만은 아니다. 한쪽의 한 부분이 다른 한쪽에도 내재해 있다. 이런 의미에서 남녀가 좀더 서로 잘 보완하기 위해 대치한다면 그들은 이해하고 유대를 갖기 위해 또한 좀더 서로를 닮아가야 한다.

양성의 간섭 혹은 역할의 도치는 신화 속에서만 존재하는 것은 아니다. 그리스 연극[80]이나 몇몇 교육적 전통 속에서도 발견된다. 비달-나케[81]는 다음의 사실을 지적한다. 성인으로의 통과의식의 순간에 아테네 청년들은 선서를 마치고 투사로서의 전투복을 입기 전 검은 망토로 된 여자옷을 입어야만 한다. 반대로 여자 성인 의식은 남성의 의복을 입고서 행해진다. 두 경우에 있어서 청년과 처녀는 성인 그룹에 받아들여지고 병합되기 이전에 마치 자연의 양성적 이원성을 보여주기라도 하듯이 한순간 그렇게 이성(異性)이 되어봐야 한다.

스파르타에서도 이러한 성의 도치가 행해졌다. "처녀들은 한 여자의 손에 맡겨지는데 그녀는 처녀들의 머리를 짧게 깎아주고 남자 사냥꾼들의 옷을 입혀주면서 짚으로 된 매트 위에 눕히고는 어두운 곳에서 혼자 지내게 한다."[82] 스파르타에서 성의 간섭의 원리는 대등의 원리와 관련되어 있다. 니콜 로로는 아주 잘 쓴 논문에서[83] 잠자리와 전쟁을 연관시키며 무장 보병과 해산한 여인의 동등한 가치를 보여준다. 그들은 둘 다 어느 순간이 되면 전력을 발휘하기 위해 신체적 훈련을 받아야만 한다. 미래의 전사를 위한 훈련은 쉽게 상상할 수 있지만 '파르테노스'에서 이루어지는 처녀들이나 임신한 여인들의 훈련은 하나의 예외이며 스파르타 식의 특징이기도 했다.

그러나 니콜 로로는 전쟁과 잠자리의 이와 같은 대등성을 아테네의 개인 묘지에서도 발견한다. "아테네 묘비의 조각에서 망자는 생전의 그의 모습으로 조각된다. 사람의 죽음에 관해서는 병사의 죽음과 해산한 여자의 죽음이라는 조각상만이 남아 있을 뿐이다."[84] 로로는 또한 그리스 도시에서는 "부부의 잠자리가 결코 농담의 대상이 되지 않았다"는 사실을 상기시킨다. 그 이유는 부부 침실

을 의미하는 '로초lochos'라는 단어는 매복이나 부대를 의미하기도 했기 때문이다.[85]

대등이나 균형을 이보다 더 잘 표현한 말은 없을 것이다.

메데우스의 입을 통해 유리피데스 역시 전투와 해산의 대등성을 인정했다. 여성이라는 사실의 고통을 얘기하면서 그녀는 이와 같이 역설한다. "남성들은 자신들이 전쟁터에서 싸우는 동안 여자들은 집에서 안전한 생활을 누린다고 말한다. 터무니없는 소리다. 옆구리에 방패를 차고 세 번씩이나 전쟁터에 나가야 한다 하더라도 아이를 한 번 낳는 일보다 차라리 그 길을 택하겠다."[86] 이런 외침 외에도 고대의 관습이나 몇 가지 낱말들을 더 첨가해야 할 것이다. 예를 들어 고통을 의미하는 '포노스Ponos'라는 낱말은 혹독한 고통을 참는 법을 배우는 젊은 남성에게와 마찬가지로 해산의 고통을 참는 여성에게도 적용되는 단어이다. 이 투쟁 속에서 여성은 남성성의 어떤 표증들을 뒤엎는다. "시민의 지위를 획득하기 위해서나 전쟁을 치르기 위해 그리스 남성들이 허리띠를 두르는 반면에 해산하려는 여성은 그와 반대로 허리띠를 푼다. 뒤바뀌기는 했으나 그 표시는 모성을 전투와 연관시킨다."[87]

두 경우 모두 남녀는 고통을 받고 생명의 위협을 느낀다. 그렇게 함으로써 그들은 인간적 기준을 초월하게 되고 양성의 차이점이 아닌 유사성을 우세하게 만든다. 겉으로 보기에는 반대되는 것 같은 두 가지 행위를 통해 남녀는 그들 고유의 특성 속으로 서로를 고립시키기보다는 인간성이라는 같은 개념 속으로 그들을 묶어주는 공통된 경험을 체험하게 된다.

정통 그리스어에서는 여성을 남성과 구별하면서 출산이라는 임무로 여성을 제한하고 있지만 "한번 남녀를 구별해놓는다 하더라도 그 구별이 영원히 지속될 수 없다는 사실을 가장 잘 알고 있었던 민족이 다름아닌 그리스 민족이었다. 헤시오도스에서 히포크라 테스에 이르기까지 그들은 인간을 여성-암컷, 남성-사나이, 남 성-여성, 남자를 만드는 여성 등으로 구별하면서 흡족해하지 않 았던가?……"[88]

간섭과 대등에 대해 얘기하는 것은 그만큼 평등에 대해 말하는 것이다. 우리의 관심사인 고대에 관해 남녀 사이에 법이 없는 무정 부사회나 나중에 생겨나는 억압과는 거리가 먼 제도적 균형의 상 태를 가정할 수 있다. 당시는 가부장 제도가 이미 존재하고는 있었 으나 그렇게 억압적인 면을 띠지는 않았다. 파트너의 교환은 아주 자유로이 이루어졌다. 호메로스와 영웅설화의 세계에서 합법적 배 우자와 내연의 처 사이의 갈등은 고대보다 훨씬 약하게 드러난 다.[89] 행동의 규준과 규율은 선택의 폭을 넓혔기 때문에 6세기 말 아테네의 민주적 도시에서 그랬던 것처럼 결혼의 유일한 모델이란 존재하지 않았다.[90] 여성의 지위나 계급이 다양하고 범위도 넓어 서 남성들에 의해 만들어진 억압적 모델 속에 갇혀 있지 않았다.

양성의 상호존중에 적합한 이 모든 것들은 같은 시기의 다른 사 회에서도 존재하고 있었다. 베다 문학에서 여신-어머니인 아디티 와 위대한 남성신들 사이의 균형은 거의 동등했다.[91] 기원전 4000 년에서 2000년 사이에 씌어진 문헌들(특히 리그베다)에 나타난 아 리아 남성들은 아내들을 대단히 존중해주었다. 그들이 인도를 침 범했을 때 가부장 제도를 강요했지만 그들의 아내들은 노예가 아 니었고 여성들의 상황도 차후에 알게 될 상황보다 훨씬 유리했다. 여자아이가 태어나면 기꺼이 받아들였고 교육도 남자아이들의 교 육보다 더 정성을 들였으며 영리한 여성들은 칭찬과 존경을 받았 다.[92] 리그베다 시기에는 여성들도 전투 교육을 받았다. 몇몇 여성 들은 전투를 통해 명성을 얻었거나[93] 위대한 여왕의 칭호를 부여받기도 했다. 특히 여자아이들에 대해 가족이나 사회 집단은 어떤 편견도 내비치지 않았다. 여자아이들은 남자아이들만큼이나 성적으로 자유로웠고 가족과 사회에서 사생아들을 부끄럼없이 받아들였다. 가부장 제도에 근거하고 있었지만 베다 여인들의 신분은 17세기 프랑스 여성들의 신분보다 훨씬 유리했다.

철기 시대에서 서기 1세기 로마 족의 골 족 침입에 이르기까지의 여성들의 상황도 역시 그러했다. 켈트 족의 법에 의하면 그 당시 이미 가부장제를 채택하고 있었지만, "켈트 여성들은 당시 로마 여인들이 무척 부러워할 만한 특권을 누리고 있었다. 남녀 사이에는 한쪽의 다른 한쪽에 대한 우월성에서 비롯된 균형이 아닌 각각이 편안하게 느낄 수 있는 평등에서 비롯된 균형이 이루어졌다".[94]

남녀 역사의 첫번째 국면은 그렇듯 평등을 기초로 이루어졌다. 여러 단계를 거치기는 했지만 약 삼만 년에 이르는 이 긴 시기는 하나의 변치 않는 특성을 지니고 있었다. 남녀의 임무와 직분이 구별되어 있었다는 것은 결코 부정될 수 없는 사실이지만 한쪽이 모든 권한을 독차지하면서 다른 한쪽을 짓눌렀던 순간은 한순간도 존재하지 않았다. 개인적 학대는 분명 있었겠지만 어떤 특별한 억압이 제도화된 흔적을 찾아볼 수 없다. 구석기 시대에서 철기 시대에 이르기까지 남녀는 비교적 공평하게 임무를 분담했으며 한쪽이 다른 한쪽의 연약한 분신도 아니었고, 경계해야 할 악한 존재는 더더욱 아니었다. 여성의 역할이 배제된 유사 시대와는 반대로 여성이 막강한 특권을 누리던 시기에조차 남성들은 그들의 신체적 우월성 덕택에 도시에서의 그들의 역할을 계속 유지해나길 수 있었다.

구석기 시대의 특징인 초기의 권한 분리에서 말기의 권한 공유에 이르기까지 우리는 다음 시대에 곧 나타날 양성 사이의 전쟁의 흔적에 대해서는 아무 증거도 찾아볼 수 없다. 분리란 한쪽의 배제를 의미하는 것이 아니라 다른 쪽에 대한 상호간의 필요를 의미한다. 마찬가지로 책임의 분배란 연대감이나 상호존중의 한 지표일 수 있다.

그럼에도 불구하고 이런 상태가 양성의 관계에서 '자연적'인 것은 아니다. 균형이란 늘 순간적이고 과학적 기술적 발견이나 이데올로기의 전복에 따라 언제든지 변하게 마련이다. 그 이후의 시기에는 이런 변화들이 수없이 뒤따르지만 이제 남녀의 역사는 갈등의 역사, 혹은 심한 경우에는 다른 한쪽의 제거의 역사로 씌어질 것이며, 상호보완의 관계가 깨어질지도 모르는 위험스런 상태에 이를 것이다.

2부 하나 없는 다른 하나

남성의 세계와 여성의 세계는 태양과 달의 세계와 같다.
그들은 아마 매일 서로를 보지만 결코 만나지는 못한다.

——M. 마프리

이제 우리가 얘기할 시대는 가부장제가 절대적으로 군림하던 시기로 이는 지역에 따라 삼천 년 혹은 사천 년 동안 지속되었다. 그 시기가 지나면 세상의 한 부분에서 가부장 제도는 자취를 감춘다. 그 시대는 우리 문화의 요람인 동양에서 시작되어 서양에서 끝난다. 만일 누군가가 가부장제는 세상의 대부분 지역에서, 특히 모든 것이 이제 막 시작되고 있는 중동의 이슬람 국가에서 아직 생생히 존재하고 있다고 이의를 제기한다면, 우리는 신석기 시대의 혁명이 이천 년이 지난 후에야 서구에 전파되었고, 특히 권한 체계의 폐지가 지구상의 단 한 부분에서만 일어났다 하더라도 그것이 그 권한 체계의 상대성이나 취약성을 드러내는 데 충분하다고 대답해주고 싶다.

　'절대적'[1] 가부장 제도가 정착되고 지속되기 위해서는 우선 몇몇 이데올로기적 조건들이 결합되어야만 한다. 그 조건들은 모두 남성적 권한을 부각시키는 데 목표를 두고 있다. 남성의 전능이라고 말하는 것이 더 옳을 만큼 권한의 개념이 몇몇 사회에서는 남성과 연관되어 있다. 사람들은 지브롤터에서 일본에 이르는 지역의 특성을 얘기하면서 '가부장적 전제주의'[2]라는 표현을 사용하기도 한다.[3] 그러나 그 흔적은 세상의 다른 지역에서도 찾아볼 수 있다.

이런 가부장제 속에서 남성들은 마치 전능한 신이 우주에 군림하듯이 자신들이 도시와 여성 위에 군림하는 것만으로 만족하지 못한다. 그런 불균형을 정당화시킬 표상과 가치 체계를 강요하는 것도 필요하다. 그것이 양성 사이에 극단적으로 계급화된 개념의 출발이 되었다. 남성이 세계와 여성을 지배하는 것은 남성이 여성보다 창조와 창조자로서보다 훌륭한 표상이기 때문이다. 그가 그의 권한을 가혹하게 행사하는 것은 예전 동반자였던 여성이 이제는 지속적으로 의심해봐야 할 위험을 지닌 존재가 되었기 때문이다.

남성이 이제는 악이 되어버린 다른 한쪽인 여성을 누르고 선을 구현해야겠다고 확신했을 때 모든 월권행위는 어떤 신학이나 도덕으로 미리 정당화되었다. 남성성과는 다른 못된 성질을 최대한 축소시키고 그것이 남성을 해치지 않도록 무기력하게 만드는 일이 하나의 신성한 임무가 되었다.

보잘것없는 존재로 전락했음에도 불구하고 여성은 남성의 상상 속에서는 늘 모종의 위험을 내포하고 있다. 이제는 여성이 신성(神性)을 구현하지 못하고 출산에서의 역할도 극소화되었으며, 여성이 자신의 삶이나 세상의 추이를 결정하는 데 전혀 참여하지 못한다 하더라도 여성은 늘 무질서와 혼란을 야기하는 위협적인 존재로 여겨졌다. 극단적인 경우에 여성은 사탄과 동일한 존재였다.

어떤 가부장 사회가 여성에 대해 가혹하면 가혹할수록 그 사회는 여성에 대한 두려움—거세의 두려움이나 남성이 자신에게 유리하게 세워놓은 훌륭한 제도를 깨어버릴지도 모르는 여성의 반항에 대한 두려움—을 더욱더 확연히 보여주고 있다. 배제의 논리가 여성의 동참으로부터 남성을 보호한다. 그 논리는 남성의 특성으로 남성의 지위를 확고히 해주고 여성과의 비교를 금한다. 사실, 본래 서로 다른 것을 비교할 수는 없으며 더욱이 근본적으로 다른, 즉 이질적인 것을 비교할 수는 없는 법이다.

분명 남성들이 두려워하는 것은 잘못된 일이다. 물론 여성의 몇몇 개인적인 항거는 있었지만 늘 시간이 지나면 굴복했었고 더욱이 역사상 여성들의 집단적 반항은 그 유례가 없다. 이천오백 년 동안 여성들은 그들의 남성 주인의 이데올로기 체계를 받아들여 왔다. 그 이유는 아마도 많은 여성들이 자주 눈물이나 사악함이나 증오를 삭이면서도 자신들 속에서 어찌할 수 없이 수동성이나 무책임성 혹은 안전에 대한 염원을 발견했기 때문이었을 것이다. 남성들의 염려와는 반대로 여성들은 폭력이나 혼란을 야기시키면서 그 억압으로부터 벗어나려 하지 않았다. 여성들은 가치 체계가 남성에게 유리하게 변화되어가는 것을 이용하여 자신들에게 유리하게 작용하도록 만들었다. 개략적으로 말하자면, 여성을 배제하는 가부장적 논리가 서구에서 아테네의 민주주의가 생겨나기 전, 즉 기원전 5세기에 생겨나기 시작했다면, 이 논리는 모든 인간에게 민주주의가 적용되던 시기, 즉 프랑스 혁명의 시기에 그 종말을 맞는다.

요컨대 그 종말은 빨리 오지 않았다. 쇠퇴기의 가부장 제도는 이백 년 동안 신음하면서 지속되었는데 그 사이에 퇴행의 시기를 몇 번 거친 후 여성 권한의 조심스런 진전이 이루어졌다. 그러나

이 멸망 직전의 제도의 격렬한 몸부림도 결국은 종말을 맞이할 수밖에 없었다. 바로 어제의 일이다…… 아무도 그 사건을 축하하기 위해 길거리로 달려나오지 않았다. 어쩌면 소리를 지르면 죽은 자를 깨울지도 모른다는 두려움 때문이었거나 어쩌면 남성들이 당황해하는 모습이 여성들에게는 측은하게 느껴졌기 때문이었을 수도 있다.

I. 절대적 가부장 제도 혹은 모든 권한의 몰수

가부장 제도란 단지 남성적 혈통이나 부성적 권한에 근거한 가족 형태만을 지칭하는 것은 아니다. 그 용어는 아버지의 권한에 근원을 두고 있는 사회구조를 지칭하기도 한다. 그러한 조직 내에서는 도시의 우두머리나 부족의 족장은 아버지가 한 가족의 구성원에 대해 갖는 권한과 동일한 권한을 그 집단의 구성원들에 대해 갖는다. 그 둘 사이의 밀접한 유사성 때문에 통치자들은 기꺼이 '민중의 아버지'라고 불린다.

아버지와 우두머리의 권한은 사회마다 다르다. 아프리카의 마사이 족에게서 그 권한은 프랑스 루이 14세 때보다 더 정연한 것처럼 보인다. 그러나 전제적이건 자유주의적이건 결정하고 통제하고 자신의 법률을 적용하는 쪽은 아버지다. 가부장 제도의 최소의 공통점은 당사자들의 동의를 얻거나 혹은 당사자들의 동의와 상관없이 딸과 며느리를 교환한다는 사실이다.[1] 점차적으로 여성들은 남성들의 재산이라는 위치에 놓이게 될 것이다. 여성은 사고 팔 수도 있는, 남성 배우자의 재산처럼 간주되는 것이다. 가장 절대적 형태의 가부장 사회의 특징은 여성들의 섹스에 대한 엄격한 통제이다. 여성의 간음은 남성들에게는 일종의 강박관념이다. 자신의 이름과 재산을 낯선 혈통의 아이에게 물려준다는 생각은 어찌나 끔찍하던지 남성은 그런 모욕을 당하지 않기 위해 여성이 출산할 아이에 대해 극악한 근심에 사로잡힌다.

가부장 제도는 역사적으로 청동기 시대까지 중동의 도처에서 발견된다. 따라서 여성의 교환은 동양에서나 서양에서 우리가 생각하는 것보다 훨씬 더 먼저 이루어졌을 가능성도 배제할 수 없다.[2] 그러나 절대적 권한으로서 총체적이고 엄격한 권한 체계가 나타나는 것은[3] 그 직후에 옛날의 여신을 전능한 남신으로 대치했던 진정한 종교적 혁명이 행해졌을 때다. 천 년도 안 되는 기간 사이에 브라마, 야훼, 제우스, 주피터가 신자들로부터 인류의 아버지로 그 권위를 인정받고 어머니를 하찮은 지위로 떨어뜨린다. 마치 남성들이 자신들의 부성적 권한을 좀더 확고히 하기 위해 기독교적 유일의 남성신을 창조하기라도 했듯이……

1. 신적인 권한:하느님 아버지

남신은 여신을 추방한다

남신과 여신 커플의 균형은 오래 지속되지 않았다. 예전의 아름다운 상호이해는 불화로 바뀌었고 신적 권한의 동등성도 끝이 났다.

불균형의 가장 두드러진 예는 대지−어머니인 데메테르가 딸 페르세포네의 보호 문제로 남편이자 지옥의 신인 하데스와 겪는 알 수 없는 갈등이다.[4]

P. 체슬러에 의하면, 데메테르는 "자유롭고 행복한 어린 딸을 남성의 굴레로부터 벗어나게 해야 한다는 이유로 자신이 직접 기르면서 결국 남편과의 결혼을 불행하게 만드는 어머니이다".[5] 전설에 따르면 페르세포네가 자신의 첫 월경을 자축하기 위해 개양귀비꽃을 따던 날 아버지인 하데스가 그녀를 가로채듯 지하로 데려가버려 데메테르의 엄청난 분노를 샀다. 호메로스의 시 구절에는 데메테르가 빼앗긴 딸을 애통해하면서 어떤 위로의 말도 들으려 하지 않고 음식물과 음료를 멀리했다고 묘사되어 있다. 그것은 위대한 여신이 곧 자신의 자리를 차지하게 될 남성신에 대해 시도한 첫 반항이었다.

또한 F. 도본은 이 신화가 여성의 우위성이라는 당시의 유대감을 유발시켜 막 태동하고 있는 남성적 권한에 대한 거부를 상징한다고 생각한다. 그녀는 그 증거로 아이의 유괴를 정당하다고 생각하는 가부장제의 상징인 태양신을 데메테르가 협박한다는 사실을 내세운다.

"모든 여자아이들이 그런 운명을 타고나야 한다면 인류는 멸망해버려라! 딸애를 나에게 돌려주지 않는다면 수확도 곡물도 밀도 전부 끝장나버려라."[6]

F. 도본의 추론에 따르면, 그러한 외침은 농사짓는 여인들이 목축에 종사하는 남자들의 자만심에 대항한 외침일 뿐 아니라 아직 농사가 전적으로 여성의 권한이었던 시기의, 즉 아직 쟁기가 등장하기 전의 외침이다.

어쨌건 간에 농사지으면서 부르는 이 "노동가 덕택에"[7] 위대한 여신은 일 년 중 육 개월 동안 다시 딸과 함께 지낼 수 있었다. 이 문제는 제우스가 중재했는데, 그는 하데스를 이렇듯 공평한 분배의 논리로 설득했던 것이다. 남신과 여신 사이의 이런 화해는 또한 토양의 관리에 대한 남녀 사이의 옛적 '계약'을 의미하기도 한다.[8] F. 도본에 따르면 그것은 '준(準)가부장제'의 시초였다.

데메테르의 승리는 오래가지 않았다. 인간사회에서 생겨난 변화의 물결은 남성 쪽으로 바람의 방향을 돌렸다. 청동기 시대에는 신석기 시대 초기 문화에 널리 퍼져 있던 풍요와 대지의 숭배의식에 다른 종교적 개념이 첨가되었다.

새로이 조명되는 전쟁의 중요성은 전사들의 우두머리에게 특권을 부여했다.[9] 단도와 검이 수렵인의 활을 대신했으며, 그것들은 고위직 인물의 무덤 속에서 발견되는 엄숙한 의례적 물건이기도 하다. 청동기 시대의 이 무렵에 "유럽의 도처에서(또한 동양의 모든 지역에서) 영웅 숭배가 등장하고, 신체적 힘이 찬양되며, 전사 귀족주의가 빈번히 사회를 지배한다".[10]

영웅은 단지 전사들의 우두머리만을 지칭하는 것이 아니다. 청동기 시대 사람들은 "불을 마음대로 다루고 바위를 액체로 만들어서 검이나 도끼로 만들었던 장인(匠人)들을 찬양했다. 탁월한 창조의 힘을 지닌 태양도 역시 각별한 숭배의 대상이었다".[11]

어떤 경우든지 세상과 물질의 주인인 영웅에 대한 숭배가 대지-어머니에 대한 경배의 자리를 빼앗았고 이제 대지-어머니의 몫은 수동적으로 씨앗을 받아들일 뿐이다. 청동기 문화가 꽃피던 곳이면 어디에서든 여신은 하위의 배우자가 되고 종국에는 신의 무대에서 사라지게 된다. 문화에 따라서는 여신이 팡테옹의 남성신에 의해 점차 제거되거나 남성화되고 추방당하기도 한다.

그리하여 이집트에서 여신 이시스는 남성신 오시리스에게 흡수되어 사라져버리고 오직 오시리스만이 여지껏 군림하고 있다. 켈트 족의 경우 새로운 신화적 전설은 새로운 정신적 구조의 개화를 의미한다. 낡은 여성신화가 거추장스럽다고 느껴지면 사람들은 그것을 조롱하고 혹은 역할을 바꿔서 여성신 대신 남성적 인물로 대체하기도 한다. J. 마케일은 켈트 족에게 태양은 본래 여신이었거나 아니면 적어도 여성적 권능이었다고 말한다.[12] 태양 영웅은 점차 애초의 여성신 대신에 남성신-태양으로 변하고 여성신은 달이라는 차갑고 불모인 별의 지위로 하락한다. 역할이 완전히 뒤바뀐 셈이다. 켈트 족 전설에 등장하는 여신-암퇘지와 여신-멧돼지의 경우도 마찬가지다. 본래 그들은 번영과 사랑을 상징했다. 그러나 남성들이 그 훌륭한 여신의 이미지를 왜곡시키고 "피와 더러움에 연관된 가장 상스러운 섹스의 이미지만을 남겨놓았다. 기실 여신-암퇘지는 신성을 잃은 암퇘지만 남아서 지금의 모든 사실적 혹은 비유적인 뜻을 갖게 되었다".[13] 마찬가지로 켈트 족에서는 풍요의 상징이던 여신-암사슴도 남신-숫사슴에게 자리를 내주고 실추됐으며, 일반적으로 대부분의 위대한 여신들은 남신들의 그늘에서 빛을 잃었다. 그리하여 바빌로니아와 아시리아의 여신이었던 불행한 이슈타르는 아슈타르라는 이름의 남성신으로 변했으며, 그와 유사한 여신들의 실추가 다른 문화에서도 행해졌다. 리그 베다에서는 불의 발견을 아지라라는 여성의 덕이라고 말하고 있으나 인도에서는 남성신인 아그니가 아리아 족의 시조로 추대되면서 불의 발견이라는 위대한 업적을 이뤘다고 말한다.

그리스 비극에서는 남신들의 이런 투쟁을 생생하게 그리고 있는데 거기에서 옛 신들은 격하되고 올림푸스 종교가 여성신 숭배를 누르고 그 자리를 차지한다.

호메로스의 한 시구[14]에서는 대지-어머니의 영광을 이렇게 찬양한다.

나는 대지를 노래하리니
흔들림 없이 앉아 있는 우주의 어머니여,
토양과 존재하는 모든 것에
양분을 제공하는 존경스러운 조모시여……
인간에게 생명을 주는 것도 당신의 권능이며
그 생명을 도로 가져가는 것도 당신의 권능이십니다……[15]

그러나 이미 소포클레스[16]에게는 남성 혹은 남성성이 세상 최초의 경이로운 존재였다.[17]

어제의 위대한 여신은 아이스킬로스의 비극에서 볼 수 있듯이 그렇게 정복당했다. 오레스트는 어머니 클리템네스트라에 의해 살해당한 아버지 아가멤논의 복수를 위해 어머니를 살해했다. 아테나의 법정에서 행해진 오레스트의 재판에서 상반된 견해를 가진 두 그룹의 사람들이 대치했다. 어머니 살해와 남편 살해 중 어떤 것이 더 중죄인가?

새로이 태양신이 된 아폴로는 오레스트를 옹호한다. 그는 어머니에 대한 아버지의 우월성과 복수의 합법성을 설한다. 그의 눈에는 자신의 남편이자 주인을 살해한 여성의 죽음은 합법적이거나 아니면 적어도 용서받을 수 있는 일이다.

법정의 반대편에서는 '에우메니데스' 여성들[18]이 반론을 제기한다. 그녀들은 전통적 모성의 가치를 내세우면서 클리템네스트라의 죽음에 복수해주기를 주장한다. 그녀들의 눈에는 오레스트의 죄야말로 세상의 가장 악랄한 죄이다. 그녀들이 내세우는 혈육의 원칙에 근거해 클리템네스트라와 그녀의 남편은 서로 다른 피를 이어받았기 때문에 오레스트의 살인이 클리템네스트라의 죄보다 더 중죄라는 것이다. 요컨대 어머니가 아버지보다 더 소중하다는 것이다.

아테나는 심판하기를 거부하고 오레스트의 편을 들어준다. 사실인즉 그녀는 모성적 지배가 종식되었음을 보여주면서 아버지의 법이 승리했음을 인정해준다. 그러나 다른 종교들과는 달리 새로운 진실이 이전 진실에 대한 존중을 소멸시키지는 않았다. 아테나는 에우메니데스 여성들을 달래면서 그녀들에게 자신이 살고 있는 마을에 와서 영원히 존경을 받으면서 살기를 제안했다.

아랍 여신들의 운명은 좀 다르다.[19] 알라 신의 정령인 선지자 마호메트가 포교를 시작했을 때 아랍의 신전은 많은 남성신들이 차지하고 있었지만 그때까지 여신들은 대단히 중요한 역할을 하고 있었다. 이슬람 이전 종교에 대한 가장 권위 있는 책인 이븐 알 칼비Ibn Al Kalbi의 『우상들의 책 le Livre des idoles』에는 알-라트, 알-우자, 그리고 알-마나트라는 세 여신이 7세기 아랍 신전에서 막강한 권한을 쥐고 있는 것으로 묘사되어 있다. 그중 가장 높은 지위에 있던 알-우자는 아라비아에서 메소포타미아에 이르기까지 존경을 받았다. 알-우자는 데메테르와 마찬가지로 풍요를 주재하는 대지 – 어머니였다. 나머지 두 여신도 아랍 전역에서 그 위세를 떨쳤다.

여신들에 대한 이러한 숭배는 마호메트에게는 까다로운 장애물이었다. 알라와 이슬람이 승리하기 위해서는 여신들을 이데올로기적으로 철저하게 분쇄해야만 했다. 그리하여 세 여신을 지칭하던 이름은 아무 권한 없는 공허한 낱말이 되어갔다. 아랍인들의 머릿속에서 그녀들은 우선 "알라 신의 딸"이 되었다. 그러나 알라 신의 항의(신은 딸들을 갖고 '당신들은 아들들을 갖겠는가?')가 여신들을 무화(無化)시켜버렸다.

여신들에 대한 이러한 언어적 제거와 병행해서 그녀들의 제단 역시 파괴되었다. 마나트의 제단은 회교 기원 8년에 파괴되었다. "알라가 마나트를 제거하고 그녀가 소유하던 것을 몰수했다." 다른 두 여신도 같은 운명을 맞았고 그런 뒤에야 알라는 완전히 자신의 권한을 확립할 수 있었다.

고대 그리스에서는 가리워져버리고 이슬람에서는 소유권을 박탈당한 여신은 유대인들에게서는 더 처참히 실추되었다. 아담에게 복종을 하지 않았다는 이유로 지옥에 떨어지는 벌을 받았던 "전능의 여신 릴리트와 신의 여성적 부분이 아니라 아담의 거세된 형상의 모습"[20]일 뿐인 소외된 이브 사이에 여신에 대한 경배는 아무 데서도 찾아볼 수 없다. 그 반대로 모든 형태의 여성적 권능은 불길한 마법과 동의어가 되어버렸다.[21]

아버지 종교

누구나 다 알듯이 창세기 첫 부분은 이렇게 시작된다. "태초에 하느님(엘로힘)께서 하늘과 땅을 창조하셨다. 땅은 아직 모양을 갖추지 않았고 아무것도 생겨나지 않은 가운데 어둠은 심연을 뒤덮고 물위에 하느님의 기운이 감돌고 있었다."[22] 여신의 흔적은 찾아볼 수도 없을뿐더러 유대인들의 남성신이 풍요를 완전히 잃어버린, "모양을 갖추지 않았고 아무것도 생겨나지 않은" 땅을 창조하였다. 태초에 있었던 것은 '말씀'의 권능으로 창조하는 '정신'이다. 그 정신이 "빛이 있어라"라고 말하면 빛이 생겨났다.[23]

이 새로운 형태의 창조에서 여성의 신체적 풍요는 쓸모없게 되었다. 창조주의 손안에서 여성은 기껏해야 아담을 빚기 위한 '진흙'의 역할을 할 뿐이다.

창세기 12장에서 우리는 새로운 종교계에 들어서게 된다. 이스라엘 종교의 역사는 신이 이스라엘 민족의 선조가 되어서 가나안 땅을 소유하라고 명한 아브라함과 함께 시작한다. 성령이 임하여 그에게 건넨 첫마디는 육신을 가진 사회적 아버지를 '하느님 아버지'로 대신하라는 권유였다. "너의 나라와 고향 그리고 부모의 집을 떠나라……" 거기에서 우리는 아브라함이 살던 시기[24] 칼데아 지방의 문화에서는 당시 부계 혈통이 모계 혈통(이것에 대해서는 언급조차 없다)보다 우세하다는 사실을 알 수 있다. 게다가 히브리의 선조들은 아마도 가부장적 관습을 유지해왔던 것 같다.

그러나 유대인의 종교는 특히 가부장적 종교다. 창세기에 끊임없이 등장하는 '아버지 하느님'에 대한 숭배가 그 특징을 말해주고 있다. "애초부터 '하느님 아버지'는 직계 선조의 하느님이기에 후손들도 그에게 경배드린다. 신은 인간의 선조들에게 모습을 드러내면서 인간의 후손들과 혈연관계를 확립했다."[25]

애초에 아버지 신은 제단이나 대지와는 관련이 없고 그를 숭배하고 또 그가 보호하는 일군의 남성들과 관련된 유목의 신들 중 하나였다. 성서에 등장하는 남성들은 자신들이 물을 찾아 여기저기 이동하면서 유목생활을 했었고 그 자신들이 생산한 양식을 먹고 살았다.

기록에 의하면 히브리 사람들은 역사적으로 목축 기술에 큰 특권을 부여했고 대지는 저주받은 것으로 생각했다. 하느님은 아벨의 공물은 받아주었지만 카인의 공물은 거절하였다. 목자가 농부보다 우월했던 것이다.[26]

그런데 목축생활은 정착된 농업생활과는 반대로 여성에게 가치를 부여하는 데는 불리했다. 성서상의 여성들을 "가정과 아이들의 안주인"[27]이라 말할 수 있었고 이스라엘의 네 명의 "여자 가장"[28]을 호의적으로 묘사할 수도 있었다. 그러나 신이 이사악의 희생을 명했을 때 그는 아버지에게 말을 했고, 창세기[29]에서 사라는 단 한 번도 언급되지 않았다. 현인들은 사라가 그것 때문에 슬퍼서 죽었을 것이라고 생각했다.

성서상의 가족은 동족간의 결혼이 흔했고 부계 혈통을 이어받았으며, 가부장적이고 아버지 중심적인데다 대가족이고 일부다처제였다…… 아버지는 그가 경배하는 신처럼 집안의 모든 남녀에 대해 지배권을 행사했다. 어떤 상황에서 그는 아이를 팔 수도 있었고 혹은 제물로 바칠 수도 있었다.[30]

모세의 율법은 가부장적 절대주의를 억제하고 있고 또한 제5계명[31]은 아버지와 어머니 사이의 평등을 회복시키려고 하지만, 어머니에 대한 경배가 다시 시작된 것은 기독교가 생겨나면서부터다.

J. 마르칼이 동정녀 마리아에 대한 경배가 엄밀히 말해 혁신적이었다고 역설한 것은 옳았다. "가부장 사회가 여신―어머니를 제거하고 그 대신 호전적이고 자신 이외의 신을 섬기는 것을 질투하는 남신―아버지로 교체시켰지만(때때로 무력적으로), 대중들은 남성들과 신의 어머니로서 늘 기도를 들어주고 늘 현존하고 늘 승리하는 여신을 정신적으로 재창조했다."[32]

마리아에 대한 경배는 어머니에 대한 찬양을 의미할 뿐 아니라 한 여자가 인간을 타락시켰다면(이브) 다른 한 여자는 인간을 구원했음(마리아)을 의미하기도 한다. 그리하여 마리아 경배는 여성을 영예로운 지위로 복귀시키면서 불길하고 위험스러운 존재로 거부되었던 여성이 구원과 존경의 대상이 될 수도 있다는 증거를 보여주었다.

예수는 육신을 가진 아버지가 없었고 인간과 맺은 유일한 관계는 어머니에 의해 이루어졌다는 사실을 상기해보자. "예수는 아버지의 역할이 전무한 여성 지배 사회의 가장 순수한 본보기이다. 성자 요셉도 오세아니아 사회에서 찾아볼 수 있는 바로 똑같은 타입의 아버지, 즉 그저 양육하는 아버지, 다정다감한 아버지이다."[33]

동정녀 마리아는 그녀에게 스며든 성령으로 인해 여신-어머니로서 잉태하게 된다. 그녀는 당시의 여성들처럼 남성의 노예가 아닌 자유로운 여성이었을 뿐만 아니라 신의 아이를 세상에 낳은 여자로서도 인정을 받는다.

그러나 마리아에 대한 경배가 가부장적 환경에서 혁신을 일으키고 어머니에게 자신의 진정한 역할을 되돌려주려 했지만, 공공의 교회가 그 모든 시도의 의미를 서둘러 빼앗아버린다. 교회는 '아들의 노예'로서 어머니의 고통스럽고 희생적이며 수동적인 여성의 면만을 부각시켜 마리아를 실추시킨다. 사도들과 교회의 다른 '아버지들'은 마리아와 그녀의 다른 모든 자매를 구별하면서 그녀의 자매들이 원래 이브의 특성을 가지고 있었다는 사실을 강조한다.

성자 아우구스틴 역시 그에 대해 책임이 있다. 그는 여성의 고약한 성격을 환기시키면서 이렇게 말한다. "강하지도 안정적이지도 않으며 증오에 가득 차서 사악을 부추기는 짐승…… 여성은 모든 논쟁과 불화와 불의의 근원이다."[34] 그것은 중세가 끝날 때까지 끊임없이 반복되었던 결정적 저주였다.

사실 여성에 관한 그리스도의 메시지는 그의 사도들에 의해 왜곡되어 개혁의 싹을 피우지 못하게 되었다. 이 점에서 아버지의 종교가 승리한 것이고 그 승리의 결과는 오래 지속되었다. 가부장제의 압력은 아주 강해서 여성의 조건은 조금도 변화될 수 없었고 여성의 이미지 역시 개선의 여지가 없었다. 가부장의 신은 그리스도를 따르던 가장들 곁에서 계속 승리의 개가를 올렸다. 이브의 전설이 여전히 오랫동안 마리아의 모범을 은폐시키고 있었다.

2. 번식 능력 : 아버지 - 신

선사 시대에서 유사 시대에 이르기까지 부성에 대한 두 가지 이미지가 존재해왔다.[35] 모계사회에 더 적합했던 사회적 부성에 생물학적 부성이 그 뒤를 이었다. 생산자로서 인정을 받은 아버지는 자신만의 혈통을 세웠다. 하지만 사회적 부성에서 생물학적 부성으로 옮겨가기 위해서는 진정 이데올로기적 혁신이 수반되어야 했다. 아버지의 전능이 어머니의 전능을 대신했으며, 이제 번식 능력의 주체자는 아버지였다.

가부장 사회에 적합한 우주창조의 신화는 아버지의 장점을 두드러지게 했다. 아버지는 아이에 대해 옛날에 어머니의 속성이었던 권능을 갖게 되었을 뿐 아니라 여성의 창조자가 되기에까지 이른다. 이런 신화적 테마는 너무나 다른 세 가지 사회—유대 유목민들의 가부장 사회, 아테네의 민주사회, 뉴질랜드의 마오리 족—에서 특히 자주 발견된다.

유대인 기독교의 모든 문화에서 아담은 여성의 어떠한 참여도 없이 남성신에 의해 창조되었다. 그런 후에 아담이 지루해하자 야훼가 그를 잠재우고는 그의 갈비뼈로 이브를 만들어낸다. 그렇게 해서 여성은 이중적으로 남성의 아이가 된 셈이다. 여성은 한 '남성신'에 의해 '남자'의 갈비뼈로 만들어졌다. 상징적으로 아담의 갈비뼈는 어머니의 배와 같은 기관이다. 신이 이브의 창조자라면 아담은 이브의 어머니이거나 혹은 더 정확히 말해서 이브의 아버지/어머니이다. 남성의 이 '단성생식'이 아담과 이브의 질적인 차이를 정당화시켜준다. 아담은 신의 형상에 따라 만들어진 신의 아들이지만 이브는 남자의 딸일 뿐이며[36] 그렇기 때문에 아담보다 신성(神性)에서 훨씬 멀리 떨어져 있다. 이브에게 번식 행위는 일종의 저주이다. 아담이 이브를 낳을 때 마치 잠 속에서 꿈꾸듯 낳았지만 이브는 아담의 자손들을 악몽처럼 고통 속에서 낳게 될 것이다. 아담은 신의 형상대로 그 본질적이고 정신적인 역할을 계속해나갈 것이고 이브는 우연적이고 물질적인 역할을 담당할 것이다. 아담은 생명을 전달하는 대리인이고 이브는 죽음의 전달자가 될 것이다.

올림푸스의 새로운 신화 속에서는 제우스가 애초의 대지의 여신을 물리치고 그 자리를 탈환하며, 그는 그녀의 출산력마저 빼앗는다. 헤시오도스[37]가 얘기하는 아테나 탄생의 신화를 상기해보자. 제우스의 정부였던 메티스가 아테나를 막 낳으려 할 때 전능한 제우스가 메티스와 아이를 삼켜버렸다. 아이는 제우스의 머리에서 태어나게 된다. 디오니소스도 마찬가지로 벼락맞은 어머니의 가슴에서 떨어져나와 제우스와 넓적다리가 한 몸이 됨으로써 어머니에 의한 잉태를 종식시킨다.

아테나는 "대단히 막강한 아버지의 딸"이다. 아이스킬로스의 작품에서 그녀는 "온통 아버지의 것만을 물려받았고"[38] 어머니에게서는 어떤 부분도 물려받지 않았다. 마찬가지로 호메로스의 작품에서도 그녀는 제우스의 분신이며 모든 점에서 그를 닮았다. "아테나는 어둠 속에서 어머니의 젖을 먹고 자라지 않았고, 어머니에게 생명을 빚지지도 않았기 때문에"[39] 팡테옹에서 아테나만이 중요한 여신이며 대담성, 의지, 용기와 같은 모든 남성의 덕을 갖추고 있다. 아테나는 전투에 참여한 전사들의 등불이 되어주고 모든 영웅적 행위의 수호신이지만 사랑이나 여성의 미덕에는 늘 생소하다. 전능한 신의 딸인 아테나는 그녀 자신이 데메테르의 딸이라기보다는 오히려 여성의 모습을 한 남성신이다. 그녀는 출산을 하지 않는다.

폴리네시아 역시 매우 유사하고 대단히 매력적인 신화적 자료를 제공한다. 뉴질랜드의 마오리 족 신화를 보면 이렇다.

"아직 어둠에 싸인 태초의 우주에는 하늘과 땅이 오늘날처럼 분리되지 않았다. 하늘-아버지였던 '란치'와 대지-어머니였던 '파파'는 그들의 사랑 속에서 서로를 너무 꼭 껴안고 있었기 때문에 모든 것은 어두웠다. 아무것도 싹틀 수 없었던 이 암흑의 시기에 그 두 신의 아이들은 대지-어머니의 겨드랑이에서 웅크리고 있었다. 아이들은 칠십 명이었고 모두 남자아이들이었는데 그들은 이 답답하고 어두운 삶에 싫증이 났고, 마침내 그들 중 하나였던 타네가 부모들을 떼어놓자고 제안했다."[40]

그렇게 해서 우주창조가 시작되었고, 타네는 거기에서 중요한 역할을 담당했다. 그와 그의 형제들은 부모로부터 풀려나자 인간을 낳기 위해 곧장 여성을 찾는 일에 몰두했다. 마침내 타네는 "대지-어머니의 한 부분을 택해서 생명의 입김을 콧구멍과 입과 귀에 불어넣어서 거기에 한 여성의 형태를 부여했다".[41]

타네는 히네라는 여인에게서 딸들을 낳았는데 장녀였던 히네 티타마는 그의 아내가 되었고 그녀에게서 또 여러 명의 딸을 갖게 된다. 그러던 어느 날 히네 티타마는 그에게 자신의 아버지가 누구냐고 물었고, 사실을 알고 크나큰 충격에 휩싸인 그녀는 세상을 등지기로 결심하고는 밤의 위대한 여성이 되었다.

S. 뒤니는 마오리의 신화가 세상의 창조적 탐험의 장점을 가로채서 여성을 세상에서 추방시키고 죽음 쪽으로 몰아내기 위한 남성의 이야기라고 말한다. 앞의 두 신화에서와 마찬가지로 창조의 부차적 요소라고는 말하지 않는다 하더라도 두번째 요소인 여성을 만든 것은 남성신이다.[42] 아테나는 출산하지 못하고 이브와 히네 티타마는 우주에 죽음을 불러온다. 한 여자는 악(육체의 죄?)을 기꺼이 범하고 다른 한 여자는 혐오스런 근친상간의 표상이다. 그들은 여성성이 나타내는 치명적 위험의 두 가지 표본이다.

여성이 필요악인 가부장적 사회는 많다. 남성들은 여성 없이는 살 수 없기 때문에 애써 여성의 영역을 최소화하고 여성의 권한을 최대한 축소시키며 결국에는 억지로 여성의 이미지를 그들과는 반대되는 것으로 제시한다.

그 이후로는 양성의 상호보완성의 표상이 불공평하게 부여된다. 남성은 신의 피조물로서 선의 표상이고 악마의 피조물인 여성은 악을 공유하고 있다. 그리스 철학은 선과 악을 '형상과 질료'로 번역했다.

번식에서 남성적 우월성의 철학적 정당화

철학이 개입하기 훨씬 이전부터 그리스 신화가 순전히 부성적인 혈통유전에 대해 잠꼬대 같은 얘기를 늘어놓는 것을 보았다. 그리스 가족 제도에는 이런 잠꼬대를 실현시키는 데 근접해 있던 '에피클레라Épiclérat'[43]라는 예외적인 제도가 존재했었다. J.-P. 베르낭은 인도에도 그와 유사한 관습이 있었다고 말한다. "인도에서처럼 그리스에서는 후손으로 아들을 갖지 못한 남자의 딸은 그녀의 아버지에게 부계혈통 '클레로스Klèros'의 상속인이 될 아들 한 명을 낳아줘야 한다. 그리고 아버지가 죽으면 딸이 '에피클레르Épiclère'가 된다."[44] 그녀는 가계를 잇기 위해 인척 중 아버지와 가장 가까운 남자와 결혼하게 된다.

그 결혼에서 생겨난 아이는 아버지의 혈통이 아닌 외조부의 혈통을 잇는다. 이런 식으로 조상은 다른 혈통의 아내를 택하지 않고 상징적으로 그리고 제도적으로 자신의 종족의 영속성을 이어나갈 꿈을 실현시켰다.

이 제도는 그것이 아무리 사실에 근거를 두고 있다 하더라도 그리스의 결혼 제도 내에서는 늘 하나의 예외로 간주되었고, 부계의 '우브리스ubris 제도'를 만족시킬 수도 없었다. 아이스킬로스[45]는 후손 번영의 공로를 자신의 몫으로 돌리면서 여성의 영향력으로부터 확실히 벗어나고픈 남성의 깊은 욕망을 대변하고 있다. 『에우메니데스』에서 그는 아폴론의 입을 통해 새로운 진실을 선포한다.

"우리가 아이라고 부르는 존재를 낳는 것은 어머니가 아니다. 어머니는 받은 씨앗을 기를 뿐이다. 애를 낳는 것은 아버지이다. 어머니는 이방인으로서 그 어린 씨앗을 간직한다. 그 증거가 올림푸스의 제우스의 딸인 바로 아테나이다."[46]

하지만 아이스킬로스의 말은 증명이라기보다는 차라리 부정이며 주술이다. 신화를 예로 들면서 점점 더 합리를 존중하는 사람들을 설득할 수는 없다. 이 위대한 비극 속에 선포된 이런 이데올로기적 변화를 '합리화'시키는 책임을 맡는 사람은 일 세기 후의 아리스토텔레스[47]였다.

그렇게 하기 위해 그는 그가 세운 형이상학과 자연의 역사를 동시에 무기로 내세웠다. 그는 생산에서 남성이 주된 역할을 담당한다는 것, 인류를 보존하는 것은 남성이라는 것, 그리고 신성한 원리를 지닌 것도 남성이라는 것 등을 단번에 증명했다. 출산에서 남성은 형상을 아이에게 전해주지만 여성은 물질만을 전해준다. 남성은 창조의 원리이며 원동력이고 "다른 사람을 낳는 존재"이다.[48] 여성은 수동적으로 낳아지기를 기다린다. 남성은 장인이고 여성은 장인이 작품을 만드는 데 사용하는 재료이다.

영혼을 전달하고 신의 원리대로 살아 있는 존재를 인간으로 만드는 것은 남성이라고 우리는 이해했을 것이다.[49] 그런 사실 속에서 물질만 있고 형상과 이성이 박탈된 여성보다 남성은 분명 더 우월하다. 남성이 여성에게 형상을 주조해주기 때문에 우리는 아리스토텔레스가 자주 말하는 바를 이해한다. "남성을 만드는 것은 남성이다."[50] 이따금 그는 남성의 우월성을 정당화하기 위해 "여성도 역시 남성으로부터 태어난다"[51]라고 덧붙인다.

아리스토텔레스[52]는 이러한 형이상학적 논리를 같은 논리를 지닌 생물학적 고찰[53]로 보완한다.

씨앗을 갖고 있는 것은 정액이다. 그런데 정액은 결코 여성에게서는 생겨나지 않고 여성은 오직 발생의 장소만을 제공하는 것으로 그친다. 씨앗이 없는 여성은 생명의 형성에 필요한 온기가 없는 무기물(월경)만을 제공할 뿐이다.

이런 관점에서 어머니의 역할은 이중으로 평가절하된다. 아리스토텔레스는 그 시대의 다른 남성들과 마찬가지로 "여성은 스스로 출산할 수 없다"[54]는 사실을 증명하기를, 즉 여성만의 단성생식이라는 태초의 믿음을 종식시키기를 부단히 원해왔다. 게다가 만일 여성이 남성과 똑같은 영혼을 지녔다면 왜 여성이 홀로 아이를 낳지 않는단 말인가? 대답은 간명하다. 여성은 남성과 똑같은 영혼을 지니지 않았다. 인식하는 영혼은 남성에 의해서만 아이에게 전달된다.

이런 모든 형이상학적이고 생물학적인 정당화에도 불구하고 아리스토텔레스가 여성적 번식이라는 고대의 믿음을 남성적 '단성생식'이라는 개념으로 대치시켰다고 말하는 것은 옳지 않다. 그는 '남성homme이 인간homme을 낳는다'는 동음이의(프랑스어 homme는 남성과 인간을 동시에 의미한다—옮긴이)를 교묘히 이용하지만 그는 출산이란 여성의 자궁 없이는 이루어질 수 없다는 사실을 잘 알고 있다.

여성적인 원리를 출산에서 완전히 제거할 수 없었던 아리스토텔레스는 다른 방식으로 여성적 원리를 평가절하하려 애쓴다. 물질의 원리가 우주에 타락[55]과 죽음을 부른다는 사실 외에도 그것은 또한 기형의 원인이기도 하다. 그 말은 곧 기형의 책임은 여성에게 있다는 것이다.

소위 말하는 기형이라는 것은 본래 아이가 어버이와 다른 종으로 태어나는 것을 말한다.[56] 넓은 의미에서는 단 하나의 다른 점만 있어도 기형이라고 하기에 충분하다. 즉 남아 대신 여아가 태어나면 여아는 기형인 셈이다.[57] "여아는 불구가 된 남아이고"[58] 마치 정액이 충분히 강하지 못해 월경을 '형성'해내지 못하는 것과 같은 남성성이 결여된 결과물이다.

아리스토텔레스가 여성이라는 기형은 성차(性差)를 보존하기 위해 필요하다고 스스로를 위로해봐도 여성은 여전히 인간의 실패작으로 제시된다.[59] 아리스토텔레스에 의해 어머니의 창조력이나 여성의 특권에는 아무것도 남지 않게 된다. 이로 말미암아 여성의 조건은 훨씬 축소되기에 이른다.

힌두 사회의 행동양식을 오랫동안 지배하게 될 마누 율법[60]을 채택한 이후의 인도에서도 동일한 과정을 밟게 된다. 이 율법은 씨앗과 대지의 이론에서 생겨난 지적 갈등에 대해 오래 전부터 찾고자 했던 해답을 제시해주었다. 그 의문은 이러했다. "누가 우월한가? 씨앗을 받은 대지인가 혹은 대지를 잉태시키는 씨앗인가?" 현자 마누는 이렇게 대답했다. "자연의 법칙에 따르면 여성은 대지이고 남성은 씨앗이다…… 남성의 생산력과 여성의 생산력을 비교한다면 모든 생물의 후손들은 남성적 권한의 징표로 구별되기 때문에 남성의 생산력이 더 우세하다……"[61]

코란에서도 여성은 일터로 비유된다. 대지인 여성은 자신에게 뿌려진 씨앗을 받는 그릇일 뿐이다.[62] 신의 능력을 받아 창조자의 역할을 하는 남성과는 달리 여성은 잉태에 있어서 부차적인 역할을 수행한다. "여성의 출산력의 결과인 남자아이들을 남성들이 소유하는 데 남성의 지배가 필수불가결하기 때문에"[63] 선지자들은 "남편들이 아내에 대해 우월권을 가질 것"[64]을 권한다. 라코스트-뒤자르댕에 의하면 회교의 율법은 여성으로 하여금 번식의 주체인 아버지를 중심으로 섬길 것을 요구하고 있다. 더 일반적으로 말하자면 "지중해의 가부장 사회에서는 남성이 여성의 출산력을 빼앗아 차지하는 불변의 관습이 있었다".[65]

이처럼 남성이 번식력을 횡령하는 일은 지중해 연안의 사회에만 국한된 것은 아니다. 최근까지도 인종학자들은 가부장제를 채택한 많은 미개사회에서 남성에게 깊이 뿌리박혀 있는 이 욕망을 명백히 입증하는 관습이나 이론들을 확인할 수 있다고 말한다.

어떤 사람들에게 어머니의 자궁은 태아가 잠시 머물고 가는 작은 돛단배에 비유된다.[66] 또 로스 섬[67]의 주민들은 아리스토텔레스의 생각처럼 수동적인 그릇일 뿐인 여성의 몸 속에 남성이 알을 낳는다고 믿었다. 마지막으로 좀더 극단적인 생각을 가졌던 몬테니그로인은 어머니와 아이 사이에는 아예 아무런 관계가 없다고 생각했다.

이 모든 사람들은 남성에게 훌륭한 역할을 부여했다. 그러나 가끔 그런 이론이 아버지들의 고민을 덜어주기에는 미흡할 때가 있는 것 같다. 그런 경우에 남성들은 주저없이 본래 여성에게 주어졌던 신체적 역할을 담당한다.

아버지가 어머니를 대신할 때

여기에 아마도 가장 황당한 신화가 있다.

그리스 신화에서건 아메리카 인디언들의 세계에서건 간에[68] 이것들에는 18세기의 우화 '오카셍과 니콜레트'에서나 볼 수 있는 임신한 남자의 이야기가 다수 있다. 또한 역사와 인류학에서 의식 행사로서의 남성의 의만(擬娩)은 그 예를 얼마든지 찾아볼 수 있다.[69]

디오도르 드 시실Diodore de Sicile은 코르시카 사람들에 대해 이렇게 말한 바 있다. "그들에게서 가장 이상한 관습은 어린아이가 태어났을 때 그들이 행하는 행동이다. 실제로 여성이 해산하는 동안 어느 누구도 그녀를 걱정하지 않는다. 그 대신 남자는 며칠 동안 잠자리에 누워서 마치 온몸이 아픈 것 같은 시늉을 한다."[70]

1857년 F. 미셸 F. Michel은 바스크 족에 대해서 이렇게 썼다. "해산 직후에 여성들이 자리에서 일어나 가사일을 하는 사이에 남성들은 갓난애와 침대에 누워서 이웃 사람들의 축하를 받는다."[71]

인종학자이자 심리학자인 G. 들레지 드 파르스발은 이 현상이 지리학적으로 널리 퍼진 현상이라고 지적하면서 지중해에서 발틱 해안은 물론 일본의 북부와 아메리카 전역에 퍼져 있다고 주장했다.[72]

이 현상에 대해 많은 해석들, 때로는 서로 상반되는 해석들이 나왔다. 수백 가지의 탄생 의식행사를 연구했던 두 명의 미국인 사회학자는 남성의 의만의식이 "아버지의 권한이 제도적으로 마련되지 않은 사회에서 아버지의 권한을 옹호하고 입증하려는 전략 중의 하나"라고 주장했다.[73]

남아메리카 인디언들의 의만을 관찰했던 알프레드 메트로Alfred Métraux에 따르면 이 다양한 의식행사는 아버지와 아이의 관계가 어머니와 아이의 관계보다 더 중요하다는 믿음에서 기인하는 것이라고 한다. 트리오 인디언들 사이의 의만을 연구했던 P. 리비에르P. Rivière[74]는 아버지가 그런 방법을 이용해 아이를 정신적으로 양육한다는 이론을 펴면서 메트로의 가설에 더욱 신빙성을 부여한다.

레비-스트로스는 아버지와 어머니의 유사성을 부인한다. "아버지가 어머니 역할을 하지는 않는다. 그는 아이의 역할을 담당한다."[75] 오늘날의 몇몇 정신분석학자들도 이에 동의하는데 그들에 의하면 그런 의식행위들이 아버지에게는 기억할 수 없는 자기 자신의 탄생의 감동을 '다시 체험해보기' 위한 방법이라는 것이다.

남아메리카 인디언들을 관찰했던 레비-스트로스에게 아버지와 아이의 동일화가 명백한 것일지라도 그의 가설이 의만행위의 의미를 없애버리지 않는다. "아버지는 어머니의 역할을 하지 않는다"라고 한 그의 말은 서구 문명화 사회에서 의식행위로서가 아니라 공표행위로서 행해지는 의만에 관한 최근의 연구에서 반박당하고 있지 않는가?

미국, 프랑스 혹은 영국에서 행해진 많은 연구들이 미래의 아버지들, 특히 임신중인 아내를 둔 예비 아버지들의 정신 · 신체적 불안―불면증, 소화불량, 현저한 체중 증가, 특히 임신 말기의 치아 통증, 이비인후과적 증상, 다래끼―을 조명했다.

부성에 관한 논문에서 르누Renoux 박사[76]는 임신한 아내를 둔 오십 명의 '정상적인' 아버지를 대상으로 조사를 실시했는데, 그들 중 스물두 명은 준비를 하고 해산에 참여했고 다른 스물여덟은 참여하지 않았다. 그런데 참여하지 않은 이 스물여덟 명 중에 한 사람만을 제외하고 모두 동일한 신체적 증상을 일으켰다. 마치 임신의 여러 단계에 대한 아버지의 밀접한 참여가 오랜 고통을 진정시켜주기라도 하듯이 그들은 태어날 아이에 대한 회의감에서 공격성으로 옮아갔다가 모성적 확신과는 반대로 부성적 의심에까지 이른다.

어찌되었건 간에 아버지가 된다는 생각은 많은 남성들에게 방어적 환상을 불러일으키는데 그 환상 속에서 남성들은 "우선 여성의 잉태하고 해산하고 젖먹이는 능력을 부러워하다가 여성의 창조력, 그 기쁨, 그 신비에 대해 질투를 느끼게 된다".[77] 인종학적 지식에 분석적 경험들을 결부시킨 이 부성에 대한 전문가의 결론 덕분에 우리는 의만행위가 아버지와 어머니 사이의 거리감을 없애주는 한 방식, 그리하여 남성들로 하여금 그들도 여성의 출산력을 공유하고 있다는 느낌을 갖게 해주는 하나의 방식이라는 우리의 확신을 보다 공고히 할 수 있다.

그러나 부성적 권한의 감정을 강화시키기 위해 남성들이 행하는 행위에 의만행위만 있는 것은 아니다. 몇몇 사회에서 행해지는 남자 성인이 주관하는 청소년들의 성인식은 아버지들의 "근본적 열등감을 보상하는"[78] 또다른 방식이다.

M. 미드가 연구했던 태평양의 몇몇 민족들에서는 성인 남성들이 아직 불완전하다는 이유로 청소년들을 납치한다. 그들의 눈에

는 "여자가 인간을 만들지만 남자를 만드는 것은 오직 남자뿐이다".[79] 미드는 또한 이 모든 입문의식이 상징적으로 아이의 출산과 젖 먹이는 행위를 모방하고 있다고 덧붙인다.

『황금 가지 le Rameau d'or』에서 프레이저는 대표적인 입문식을 묘사한다.

"제람(인도네시아의 섬)의 서부에서는 청년기에 접어든 남자아이들은 카키엔 모임에 가입하게 된다. 카키엔이라는 모임의 집은 숲속 깊은 곳 가장 어두운 나무 밑에 목재로 지은 장방형의 헛간이다. 부모와 친구들이 앞장서서 젊은이들을 그곳으로 인도한다. 소년들이 각각 숲속의 집으로 사라지자마자 귀청을 찢는 소리가 들린다. 무시무시한 절규 끝에 피묻은 검이나 창이 지붕 너머로 던져지는데 그것이 바로 젊은이의 머리가 잘려서 그 머리를 악마가 다른 세계로 가져가버렸다는 상징적인 표시다. 피투성이의 칼을 보고서 어머니들은 슬퍼서 통곡하며 악마가 아이들을 죽였다고 울부짖는다…… 카키엔의 집에 앉아 있던 우두머리는 아이들에게 어기면 죽인다고 윽박지르면서 거기서 있었던 일을 결코 발설하지 말라고 명령한다. 그러는 동안 어머니들은 초상을 치른다. 그러나 하루 이틀이 지나 아이들의 보호자나 대부의 역할을 했던 남성들이 제사장의 중재 덕분에 악마가 아이들의 생명을 돌려줬다는 희소식을 가지고 마을로 돌아온다. 이 소식을 전하는 남성들은 마치 지옥에서 온 전령들처럼 진흙투성이에 피로로 반쯤 죽어서 도착한다……".[80]

B. 베텔하임은 그 전령들을 "해산 후에 완전히 녹초가 된 사람들처럼"이라고 묘사한다. 그의 견해로는 그 어둡고 네모난 오두막은 소년들이 돌아가서 다시 태어날 어머니의 자궁을 상징한다. 마찬가지로 그 이후에 갓난애들처럼 어리둥절했다고 주장하는 남자

애들의 행동은 그 의식행위가 분만을 흉내내고 있다는 생각을 갖게 한다. 그들이 집으로 돌아오면 그들은 걷는 법을 잊은 체하고 사람들이 음식을 주면 먹는 법도 모른다는 표정을 짓는다.

사실 남자애들은 그들이 다시 태어난 것이 아니라는 사실이나 제사장이 악마의 역할을 했다는 사실을 잘 안다. 하지만 "중요한 것은 여자들을 골탕먹이고자 하는 그들의 욕망과 진실을 결코 드러내지 않으려는 남성들 사이의 은밀한 공모뿐이다". B. 베텔하임은 남성들의 그러한 비밀은 여성의 해산의식 속에 존재하는 비밀과 늘 상응하다고 확신한다.

모리스 고들리에Maurice Godelier[81]는 그의 저명한 저서에서 뉴기니아의 바루야 족에서 행해지는 성인식의 비밀을 묘사했다. 이 엄한 가부장 사회에서도 남자아이들을 전적으로 남성의 세계(남자들의 집) 속에 들어가게 하는 목적은 남성으로 '다시 태어나게' 하는 것이다.

바루야인들에게 아이란 무엇보다도 남성 정액의 산물이다. 그러나 일단 여성 속에 갇히게 되면 정액은 여성의 액체와 섞이게 된다. 만약 남성의 정액이 여성의 액체보다 우세하면 아이는 남자아이가 될 것이고 그렇지 않으면 여자아이가 된다.[82] 게다가 남성들은 정액으로 아이를 만드는 데 그치지 않고 계속되는 성교를 통해 아이를 어머니의 뱃속에서 자라게 만든다.

바루야 사람들은 오랫동안 백인들에게 비밀로 지켜왔던 두 가지 사실을 고들리에에게 털어놓았다. 하나는 정액이 생명을 공급하는 양분이라는 것이다. 그래서 그들은 해산이나 월경으로 허약해진 여성들에게 정액을 마시게 한다.[83]

"두번째 비밀은 더욱 신성한 비밀이기에 이것을 아는 여자들은 아무도 없다. 그것은 정액이 젊은이들을 여성의 배 밖에서 다시 태어나 남성의 세계에서 자신들 스스로 다시 태어나게 만들어준다는 것이다. 이 두번째 비밀 때문에 성인식을 치르는 젊은이들은 숲의 오두막에 들어가자마자 그들 선배들의 정액을 마시는데, 이 정액 섭취는 그들을 여성들보다 더 강하고 더 위대하고 더 월등하게 만들며 또 여성들을 능숙하게 지배하고 다룰 수 있게 만든다는 목적하에 여러 해 동안 반복적으로 행해진다."[84]

여기에는 남자들 중에서 누가 청년의 아버지를 대신하여 그 섭취를 유지시켜주는가 하는 의문이 제기된다. "결혼한 남성들은 모두 제외된다…… 왜냐하면 청년의 입을 여성의 성기처럼 생각하거나 혹은 여성에 의해 오염된 것을 청년의 입에 옮긴다는 것은 최악의 수치이기 때문이다. 성경험이 없는 미혼의 청년만이 입문식을 치르는 소년에게 정액을 줄 자격이 있고, 입문자는 그들의 선배가 내미는 페니스를 의무적으로 받아들여야 한다(거절하면 폭력을 행사한다)."[85]

요컨대 친가 쪽이건 외가 쪽이건 부모들은 아무도 초심자들에게 정액을 줄 수 없다. 물론 우리는 이 행위를 남성 사이의 동성애로 받아들이지는 않을 것이다. 거기에 대해 한편으로 고들리에는 정액을 제공하는 자는 결코 정액을 받아들이지는 않고 특히 "다른 사람의 항문에 사정한다는 생각은 망측하고 불결하게 받아들여졌다"[86]라고 덧붙인다.

이 모든 관습은 여성의 출산력을 제한할 목적으로 이루어졌다. 여성이 여자아이를 낳는 능력은 가지고 있지만 남자아이를 낳는 능력은 갖지 않았다고 말한다. 또한 그들은 태아는 남성의 정액 덕분에 성장하고 후에 아이들이 먹는 젖도 아이가 받은 그 정액에서 생겨난다고 주장하면서 여성의 권한을 더욱 축소시킨다.

바루야 족의 이 모든 출산 과정의 재현은 여성의 권한을 차단하

고 자신들의 권한을 확립하려는 남성들의 강박관념의 표출이다.[87]
이 강박관념은 어떤 분야에 있어서든지 여성의 창조력을 인정하
는 데 극단적으로 인색하다는 점에서 좀더 일반적인 차원으로 생
각해봐야 할 것이다. 바루야인들의 이론과 행동이 우리를 놀라게
하는 것은 그들이 다른 어떤 가부장 사회보다도 더 노골적으로 그
리고 더 잔인하게 흔히 남성들이 공통으로 갖고 있는 전능에 대한
환상을 표출한다는 것이다.

뉴질랜드의 마오리 족에서 로마의 가장에 이르기까지, 중세의
기사에서 18세기의 농부에 이르기까지 숱하게 많은 문화들이 간
단한 하나의 원리에 입각해서 세워졌다. 남성이 여성보다 '본질적
으로' 더 훌륭하기 때문에 남성이 여성에 대한 모든 권한을 가져
야 한다는 것이다.

3. 절대적 권한

1948년의 미국 사회를 관찰하면서 M. 미드는 그 사회가 재산을
세습하고, 남편의 가족과 동거하는, 전체적으로 가부장 사회라는
것을 확인했다. 미국의 아버지들은 전능한 아버지라는 재래의 이
미지와는 닮지 않았지만 "미성년의 여자아이들은 아버지에게, 성
년의 여자들은 남편에게 의존한다"[88]는 생각이 통념상 널리 퍼져
있었다.

이런 남성적 지배의 근원에는 근친상간의 금지와 이족(異族) 결
혼법에 의거한 결혼 제도가 존재한다.

"결혼의식이 제도화된 것은 남성들 사이에 알맞게 여성을 분배
하려는 것과 여성을 얻기 위한 남성들의 경쟁을 통제하려는 것,

그리고 출산을 사회화하려는 데 목적이 있다. 아버지를 지명해줌으로써 유일하게 확실한 어머니 혈연에 다른 하나의 혈연을 덧붙여준다. 결혼이 혈연관계를 세우면서 또한 사회 전체를 만들어가는 것이다."[89]

조르주 뒤비의 결혼에 대한 이 정의 외에도 우리는 또하나의 정의를 내릴 수 있을 것이다. 결혼은 여성에게 이중의 신분을 부여하고, 여성은 아버지에게는 교환의 대상이며 여성을 얻은 남편에게는 물품으로 존재한다는 것이다.

아버지의 딸

가부장 사회에서 여성의 지위를 나타내기 위해 레비-스트로스가 사용한 경제학적 용어들은 매우 적절하다. 여성들은 경우에 따라 '교환품' '지급품' 혹은 좀더 간단히 '재산'이라고 불린다. 사람들은 '여성들을 얼린다'라거나 여성들의 '값' 혹은 '희소성'에 대해 말한다. 그런 말들은 여성은 남성들이 마음대로 처분할 수 있는 여타 물건과 똑같다는 말과 무엇이 다르겠는가?

사회적 관계의 기저를 이루는 교환은 "음식이나 제조품 그리고 가장 귀중한 재산의 범주에 속하는 여성을 포함하는 총체적 현상이다".[90] 그리하여 폴리네시아의 미개사회에서는 카누 값을 지불할 수 없는 남자는 땅이나 여자를 되는 대로 팔기도 한다.

모든 재산 목록 중에서 여성이 가장 값이 비싼 이유는 여성이 "희소가치가 있다"는 것과 공동생활에 필수적이기 때문이다. 레비 스트로스는 여성이 '희소성'을 남성들의 일부다처제에 대한 본능적 경향 때문이라고 설명한다. 미개사회 중 경제적 기술적 수준이 초보 단계에 있는 사회에서는 일부일처제가 보다 우세하다.

사실 우리 사회를 포함한 사회 전반에서 여성이 그저 남성의 자연적이고 보편적인 필요에 부합한다는 이유로 여러 명의 아내를 갖고자 하는 경향이 생겨났다.[91]

레비-스트로스는 또 여성의 수가 남성의 수와 같다 하더라도 에로틱한 관점이나 경제적 관점에서 여성들 모두가 똑같은 정도의 선망을 불러일으키지는 않는다고 덧붙인다. 가장 선망의 대상이 되는 여성들은 소수에 불과하다. 그래서 "여성에 대한 수요는 실제로도 또한 잠재적으로도 불균형과 긴장 상태에 있다".[92]

레비-스트로스는 여성의 '자연스런' 일처다부 경향에 대해서는 관심을 보이지 않는다. 여성은 놀랄 만큼 여러 번 성교를 할 수 있고 남성보다 더 강렬하게 즐길 수 있도록 만들어져 있다.[93] 남성과는 반대로 여성은 오르가슴을 느낄수록 오르가슴은 더 빈번해지고 강렬해진다. '포만 속의 충만'이라고 표현되는 현상은 남성 한 사람만으로는 한 여성을 만족시키기가 어렵다는 생각을 갖게 한다. 문화와 억압이 공모하지만 않았더라면[94] 일처다부의 사회가 일부다처의 사회만큼이나 자연스러운 것이 아니었을까?

하지만 인간들 앞에 제시되는 본질적 문제는 그들의 욕망을 만족시켜주는 문제라기보다 더 본원적 필요의 문제다. 음식을 먹고, 종족을 번식시키고, 그리고 평화롭게 살기 위해서 남성들은 여성을 교환해야만 했다. 레비-스트로스는 브라질 중부의 토착민 마을에서 "오두막 한쪽 구석에 앉아 침통한 얼굴을 하고 돌봐주는 사람도 없이 몇 시간 동안이나 처참하게 웅크리고 앉아 있는 피골이 상접한 한 남자를 보고 놀란 적이 있다. 우리가 이 사람은 누구며 무슨 중병에 걸렸느냐고 묻자 사람들이 대답하기를 '그 사람 아직 미혼이에요'라고 했다"[95]라고 쓰고 있다.

이것은 원시사회에서 개인에게 결혼이 얼마나 중요한가를 극명히 보여주는 예이다. 아내의 임무는 성적인 만족감을 주는 데 국한되어 있지 않다. 남자와 여자는 서로 다른 종류의 식량 생산을 담당하기 때문에 아내의 경제적 도움 또한 중요하다. 두 사람이 함께 있어야 완전하고 규칙적으로 양식을 생산해낼 수 있다.[96]

남성이 여자를 교환할 때는 경제적 이유만을 위해서는 아니다. 여성은 우선 평화와 결합의 가치를 지닌다. 근친상간이 모든 곳에서 금지되고 여성들을 가족들이 보는 앞에서 '꽁꽁 얼게 만드는' 이유는 도덕적이거나 생물학적인 이유보다는 사회적인 이유에서이다. 딸이나 누이를 포기할 때는 이웃 사람도 그렇게 하고 또 여성들을 서로서로 교환한다는 조건하에서이다. 그리하여 그룹들 사이에 자연적으로 생겨나는 적대감이 화합의 관계로 발전한다. 사람들은 자기의 누이들을 서로 바꾸면서 사냥을 함께 다닐 수 있는 새로운 형제들(처남, 매부 등)을 얻게 되는 것이다. 우정의 연결고리가 넓어지고 상호교환에 의해 그들의 관계는 불화에서 신뢰관계로 옮겨간다.[97]

여성의 특성은 남성들 사이에 평화를 정착시키는 것이지만 그럴 때에도 여성의 지위는 여전히 물품과 다를 바 없었다. 어떤 경우라도 그녀들은 행위 주체로서의 지위를 갖지 못한다. 인간사회의 보편적 법칙으로 제시되는 레비-스트로스의 유명한 발언도 거기에서 생겨난다.

"결혼을 이루는 교환의 일반적 관계는 뭔가를 각기 주고받는 남녀 사이에서 생겨나지 않는다. 그것은 두 그룹의 남성들 사이에서 생겨나며 거기에서 여성은 서로 인간관계를 맺는 파트너가 아니라 교환 물품으로 존재한다. 젊은 처녀의 감정을 존중해줄 때조차도 그러하다…… 계약결혼을 받아들이면서 젊은 처녀는 교환을 재촉하거나 용인하게 된다. 처녀는 그 교환의 성격을 바꿀 수 없다. 이런 관점은 결혼이 외견상 당사자들 사이의 계약인 것처럼 보이는 우리 사회에서조차 엄격하게 유지되고 있다…… 결혼의 기초적 상호관계는 남자와 여자 사이에 이루어지는 것이 아니라 단지 중요한 계기를 만들어줄 뿐인 여성을 매개로 남성들 사이에서 이루어진다."[98]

레비-스트로스는 원시사회에서 목격한 많은 예를 들면서 자신의 논지를 입증한다. 하지만 그 자신의 말대로 그가 말한 법칙은 인류학의 범주를 훨씬 넘어선다. 역사학자 조르주 뒤비는 중세사회를 이야기하면서 그것의 정확성을 확인할 기회를 갖는다. 그는 12세기에 실제로 '결혼 전술'이라고 말할 수 있는 현상이 기사들 사이에 생겨났는데 그들은 아들의 결혼은 제한하면서 가능한 가문의 모든 딸은 결혼시키려고 무척 애를 썼다.

"그런 식으로 가장은 자신의 조상의 혈통을 퍼뜨리면서 동맹을 맺어나갔고 이 동맹은 남자아이들을 삼촌과 연결시켜주는 특별한 관습에 의해 다음 세대에서 더욱 강화되었다. 이 전략은 힐드빈드 라므룁트라는 대단히 성공한 어느 사위의 전략이었다. 그는 자기 아내의 아버지로부터 루시의 영토를 물려받았고 그 영토를 더 확고히 지키기 위해 과부가 된 장모를 자신의 친형과 결혼시켰다. 그는 그녀의 일곱 딸과 결혼하고 재혼했다…… 그러나 오빠나 남동생이 없는 상속녀를 다른 형제에게 맺어줄 수 없는 경우에는 아들 중 하나만이 합법적인 아내를 가질 수 있었다……."[99]

기욤 르 마레샬[100]도 1189년경 새로운 친구를 사귀고자 했을 때 역시 같은 방식을 택했다. 그는 주위의 강대한 영주들과 평화를 유지하기 위해 자신의 딸들을 그들에게 주었다. 기욤은 자신의 과만한 딸 셋을 조르주 뒤비의 표현대로 "백작의 세 아들에게 넘겨준 데 대해 만족스러워했다".[101]

왕들 역시 딸들의 교환에 재빨리 참여했다. 샤를마뉴는 그 당시 여전히 존재하고 있었던 두 가지 형태의 결합—내연관계와 합법적 결혼[102]—을 가장 잘 이용할 줄 알았던 왕이다. 대제는 왕위를 물려받으려는 계승권자의 숫자가 늘어날 것을 염려해 딸들을 결혼시키지 않았다. 그는 집에서 자신이 직접 딸들을 보호했다. 딸들을 다른 제후들의 첩으로 들어앉혀 손자들을 얻었지만 그렇게 얻은 손자들은 합법적 결혼으로 얻은 손자들과는 달리 계승권을 가질 수 없었다. 그렇게 해서 그는 평화를 유지했고, 상속을 계승해 갈 수 있었다.

18세기 당시에도 그랬듯이 중세에는 아버지가 자식들에 대해 전권을 갖고 때로는 자신이 원하는 대로 결혼시켰으며 또 때로는 그들이 결혼계약을 맺는 것에 반대하기도 했다. 그러나 딸들에 대한 아버지의 권위는 아들에 대한 권위보다 비교할 수 없을 만큼 훨씬 더 엄중했다. 중세 프랑스 대부분 지방에 퍼져 있던 로마법은 여성을 영원한 미성년으로 취급한다. 딸을 결혼시키면서 아버지는 모든 권한을 딸의 남편에게 넘겨주었고 딸이 아버지의 유산을 직접 물려받는 것을 막지는 않았지만 그 유산을 남편에게 귀속시켜 딸이 마음대로 처분할 수 없도록 만들었다.

결혼 전에는 아버지의 물품이었던 새 신부는 남편이 죽을 때까지(남편보다 오래 산다면) 남편의 물품이 되고 남편은 차후로 그녀의 인격과 재산—아버지가 그녀에게 유산을 남긴다면—에 대해 모든 권한을 행사하게 된다.[103]

남편의 아내

남편의 눈에 아내는 삼중으로 물품의 성격을 띤다. 여자는 사회적 승진의 도구임과 동시에 유희의 대상이며 또 때로는 남자가 소유할 수 있는 복부를 가진 대상이다.

11세기 이래 봉건 제도의 왕과 대영주들은 그들이 가장 신임하는 충신들에게 결혼을 알선했다. 동맹의 도구인 결혼은 자신의 주인에게 충성스럽기는 하나 돈이 없는 젊고 야심찬 기사들에게는 특히 사회적 신분상승의 도구였다. "영주의 딸을 아내로 맞이함으로써 몇몇 기사들은 하인의 신분에서 벗어나서 영주의 집을 떠나 자신이 영주가 될 영토를 세우기도 한다."[104]

기욤 르 마레샬[105]이 바로 그런 경우였다. "그가 늙어간다고 느꼈을 때 아직 기회가 있다고 생각한 그는 앙리 2세가 살아 있는 동안 자신에게 안정된 지위와 경제력을 제공해줄 보수를 얻는 일이 시급하다고 판단했다…… 그가 가난했던 것은 그가 아직 '미혼'이었기 때문이다. 그리하여 오십 가까이 되었을 때 그가 바랐던 것은 부유한 상속녀를 맞이하여 자신의 침실과 집과 영토에서 위세를 떨치는 일이었다. 그보다 사 년 전에 로베르 드 베튄이 그에게 알선해주었던 처녀를 거절한 일이 있는데 그건 아마도 그 처녀가 결혼지참금으로 영주의 권리나 봉토가 아닌 연금만을 가져오려 했기 때문이었을 것이다……."[106]

그래서 왕은 기욤 르 마레샬에게 삼 년 전에 아들 상속인 없이 죽은 집사의 딸—아직 혼기에 접어들지도 않은 랑카스트르 양—을 아내로 맞이할 것을 제안했다. 그는 기다려야 했다. 이 년 후 그는 그녀와 결혼했다. 스트리길 가(家)의 이 젊은 아가씨는 결혼 예물함에 65개의 봉토문서를 가져왔다. 이 재산을 계기로 그는 '영주'가 될 수 있었다.

모든 정황으로 보아 마레샬은 삼십 년 연하의 아내에게 자상한 남편이었을 것이다. 그럼에도 조르주 뒤비는 12세기에 아내들은 배려의 대상이라기보다는 오락의 대상이었다는 사실을 강조한다.

남성만이 중요한 이 세계에서 아내의 자리는 지엽적이었다. 여자는 말할 권리조차도 없었다. 여성들이 시합 전에 나타나는 것은 단지 투사들에게 용기를 북돋아주기 위해서이거나 "시합을 기다리는 기사들의 긴장을 풀어주기 위해서"였다.

문학에서 얘기하는 남성의 여성에 대한 '정중한 사랑'과는 반대로 조르주 뒤비는 "기사들이 귀부인에게 품은 사랑은 투사들 사이의 사랑의 교환이라는 대단히 본질적인 사실을 감추고 있다"고 생각한다.[107] 모든 젊은 기사들은 영주의 총애를 받기 위해 귀부인에게 몰려든다. 사랑이란 우선 남성들이 간직한 감정이다. 중세의 모든 이야기 속에 존재하는 이 사랑—우정 속에는 여성들이 거의 전적으로 배제된다.[108]

여성들이 탐욕이나 기분풀이의 대상이라고 한다면 아내는 무엇보다도 자신의 새로운 '집'에 아이를 만들어주는 자궁이다. 라글랑 경은 아버지란 단어는 조상이란 단어에서 생겨났는데, 아리아족의 모든 언어에서 이 단어는 '소유자'라는 단 하나의 의미만 가지고 있다고 말한다.[109] 따라서 남자는 결혼하면서 아내의 자궁과 그가 거느리게 될 모든 아이들을 소유하게 된다.[110]

그러나 어떻게 여성의 정숙을 영원히 확신할 수 있을까? 어떻게 하면 아내가 다른 핏줄을 이어받은 부정한 아이를 낳지 않게 할 수 있을까? 이는 여성의 첫번째 목적이 남성의 유산을 보호하는 데 있기 때문이다. 남성적 대물림으로 아들은 아버지를 계승해야 하고 그는 아버지의 아들이며 어머니의 아들이어서는 안 된다. 따라서 남성은 가계에 해를 입히지 않고 다른 여성들과의 관계를 가질 수 있지만 그 반대의 경우라면 이 남성적 대물림에 해를 입히게 된다.

여성의 간음에 대한 남성의 강박관념은 여성을 의심스러운 존재, 심지어는 적으로까지 간주한다. "남성들은 결혼생활을 절대적 경계심을 요구하는 전투로 영위해간다. 남편은 혼자서 여성의 불을 꺼줄 수 없게 될지도 모른다고, 그래서 여성이 비열하게 배반할지도 모른다고 두려워했다."[111]

여성의 배반에 대한 이 끔찍한 고민은 모든 인간사회에 존재하지만 가부장 사회에서는 남편이 아내의 자궁의 영원한 주인으로 남기 위해 온갖 술책을 만들어냈다. 남편은 아내를 모든 남성으로부터 떨어진 곳에 보호할 수 있는데 그곳이 바로 하렘이다. 그는 아내의 모든 성관계를 막을 수 있는 제도적 장치를 만들 수 있는데 그것이 바로 정조대이다. 그는 아내의 성적 충동을 약화시키기 위해 아내의 클리토리스를 제거할 수 있는데 그것이 바로 '음핵 절제'라는 것이다.[112]

그러나 이런 모든 것들이 소용없음을 알았을 때 남성들은 여성을 억압했다. 남성의 간음과는 달리 여성의 간음은 엄벌에 처해졌다. 문화와 시대에 따라서 간음한 여성은 돌로 쳐죽이거나 자루에 넣어 익사시키거나 남편의 손에 죽임을 당하거나 죄인 공시대에 못박혀 죽거나 수도원이나 감옥으로 보내졌다.

프랑스에서는 1974년이 되어서야 여성의 간음에 대한 모든 특정의 처벌이 폐지되었다.[113]

결혼, 가부장 사회의 기초

결혼은 모든 인간사회에서 근친상간 금지에 대한 가장 보편적인 해답이었다. 그런데 레비-스트로스는 어떤 유형의 사회에서든 여자를 교환하는 것은 남자이며 그 역은 존재하지 않는다고 단언한다. 동남아의 몇몇 부족은 반대되는 상황의 인상을 주기도 하지만 "거기에서도 역시 여성이 남성을 교환한다고는 할 수 없고 기껏해야 여성을 매개로 남성이 남성을 교환하는 것이다".[114]

레비-스트로스의 성찰은 남성에 의한 여성의 교환이라는 보편적 현상을 통해 가부장 제도는 그것 자체가 인간의 타고난 결정적 조건이라는 것을 계속 입증하려 한다. 그래서 그는 모권 제도와 모계 중심의 주거가 아주 드물고 허위적인 예외일 뿐이라는 것을 보여주려고 애쓴다.[115]

일반적으로 부계 제도는 가장 상류의 문화와, 모계 제도는 가장 미개한 사회와 상관관계[116]를 맺고 있는 것으로 인식돼왔다. 그래서 레비-스트로스는 모계 제도에 대한 부계 제도의 상대적인 우월성을 한층 더 확신하게 되는 것이다.

"정치적으로 조직력을 갖춘 사회들은 부권을 일반화하는 경향이 있다. 그러나 정치적 혹은 그저 사회적인 권한이 부모 양쪽의 권한을 인정하거나 혹은 모계를 따르거나 또 혹은 가장 문명화된 사회에서 그렇듯이 자신의 모델을 사회생활의 모든 면에 부과하건 간에 그 권한은 늘상 남성의 몫이고 그 남성의 우월권은 변치 않는 어떤 특성을 지닌다."[117]

레비-스트로스의 이 말은 몇 가지 주의를 요한다. 우선 모계 제도와 한 사회의 가장 원시적 특성과 정치조직의 하급 단계 사이의 관계는 아마도 구석기 시대의 초기 사회나 혹은 신석기 시대의 대부분의 사회구조가 그러했을 것이라는 사실을 우리에게 보여주는 듯하다. 다음으로 그 반대의 관계(가장 발달된 사회와 고급의 정치와 부계사회의 관계)는 우리 사회와 같은 사회에서의 가부장제의 필연성을 입증하려고 하는 것 같다.

레비-스트로스는 정치적 권한이 항상 남성에게 속하고 가부장 제도와 불가분의 관계에 있다고 단언하면서 가부장 제도를 뒤엎는다는 것은 생각할 수도 없는 일인 것처럼 말한다. 사실 그가 사회의 복잡성을 가부장제와 연결시키려 할 때 더 커다란 복잡성을 향해 나아가는 각각의 단계는 분명 우리를 이 가부장제 속에 더욱 확고히 가두어둔다. 그래서 그는 법률적 성격을 띤 하나의 성찰을 결론처럼 도출해낸다.

"가족과 사회의 다양한 제도의 변천 뒤에서 가부장 제도가 항시 존재해왔다는 사실은 인간 사회를 특징짓는 양성 사이의 불균형이라는 근본적 관계를 입증한다."[118]

그 인류학자의 눈에는 여성에게 불리한 이 양성간의 '보편적' 불균형(여성은 결코 남성과 같은 지위나 계급을 차지할 수 없다)은 "여성이 남성을 교환하는 것이 아니라 남성이 여성을 교환한다는 기본적인 사실로부터 생겨난다".[119] 그리고 이 사실 자체는 모든 인간문화의 기초가 되는 법률인 근친상간 금지의 결과이다.

언뜻 보아 우리에겐 어떠한 탈출구도 없는 것 같다. 근친상간의 보편적 금지는 '본질적으로' 차별화된 상하계급의 성격을 지닌다. 여성에게 재산의 역할을 맡기면서 "근친상간의 금지는 사회적 그룹을 통합하기보다 나누는 데 일조하고 남녀의 '의도적 차별'을 혈연관계에 의해 희석시키는 대신 대등관계의 규칙은 왜곡시키는 데 협력한다".[120]

그럼에도 불구하고 그런 제도는 두 가지 전제하에서만 존속할 수 있다. 첫째, 결혼이 여성의 교환이라는 의미를 계속 지녀야 하고 둘째, 양성 사이의 불균형이 지켜져야 한다. 달리 말해 첫번째 전제의 조건으로서 여성은 물품의 범주로 머물러 있어야 한다. 역사와 인류학은 모든 가부장 사회가 이 불균형을 자연스럽게 혹은 억지로 강요하기 위해 귀중한 에너지와 술책을 써왔다는 사실을 보여준다. 몇몇 사회는 이 불균형을 극단적으로까지 몰고 가서 한 쪽을 다른 한쪽의 반대자로 만드는 데 주저하지 않았다.

II. 반대의 논리 혹은 양성간의 전쟁

사랑은 그 방법 자체가 전쟁이며, 저 깊숙이
양성 사이의 치명적 증오를 품고 있다.
— 니체, 『이 사람을 보라』

가부장 제도는 그 영향력을 유지하기 위해 이전의 논리와는 차원이 다른 양성간의 새로운 논리를 만들어냈다. 그 새로운 논리는 양성의 상호보완성을 명백히 부정하지 않았지만 양성의 차이점을 극도로 밀고 나가 이원성의 가능한 조건들은 거의 다 없애버렸다.

몇 가지 명백한 사실을 상기해보자. 양성이 상호보완적이기 위해서는 서로가 서로를 같은 한 몸의 두 부분이라고 생각해야만 한다. 달리 말해 둘 다 마찬가지로 인간이라는 동질의 단위를 형성하는 데 참여한다고 생각해야 한다.

단어의 원래의 뜻대로라면 '보완'이란 '어떤 것이 완전해지기 위해서 덧붙여져야 하는 것'이다.

그러나 두 요소가 서로에게 맞추어가기 위해서는 최소한의 유사점 없이는 불가능하다. 차이점은 공통점에 해를 입혀서는 안 된다. 그렇지 않고서는 결코 서로 화합할 수 없다. 아리스토파네스의 남녀 한 몸의 신화가 이를 잘 보여주고 있다. 본래 인간이란 한 커플이 서로서로 얽혀서 사람들이 상상할 수 있는 것들 중에 가장 아름다운 한 몸체를 이루고 있었다. 너무 아름답고 너무 강한 것에 질투가 난 신들이 인간 몸의 한가운데를 잘라 똑같은 두 부분으로 만들었다. 두 부분으로 갈라진 남과 여는 다시 합쳐지리라는 단 하나의 염원밖에 없었다.

분리란 결코 공통성이나 염원, 반쪽에 대한 사랑 등을 배제하지 않는다. 한쪽이 다른 한쪽과 다른 속성을 지녔다거나 한쪽과 다른 한쪽이 서로 다른 일을 한다는 사실을 대치의 관점으로 바라볼 것이 아니라 한쪽을 돋보이게 하기 위해 다른 한쪽을 깎아내리지 않는 상호교환의 관점으로 바라보아야 한다. 남녀 양성의 신화는 인간이 둘이 결합되면 완성의 모습을 갖게 되고 한쪽에서 분리된 다른 한쪽은 불구이고 무익하다는 사실을 보여준다.

분명 그 교훈은 너무 자주 양성의 균형을 근본적 불균형으로 바라보았던 가부장 제도에서는 받아들여지지 않았다. 아마도 그 교훈은 가부장제의 확립을 위해 무시당했겠지만 그와 동시에 그것이 가부장제의 죽음을 의미한다는 사실을 깨닫지 못했다.

1. 절대적 가부장제는 상호보완성을 위협한다

불교형에서 배제로

F. 에리티에는 어느 사회도 남녀가 절대적으로 균형을 이룰 수

는 없다고 말한다. 그 말은 가부장 제도에 정확히 들어맞는 것 같다. 거기에는 기원의 신화와 다양한 철학 체계들이 남성과 여성을 우월한 인간과 열등한 인간으로서 대치시키는 이원적 범주의 체계 위에 세워져 있다.[1]

18세기에 사회가 인간의 본성에 좀더 큰 영향을 미친다는 것을 인정했을 때, 사람들은 교육이 대립적 관점하에서 상호보완성을 유지해줄 것을 요구했다. 루소는 에밀과 소피라는 이상적 커플을 정의하려고 고심하면서 소피가 에밀의 보완적 존재임을 기꺼이 보여준다.[2] 하지만 이제 사람들은 남녀가 태어나면서 자연적으로 상호보완적(그들의 상호이해를 위한 필수조건)이라는 걸 믿지 않는다. 한쪽과 다른 한쪽의 자연적 혹은 이상적인 특성이 타락하는 것을 막기 위해서 엄격하고 구속적인 교육이 필요했다. 소피에게 아내와 어머니로서의 임무를 준비시키기 위해 그녀에게 자상한 성격을 형성시켜주고 그 성격에 따라 조심스럽게 행동하는 법을 알려주고 또 그녀에게 "의존이란 여성의 자연스런 상태라는 것"을 가르쳐줘야 했다.[3] 그러나 마치 진정한 본성이 남성의 변덕에 길들여지기까지 오랜 시간이 걸리기라도 하듯 이러한 경지에 다다르는 데는 아픔이 뒤따랐다. 에밀과 소피의 '훈련', 특히 소피의 '훈련'은 양성의 본성이 루소가 꿈꿔왔던 것만큼 그렇게 상호보완적인 것만은 아니라는 사실을 보여주는 듯하다.

서로 바뀌기는 했지만 에밀과 소피는 공통된 가치와 사랑에 의해 오랫동안 결합되어 있다. 대립이 인간의 동등한 비전을 해치지는 않는다. 그들의 차이점을 뛰어넘어 혹은 바로 그 차이점 때문에 그들을 이어주는 사랑은 한쪽이 다른 쪽을 배제하는 것을 허용하지 않는다. 소피가 사람들이 생각했던 여자가 아니라는 것을 보여주는 갈등이나 새로운 반전은 한쪽이 다른 한쪽과의 관계에 의해서만 의미를 갖는다는 사실을 부정하지 않는다.

그러나 가부장 제도가 꽃피었던 최근 삼천 년 동안 반대의 논리는 종종 배제의 논리로 바뀌었다. 남녀 사이의 이원성을 극도로 차등화시키면서 한쪽은 선, 한쪽은 악으로서 적대관계를 만들었다. 신학이나 신화에 근거한 대치관계는 격해지고 팽팽해져 양성의 공통성이나 유사성의 개념은 심각하게 위협을 받았다.

마누 시대의 인디언 문화에서 회교 문화를 거쳐 중세의 문화에 이르기까지 남녀는 서로 어찌할 수 없는 적이라고 단언한 사실이 도처에서 발견된다. 양성의 전쟁에 대해 말해주거나 남성에게 그들이 가끔씩 자신들의 '동료'라고 부를 수 있었던 여성들을 멀리 피하라고 말해주는 글들은 수없이 많이 있다.

『마하바라타』는 마누의 남성주의적인 논리를 열광적으로 지지한다.

"여성만큼 죄가 많은 존재는 없다. 기실 여성은 모든 악의 근원이다."(38, 12)

"바람의 신, 죽음, 지옥, 면도날, 무서운 독, 뱀, 불…… 이 모두는 여성과 즐거이 공생하고 있다."(38, 29)[4]

우리는 창세기에서 여성이 남성에게 종속된 것을 보았다. 교회의 아버지라고 불리는 자들은 더 나아가 여성을 뱀이나 사탄과 결부시켰다. 중세(12세기)의 설교에서도 가장 두드러지는 하나의 주제가 끊임없이 반복된다. "여성은 독사만큼이나 사악하고 음탕하며 뱀장어만큼이나 허약한데다 호기심도 많고 부주의하며 까다롭다."[5]

그런 말들은 남성들로 하여금 여성을 불신하게 하고 여성이 그런 취급을 받아 마땅하게 만든다. 또 그런 태도는 당시 학자들이 연구했던 어원학에 의해서도 정당화된다고 조르주 뒤비는 말하고 있다. "남성을 의미하는 라틴어 *vir*는 *virtus*, 즉 힘, 곧음에서 생겨난 반면, 여성을 의미하는 *mulier*은 *mollitia*, 즉 나약성, 휨, 도망에서 생겨났다. 불신과 경멸 때문에 여성을 복종시키고 고삐를 채워야만 했기 때문이다."[6]

"여성의 사악한 본성의 근원은 무엇인가?"라는 질문에 그들은 입을 모아 대답한다. "한 남자가 결코 채워줄 수 없는 과도한 육체적 욕망"이라고.

"여성들은 격렬하다. 그녀들은 격렬한 본능을 갖고 태어난다. 그녀들은 결코 한 남성에 의해 채워질 수 없다. 남성들은 결코 그녀들을 사랑해서는 안 된다. 그렇지 않으면 그는 분명 파멸에 이를 것이다."[7]

중세의 남성과 성직자들은 한결같이 여성은 천성적으로 간음자이며 지칠 줄 모르는 욕망을 지녔다고 생각했다. 그들은 과부들이 욕구불만의 상태에 있기 때문에 위험하다고 생각했고, 여성들만이 사는 거주지는 가장 사악한 곳이라고 생각했다. 12세기의 에티엔 드 푸제르 대주교는 그의 강령에서 "여성들을 아주 가까이서 감시하라. 일단 고삐가 풀리면 그들의 타락은 멈출 줄 모른다. 그녀들은 하인들과 함께 놀아나면서 쾌락을 맛보거나 아니면 그녀들 사이에서 쾌락을 찾을 것이다"[8]라고 설교했다.

파트나 애트 사바Fatna Ait Sabbah[9]라는 한 여교수가 훌륭하게 분석해놓은 회교 신학자들의 종교적 음담은 남성들의 불신의 이유를 더 잘 설명해준다. 하나는 12세기에 씌어졌고,[10] 또하나는 15세기에 씌어져[11] 오늘날까지도 대단히 인기 있는 두 권의 책[12]을 근거로 저자는 남성들의 두려움의 무의식적인 근원을 보여주고 있다.

동시에 욕망과 두려움의 대상인 '전(全) 관능적인 omnisexuelle'

여성은 결코 채워지지 않는 질(膣)-흡판과 동화된다. 여성의 욕망은 남성의 욕망을 훨씬 능가한다는 것은 누구나 다 인정하는 사실이다. "몇몇 사람들은 여성의 성욕이 남성의 성욕보다 강하다고 단언한다…… 아마도 밤낮없이 몇 해 동안 계속 성교를 한다 하더라도 여성은 결코 포만의 상태에는 이르지 못할 것이다. 성교에 대한 여성의 갈증은 결코 해소되지 않는다."[13]

따라서 성교는 양성에게 각각 다른 결과를 가져온다. 여성은 성교를 하면서 점점 피어나고 남성은 점점 쇠퇴한다. 파트나 애트사바는 이 '여자-구멍-흡판'을 상대할 수 있는 수컷은 인간 남성이 아니고 여성의 욕망에 더 잘 부합하는 각각의 페니스를 지니고 있는 당나귀나 곰과 같은 동물의 수컷들이라고 단언한다.

현실의 남성은 이 만족할 줄 모르는 여성 앞에서 철저히 자신의 삶을 실패로 몰아갈 수밖에 없다. 무기력의 공포와 페니스의 사이즈에 대한 강박관념, 거기에서 생겨나는 페니스 확장의 방법과 끊임없이 싸우는 남성들을 위해 고전 의학서들은 그 비결을 알려줄 목적으로 장황한 설명을 늘어놓는다.[14]

그러나 사랑의 마약이나 몰약 혹은 충고들은 양성간의 균형을 회복하기에는 역부족이다. 무한한 욕망이 여성을 결정적으로 위험스러운 존재로 만든다. 두 넓적다리 사이에 한껏 웅크린 동물적 욕정에 뒤흔들린 전(全) 관능적인 존재가 남성의 사분의 일에 만족하라고 강요하는 이슬람교 율법을 따르는 경건한 존재가 될 수 없을 것이라는 사실은 쉽게 추측할 수 있다.[15] 그녀들은 회교의 율법, 특히 이성간의 사랑, 정숙, 사회적 동등, 미덕 등의 율법을 부득이 여길 수밖에 없다.

한마디로 여성은 '본래' 무질서의 근원이기 때문에 남성은 모든 수단을 동원하여 여성을 통제해야 한다. 오르가슴의 추구라는 단 하나의 목표에 온통 몰입되어 여성은 사회계급을 무시하고(자기 신분의 남성의 음경보다는 흑인 노예의 더 큰 음경을 선호하면서) 회교사회가 요구하는 아내와 어머니로서의 역할을 거부한다.

질서를 회복하기 위해서 남자는 "여자를 움직이지 못하게 하고 숨기면서, 가능한 모든 남성으로부터 멀리 떼어놓아야 한다".[16] 달리 말해 그녀를 지배해야 한다.

중세의 문헌은 남녀평등을 주장하는 것이 이단이라는 사실을 애써 보여주고 있다. 사회 제도의 열쇠인 결혼은 우주의 계급을 반영해야 한다. 조르주 뒤비는 속어 라틴어로 씌어진 '아담의 유희'[17]를 인용하면서 부부관계는 피조물과 창조주 사이의 복종관계를 상하관계의 차원으로 반영해야 한다고 주장한다. 사탄이 끼어들어 신과 아담 사이의 상하관계뿐만 아니라 아담과 이브 사이의 상하관계도 깨뜨려버렸다. 아담이 이브를 믿고 죄를 저지른 것은 그가 그녀를 자신과 대등한 존재로 보았기 때문이다.

사실 명령이란 양성간의 계급에 대한 존중을 의미할 뿐 아니라 그 근저에는 그들 사이에 본성의 차이가 있음을 전제로 한다. 그 차이란 가부장 사회에서 항시 그 영향력을 행사하는 "두 가지 무게와 두 가지 차원"의 정책을 상하관계보다 더 명확히 설명해주는 차이다.

우리가 살펴봤던 대로 그 차이의 가장 좋은 예는 남성의 간음과 여성의 간음에 대한 처벌의 차이다. 부샤르 드 웜 주교는 6세기에 『법령 le Décret』[18]이라는 책을 펴냈는데, 그 책은 12세기까지 프랑스 제국에서 대성공을 거두었다. 거기에서 그는 남녀를 "서로 다른 두 가지 종"[19]으로 구분하는 데 열중한다. 허약하고 쉽게 제어당하는 여성이라는 종은 남성이라는 종과 똑같이 판단되어서는 안 된다. 『법령』은 여성이라는 종의 해악성을 항상 명심하라고 끊임없이 요구한다. "만약 육 개월이나 일 년이 지나서 그대의 아내가 아직 그대는 자신을 소유하지 못했다고 말하고, 그럼에도 그대는 그녀가 그대의 아내라고 말한다면 사람들은 틀림없이 그대를 믿을 것이다. 왜냐하면 그대는 여자의 주인이기 때문이다."[20]

경박스럽고, 교회에서는 수다스러우며, 고인들을 쉬이 잊어버리는 사치스럽고 음탕한 여성들은 유산과 영아 살해와 매음에 전적으로 책임이 있다. 고해신부는 여자에게 혼자서 혹은 어린아이들과 즐기는 쾌락에 대해 고백하도록 강요해야 한다. 회교 신학자들과 마찬가지로 기독교의 종교재판관은 "여성만의 세계, 규방, 유모들의 방"에 대해 멋대로의 환상을 갖고 있다. "남성들과 떨어져 있는 이 이상한 세계는 남성들의 호기심을 자극하고 남성들이 즐길 수 없는 타락이 벌어지고 있는 것 같다."[21]

어떤 남자들은 여자를 '섹스의 화신', 또 어떤 남자들은 '간음자'라고 부르는데 부샤르 주교는 이 '야수성'에 여성을 더욱더 의심스럽게 만드는 '사악성'을 덧붙인다. 여성의 천성적인 해악성 때문에 사람들은 여자의 증언보다는 그녀 남편의 증언을 더 믿는다. 따라서 아내가 그의 남편을 간음으로 고발하면 우선적으로 그녀의 말을 의심해봐야 한다. 조르주 뒤비의 말대로 사실 "남자가 우선권을 쥐고 있는 마당에 누군들 주교에게 정의의 이름으로 남편에게서 벗어나게 해달라고 하는 여자의 요청을 받아들이겠는가?"[22]

확인된 바와 같이 남녀간 처벌의 차이는 마니교적인 정의의 구현 방식에 근거하고 있다.

우리는 그러한 흔적(대다히 약해진)을 1964년 거의 쇠멸 상태에 이른 우리 사회의 가부장 제도에서도 찾아볼 수 있다. 안-마리 로슈블라브-스팡레Anne-Marie Rocheblave-Spenlé가 사회학적인 연구를 통해 세운, 당시 통용되었던 남녀의 전형적 특성의 목록[23]은 반대의 논리가 죽어버린 것은 어제오늘의 이야기가 아님을 보여주고 있다. 그녀가 만든 도표를 인용해보자.

반대의 논리

남성의 전형적 특성		여성의 전형적 특성
단호, 확고, 안정, 침착	정서적 안정성	변덕, 히스테리, 예민, 겁이 많음, 감정에 치우침, 유치, 경박스러움
규율이 바른, 질서정연한, 조직적인, 엄한, 신중한, 솔직한	통제의 메커니즘	수다스런, 논리가 없는, 상투적인, 비밀이 많은, 경솔한, 교활한
애국자, 모험취미, 독립적	자율성, 의존성	의존의 필요성, 환심을 사고자 하는, 교태를 부리는, 복종하는
힘의 욕구, 명예욕, 야망, 지휘욕, 지배적, 자족하는, 자신감, 명성 추구, 출세지향적, 과시욕	지배, 자신감	연약한
전투적인, 냉소적인, 경쟁을 즐기는	공격성	간사한
정력적인	활동성	수동적인
이기적인, 물질적인	획득성	호기심 많은
창조적인, 명석한, 객관적, 이론적 사고에 대한 취미, 과학과 수학에 대한 적성, 회의적인, 따지기 좋아하는	지적 능력, 창조성	직관적인
음란한	정서적 경향, 성욕	다정한, 동정적인, 상냥한, 수줍어하는, 화장에 대한 취미, 아이와 사랑에 대한 욕구

남녀에 대한 일체의 의견의 개요라 할 수 있는 이 전형적 특성 들을 살펴보면 양성간에 우등과 열등의 표시로 나타난 그 영원한 대립에 대해 놀라지 않을 수 없다.

음란성이 남성의 속성으로 간주되고 있기는 하지만(그것도 여성 의 음란성이 지니고 있던 부정적 성격이 단번에 제거되어버린) 정서 적 안정성, 자율성, 용기, 활동성, 지성, 창조성 등과 같은 긍정적 성격은 모두 남성에게 속해 있다. 반대로 60년대의 여성들은 늘 이브의 딸로서 신경질적이고 경박스럽고 수다스럽고 간사하고 아양부리고 수동적이고 직관에 의존하고 아첨하는 존재로서 인식 되어졌고 예전 여신으로서의 특성은 모두 상실해버렸다. 여성은 모든 점에서 루소의 소설에 등장하는 소피의 증손녀와 일치한다. 그런 관점은 여성에 대한 부당한 대우를 정당화시킬 뿐이고 남성 이 여성보다 모든 점에서 '본래' 우월하다는 확신을 강화시킬 뿐 이다.

공통의 결론

다소 완화된 제도이건 혹은 과격한 제도이건 간에 모든 가부장 제도에서 우리는 몇 가지 눈에 띄는 혹은 눈에 띄지 않는 공통점 을 발견할 수 있다.

첫째는 우리가 본 대로 '양성의 구별'이다. 하지만 이 구별은 더 이상 우리가 구석기 시대에 대해 추측할 수 있었던 것처럼 다른 쪽의 필요성에 대한 확신에 근거한 상호존경을 전제로 이루어지 지 않는다. 절대적 가부장 제도에서 남녀의 구별은 너무나 엄격한 계급에 근거하기 때문에 화해나 중재의 가능성은 거의 희박해 보 인다. 한쪽과 다른 한쪽을 지나치게 선과 악, 강자나 약자 등의 대립관계로만 보아왔기 때문에 이제는 둘 사이의 공통점을 전연 인식하지 못한다. 선택된 족속과 저주받은 족속 사이에 무슨 관계가 있을 수 있을까? 그 모든 것에도 불구하고 생산과 번식의 필요성 때문에 그들이 아직 결합되어 있다 하더라도 그들의 관계는 이질적이고 낯선데다 적대적이기까지 한 관계일 뿐이다. 둘에게 공통적으로 존재했던 인간성은 태고의 먼 신화 시대에 지하동굴 속으로 사라져버렸다.

아프리카의 몇몇 가부장 사회에 대해 연구했던 G. 발랑디에는 남녀관계를 상이성과 대립이라는 두 가지 특징으로 묘사했다. "가장 가치 있다고 여겨지는 지식이나 인간관계 혹은 활동의 국외자이자 도구나 사물로서 하등의 활동이나 의존적 행동만을 담당하는 여성은 남성의 보완적 파트너라기보다는 타자이다. 그리고 상이성은 사람들의 언어뿐만이 아니라 표상 체계나 상징, 상상적 투사, 행동의 모델 등에 의해 강화된다."[24]

이 근본적인 상이성은 당시 고대 그리스 사회에 이르기까지 지켜져왔던 양성간의 상호개입을 허용하지 않는다. 그때에는 성인이 되기 전 남자아이와 여자아이들이 서로 옷을 교환해 입었고 남자아이가 여자아이처럼 행동하거나 그 반대의 경우도 전혀 이상하게 여겨지지 않았다. 우리 사회에서 남자아이에게 '계집애'처럼 울지 말라고 한 것은 그리 오래된 일이 아니다. 마치 감정의 표현인 울음이 여자들이나 하는 행위이며 비인간적이기라도 한 것처럼. 반대로 남자처럼 행동하는 모든 여성들은 호되게 욕했다. 정신분석학자인 엘렌 도이치는 지적인 여성들을 가리키는 "애 못 낳는 여자, 아양쟁이, 개성 없는 여자" 또는 무엇보다도 "남성 콤플렉스에 빠진 여자"라는 말처럼 모욕적인 언어는 없다고 말한다.[25] 억지로 '강요된 이원적 대립'에서 벗어나기를 원하는 여자는 무례하다거나 미쳤다는 말을 듣기가 십상이었다. 그렇게 하면서 대립과 배타의 원리 위에 세워진 가부장적 질서에 대한 위협을 제거하는 것이다.

그러나 여성을 대립관계에 있는 일종의 적대적 요소로 정의함에 따라 여성은 곧 위험스런 존재, 남성의 적으로 치부된다. 아프리카의 루그바라 족은 여성을 아예 남성과 반대되는 존재로 보면서 여성을 "반(反)사회적 존재, 공격적 마술을 부리는 존재, 요술로 사람을 현혹하는 존재, 사회적 질서를 파괴하면서 변화를 추구하는 존재로 규정한다".[26]

우리는 가부장적 사회의 두번째 특성이 양성간의 잠재적 전쟁 상태라는 것을 알고 있다. 회교도들의 에로틱한 담화에서 여성은 매번 사회 제도를 "차갑고 계산되고 영속적으로"[27] 파괴하려는 지적 능력을 가진 존재로 등장한다. 이 파괴적 적개심이 남성이 여성에 대해 행하는 전쟁을 정당화시켜준다. 남편들이 아내들에 대해 이따금씩 품게 되는 은밀한 공포도 그 적개심에서 비롯된다.

11세기의 연대기를 읽으면서 조르주 뒤비는 여자들이 간음이나 살인을 통해 비밀스럽게 복수하지나 않을까 걱정하는 남성들의 두려움을 읽어낸다. "당대 작가들이 아내의 손에 독살당했다고 말하는 왕자들이 얼마나 많으며 규방에서의 여성의 음모나 음흉한 계획 혹은 온갖 종류의 저주에 대해 얼마나 많이 말하는가? 11세기의 의심에 차서 몸을 떠는 기사가 매일 저녁 자신의 침대로 들어오는 이 이브 곁에서 그녀의 그칠 줄 모르는 성욕을 만족시켜줄 수 없다는 생각에 그녀가 분명 그를 배신하고 어쩌면 바로 오늘 저녁 그가 잠이 들었을 때 이불로 그를 질식시켜버릴지도 모른다고 생각하는 모습을 상상해보라."[28]

우리를 전율시키는 이 묘사는 물론 가부장 사회의 모든 결혼생활을 대표하는 것은 아니다. 그것은 극단적으로 전도된 양성관계에 대한 풍자화일 뿐이다. 이런 유형의 관계와 18세기의 부르주아적 행복 사이에는 거리가 있다. 그러나 후자가 전자의 영향력을 벗어나지는 않는다. 반대로 남녀 사이의 행복에 대한 부르주아적 이상(理想)은 가부장 제도의 긴 고뇌의 시작과 때를 같이한다.

중세와 이슬람 사회의 주된 관심사는 가부장제를 어떤 중재 없이 있는 그대로, 그 원칙들로부터 추론될 수 있는 모습 그대로를 보여주는 일이었다. 애초에 남성들이 모든 여성의 권한을 빼앗아 갔으나 그들은 그 때문에 마음의 평온과 우정을 잃었다. 신뢰 대신 불신이 자리잡았다. 남성들이 여성을 두려워하면 할수록 그들은 여성을 복종시키기를 원했으며 여성의 복수에 대해 불안해하게 되었다. 아마 가부장 제도가 끝난 후에야 사라질 악순환인 셈이다.

오늘날 몇몇 다른 가부장 사회에서와 마찬가지로 중세에는 결혼의 사회적 종교적 제도와 사랑은 일치하지 않는다.[29] 거기에는 자신의 친척에 대해 갖는 사랑—우정도 없고(아내는 새로운 가정에서 늘 이방인이었다) 혼외에서 이루어지는 사랑—열정도 없었다. 그러나 사랑—열정은 그 자체가 양성의 대립을 전제로 하지 않는가? 그것은 그들이 치르는 전쟁의 표현이 아닌가?

'욕망'과 '전쟁'이라는 단어는 두 단어 사이의 유사성이 말해주듯이 서로 잘 들어맞는다. 고대 이래로 시인들은 이 사랑—열정을 묘사하기 위해 전쟁에 관련된 은유를 사용해왔다. 에로스는 '치명적 화살'을 쏘아대는 '궁수'이고 여자는 자신을 '정복'하는 남자에게 '항복'한다. 드니 드 루주몽에 따르면 "12세기와 13세기부터는 사랑에 대한 언어들이 전쟁의 기본동작을 지칭하는 말일 뿐 아니라 당시 전투기술에서부터 그대로 빌려온 언어로 가득 차 있

다".[30)]

루주몽은 당시의 다양한 표현을 요약하면서 그 이후 쓰인 몇몇 표현을 인용한다. 기사는 부인을 "포위"하고 그녀의 정조에 "공격"을 퍼부으며 그녀를 향해 "포위망을 좁혀간다". 그는 그녀를 "추적"하고 그녀의 순결의 최후의 "방어선을 정복"하려 하고 "불시에 포위"하려 한다. 마침내 부인은 "무조건 항복"한다. 그러나 불행하게도 일단 욕망이 채워지면 사랑—열정도 사그라든다. 따라서 욕망은 상이성과 전쟁을 내포하고 있을 뿐만 아니라 그것이 지속되기 위해서는 결코 채워져서는 안 되는 것이다. 이것은 "부부의 달콤한 행복"과 대치되는 것이며 간단히 말해 사람들이 지속, 합의, 유사성, 긴밀한 유대 등을 척도로 정의하는 '사랑'에 역행하는 것이다.

트리스탄과 이졸데의 신화에 대한 루주몽의 탁월한 분석[31)]을 보면서 우리는 서구적 의식의 사랑—열정을 구현하는 커플은 상대에 대한 사랑이라기보다는 오히려 "사랑에 대한 사랑"을 경험하는 것 같은 생각을 갖게 된다. 그들의 열정은 끊임없이 만족을 유보시키는 방해물에 의해서 지속된다. 외부에서 가해지는 방해물이 없으면 그들은 "마치 재미로라는" 방해물을 만들어낸다. 연인들의 이별은 그들의 욕망을 "고통스럽게 만들고" 변모시킨다.

트리스탄은 이렇게 고백한다. "나의 고통은 다른 모든 고통과 다르다. 그것은 나를 기쁘게 만든다. 그리고 나는 그 고통을 즐긴다. 나의 아픔은 내가 바라는 아픔이고, 나의 고통은 나를 지탱해준다…… 내가 즐거이 고통받기를 원할 수 있어서 내심 기쁘고 내가 기꺼이 아플 수 있다는 고통 속에서 난 희열을 느낀다."[32)]

그건 욕망의 극단적 이기주의를 고백하는 것이 아닌가? 트리스탄은 이졸데를 소유할 수 없다는 아픔을 자기 도취식으로 즐기고 이졸데의 동일한 아픔에는 무관심한 것처럼 보인다.

"트리스탄은 이졸데를 사랑할까? 그는 그녀에 의해 사랑을 받을까?"라는 질문에 루주몽은 부정적으로 대답한다. "모든 정황으로 보아 그들은 서로 '자유 의사'로 선택받지 않았다." 그들의 열정은 사랑의 미약을 마신 결과로 생겨났다. 그들은 은자 오그랭을 찾아가 서로 사랑하지 않기 때문에 죄가 없다고 애써 고백한다.

> 트리스탄 : 그녀가 나를 사랑하는 것은 그녀가 약을 마셨기 때문입니다.
> 이졸데 : 그는 나를 사랑하지 않아요. 나도 그렇구요.[33]

그들이 서로에게 예속되어 있는 것은 알 수 없는 힘 때문이다. 이 원치 않았던 열정 속에서 우정은 끼어들 자리가 없다. "게다가 정신적 우정은 그 열정이 약해지는 데 일조할 뿐이다. 그리고 이 우정의 효과는 연인들의 관계를 한결 독독히 해주는 것이 아니라 반대로 그들에게 서로 헤어짐을 종용하는 셈이다."[34]

우리는 그들의 열정이 죽음에 이를 거라는 사실과 그 죽음이야말로 그들 열정의 밑바닥에 자리잡은 은밀한 욕망이라는 것을 알고 있다. 절대적 장애물인 죽음은 열정의 궁극적 조건임과 동시에 열정의 소멸이기도 하다. "그것은 때때로 그 욕망의 대상을 죽이고 싶은, 혹은 서로 죽고 싶은, 혹은 서로의 파멸 속에 침몰하고 싶은 욕망으로 악화시키는 성욕의 자극이다."[35]

상이성, 적대관계, 욕망, 이 셋이 양성관계를 대표하는 삼원소이다. 중세 사회에서나 회교 문화에서나 뉴기니아의 바루야 족에게서나 아프리카의 많은 사회에서나, 혹은 보다 일반적으로 말해 남성 지배하에 있는 모든 사회에서 그것은 사실이다. 이데올로기와 그 원리들만을 고려한다면 남녀를 좀더 확실히 연결해주는 애틋한 사랑의 가능성의 부재만을 확인할 수 있을 뿐이다. 그런 사랑은 양성간의 새로운 개념, 즉 신뢰와 최소한의 유사점과 그리고 적어도 상호존중으로 이루어진 다른 환경을 필요로 한다.

여자 '사탄'[36]이나 여자 '뱀'의 이미지는 그런 새로운 감정이 생겨나는 데 도움이 되지 않는다. 지배적 이데올로기를 부인하는 몇몇 특별한 경우는 규칙을 고수하면서도 인간 본성의 유연성을 입증하는 예외들로 보이지 않았던가?

그러나 결국 남성 쪽을 유리하게 해주는 양성간의 분리나 전쟁은 남성의 승리를 해치는 제삼의 결과—'남성의 상상 속에 여성적 타인의 출현'—를 초래한다.

루그바라 족 여인들(이데올로기적으로 남성과 반대의 입장에 있는)의 사회적 개입에 관해 말하면서 발랑디에는 그녀들이 마치 현재라는 시간으로부터 제외되어버린 것처럼 보인다고 쓰고 있다. "그녀들은 시간의 사다리 양쪽 끝으로 밀려나 있다. 한쪽은 기원과 시작과 탄생의 시대인 신화의 시대이고 다른 한쪽은 미래(예견)와 변화와 무질서와 그리고 종국적으로는 죽음의 시대이다."[37]

탄생과 죽음은 늘 남성의 상상을 자극하고, 무의식이나 많은 신화들을 여성에 연관시키는 두 가지 사건인 셈이다. 여성은 남성이 가장 결핍을 느끼거나 가장 의존적인 분야에서 그처럼 위협의 존재로 등장한다.

많은 기원 신화는 남성의 두려움에 대해 말하고 그 두려움에 해독제를 제공해주는 역할을 한다. 세 가지 단계의 이데올로기적 사고를 지닌 바루야 족이 바로 그 경우이다. 우선 그들은 여성의 창조력[38]을 인정하지만 그 다음으로는 그러한 창조력의 가치를 떨어뜨리고 비방하며 더 나아가 비루하게 만든다. 마지막으로 그들은 그 창조력을 여성으로부터 빼앗아 남성의 것으로 만드는 식으로 여성을 노예화시킨다.

고들리에가 얘기하는 많은 신화들 중 몇몇은 특히 여성의 본래적인 우월성과 그들을 복종시켜야 하는 남성의 자기 합리화에 대해 잘 설명해주고 있다. 그 신화들에 따르면 옛날에는 여성들이 남성보다 훨씬 우월한 권능을 지녔다. 여성들은 출산하고 양육하고 피리를 만들어서 훌륭한 소리를 낼 수 있었고, 또 그 소리를 이용해 사냥과 물물교환 같은 문화적 조건을 이루어냈다. 그러나 남자들이 그녀들에게서 피리를 빼앗아갔다.[39] 그들은 여자들이 활을 비뚤어지게 쥐고 잘못 쏘아 엉뚱한 동물을 죽인다는 이유로 활과 화살을 빼앗았다. 그후로 남성들은 여성들의 잘못된 활 기술을 교정해서 필요한 사냥감을 잡았고 여성들에게 활 사용을 금지했다. 고들리에의 말에 의하면 이 신화들은 여성에게 최초의 확고부동한 창조성을 부여하지만 이 창조성이 남성의 눈에는 "무질서하고 과도하고 위험스럽게 보이기 때문에 질서를 바로잡기 위해 남성들이 어쩔 수 없이 개입하게 되는 것이다. 이런 간섭과 강압은 사회와 세상의 질서와 규율을 바로잡는 유일한 방법이기 때문에 정당화된다".[40]

그러나 여성에게 가해지는 남성들의 강압에 대한 다양한 이데올로기적 정당화가 남성의 모든 두려움을 진정시켜줄 수는 없다. 그들의 우월성이란 아무런 권한을 가지고 있지 않는 타자에 대해 모든 권한을 소유하려 드는 집단의 우월성이 아니다. 그들의 지배란 실권을 가지고 있는 여성들에 대해 행해지는 만큼 억압적일 수밖에 없다. 여성들의 반항이 아주 드물기는 하지만 남성들은 늘 여성을 두려워할 수밖에 없다.

고들리에[41]는 몇 가지 개인적 저항의 경우를 고찰해보았다. 바루야 족의 한 여성이 남성에게 음식 차려주는 것을 '잊고', 사랑 나누기를 거부하고 마법을 부리고, 그녀의 사타구니에서 흘러나오는 정액을 모아 그것을 불에 던지면서 비밀스런 마법의 주문을 외우는 경우가 있는데, 남편이 그 사실을 알면 그는 자신이 죽을 운명에 처했다고 생각한 나머지 실제로 두려움 때문에 혹은 쇠약해져서 죽음에 이르는 일이 종종 있다.

고들리에가 말하는 것처럼 여자들의 집단적 반항이나 지배적 사회질서에 역행하는 파괴 행위가 전무하고 개인적인 저항이 엄벌에 처해지는 상황에서 여성은 여전히 남성들의 상상을 끊임없이 위협한다. 그들의 상상 속에서 여성은 유독 무질서와 반(反)문화, 악마의 형상으로 나타난다.

2. 충돌하는 이원성의 힘과 심리적 기원

남성에게는 서로 모순되는 두 가지 두려움이 존재하는데 여성에게는 그 두려움에 해당하는 신화적 혹은 심리적 요소가 없다. 남녀는 서로를 두려워하지만 여성의 성기가 남성의 성기보다 더 두려운 것처럼 보인다. 남성의 성기는 침투하고 상처를 입히고 강간할 수 있지만 사람을 죽게 하는 도구는 아니다. 그것은 놀라운 특성들을 가지고 있지만 거기에 무시무시한 신비는 없다. 무의식의 상징 체계가 그것을 가끔 검이나 권총 혹은 뱀과 동화시키기는 하지만 기원 신화에서는 훨씬 더 자주 힘과 생명에 동화된다.

그와는 달리 여성의 성기는 많은 무시무시한 상징을 만들어냈다. 남성들은 그것을 '절대적 타인'처럼 두려워했고 그것이 눈에 보이지 않게 움푹 들어가고 신비스러운 만큼 더 위협적이고 위험스런 존재로 인식했다. 그러나 타인에 대한 남성의 이런 심리적 두려움에 성의 혼돈이라는 또하나의 두려움이 추가된다. 이 두번째 두려움은 여성이라는 타자의 속성을 소유하려는 강렬한 욕망과 연관되어 있는 만큼 더욱더 집요하고 초조한 두려움이다.[42] 그 욕망은 여성에게는 공공연히 인정되지만 서구 남성의 무의식 속에서는 엄격하게 억제되어 있다.

타자에 대한 두려움

무의식이나 신화 속에서 여자의 성기는 때로 삼켜버리고 황폐화시키며[43] 지칠 줄 모르는 힘으로, 때로는 "이빨이 달린"[44] 악몽 같은 소굴로[45] 그리고 결국엔 죽음의 형상으로 그려진다. 편재해 있는 이 두려움은 피와 상관관계를 맺고 있다. 우선 월경의 피는 많은 터부의 대상이 되기 때문에 불안스럽고 불건전하며,[46] 처녀성을 잃을 때 흘리는 피는 불행의 상징으로 통한다.

여성의 성기가 불러일으키는 모든 공포를 예시하기 위해 우리는 선조의 전통을 거의 이어받다시피 한 두 미개사회[47]—뉴기니아의 바루야 족과 뉴질랜드의 마오리 족—의 신화와 관습을 얘기해보자.

모리스 고들리에의 말에 의하면 "바루야의 남성들은 월경의 피에 대해 생각하면서 혐오와 불쾌와 특히 공포가 섞인 히스테릭한 태도를 보인다. 그들에게 월경의 피는 지저분한 물질이어서 오줌이나 똥과 같은 악취를 풍기는 혐오스러운 다른 물질과 동등한 부류로 생각한다. 무엇보다도 그 피는 여성을 약하게 만드는 물질이어서, 월경 시기에 여성의 몸과 접촉하면 남성의 힘이 파괴될 것이라고 믿는다".[48]

거기에서부터 바루야 족의 몇몇 예방과 금기가 규칙적으로 행해지게 된다. 월경을 시작한 여성은 마을 아래쪽에 특별히 마련해 놓은 집으로 피신한다. 그 시기에 여성은 남편과 가족의 음식을 자신의 불결한 손으로 준비할 수 없게 된다. 그리고 월경이 끝난 후에는 다시 부부생활에 들어가기 전 목욕으로 스스로를 정화시켜야 한다.

고들리에에 의하면 월경의 피가 지닌 그런 부정적 의미 이외에도 여성은 남성에게 끊임없는 위험을 의미한다. "내부 분비물이나 남자가 쏟는 정액을 결코 모두 담아둘 수 없는 갈라진 틈처럼 생긴 여성의 성기는"[49] 벌레와 뱀의 양분이 되는 액체를 땅에 흘린다. 동물들은 이 분비물을 섭취하여 "불길한 지하의 힘이 기거하는 깊은 심연으로 가져가는데, 그 분비물을 섭취한 지하의 힘은 인간과 재배된 식물과 사람이 기르는 돼지에게 질병과 죽음을 유발한다".

여자는 성기에 의해 끊임없이 불길한 힘을 불러온다. 여자는 자신도 모르는 사이에 그 힘들이 사회에 부정적으로 작용하는 것을 돕는다. 따라서 여성은 이중으로 위험하다. "우선 직접적으로 월경의 피를 흘림으로써 남성들의 남성성을 위협하고 따라서 남성들의 사회에 대한 지배권을 위협한다. 그리고 간접적으로는 성기의 형태에 의해 멋있는 정원이나 살진 돼지 같은 생존을 위한 물질적 조건들을 생산하려는 인간들의 노력을 파괴하는 데 공모한다……"

여성의 성기는 특히 위험하다. 남성은 정화의식을 치른 후에야 거기에 접근한다. 여성들에게는 다양한 금기가 강요된다. 여성은 땅 위에 펼쳐진 어떤 물건에도 다리를 걸쳐서는 안 되고, 특히 어떤 경우라도 집 안의 아궁이—불이 지펴 있건 꺼졌건 간에—위에 발을 올려놓아서는 안 되며, 그것을 어기면 죽음을 당할 수도 있다. 그녀의 성기가 열리면서 남성의 입에 들어갈 음식을 만드는 장소를 더럽히게 된다는 이유 때문이다.

성관계도 그것이 야기하는 두려움 때문에 많은 예방과 금기를 치른 후에 행해진다. 땅을 개간할 때나 식물을 심을 때, 소금나무를 자를 때, 돼지를 죽여 먹을 때, 남성들이 사냥 나가기 전 집을 지을 때, 남녀의 성인식 때 등 많은 경우에 성관계를 가져서는 안 된다. 정원에서도 안 되며 해충과 뱀들이 우굴거리는 음습한 장소에서도 안 된다. 특히 어린애가 태어난 후 "첫 이빨이 나기 전까지는" 철저히 금욕해야 한다.[50]

마지막으로 서로 사랑을 나눌 때 여성이 남성 위에 걸터앉을 수 없다. 여성의 성기에 가득 찬 액체가 흘러나와 남성의 배에 묻을 수도 있기 때문이다. 또 여성은 남성의 성기를 빨지만(은혜로운 정자를 받아 마시기 위해) 남성은 불길한 액체를 분비하는 여성의 성기에 결코 입을 대지 않는다.

고들리에는 그리하여 "바루야 족에게 성행위는 자연과 사회의 생산현상을 위태롭게 만드는 일"이라고 결론짓는다. "모든 것은 마치 번식에 필요한 성행위와 그 밖의 사회적 생산에 필요한 모든 다른 행위 사이에는 뿌리깊은 모순이 존재하는 것처럼 행해진다."[51]

그리하여 바루야 족의 남성들은 성적 신분에 따라 여성과 다양한 종류의 관계를 맺는다. 어머니, 누이, 이모, 사촌, 질녀 등의 금지된 여자들과는 상호부조와 애정이라는 긍정적 관계를 유지하면서 반대로 자신의 아내와 남자형제들의 아내(형제가 죽으면 그 아내를 물려받는다)에 대해서는 다양한 형태의 억압과 폭력이 동반된 권위를 행사한다. 남성은 자신이 성관계를 맺는 여성에 대해 가장 가혹한 지배를 가한다. 마지막으로 자신의 딸들에게는 아버지로서 애정을 보이나 딸들이 사춘기에 접어들자마자,[52] 즉 성적으로 성숙하자마자 거리감을 두게 된다.

바루야 족의 남성들이 두려워하는 것은 여성 성기의 움푹 파인 형태라기보다는 그것이 분비하는 '독'이다. 그와는 반대로 다른 사회에서는 여성 성기의 형태를 가장 두려워한다. 마오리 족의 신화에서 우리는 그 '이유'를 찾아볼 수 있다.

우리는 앞서 타네 신이 딸 히네-티타마에게 근친상간을 범하자 딸은 너무 고통스러운 나머지 빛의 세계에서 물러나 어둠의 왕국의 주인이 된 사실을 보았다. 그녀는 자신의 이름을 밤의 여주인이란 뜻인 히네 누이 테 포 Hiné Nui Te Po[53]로 바꾸었다. 그리고 그녀는 인간에게 죽음을 가져왔다.

이 새로운 세계에서 반신반인[54]인 마우이가 네 명의 남자아이가 있는 한 가정에 태어났다. 그의 어머니 타랑가는 자신의 쪽진 머리(티키티키, tikitiki)[55]로 그를 감싸안았기 때문에 그는 마우이 티키티키 타랑가라고 불렸다. 태평양으로부터 뉴질랜드를 끌어냈다고 여겨지는 공적 때문에 마우이는 폴리네시아에서 이름이 나 있다. 그는 장난기 어리고 호기심이 많으며 창조적 재주를 가진 걸로 특히 유명하다. 그는 히네 누이 테 포를 죽이고 인간에게 다시 영원히 죽지 않는 삶을 돌려주고자 했다. 그래서 그는 사자(死者)들의 여신이 살고 있는 지하세계로 떠났다. 그는 그녀가 잠든 사이에 그녀의 성기로 들어가 심장을 도려내어 그녀의 입으로 나오려고 계획을 세웠다. 그는 출발하기 전에 그를 따라오는 새들에게 그녀가 깨지 않게 소리를 내지 말라고 일러뒀다. 그러나 그가 히네이 성기 속으로 자신의 머리를 넣는 순간 새들 중 하나가 그 우스꽝스런 광경에 그만 웃음을 터뜨리고 말았다. 밤의 여왕이 소스라쳐 일어나면서 사타구니를 닫아버리자 장난꾸러기 마우이는 목이 졸려 죽어버렸다. 그 사건 이후로 이 세계에는 죽음이 존재하게 되었다.

여성과 죽음을 연관시키는 이 이야기는 상징들로 가득 차 있다. 여성의 성기는 가히 파괴적이다. 뒤니에 의하면 육체적 사랑을 나눌 때 남성의 성기는 "죽음과 불행의 집"이라고 불리는 여성의 성기에 도사리고 있는 위험에 패배당한다. 마오리 족의 남성들은 월경의 피가 갖고 있는 불길한 힘을 두려워하고는 있지만, "파괴적 구멍"을 환기시키는 다양한 표현들이 성행한다. 여성의 입과 성기의 유사한 형태는 여성을 "생명의 원리를 먹어치우는 존재, 혹은 죽음의 특사"로 만든다.

뒤니는 타네 신이 불사의 생명을 잃지 않고 근친상간을 저지르며 인간을 창조했지만 마우이와 인간들은 그것 때문에 생명을 잃는다는 사실에 주목했다. "신화는 타네의 연인으로서 성의 대상인 정부(히네-티타마)와 인간들의 연인인 어머니, 즉 죽음을 애써 구별지으려 한다."[56]

신화나 우리의 무의식 속에서 흔히 발견되는 죽음(모르, mort)과 어머니(메르, mère) 사이의 불어 발음상의 유사성은 간접적으로 남성과 생명의 유사성을 암시한다. 여성의 성기는 애초에 생명을 주어버렸기 때문에 죽음에 연관되지만 사람들은 생명을 준다는 그 일차적 사실을 숨기고 늘 죽음만 연상시키는 것이다.

시몬 드 보부아르는 여성으로부터 생겨났다는 육체적 조건에 대항하는 남성들의 감정을 대단히 잘 보여주었다. "남성은 자신을 추락한 신으로 여긴다. 그는 저주받아, 질서 있고 찬란한 하늘에서 어머니의 배라는 혼돈의 어둠 속으로 추락했다……육체라는 우연성이 그를 죽음에 이르게 한다. 자궁(무덤처럼 닫혀 있고 은밀한) 속에서 분비되는 움직이는 젤라틴은 시체의 끈끈한 점액질을 상기시키기 때문에 그는 전율하며 눈을 돌리지 않을 수 없다. 점액질의 싹으로 주기가 시작되어 죽음의 찌꺼기로 끝을 맺는다."[57]

보부아르는 또 대부분 널리 알려진 표상 속에서 '죽음'은 여성이고 또 죽음이 여성의 작품이기 때문에 죽은 사람을 애도하는 것도 여성이라고 덧붙인다. 여성–어머니는 모든 것이 거기에서부터 생겨나고, 모든 것이 그곳으로 돌아가야 하는 혼돈이다. 그러나 남성이 번식에서 긍정적이고 본질적인 부분을 차지하고 있는 사회에서는 여성은 파괴라는 부정적인 역할을 담당할 뿐이다.

여성의 특성을 죽음에 연관시키면서 몇몇 사회에서는 남녀의 상이성 때문에 여성에게 극단적 제한을 가했다. 가증스럽고 두려움에 떨게 하며 합법적으로 증오할 수 있는 그 상이성 때문에.[58]

동일성의 공포

성의 혼돈이나 성적 구별이 없는 상태는 정체성의 의식에 하나의 몸서리쳐지는 위협으로 느껴진다. 인종학자들이나 몇몇 정신분석학자들[59]은 정체성에 대한 의식이 여자아이에게서보다는 남자아이에게서 더 어렵게 자리잡는다는 데 의견을 같이한다.

갓 태어난 아기가 엄마 몸과 자기 몸을 구별짓지 못한다는 것은 기정사실이다. 모성적 여성성에 곧바로 동화되는 여자형제와는 달리 남자아이는 어머니와 다른 자기 자신의 몸을 의식하고 남성의 세계에 뛰어들어가는 데 상당한 노력을 해야만 한다.

M. 미드는 여자아이는 그런 어려운 도전에 처하는 일이 없다고 말한다. 어렸을 때 여자아이는 미래의 모성적 역할을 확신하지 못하지만 출산과 함께 의심은 사라져버린다. "여성의 삶은 확신에서 시작하고 확신에서 끝난다. 시작할 때는 어머니와의 간단한 동화

에서 오는 확신이며, 그 다음에는 또 자신이 다른 한 인간을 잉태했다는 데서 비롯되는 더욱 진정한 동화에서 생기는 확신이다."[60]

　그러나 남자아이의 경우는 그 반대의 과정을 경험한다. 그는 자신이 어머니와 다르며 자신은 아이를 낳지 않는다는 사실을 깨달아야만 한다. 그 스스로가 자신으로부터 빠져나와 외부세계로 뛰어들고, 생산하고, 또 자신에 고유한 실천 영역을 찾아내야만 한다. 달리 말해 의식을 가져야 하고 자신은 여성과 다른 존재라는 사실을 증명해 보여야만 한다.

　남성성에 대한 불확실은 번식의 힘에 대한 눈에 보이는 생리학적 특징의 부재에 의해 더욱 두드러진다. 그것이 가장 미개한 사회라 하더라도 모든 인간사회에서, 여성은 월경이 시작되면서 아이를 가질 수 있다는 사실을 알게 된다. 그러나 이 분야에서 남성의 능력은 그다지 분명하지 않다. B. 베텔하임은 남자아이들이 성인식에서 흘려야 하는 피는 자신들도 여성과 마찬가지로 애를 낳을 수 있다는 사실을 보여주기 위함이라고 생각한다. 그들이 자신의 성기에서 피를 흐르게 하는 것은 그들도 여성과 동일한 능력을 가졌다고 생각하기 위해서이다.

　남성적 정체성이 겪는 어려움은 여자아이들이 갖는 페니스 선망 만큼이나 보편적으로 편재하는 남성들의 여성적 기능에 대한 집요한 선망에 의해 더욱 커진다.[61] 그러나 대부분의 사회에서 남성간의 동성연애(여성적 선망 때문에 옳게 혹은 그르게 행해지는)가 여성간의 동성연애보다 훨씬 가혹한 터부의 대상이라는 점에서 여자의 페니스 선망보다 남자의 여자에 대한 선망이 훨씬 더 심하게 억압되어 있다.

　따라서 남성들은 자기 스스로를 여성과 구별짓고 자신의 성적 정체성을 심리적으로 획득하기 위해 여성보다 훨씬 고통스런 투쟁을 이어나가야 한다. 남성이 되어야 한다는 일종의 도전과 여성이 되어 그들의 권한을 소유해보고 싶은 욕망 사이에 찢겨서 남성들은 자신을 도와줄 수 있는 몇 가지 의식을 만들어냈다. 할례—여성의 음핵절제에 해당하는—는 본래적인 양성성에 대한 공포에 대항하는 방법 중 하나다.

다른 많은 신화들 중에서 특히 말리의 도곤 족의 창조신화[62]에서는 인간은 본래 양성의 영혼을 가지고 있다고 말한다. 남성들에게는 여성의 영혼이 음경포피에 존재하고, 여성에게는 남성의 영혼이 클리토리스에 있다. 그러나 이 이중적 영혼은 사회적 심리적 질서에 위협을 가한다. 남자는 남자여야 하고 여자는 여자여야 하므로, 할례와 음핵절제만이 문제를 해결해줄 수 있다.

도곤 족의 눈에는 "할례받지 않은 자들"은 오직 무질서와 혼란만을 야기시킬 뿐이다. 그들에게 "확고한 것은 아무것도 없기 때문에"[63] 그들은 그룹의 국외자들이다. 아이가 음경의 포피나 클리토리스를 간직하는 한 남성성과 여성성은 동등한 힘을 갖게 되고 그렇게 불분명한 성이 지속되는 한 어느 누구건 번식에 대한 성향을 갖추지 못한다. 또한 양성적 성향하에서는 개인이 "정상적으로" 행동할 수 없다. 따라서 아이에게서 유해한 힘을 제거하고 한쪽의 확실한 성을 갖도록 도와줘야 한다. 따라서 피부의 절단은 심리적이고 신체적인 성의 분리의 조건인 셈이다.

G. 그로덱은 인간의 양성성에 천착하면서 유대인들의 할례를 모든 여성적 흔적을 제거하려는 의지(남자의 음경포피는 여성적 귀두가 들어 있는 질과 동화된다)일 뿐만 아니라 양성을 구현할 수 있는 유일한 존재인 신에 대한 복종의 의미로도 해석한다. 그는 신이 전설 속에서 양성의 모습으로 나타난다는 사실을 우리가 상기하기만 한다면 신을 의미하는 '엘로임 Eloïm' 이라는 복수 형

태의 단어를 이해할 수 있을 것이라고 말한다.[64]

　로제 르윈터에 따르면, "할례는 인간으로서의 시도의 진정한 표상이다. 인간은 그것으로 인해 무한에 대조되는 유한성을 드러내고 장악한다. 구별되지 않고 구별할 수도 없는 무한에 대조되는 분리라는 유한성을 차지하는 것이다. 양성이고 엘로임인 신은 통합된 복수성을 지니지만 인간은 둘로 분리된 단일성을 갖는 존재이다".[65]

　따라서 양성성에 대한 상징적 포기인 할례는 단성적 인간의 상징이 된다. 한편 유대인들은 여성의 음핵절제는 무시하면서 여성은 남성과 같은 지위를 갖지 못한다는 사실을 보여준다. 남성들만이 신과 인간협약을 맺고 선택된 인간의 그룹을 형성한다.

　그러나 할례의 이러한 형이상학적이고 신비적 성격 이전에 테오도르 라이크 Theodor Reik,[66] 게자 로하임 Géza Roheim[67] 혹은 B. 베텔하임 같은 많은 정신분석학자들은 그것이 남자아이를 어머니와 분리시키는 의식이라는 사실을 보여주었다. 그것은 남자아이를 남성의 세계에 입문시키고(회교도들보다 유대인들 사이에서 훨씬 더 어린 나이에) 남성성을 강화시킨다. 몇몇 다른 학자들은 할례가 유발하는 남성적 '재탄생'이라는 환상을 강조한다. "할례를 통해 남성의 음경은 포피에서 해방된다. 그것은 마치 아이가 어머니의 배에서 나오는 것과 마찬가지다. 다시 말해 할례 이후에 응축된 남근 형태의 새로운 페니스가 생겨난다. 무의식의 체계나 원시적 사고 속에서처럼 몸의 한 부분이 몸 전체인 것처럼 생각되고 몸 전체는 이 새로운 남근과 동일화된다. 어린애가 태어나서 소년이 되어 입문식을 치르고 할례를 받으면 음경포피 없이 다시 태어남으로써 비로소 어른이 된다".[68]

　대부분의 사회에서 성의 분리는 유대인 사회보다 더 늦게 행해진다. 청년기가 될 때까지 할례를 할 수 있고 할례를 모르는 사회에서는 청년기가 시작되고 끝나는 사이에 일반적으로 행해지는 입문의식을 따르기도 한다.

우리가 아버지의 관점에서 이미 보아왔던 남자아이의 성인식은 그 목적이 여성의 출산력을 빼앗아오는 것만이 아니다. 그것은 또한 그 남자아이에게 확실한 남성성을 부여하는 것, 즉 남성적 정체성의 심리적 작업을 완성시키는 것을 의미하기도 한다.

M. 고들리에는 바루야 족이 완성된 성인 남녀를 만들기 위해 노력하는 데 다른 사회와 차이를 보인다는 점을 장황하게 설명한다. 그들은 십 년 동안 남녀가 떨어져 있어야 하고 몇 달씩 걸리는 네 가지 중요한 의례를 통과해야만 남자아이가 진정 여성의 세계에서 벗어나 성인 남자에 이를 수 있다고 생각한다. 대조적으로 여자아이는 성인 여자가 되기 위해 보름 정도의 입문 기간을 통과하기만 하면 된다. "여자아이들은 성인 여자들과 보내는 며칠 동안 일상의 일을 중단하지만, 그것이 일상생활과의 완전한 결별을 의미하는 것은 아니다."[69]

바루야 족의 그런 지혜는 분명 남성의 정체성 획득이 여성보다 더 어렵다는 사실을 보여준다. 남자아이의 양성성은 출생부터 어머니에 의해 보살펴지기 때문에, 어머니로부터 벗어나기 위해서는 어머니로부터 오랫동안 격리시켜야 할 뿐 아니라 그가 결혼할 때까지 남자의 손에 의해 길러져 다시 태어나야 한다. 여자를 아내로 맞이하기 위해 바루야 청년들은 어린 시절에 자신의 몸에 밴 일체의 여성성을 버려야 하고, 유년 시절에는 잘 드러나지 않는 여성에 대한 자신의 우월성을 몸에 익혀야 한다.

오랜 시간이 지나서야 남자아이는 어머니를 다시 볼 수 있다. 그 자신이 아이들을 갖게 되면 그는 어머니에게 두 번의 선물을 줄 수 있다. "첫번째 선물로는 그가 성인식을 치를 때부터 금기시 돼왔던 어머니와의 대화를 재개할 수 있는 것이고, 두번째 선물은 어머니와 식탁을 같이 쓰는 것에 위협받지 않고 어머니 앞에서 식사를 할 수 있는 것이다…… 여기에서 우리는 어머니와의 관계에서의 뚜렷한 양면성을 볼 수 있다. 어머니는 인생을 통해 첫번째로 만나게 되는 여자로 보호와 포근함과 애정을 알게 해주지만, 남자아이의 경우라면 진정한 성인 남자가 되기 위해서 어머니 없이 또는 어머니와는 반대로 사는 법을 배워야 한다. 결혼한 남자와 그의 나이든 어머니 사이의 관계는 거리감과 조심스런 애정, 긴 침묵 등으로 이어지는 반면 결혼한 딸과 어머니 사이의 관계는 웃음, 상부상조, 선물, 작은 정성 등으로 맺어진다."[70]

결혼하고 가장이 되어서도 바루야 남성은 마치 그가 그의 어린 시절의 의존성, 수동성, 여성성에 대해 향수를 느낄 수 있는 모든 기회를 의도적으로 피해야 하는 것처럼 계속해서 자신의 어머니와 다소 거리감을 유지해야 한다. 그로덱에 의하면 유대인들에게서와 마찬가지로 양성성은 바루야 남성들에게도 억압된 형태로 존재한다. 다만 유대인들이 할례를 통해 양성성에서 벗어나는 반면 바루야인은 남성만이 사는 집에서 오랫동안 기거하면서 그 임무를 수행하는 것이다.

이 두 문화 중 어디에서건 남자아이는 세 가지 두려움을 알고 살아야 한다. 남성적 속성을 잃는 것, 완전한 남성이 되지 못하는 것, 갓난아이의 수동성으로 돌아가는 것이 그것이다. 할례와 성인식은 무의식의 가장 심연에 잠재해 있는 이러한 두려움을 억압하기 위한 의식이다. 그러나 성인 남성들의 꿈속에서는 그 두려움은 결코 완전히 사라지는 일이 없다. 그 두려움은 양성성에 대한 강력한 욕망과 결부되어 있기 때문이다……

자신의 성에 대한 두려움에 의해 강화된 이성에 대한 두려움이 양성간의 충돌적 이원성을 심리적으로 설명해준다. 이 충돌적 이원성은 객관적으로는 사회적 관계 속에서, 주관적으로는 자아 속에서 성의 정체성을 강화시키고 다른 성에 대한 억압을 정당화시킨다. 양성의 상호간섭이 특히 남성들에게 고통을 야기시킨다는 사실을 고려하면 그들의 여성에 대한 공격성이나 종국에는 충돌로 귀결되는 성의 분리 과정을 이해할 수 있다. 그들은 전쟁을 치르고서라도 그들에게는 마치 혼돈과 무질서와 무분별의 근원처럼 여겨지는 평화 상태보다는 계급을 보다 선호하는 듯하다. 성적인 평등이란 서로의 비교를 초래함으로써 그들의 상대적 존재로 물러서 있는 순종적 여성들을 변화시킬 위험성이 있다.

　세르주 뒤니는 여성혐오증이란 병이 아니라 자신의 가치 하락을 의당 여성의 탓으로 돌려 남성적 권한을 더 확고히 하려는 하나의 정책이라고 생각한다.[71] 남성의 심리적 권한에 대해 뒤니만큼의 확신이 없는 우리 입장에서는 여성혐오증이 우선적으로 병이고 그 다음으로 하나의 정책을 필요로 한다고 생각한다. 커다란 문제는 이 병이 언제 어떻게 시작되었느냐는 것과 그것이 남성들에게는 타고난 병이냐라는 것이다. 먼 과거에는 양성간의 상호보완적 관계가 가능하고 또한 삼사천 년 전부터 우리가 알고 있는 그런 양성의 관계보다 훨씬 더 안정적이었음을 보여주는 경향이 있다. 그렇다고 그것이 남성의 여성에 대한 두려움이나 여성의 남성에 대한 두려움이 존재하지 않았다는 것을 증명하지는 않는다. 요컨대 권한의 보다 큰 균형 상태가 한 성이 다른 성을 억압하는 것을 막아주었고 그럼으로써 반항이나 충돌의 위협을 덜어주었다. 그와는 반대로 한 성이 모든 권한을 소유하자마자―그것은 신체적인 우월성 때문에 늘 남성의 몫이었지만―그는 다른 성이 그 권한을 빼앗아 그를 무력화시킬지도 모른다는 두려움 때문에 폭력적으로 지배했다.

공식적으로는 거부되지만 내심 은밀하게 갈망하는 만큼 더욱더 두려운 여성의 불길한 권능에 대한 남성들의 강박관념은 아마도 거기서 생겨나는 것 같다.

최후의 결과

차별과 배척을 통해 다른 사회보다 더 '병든' 몇몇 가부장 사회에서는 양성에 공통된 인간성이라는 개념을 어리석을 만큼 축소시켜버렸다. 그런 사회에서는 하나가 아닌 두 개의 이질적인 인간성이 존재한다. 하나는 남성적이고 선한 인간성인 반면 다른 하나는 여성적이고 악한 인간성인데, 그 둘은 자연 상태와 문명 상태만큼이나 서로 대치된다. 시대와 문명에 따라서 사람들은 늘 여성을 위험한 성질이나 해로운 문화와 동일시했다. 그러나 어떤 체제를 택하든지 그 체제를 시행하는 목표는 늘 남성의 억압을 정당화하는 것이었다.

이슬람 세계에서 성의 화신인 여성은 계급적으로 구별이 된 가부장 문화와 반대되는 자연적 무질서를 대표한다. "양다리 사이의 근육의 고동에 귀를 기울이면서 여성은 사회적 계급을 무너뜨리고 자신의 성기를 천한 사람들이나 가난한 사람들 혹은 사회계급의 맨 하층인들의 커다란 남근에게 열어줌으로써 사회적 가치를 뒤엎는다."[72]

20세기의 파시스트적인 제도 속에서 여성은 여전히 자연과 동일시되지만 이번에는 여성이 거기서부터 결코 빠져나올 수 없다는 선고를 받는다.

나치의 이데올로기 안에서 여성은 대우주의 설계사인 남성과는 대조적으로 가족만이 우주의 전부인 번식동물이다. 리타 탈만에 의하면 『나의 투쟁 *Mein Kampf*』이라는 책 속에 다뤄진 테마의 목록에 여성Frau이라는 단어는 존재하지도 않고, 그 대신 '처, 암컷' 등의 뜻을 갖고 있는, 고어이자 생물학적이며 경멸적인 용어인 'Weib'가 등장한다.[73]

나치적 국가사회주의의 신봉자 중 하나인 기다 딜Guida Diehl은 여성의 영역은 국가와 사회 전반에 산재하는 남성(이성이 지배하는)의 영역과는 달리 자연(모성성)에만 국한된다고 말한다. 이런 개념 때문에 나치들은 여성을 여러 비중 있는 부서에서 쫓아내고,[74] 고등교육을 담당하는 사람 중 여성의 숫자를 제한한다.[75] 이런 점에서 여성은 유대인과 마찬가지로 기존 권한에 대한 위협적 존재로 치부된다. 그러나 여성들을 거세시키고 말살시키려는 유대인들과는 달리 나치 치하의 독일은 독일 여성들에게 게르만 민족의 쇄신에 헌신해줄 것을 강요했다. "우리는 독일 제국의 인종 번식이라는 임무를 동물학자들에게 위임했다. 바비에르 고등기술학교의 농업학 학생이었던 하인리히 히믈러Heinrich Himmler는 자신의 조류학 연구의 경험을 정예부대를 양성하는 데 적용했다."[76]

1934년 뉘른베르크 의회에서 히틀러는 인종적 차원에서 여성들을 동원해줄 것을 진지하게 호소했다. 필요한 유전적 특성을 지니지 못한 여성은 임신을 금지하고, 낙태를 돕는 모든 사람을 감옥에 보내는 제도를 부활시켰으며, 다산한 훌륭한 어머니들에게는 혜택을 주었다.[77]

여성이 동물성을 극단까지 밀고 나간 나치들은 그 유명한 레벤스본 Lebensborn,[78] 즉 가히 인간사육장이라 불릴 만한 'SS'를 창조했다. SS의 아내들, 여자친구들, 약혼자들은 이 "환영의 집"으로

와서 가능한 한 빨리 아이를 만드는 것이다. 독일 여성들은 마치 종마사육장의 암말 같은 신분으로 실추됐다. 전쟁의 살육이 심해질수록 인구의 필요성에 대한 강박관념도 더해졌다. 1942년 5월 8일 히믈러는 40만 명의 여자를 수용할 수 있는 레벤스본 센터를 지으라고 명했다. 아이 낳는 일에 참여할 수 있는 남성의 숫자가 점점 줄어들자 나치의 지도자들은 선택된 남성들에게 두 명의 부인을 가질 수 있게 했고 또 사생아의 개념을 없애기로 결정했다. "모든 독일 여성들은 이십 년 후 독일 제국이 우리 민족의 생존에 필요한 부대가 부족하지 않도록 할 수 있는 한까지 아이를 낳아야 한다."[79]

쇼펜하우어에서 오토 바이닝거Otto Weininger[80]에 이르는 여성 혐오주의 사상가들의 계보 속에서 나치의 이데올로기는 남녀관계를 정신과 물질, 이성과 본능, 빛과 어둠 등의 상극성으로 설정했다.

남성의 가치는 질서와 창조적 권능을 의미하고 여성적 가치는 혼돈과 쇠락의 동의어로 설정되었다는 것은 말할 필요도 없다. 여성의 지위는 자연과 동등한 것이지만 문화의 무질서와 혼란을 야기시키지 않으려면 여성이 그 자연 속에 머물러 있도록 끊임없이 감시해야 한다. 그런데 20세기 초반에 강력한 여성해방운동이 일어났고 바이마르 공화국 헌법에 의해 여성들이 피선거권과 선거권을 행사할 수 있던 이 나라이고 보면, 여성들이 불경스럽게도 그들의 자연 상태에서 빠져나오려고 하고 있다는 사실을 나치하의 독일 남성들이 두려워했던 것도 일리가 있다.

다른 가부장적 이데올로기 속에서는 이와는 반대되는 구조를 보이기도 한다. 남성은 여성보다 한결 은혜로운 자연에 가깝고 여성은 '문화'라는 재난을 불러일으키는 존재로 등장한다. 자신이

지은 죄에 대한 벌로 문화를 태어나게 만든 이브의 경우가 그렇다. 그보다는 덜하지만 바루야의 여성들의 경우 역시 그러하다. 우리는 그들의 기원 신화에서 여성들이 피리와 화살을 발명했지만 그것들을 잘못 사용했던 것을 기억한다. 그들에게서 남성의 우월성은 남성이 숲이나 사냥의 세계와 친근한 반면[81] 여성은 정원이나 마을 같은 '문명화된' 공간에서 칩거한다는 데서 생겨난다. 고들리에에 따르면 젊은 여성들이 지배를 당하는 이유는 그녀들이 자연보다는 문화에 훨씬 가깝기 때문이다. "바루야 족의 여성들은 농업을 개발한 이유로 상상력이나 생각을 키워나가지 못했다."[82]

어떤 경우를 보더라도 여성은 인간성의 고매한 부분에서 제외되어 있고 그래서 그들은 거기에 합당한 대우를 받고 있다는 것이다. 때로는 동물과 유사하다는 이유로 인간 이하의 성질을 지녔다고 생각되고 또 때로는 무질서를 야기시킨다는 이유로 인간의 악마적 일면과 동일시되면서 여성은 더이상 남성과 상호보완적 관계 속에서 이해될 수 없다. 여성을 남성이 경계해야 하는 적으로 생각하는 그런 곳에서는 여성의 남성에 대한 우애 있는 협력이나 애정은 설 자리가 없다. 가부장제의 울타리 안에서는 남성은 평등, 신뢰 그리고 서로 동화될 수 있는 가능성에 근거한 사랑—우정보다는 욕망, 두려움, 열정을 더 많이 경험하게 된다. 만일 그런 사랑—우정의 감정이 인디언, 회교도들, 중세 사람들 혹은 바루야 족의 어떤 커플 사이에 존재한다면 그것은 그 사회의 공통적 상태를 나타낸다기보다는 개인적 예외나 '일탈'로 여겨진다. 그런 감정은 그 사회를 이루는 가치 체계에 대한 일종의 도전이다.[83] 그것은 사회적 가치들의 상대성과 일반성을 동시에 보여준다. 하지만 그것은 또한 남녀 사이에 또다른 유형의 관계도 생길 수 있다는 사실을 보여준다.

이 장(章)을 마치기 전에 우리는 대답하기 어려운 하나의 문제에 직면한다. 여성들이 지위와 몇몇 권한을 가졌던 시대와 장소가 있었다면 어떻게 해서 여성들은 그것들을 잃게 되었을까?

어떤 사람들은 그것이 바로 여성이 결코 남성을 지배해본 적도 없고 우월한 상황을 누려본 적도 없는 증거라고 말한다. F. 에리티에는 "만일 어떤 주어진 장소에서 여성들이 정치적으로, 경제적으로 그리고 이데올로기적으로 유리한 지위를 가졌었다면 왜 그들은 사회적 변화에 적응할 수 없었을까"라고 자문해본다. "어떤 경우에서건 문제가 되는 여성적 지위는 신분의 점진적 전환에 의한 향상이라기보다는 악화로 나타난다."[84]

기실, 여성이 한때 모든 권한을 소유했었다는 것이 거의 불가능한 일—차후로 남성은 모든 권한을 소유하지만—인 것처럼 보인다 할지라도, 여성이 상당 기간 동안 이데올로기적 권한과 경제적 지배권을 행사하고 있었다는 많은 징후들이 발견된다.

물론 이 시대가 아닌 다른 시대에 세상의 몇몇 지역에서 볼 수 있었던 이와 같은 여성의 유리한 지위가 보편적인 사실은 아니다. 남녀관계가 어느 때 어느 곳에서나 통용될 수 있는 세 가지 상태의 법칙을 따른다고 생각하는 것은 어리석은 일이다. 그러나 서구 현대 사회의 변혁을 지켜본다면 남성의 우월성 자체가 문화의 보편적 법칙이라고 믿는 것도 또한 위험천만하다.

여성들이 별 커다란 소란 없이 권한을 넘겨주고 복종한 것은 사실이다. 적어도 소란의 흔적을 발견할 수 없으므로…… 사람들이 생각하는 것보다 더 느리고 더 진보적인 이 상태의 변화를 설명하기 위해서 우리는 남녀를 동시에 능동적이고 수동적이며, 공격적이고 순종적인, 또한 남성스럽고 여성스러운 존재로 만드는 인간의 본질적인 양성성으로 돌아가야 할 것 같다. 점차적으로 그들의 권한을 양도하면서 여성은 본래 그들의 몫이었던 책임감에서 해방된다. 그 대신 그들은 거기에서 수동성의 달콤한 즐거움과 마조히즘적인 욕망의 비밀스런 만족도 얻은 것 같다.

반대로 남성들은 그들의 공격적 지배적 능동적 충동을 마음껏 휘두를 수 있게 되었다. 그래서 그들은 때때로 그들의 동지로서의 여성과의 협약을 깨뜨리기도 했다.

따라서 여성들이 어느 날 남성들에게 남녀 공통의 인간성을 상기시켜주기로 결심한 것은 놀라운 일이 아니다. 수동성에 낙인찍히고 복종에 지치고 그들의 열등한 신분에 갇힌 여성들은 그들의 많은 욕망과 야망에 대한 억압이 종식될 수 있다는 사실을 알게 되었다.

서구 여성들의 이러한 각성은 그 이후 몇 세기 동안 지속될 또 하나의 전쟁의 시작이었으며, 오늘날까지 그 전쟁의 상처는 아물지 않고 있다.

III. 가부장제의 죽음

　가부장 제도는 단순히 성적인 억압 체계가 아니다. 그것은 우리 사회에서 신학의 지지를 받고 있는 정치적 체계이기도 하다. 신학이 권위주의적인지 혹은 포용성이 있는지에 따라, 혹은 개인을 존중하는지 존중하지 않는지에 따라 가부장 제도는 역사의 흐름 속에서 최악의 상태와 용인할 만한 상태를 오가는 다양한 면모를 보여준다. 예를 들어 18세기에 구교의 군주국가들이 신교의 열강들보다 더 막강한 힘을 행사했다는 사실은 의심의 여지가 없다. 한쪽에서 가장 많이 쓰는 말이 복종이었던 반면 다른 한쪽에서 가장 많이 쓰는 말은 관용이었다.

　남녀관계는 남성들 사이의 관계를 통제하는 일반적 권력 체계에 속해 있다. 그러한 이유로 가부장 제도에 대한 최초의 반격은 여성들이 아닌 남성들에 의해 이루어졌다. 가정에서의 아버지의 가부장적 권한을 무너뜨리기 전에 우선 군주의 절대적 정치권한을 무너뜨리고 종교를 뿌리부터 전복시켜야만 했다. 20세기에 이르기까지 서구사회가 혁명과 개혁을 통해 이루게 되는 변화는 그러한 것들이었다. 그러나 남성들이 평등과 자유에 근거한 새로운 사회를 건설하기를 열망했다고는 하지만 애초에는 정치적이었고 다음으로는 경제적이고 사회적이었던 그들의 계획은 그들 자신에게만 국한된 것이었다. 그 계획의 수혜자는 그들뿐이기를 바랐던 것이다.

남성들은 권한을 획득하기 위해 투쟁했지만 그 권한을 여성이 소유하지 못하도록 애써 조치를 취했다. 여성들이 투표하고, 교육을 받고, 보호받고, 남성과 동등해지고, 남성과 같은 장소에서 일할 필요가 있는가? 평등은 남녀 문제에 있어서는 이루어질 수 없었다. 정치적 가부장제에서 벗어나기를 원했던 대부분의 남성들은 어떤 식으로든 가정의 가부장 제도는 유지하고 싶어했다. 19세기의 보수주의자들과 교회는 바로 남성들의 그런 점에 대해 항시 경고를 보냈다. "자유와 평등을 위해 투쟁하면서 당신들은 아버지로서의 권한을 실추시키고 가족의 토대를 뒤엎으려 하고 있습니다."

민주주의자들에 의해 주도된 두 세기에 걸친 전투가 두말할 나위 없이 가부장 제도의 실추의 첫번째 원인이 되었다. 하지만 그 전투가 충분한 이유는 되지 못했다. 그들 중 가장 정의로운 사람들에 합세해서 그러한 고통스러운 임무를 수행했던 쪽은 되레 여성들이었다. 여성들이 그들의 아버지들과 남편들에게 여성들도 모든 사람들과 마찬가지로 '인간'이라는 사실을 인정하게끔 만드는 데는 족히 두 세기가 걸렸다. 그녀들의 남성 동지들과 그녀들 스스로에게 같은 권한이 적용되어야만 했고 또한 그들은 남녀가 함께 동일한 임무를 공유해야 했다.

그 결과는 분명 버거웠다. 그것은 수천 년 동안 지속되었던 남녀관계에 종지부를 찍었을 뿐 아니라 각각 양성의 특성에 대해 재고하도록 하는 새로운 분배 체계를 열어주었다. 민주주의적 가치는 왕과 하느님 아버지, 그리고 신적인 아버지에게는 치명적이었다. 그것은 양성간의 전통적 개념을 실추시켰고 여전히 세상의 한 부분을 걱정스럽고 당혹스럽게 만들었다.

1. 번민

자유, 평등, 박애라는 새로운 이상(理想)이 서구 전역에 퍼지기 시작했을 때 배제와 계급은 점차 사라지기 시작했다. 여성들이 그 최후의 수혜자들이 되긴 했지만 서구세계의 혁명 중 가장 결정적인 영향을 미친 프랑스 혁명에 의해 야기된 이데올로기의 전복은 신의 은총이라는 이름으로 강요된 모든 권한과 또 그 결과로 생겨난 한 성의 다른 성에 대한 자연적 우월성에 치명적 일격을 가했다.

프랑스 대혁명 : 아버지와 신의 살해

17세기 후반과 18세기 초반에 절대군주국가의 이론가들은 왕의 권위를 신과 아버지의 권위에 연관시켜 합법화하려고 노력했다. 그리하여 사도 바울의 교훈— "신으로부터 오지 않는 권한은 아무것도 없다 *Nulla potestas nisi a Deo*" —을 받아들여 체계화시킨 보쉬에[1]는 그 세 권한을 서로 연계시켜 공고히했다. 군주를 가정의 아버지와 비교하면서 군주제를 자연스럽게 법제화했고, 그것을 더욱 확고히 하기 위해 정치적 권한을 신의 권한과 동일시했으며, 그는 신이 부성(父性)의 완벽한 모델이라고 역설했다. 그런데 왕은 지상에 있는 신이고 아버지는 그 신하들이다. 따라서 가정의 아버지가 된다는 것은 그 사실만으로도 자식들에게는 신과 왕의 모습을 갖추는 것이다. 일련의 유추 속에서 그 세 존재는 상호적으로 유리한 입지를 얻었다. 아버지는 위엄과 권위를 갖추었고, 왕은 선량하고 성스러운 모습으로 승화되었으며, 신은 그의 피조물과 더 가까워지게 되었다.

보쉬에는 근본이 하나인 이 세 강건한 존재에 복종할 것을 종용하였다. 그러나 보쉬에의 능변에도 위험은 도사리고 있었다. 그 세 존재를 그토록 밀접하게 연결시키다보니 하나의 운명에 나머지 두 운명도 따라야 했다. 그리하여 왕을 처형하면서 프랑스 혁명가들은 신과 아버지의 권한에 결정적 일격을 가했다. "왕의 죽음은 신의 살해와 같고 신의 살해 자체는 아버지의 죽음과 같다."[2]

철학자 장 라크루아가 보여주듯이 민주주의는 옛날의 가부장적 권한과는 양립할 수 없다. 모든 해방은 우선적으로 아버지로부터의 해방이다. 민중의 지상권은 아버지 살해에서 생겨났다. 왕-아버지를 살해하면서 오랫동안 미성년의 상태로 남아 있던 민중은 성인으로서의 자율권을 획득한다. 그렇게 되기 위해 절대군주를 공공연한 장소에서 처형하면서 모든 사람이 국가의 변혁을 인식하도록 했어야 했다.[3] 거사가 이루어지자 가치의 전복이 효력을 발휘하기 시작했다. 자유, 평등, 박애라는 세 원리가 복종, 계급, 부성(父性)이라는 이전의 가치를 밀어냈다. 공화국에서는 시민들 사이의 우애가 아들들의 아버지에 대한 존경의 감정을 대신하게 되었다. 수직의 관계들은 평등의 이상과 유일하게 양립할 수 있는 수평적 관계에 자리를 내주었다.

장 라크루아가 현대 민주주의는 "부성의 거부를 수반하는 우애의 추구"[4]로 나타난다는 사실을 강조한 것은 합당한 일이다. 왕의 부권 살해로 자인된 혁명적 우애는 신성의 개념에 또하나의 의미를 부여한다. "초월적 실체에의 참여로부터 생겨나는 신성한 것 대신에 동등한 존재의 합일에서 생겨나는 신성한 것이 있다."[5]

아버지와 왕에 대한 거부가 여기에서는 모든 초월적 성격에 대한 거부라는 것을 우리는 알 수 있었다. 혁명은 인간의 우주적 아버지인 신을 예외로 두지는 않았다. 자유, 평등, 박애의 가치에 연관시켜 인간성의 개념을 진일보시키려 열렬하게 헌신했던 1789년의 혁명가들에게는 옛 가치들과 밀접하게 관련된 신에 대한 개혁이 필요불가결한 것이었다. 프랑스 대혁명으로부터 영향을 받은 포이에르바흐, 프루동, 마르크스, 니체 같은 철학자들은 인간 해방의 필수적 조건을 신의 죽음으로 여기고 신은 죽었다고 선포했다.[6]

19세기 철학자들 이상으로 라크루아는 인간이 신으로부터 벗어나고자 하는 것은 무엇보다도 신이 아버지를 표상하기 때문이라는 사실을 역설했다. 인간은 "인간이 끊임없이 부딪치는 수백 년 묵은 금기사항을 명령하는 지고권자이며 군주 중의 군주인 신에 대항하여 자신의 존재를 뚜렷이 나타냈다. 신이 사랑이라 하더라도 인간은 신을 포기할 것이다. 신은 아버지와 동일한 방식으로만 인간을 사랑하기 때문에…… 인간은 신의 영원한 판단에 불복하고 인간은 신의 은총도 구원도 원치 않으며 시대착오적인 신의 징벌도 두려워하지 않는다".[7]

그 이후로 신학은 인류학 앞에서 그 힘을 잃게 된다.

그러나 18세기 말경 신적 초월성에 대한 거부나 혹은 개인의 우월성에 대한 단언이라고 할 수 있는 그런 것들은 아직 그렇게 분명한 용어로 표현되지 않았다. 사람들은 '신의 죽음'을 말하지 않고 일체의 종교적 영향으로부터 벗어난 상태를 인내력 있게 구축해나갔다. 프랑스 대혁명은 10세기 이상 지속되어온 낡은 전통과 결별하게 될, 더디지만 심오한 탈종교화 운동이 서구세계에 일어나는 계기가 되었다.

기독교계에 큰 파문을 일으킨 16세기의 종교개혁에 의한 분열에 이르기까지 모든 유럽 국가들은 세 가지 특성—가톨릭 교회의 확고부동한 지위, 신앙을 가진 국가, 신학자들에 의해 통제되는 사회질서 이론—을 가지고 있었다.[8] 그러나 국가의 첫번째 탈종교화 운동이었던 종교개혁이 성직자들의 탄압에 대항하는 반항 운동이었던 반면 프랑스 대혁명은 신의 부정이라는 확실한 성격을 띠었다. 신교도 국가들(영국과 네덜란드)은 17세기 말부터 탈종교화 과정에 들어갔다. 사상의 자유를 발전시키고, 신앙과 종파의 다양성을 받아들이며, 국가의 권한은 개인의 양심의 문턱을 넘보지 못한다는 사실을 인정하면서 마침내 신교도는 구교도 국가보다 신의 입장을 더 잘 옹호할 수 있었다.

구교도 국가들에서는 탈종교화의 과정이 더 느렸지만 보다 격렬했다. 1789년과 1799년 사이에 프랑스 대혁명은 서력 기원의 테두리를 과감히 부숴버리고 '신의 국가'를 '인간의 국가'로 대치시켰다. 국가의 종교적 중립성을 선포하고, 공공 서비스를 탈종교화시키고, 이후에 교회로부터 완전히 벗어나면서 프랑스 대혁명은 현대 기독교 국가들의 탈종교화의 모델이 되었다.

19세기에 이르러 이번에는 이탈리아와 독일[9]이 비종교적 결혼을 강요하려 했으나 20세기가 되어서야 비종교성이 현대 국가들의 일반적 원리로 자리잡았다. 국제적 선언문들은 대부분 비종교적 선언문이었다.[10] 종교와 국가의 분리가 미국 헌법의 제1차 수정안(1787)에 명시되어 있고 프랑스 인권선언문 제10조는 의사의 자유를 명시했지만, 1948년 10월 10일이 되어서야 비종교성의 원리가 국제적 승인—의도적인 누락을 통해서—을 받았다. 사실 인권선언문의 제1항은 "모든 인간은 자유로우며 동등한 권한을 갖는다. 인간은 이성을 가지고 있고 따라서 서로서로 우애로 대해야 한다"라고 선언한다.

투표가 진행되기 전에 행해졌던 토론에서 소수의 국가들이[11] 신의 이름을 거론하기를 원했고 선언문에 인간은 신의 형상을 따서 만들어졌다는 사실을 상기시켜줄 것을 제안했다. 그러나 이 제의는 소련과 프랑스의 대표들에 의해 반박당했다. 결국 "모든 국가들의 최대공약수였던 신이라는 존재는 국가연합에서 시민권을 박탈당했다".[12]

1789년 세워진 새로운 '법전'[13]은 인간의 초월성을 공언하면서 인간을 신격화시켰다. 이후로 사람들은 자신들의 손으로 직접 법률을 제정했다. 아이들에게 옳고 그른 것을 독단적으로 결정하던 전능한 아버지에의 복종은 끝난 셈이었다. 적어도 이론적으로는 종교가 되어버린 인권의 이데올로기는 유사성이 차이점을 압도하는 형제들의 공화국을 만드는 데 기여했다. 인간들에게 공통되는 인간성이 그들의 종교적 인종적 경제적 혹은 사회적 특수성과 무관하게 모든 사람들을 평등하게 만들었다. 우리는 성적인 특수성이 어떤 중대한 핸디캡이 아니었는지만 알아보면 될 것이다.

인권인가, 남성들의 권리인가?

대혁명 당시에 남성들은 한 번도 이 점에 대해 공공연하게 토론해본 적은 없지만 이런 커다란 질문을 제기해야 하지 않았던가.

"여성 역시 사람들이 이제 막 선언한 신성한 권한의 혜택을 받아야 할 똑같은 인간이 아닌가? 더 단도직입적으로 말하자면 자연은 인간으로부터 여성을 격리시키지 않는가?"

정치적 토론의 대상이 되어보지 못했던 이 문제는 대혁명 훨씬 이전에 지성인들에 의해 제기되었다. 그들 중 선구자격인 풀랭 드 라 바르는 그 당시(1673) 별로 세인의 관심을 끌지 못했던 그의 책[14]에서 성의 평등이라는 매우 혁명적인 주제를 내놓았다. 데카르트의 제자였던 그에게는 동일한 이성을 가지고 태어나는 남녀는 거의 모든 점에서 유사하기 때문에 남녀는 완벽하게 평등했다. 여성의 성격이 남성의 성격과 지극히 동질적이기 때문에 풀랭은 여성이 모든 사회적 직업—의학이나 신학 교수, 교회의 목사, 장군, 혹은 국회의장 등—에 진출하기를 바랐다. 남녀의 차이를 최소화하면서 그는 남녀 사이의 우애를 설득해나갔고 소외된 여성을 인간의 복판으로 복귀시켰다.

불행하게도 그 책을 읽지 못했던 18세기의 남성들은 훨씬 더 소심했다. 여성의 본질에 대해 의견을 피력했던 남성들 중 어느 누구도 17세기에 그 진가를 인정받지 못했던 풀랭만큼 주목받지 못했다. 여성 문제에 관한 토론에서 세 가지 관점이 생겨났다. 풀랭의 계보에 속했던 어떤 이들은 양성의 유사점을 강조하면서 남녀 평등을 위해 투쟁했다. 또다른 이들은 거기에 동의하면서도 특히 그들의 필수적 상호보완성을 주장했다. 세번째 다수는 루소의 뒤를 이어 여성성을 어찌할 수 없는 차별성의 논리로 간주했다. 이 사람들은 여성을 비난하면서 교육이나 사회생활 그리고 정치적 생활까지를 포함해서 에밀과 소피의 불평등성을 앞서 정당화시키려 했다.

양성의 평등에 대한 논쟁적이고 정치적인 면을 차치하더라도 현행의 페미니스트들에게 늘 개방되어 있는 철학적 토론은 남녀의 동일성을 강조할 것인가 혹은 차이점을 강조할 것인가, 인간성의 개념에 우선권을 부여할 것인가 혹은 여성적 성격에 우선권을 부여할 것인가 하는 문제에 초점을 맞춘다.

오늘날의 많은 여성들이 지지했을 디드로는 차이 속의 평등이라는 논리를 펼쳤다. 여성에 관해 토마스가 쓴 소논문의 출간에 대해 옹호하면서[15] 그는 그 주제에 관해 짧은 에세이를 발표했다.[16] 디드로는 여성을 감정적 열정으로 특징짓는다. "여성의 놀라운 점은 사랑의 열정, 과도한 질투, 모성애적 흥분, 미신, 피상적이고 일반적인 감정들을 느끼는 방식, 바로 그런 것들이다. 나는 남성들이 조금도 느끼지 못하는 과도한 사랑, 질투, 분노를 여성들에게서 보았다."[17]

디드로가 남성에게는 생소하다고 생각하는 그런 감정들은 해부생리학적 이유에서 그 근거를 찾을 수 있다. 여성은 "자신의 몸 속에 갑작스런 감정의 폭발을 일으키면서 모든 종류의 환상을 야기시키는 기관을 가지고 있다".[18] 그런 이유로 여성이 히스테리와 황홀, 계시와 예언을 오가는 것은 이상한 일이 아니다. 그들의 자궁과 격한 상상력의 노예들인 여성들은 디드로에게는 연민과 동정을 불러일으키는 "대단히 비범한 어린아이들"[19]인 것이다. 그는 여성들이 출산의 고통과 위험을 겪어야 할 뿐만 아니라 어머니의 능력을 잃게 되면 "길고 위험한 질병에 걸리게 되는"[20] 불쌍한 존재라고 동정한다.

그러나 양성간의 본래적인 차이는 디드로로 하여금 "여성에게 모든 부분에서 불리하게끔 만들어진 잔인한 인간의 법률"이 잔인한 자연의 법률과 공모하여 여성을 더욱 괴롭히지 않도록 여성의 입장을 옹호하려 했다. 그는 더이상 여성들을 "어리석은 아이들"

로 취급하지 말 것과 여성들도 합당한 교육을 받을 것,[21] 그리고 여성들의 재능도 인정해줄 것 등을 요구했다. "재기 넘치는 여성들을 보면 그녀들의 재능이 우리의 재능보다 더 독창적이라는 인상을 받는다."[22]

몇 페이지에 이르는 이 에세이의 마지막 부분에서 그는 자신이 여성을 옹호한 것이 잘한 일이라고 생각하며 이렇게 쓰기도 한다. "내가 법률을 제정하는 사람이었다면 나는 여성들을 자유롭게 해주었을 것이고 그대들을 법률 위에 올려놓았을 것이오. 당신들이 어떤 곳에서 모습을 나타낸다 하더라도 당신들을 신성하게 만들었을 것이오."[23]

그런 든든한 반석 위에 올려졌다면 여성들이 그 이상 무엇을 바랐겠는가?

그의 오랜 여자친구인 데피네 부인은 그와 의견이 달랐다. 그녀는 양성의 유사점이 차이점보다 중요하며 어떤 반석보다도 단순한 평등이 더 가치 있다고 생각했는데, 머잖은 시기에 콩도르세도 같은 입장을 취하게 된다. 데피네 부인 역시 불쌍한 토마스의 에세이를 비난했는데, 그녀는 "우리가 분명 교육과 제도에 의해 갖게 된 것들을 끊임없이 생득적인 것이라고 생각하는 사람들"[24]을 고발하는 최초의 여성이 되었다. 그녀의 의견으로 남녀는 성격이나 체질이 같다. 세 아이의 어머니였던 그녀는 디드로가 자궁에 부여한 중요성을 반박했다. 그 대신 "우리 신체기관의 연약함조차 우리 교육의 산물이며 사회가 우리에게 부여한 조건들의 결과이다"라는 대단히 진보적인 생각을 조용하면서도 힘있게 주장했다.[25]

데피네 부인은 양성이 같은 정도로 마찬가지의 결점과 미덕과 악덕을 공유한다고 확인한다. 그녀는 시몬 드 보부아르보다 2세기 전에 이미, 여성으로 태어나는 게 아니라 여성으로 길러지는 것이며 여성의 특징들은 사람들이 생각하는 것만큼 그렇게 본래 주어진 것이 아니라고 생각했다. 사회와 교육이 인위적으로 남녀를 구분짓지 않는다면 남녀가 지닌 육체적 힘과 정신적 용기와 지적 능력은 동일한 것이다. 그러나 진정한 평등을 가져오게 될 대혁명에 대해서는 회의적이었던 데피네 부인은 이렇게 결론짓는다. "우리가 본래 자연이 만들어놓은 상태로 되돌아가려면 몇 세대가 걸릴 것이다. 그렇게 되면 우리는 아마 많은 것을 얻겠지만 남성들은 많은 것을 잃게 될 것이다."[26]

콩도르세에게는 남녀가 서로 반대된다는 생각이 참을 수 없는 불평등[27]이었기 때문에 그는 데피네 부인의 주장과 마찬가지로 양성의 평등성을 위해 투쟁했던 보기 드문 정치가 중 하나가 되었다.[28] 그는 "인간의 반을 차지하는 여성들의 권리를 입법자들이 잊지 않기를"[29] 역설했고 또한 여성들의 선거권과 피선거권, 그리고 모든 지위에 오를 수 있는 권리를 주장했다. 풀랭만큼 대담하지는 않았지만 그는 여성이 군대를 지휘한다거나 법정을 주재한다고 해서 우스꽝스럽지는 않을 거라고 생각했다. 또한 그는 여성의 임신, 해산, 수유와 같은 어찌할 수 없는 방해물을 이유로 여성들에게 그런 권리를 주지 말아야 한다는 주장에는 그렇다면 비염에 걸린 남성들에게도 선거권과 책임을 금지해야 할 것이라는 논지로 응수했다. 더불어 그는 소위 거론되는 여성들의 창조의 무능성에 대해서도 자신은 그걸 믿지 않으며 또한 창조적 능력을 지닌 남성들에게만 자리를 부여한다면 프랑스 아카데미마저 공석이 생길 거라며 유머 섞인 답변을 했다.

콩도르세의 눈에도 역시 모든 남녀의 차이란 교육의 결과였기 때문에 그는 1792년 여성의 교육에 관한 급진적인 법령을 제시했다.[30] 그는 모든 개개인에게 "그들의 권리를 누리고 의무를 이행

하는 데 유익한 모든 것을 가르치는 것을 목표로 하는" 양성에 공통된 교육시행을 주장했다.[31]

절대 다수의 남성들과는 반대로 콩도르세는 학문에 관련된 것을 포함한 많은 직책과 직업에서 여성을 남성들의 합당한 "경쟁자"[32]로 생각하고는 동등한 교육이 절대적으로 필요하다고 결론지었다. 그보다 1년 전에 탈레이랑Talleyrand[33]이 공직에서 여성을 배제한 것은 남녀 모두에게 "커플의 행복"을 배가시키기 위한 것이라며 "생의 동반자인 여성을 남성의 라이벌로 만들지 말아달라"고 역설한 반면 콩도르세는 그 반대쪽 의견을 지지했다. "여성교육의 결함은 가정의 행복에 반대되는 불평등을 초래한 것이다. 왜냐하면 평등은, 특히 가정에서의 평등은 행복과 평화와 미덕의 제1의 조건이기 때문이다."[34]

콩도르세와 같은 혁신적 사고보다 루소의 사상을 이어받은 탈레이랑의 주장에 더 귀를 기울였던 국회의 남성들은 양성의 평등에 기인한 이 행복 증진에 별 관심을 보이지 않았다. 콩도르세의 계획은 조금도 시행되지 않았다. 그가 1880년의 공화주의자들에게 선풍적 관심을 불러일으켰던 것은 사실이지만 그때까지의 여성 교육은 그의 생각에는 역행하는 것이었다. 대혁명 당시의 남성들은 여성의 교육을 그런 식으로 결론지으면서 풀랭 드 라 바르에 의해 야기된 토론을 오랫동안 덮어버렸다. 여성들은 남성들과 같은 개인이 아니었다. 여성성은 여성으로 하여금 인간의 범주에 끼어드는 데 결정적인 방해물이었다.

두말할 것도 없이 여성들은 대혁명에서 소외된 존재였다. 혁명적 이상이 자연적인 차이들을 뛰어넘어 평등을 역설했지만 성(性)은 여전히 차별의 최후의 기준으로 남아 있었다. 1791년 9월 27일 법령에 의해 유대인들이 해방되었고, 1794년 2월 4일 흑인 노예 제도가 폐지되었지만 몇몇 사람들의 노력에도 불구하고 여성들의 조건은 근본적으로 개혁되지 않았다. 인권, 즉 모든 인간이 타고나면서 부여받은 권한은 여성에게는 인정되지 않았다.

올랭프 드 구즈Olympe de Gouges의 「아내와 여성 시민의 인권 선언문」[35]은 신혼 여성의 완전한 권리와 커플의 완전한 동등을 주장하고 모든 공동체 사회의 합법적 제도하에 절대적으로 동등한 권리를 커플의 남녀에게 각각 부여하려 했던 캉바세르의 시민법 초안[36]과 마찬가지로 죽은 글귀가 되어버렸다. 국민의회는 여성의 투표권에 반대하였고 여성의 모든 결사(結社)를 금했으며 여성들을 가정으로 돌려보냈다. 그들의 핑계는 이러했다. "남녀는 각각 자신의 성에 맞는 고유한 직업에 따라야 한다. 인간에게 경계를 정해주는 자연은 절대적으로 명령하고 어떤 인위적 법도 수용하지 않기 때문에 남녀 각각의 행동은 뛰어넘을 수 없는 범위에 한정되어 있다."[37]

나폴레옹 법전은 남녀의 필수불가결한 상호보완성이라는 이유로 성적 불평등을 기정사실화했다. 남성은 권한만을 여성은 의무만을 가질 수 있었다. 황제가 직접 나서서 18세기 말에 약간 수정이 가해진 남편의 권위[38]를 완전히 복구시켰다. 그는 결혼 당일에 신부가 남편에게 복종한다고 명백하게 인정할 것을 주장했다. 프랑수아즈 피크의 말대로 "시민법전은 남편과 아버지의 권리를 옹호하는 강자들의 법전이다. 그것은 여성들의 열악한 조건을 통해 평등을 구현하고자 한다".[39]

여성들의 긴 행진

서구의 모든 여성들에게 인간으로서의 모든 권한—자유로운 잉태를 포함한 시민권, 교육권—이 주어지기 위해서는 한 세기 반[40] 이 필요했다.

여성에게 시민권을 부여하는 점에서도 신교 국가가 구교 국가를 앞선다. 서구세계에 모범을 보인 것은 미국이었다. 미국 여성들이 헌법의 개정안을 얻기까지는 한 세기 이상을 참아야 했지만 유럽 여성들보다 더 큰 권위를 부여받았던 '미국 개척자들'의 아내들은 독립전쟁 바로 다음날 투표권을 쟁취하기 위한 투쟁을 시작했다. 13개 주를 대표하던 필라델피아의 연방의회는 그 문제로 골머리를 앓다가 문제의 결정권을 각각의 주에 일임했지만 어떤 주에서도 여성의 투표권을 인정해주지는 않았다. 반세기의 침묵이 흐른 뒤 여성들은 노예해방 운동가들과 손을 잡고 1840년에 다시 투쟁을 시작했다. 그들은 1848년에 '여성 인권 위원회'를 조직하였고 남북전쟁(1862~1865) 후에야 결실을 보게 될 '전국 여성 선거권 위원회'를 1850년에 조직하였다. 노예 제도의 폐지(1866) 후 3년이 지나서 와이오밍 주가 처음으로 여성의 투표권을 인정하였고 1년 후에 유타 주가 그 뒤를 이었다(1870). 드디어 19세기 말에는 36개 주에 선거 위원회[41]가 발족됐지만 모든 여성의 투표권을 인정하는 개정안이 마련된 것은 1919년에 이르러서였고 그 개정안은 1920년에 통과되었다.

독일[42]과 영국[43]의 사정도 마찬가지였다. 20세기 초부터 여성 참정권자들이 늘 함께 접촉하면서 운동을 벌였던 이 두 나라에서도 끊임없이 동요가 일었다. 어떤 여성들은 철학자이자 국회의원인 스튜어트 밀Stuart Mill[44]의 귀중한 도움을 받았고 또다른 여성들은 오귀스트 베벨Auguste Bebel[45]의 도움을 얻었다. 그러나 사회당이 그들의 계획 속에 여성들의 정치적 경제적 그리고 시민적 평등을 수용했던 것은 클라라 제트킨Clara Zetkin과 1892년 그녀에 의해 발간된 『평등 l'Égalité』이라는 잡지 덕분이었다.

프랑스 여성들이 가장 불행했다. 2차 세계대전이 끝난 후에야 드골 장군의 임시 정부가 여성들에게 선거권과 피선거권을 제한 없이 부여하도록 명하였다(1944년 4월 21일).[46]

우리는 19세기 프랑스 여성의 참정권 운동이 거의 연속적으로 일어나지 않았고 투쟁했던 여성들은 대단히 소외되었다는 사실을 알아야 한다. 선구자였던 잔 드루엥Jeanne Deroin[47]을 제외하면 1870~1880년이 되어서야 다시 여성의 참정권이 옹호되었다. 위베르틴 오클제르라는 여성은 도지사에게 보낸 편지로 유명해졌다. "나는 투표하지 않는다. 나는 세금을 내지도 않는다."[48] 비록 그녀는 여권 운동에서 소외됐지만 이 말은 많은 반향을 불러일으켰다. 지나치게 사회주의적 경향을 띠었던 여권 운동은 여성들의 요구를 일반 정치적 맥락과 충분히 분리해서 생각하지 못했다. 마르그리트 뒤랑이나 마들렌 펠르티에, 넬리 러셀과 같은 몇몇 여성 운동가를 제외한 여권주의자들은 자신들의 해결책을 자유를 위해 투쟁하는 남성들과의 관계 속에서 찾으려 했다. 그것이 잘못이었다. 1936년 레옹 블룸 정권은 세 명의 여성을 국가 부수석 비서관으로 임명하지만,[49] 여성의 선거권에 대해서는 재언급하지 않았다. 결국 드골에 의해 여성들에게 선거권이 주어졌지만 이 결과의 획득에 여성들이 활약한 것은 아무것도 없었다. 한 여성 국회의원은 "프랑스 여성들은 선거권을 얌전하게 기다렸다"[50]라고 말할 정도였다.

일반적으로 여성 해방의 역사를 대표하는 대규모의 투쟁들은 프랑스와 라틴 국가들, 앵글로-색슨계의 대국들에서의 투쟁과는 다른 양상을 띠었다. 잘난 체하는 여자들이나 여성 학자, 파리코뮌 때 방화를 저지른 여자들, "지성인인 체하는 여자들 Cervelines"[51]

을 조롱하는 나라에서 여권주의자들은 사람들의 눈에 대단히 비루해 보였다. 사고는 원하는 것이 수동적으로 얻어지기를 기다리지 않고 자기 자신들이 권한을 찾으려 하는 여성들과 거의 부합되지 않았다. '개척자'들의 아내들이 민주주의 건설에 크게 이바지했던 미국과는 달리 프랑스에서 공화정은 여성 없이, 거의 여성에 반대해서 세워졌다. 영국의 여성 참정권자들의 떠들썩한 시위[52]가 20세기 초에 프랑스 사람들을 깜짝 놀라게 하였다. 스웨덴, 노르웨이, 핀란드의 막강한 여성 참정권 위원회는 프랑스에서는 찾아볼 수가 없었다.[53] 릴케는 "북쪽으로부터 광명이 온다"라고 말했는데, 그것은 토크빌의 말처럼 신교의 영향으로 설명할 수 있다.[54]

프랑스 여성의 교육과는 반대로 미국 여성의 교육은 소심함이나 불필요한 조심성이 없다는 사실에 토크빌은 놀랐다. 민주주의가 한창일 때 그들은 어린 여자아이들에게 자신의 사고와 언행을 책임지는 법을 가르쳤다.[55] 미국인들은 "개인의 독립은 절대적으로 위대하고 부성의 권위는 허약하며 남편의 권한은 의심스럽다고 생각했기 때문이다".[56]

1826년부터 미국의 모든 주는 남자아이들의 학교와 유사한 초등학교를 갖고 있었다. 여권 운동과 여성들의 교직 허용에 따라 젊은 여성들은 사립대학에서 교육을 받을 권리를 주장할 수 있게 되었다. 1848년에 뉴잉글랜드 주에서 첫 여자 의과대학이 생긴 후로 1865년에서 1885년 사이에 바사르 대학(1865), 스미스 앤드 웰레슬리 대학(1875), 래드 클리프 대학(1882), 브라이언 모어 대학(1885) 등 여자 대학들이 속속 생겨났다. 19세기 말에 이르러서는 모든 직업이 여성에게 개방되었다.[57]

프랑스에서도 낡은 보수주의를 제압한 것은 여성들의 요구가 아니라 오히려 종교에 몸을 담지 않은 공화주의자들의 행동이었

다. 빅토르 뒤뤼Victor Duruy,[58] 카미유 세Camille Sée,[59] 쥘 페리
Jules Ferry 같은 사람들이 여자아이들을 반(反)공화파 성직자들의
영향에서 벗어나게끔 투쟁했던 이유는 여자아이들의 교육이 수녀
들의 손에만 맡겨졌기 때문이다. 1870년 쥘 페리는 그 점에 대해
자신의 의견을 분명히 피력한다. "남녀 사이에는 일종의 장벽이
존재하고 이전의 사회, 즉 여성들에 의해 존속하는 구제도와 프랑
스 대혁명에서 생겨난 새로운 사회 사이에는 은밀한 투쟁이 존재
한다. 여성을 소유하는 자는 모든 것을 소유한다. 왜냐하면 그는
우선 아이를 소유하게 되고 그런 다음 남편을 소유할 수 있기 때
문이다."[60]

종교적 영향에서 일단 벗어난 프랑스 여성들은 여자아이들의
중등교육이 남자아이들의 중등교육과 평준화되고 그 결과로 대학
입학 자격시험에서도 남학생들과 동등한 권리를 인정하는 법조문
을 가결시키는 데 1924년까지 기다려야만 했다.[61] 왜냐하면 원칙
적으로 의과대학, 문과대학, 공과대학이 제2제정 이후 여성들에게
개방되긴 했어도 1880년대에 중등교육을 받은 여학생의 숫자는
소수 몇몇에 불과했기 때문이다.[62]

남성과 동등해지기 위해서 여성들은 아직 그들의 신체의 자유,
좀더 정확히 말해서 자유로운 임신의 권리라는 최후의 권리를 획
득해야만 했다. 19세기 말에 프랑스,[63] 영국,[64] 네덜란드,[65] 독일[66]
에서 '이중적 성모랄'에 반대하고 '의지적 임신'에 찬성하는 여성
운동이 일어났다. 위험스럽지 않은 성관계를 허용하는 모든 방식
을 널리 알리려 했던 신(新) 맬서스주의자 단체의 지지를 얻은 여
성들은 성적인 자유—도덕 재무장의 그 세기에 호평받지 못했
던—를 얻기 위해서라기보다는 그들의 생명과 건강을 위태롭게
하고 그들이 최소한의 행복도 보장해줄 수 없는 어린아이들을 태

어나게 하는 임신을 피하기 위해서 투쟁했다.

1920년 무렵에[67] 이 요구는 받아들여지기 시작했다. 미국에서는 자신의 어머니가 열한번째 아이를 낳다가 죽은 사실에 분노를 느끼고 유럽의 신 맬서스 운동을 본 마가렛 샌저라는 간호원이 1917년 출산 제한을 위한 첫 무료 진료소를 열었다. 1921년 영국에서는 마리 스토프(1880~1958)가 같은 취지의 진료소를 처음으로 열었다. 1924년에는 마찬가지로 프랑크포르 - 쉬르 - 르 - 맹에 첫 진료소가 생겼다.

불행히도 훌륭한 라틴 문화권 나라인 프랑스는 그 운동에 따르지 않았다. 자유 임신을 위한 투쟁에 대중들이 진정으로 지지하지 않았기 때문에 출생률 증가를 지지하는 사람과 도덕성을 내세워 자유 임신에 반대하는 사람들의 숱한 공격 앞에서 신 맬서스주의자들은 점점 고립되어갔다. 성직과 의학계에 종사하는 사람들은 "임신을 거부하는 여성은 더이상 자신들의 권한을 누릴 자격이 없다. 그녀들은 이제 아무것도 아니다. 의도적으로 애를 낳지 않는다면 그녀들은 창녀와 뭐가 다를 것인가?"[68]라고 말하면서 집요하게 반대했다.

1차 세계대전이 일어난 직후 자유 임신에 반대하던 사람들은 강력한 법적 족쇄를 채우는 데 성공했다. 두 단계로 이루어진 법적 조치의 첫번째는 1920년에 통과된 법안으로 임신을 반대하는 모든 선전활동을 낙태 유도 행위로 규정하고 피임에 대한 모든 정보와 실행을 억압했다. 두번째 조치였던 1923년의 법안은 낙태를 경범죄로 회부해서 몇몇 중죄 재판 배심원들에게 아량을 베풀지 말 것을 규정했다. 경찰의 감시하에서 갖가지 종류의 피임약이 약국에서 하루하루 사라졌고 신 맬서스주의 투사들은 추방당했다.[69]

30년대에 출산 억제 지지자들이 스칸디나비아 국가들과 미국,

영국에서 묵인되고 심지어 권장되기도 했던 반면,[70] 가톨릭 이데 올로기가 깊이 뿌리박힌 프랑스는 계속해서 모든 방식의 피임을 처벌했다. 그 점에서 프랑스 여성들의 조건은 60년대가 될 때까지 눈에 띄는 변화가 없었다.

18세기 민주화 길로 들어선 나라들에서 시작된 가부장 제도의 쇠퇴는 두 세기 동안 지속되었는데 몇몇 국가들에서는 도중에 극 적인 진정 상태를 맛보기도 했다. 양차 대전 사이에 유럽을 좀먹 었던 독재와 그 이전에 스페인에서 행해진 프랑코 식의 일인 독재 는 그만큼 가부장 제도를 강화하려는 고의적 시도의 일환이었다. 히틀러 치하의 상태와 비교해보건대, 무솔리니 치하의 이탈리아 여성이나 프랑코 치하의 스페인 여성들의 조건은 결코 그보다 더 나을 것이 없었다.[71] 번식과 복종을 위해 징발된 다산의 여성들을 찬양하는 이데올로기는 분명 베를린과 마드리드, 로마에서 똑같 이 나타났다. 경제적이고 이데올로기적인 필요에 따라 그곳의 여 성들은 저임금의 노동인력으로 이용되거나 어머니로서의 역할이 나 가정주부로서의 역할을 맡기 위해 가정으로 되돌려 보내지기 도 했다…… 씨암말이나 룸펜 프롤레타리아로서의 여성들의 권리 란 어느 곳에서도 찾아볼 수 없었다.

동구 국가들도 마찬가지로 30년대와 40년대에 들어서 가부장 제도가 회생했다. 역사가 짧은 소련은 여성을 해방시키고[72] 남성 들이 가족 구성원들에 대해 행사하는 모든 특권을 말소시키기 위 한 법안을 통과시켰지만,[73] 실생활에 적용되지는 않았다. 성의 개 혁을 반대하는 운동이 일어난 소련 사회는 점차로 유럽 국가들을 닮아갔다. 스탈린 치하의 소련은 나치 독일이 그랬던 만큼 전통적 가정을 찬양했다. 여성 해방을 위한 레닌의 모든 법안들은 묵살되 고 억압적 법안으로 대치되었다.[74]

2차 대전 직후에 서구 유럽이 다시 민주주의로 복귀할 때까지 성의 평등은 아직 절반밖에 성공을 거두지 못한 터였다. 원칙적으로 여성은 남성과 같은 권리를 누리게 되어 있지만 사실상 관습과 전통은 여성을 여전히 남성과 구별지었다. 상호보완성의 이데올로기가 여전히 활기를 띠고 있었기 때문에 가부장 제도는 아직 존재하고 있었다. 여성의 운명은 여전히 집에서 애를 낳는 일이었다. 여성은 어머니나 가정주부[75]라는 역할에 비추어서만 "존경받을 만하거나 완벽하거나 임무를 충분히 수행한 것으로" 평가되었다.

60년대에는 또다른 종류의 개혁이 서구 사회에서 일어나 18세기의 개혁을 완성하게 된다. 이번에도 역시 토론의 중심 테마는 출산이었다. 문제는 과거와는 달리 출산 행위에서 누가 중요한 역할을 담당하느냐가 아니라[76] 자신의 의지에 따라서만 어머니가 되기 위해 어떻게 임신을 통제하느냐였다.

2. 은총의 바람

대부분의 서구 민주사회에서 최근 20년 동안 가부장 제도는 은총의 바람을 맞이했다. 인간의 진보 선상에서 사소한 지점이긴 하지만, 60년대에서 80년대 사이에 오늘날까지 사람들이 완전히 인식하지 못한 채 세계의 대부분에서 남녀관계에 변화가 생겼다.

에드가 모랭은 호모 사피엔스의 기원에 관해 언급하면서 1973년 "남성계층이 정부와 사회통제를 장악하고 여성과 젊은이들에 대해 아직도 끝나지 않은 정치적 지배를 강행한다"[77]라고 말했다. 20세기가 끝나가는 지금 이 말은 더이상 확실치 않다. 아버지와 남편의 권한은 쇠퇴 일로에 있다. 남성의 이데올로기적 사회적 정치적 권한은 심각하게 타격을 받았다.

가부장제의 쇠퇴는 아버지가 권한을 잃은 것과 여성이 권한의 분배 방식을 바꾼 사실로부터 초래되었다. 18세기와 19세기는 아버지에게서 신적인 대부(代父)권을 빼앗았고, 20세기는 도덕적 권위와 경제적 독점권을 완전히 앗아갔다. 가부장제를 여성의 임신 통제와 업무의 성적 분담으로 규정지을 수 있었다면,[78] 최근 20년 사이에 여성은 이중적 승리—스스로의 의지에 의한 임신 조절과 남성과의 경제권 분담—를 이뤄낸 셈이다.

그 이후로 여성은 더이상 물건이 아니다.

서구 남성의 정신적 패배

20세기에 서구에서는 남성적 가치에 대해 조종을 울렸다. 우선 2차 세계대전의 특성들이 우리의 전통적 가치에 다시 의문을 제기하는 시발점이 되었다. 세상에서 가장 문명화된 민족이 그런 파괴적 광란에 빠져들었다는 사실이 많은 의문점을 불러일으켰다. 히틀러적 이데올로기는 아마도 "억압된 모성의 자유로운 발현(열등한 어머니의 이미지)과 전능하고 사디스트적으로 살아왔던 아버지에 대한 여성들의 방어"[79]였을 것이다. 사실 나치가 펼친 정책은 가장 비극적인 결과가 나타나기 전까지는 남성적 가치를 찬양하고 구체화시켰다. 힘이 정의가 되었고 공격성, 폭력, 사디즘은 공식적으로 보편화되었다. 오래 전부터 남성(백인이고 아리안 족)의 우월성이 그만큼 열정적으로 정당하게 요구된 적이 없었다.

서구 역사에 결정적 전환기를 제공한 이 전쟁중에 남성성은 그 자체에 대한 가장 불쾌한 살인이라는 이미지를 보여주었다. 그 이전의 전쟁들과는 달리 전쟁터에서만 사람이 죽는 게 아니었다. 살인은 나치의 기준에 미달된 시민에게도 기계적으로 또 합리적으로 행해졌다.[80] 이 광란의 기간 동안 남성성은 어떤 긍정적인 면도 보이지 않았다. 동정이나 협정에 대한 존중, 특히 여성과 아이의 보호는 이 집단학살 전쟁에서는 끼어들 틈이 없었다. 전쟁은 으레 인권 준수를 백지화시키곤 하지만 두 세기 동안 유럽은 그들이 세워놓은 이상을 그렇게 철저히 배신해본 적이 없다. 인간성이라는 개념을 완전히 짓밟으면서 나치가 일으킨 전쟁은 그 전쟁의 명분이 되었던 모든 가치들에 대해 진정 공포심을 불러일으키게 만들었다. 생존자들이 그 재난의 크기를 측정할 수 있었을 때 그들은 그들의 '의식'에서 모든 인종차별주의의 개념을 몰아냈다. 폭력과 힘의 행사는 절대적 악으로 낙인찍혔다. 그리하여 원하건 원하지 않건 간에 사람들은 낡은 남성적 가치를 심판대에 올렸다. 전후 민주주의 사회에서 '남성 만세'라는 파시스트적 외침은 더이상 허용되지 않았다. 전투를 행하는 남성은 의심을 받았고 여성에 대한 존경이 신성한 가치로 재등장했다.

50년대와 60년대의 탈식민지화는 인간적 가치의 회복의 결과 중 하나다. 모든 종류의 억압을 고발한 결과 한 국민의 다른 국민에 의한 보호를 정당화시키는 것은 점점 더 어렵게 되었다. 탈식민지화는 프랑스 대혁명에 의해 시작된 민주화를 완성시켰다. 인종이나 문화가 어떻든 간에 20세기의 민족들은 때로는 무시무시한 해방 전쟁과 동족간의 전쟁을 치르고서라도 서구인들이 자신들을 위해 세워놓은 이상(理想)의 혜택을 받기를 원했다. 그들이 시민의 평등을 존중하는 자유국가를 건설하지는 못했다 하더라도 적어도 그들은 백인들의 법에 복종하지 않아도 되었다.

60년대 말 모든 서구사회에서 볼 수 있었던 여성 해방 운동은 이런 문맥과 연관지어야 한다. 스스로 결정하는 민중의 자결권이라는 명제 때문에 어린 시절을 잠잠하게 보냈던 젊은 여성들도 자신들의 정체성을 추구하기 시작했다. 그 여성들 중 가장 과격한 무리들은 국내의 식민지화라는 말로 자신들의 의사를 피력했다. 프랑스에서 그런 여성들은 옛날 백인들에게 착취당하던 식민 치하의 사람들만큼이나 자신들도 착취당했다고 주장하곤 했다. 미국에서 그런 여성들은 자신들의 운명을 흑인사회에 비유했다. 베티 프리던Betty Friedan[81]의 주도하의 미국에서나 혹은 프랑스에서 여권투사들은 고의적으로 익명을 쓰면서 그리고 산발적인 방식으로[82] 자신들을 희생자로 만들었던 모든 착취—성적 착취, 가정 내의 착취, 경제적 사회적 정치적 착취—의 목록을 작성했다. 그녀들은 마치 아득한 옛날부터 짓눌려 있던 무언가를 말하고 싶은 거부할 수 없는 욕망을 느꼈던 것처럼 남성들에 대한 원한을 끊임없이 표출했다.

　1972년에 MLF가 지역사회에 '여성에 대한 범죄 고발의 날들'이라는 센터를 설치하자 온갖 종류의 익명의 증언이 쇄도했다. 어떤 여성들은 자신들이 당한 감금과 차별을 고발해왔고, 다른 여성들은 강간과 낙태를 호소했다. 모든 여성들은 한결같이 억압과 원한을 토로했다. 처음에는 이런 하소연들이 비웃음과 경멸을 초래했지만, 탈식민지화를 위해 투쟁했던 남성들이 여성들의 이런 항의에 가장 먼저 관심을 갖기 시작했다. 그들은 이전에 그들이 식민 지배를 받던 사람들에 대해서 느꼈던 죄의식을 여성에 대해서도 똑같이 느꼈다. 옛날 사람들은 백인에게 항거했고, 지금 자신을 비난하는 사람과 어찌할 수 없이 얼굴을 맞대고 심판대에 올라 있는 것은 그저 남성이라는 존재이다. 몇몇 남성들은 여권을 위한 투쟁에 찬동했지만 대부분의 남성들은 설명할 수 없는 거북함을 느꼈다. 그들은 여성들의 투쟁이 "그들의 가치, 그들의 법, 한마디로 그들의 모든 문명을 다소 긴 기간에 걸쳐 전복시키려 한다"[83] 는 사실을 이해하거나 혹은 이해하려 하지 않았다.

남성에 대한 여성의 고발은 아버지에 대한 아들의 고발로 더욱 힘을 얻었다. 60년대 말에 남편과 아버지에 항의하는 여성들과 젊은이들은 눈에 띄게 '새로운 동맹'을 맺었다. 서구 젊은이들은 아버지와 같아지기를 원치 않았다. 아버지들은 살인을 저지른 사람들은 아니었지만 그들이 구현하는 가치들은 하찮으면서도 치명적인 것으로 보였다. 소비와 소유, 오락에 대한 지칠 줄 모르는 취미와 경제 전쟁, 군비 경쟁, 전례 없는 자연 훼손 등은 아들들의 눈에는 위신도 윤리도 없는 불합리한 모델로 비춰졌다. 젊은이들은 한데 뭉쳐서 전통적 남성의 가치를 버리고 여성적 가치를 선호했다. 그들은 모든 권위와 자연적 우월성을 거부하면서 갖가지 형태의 비폭력을 찬양했다. 옳건 그르건 그들에게는 서구의 낡은 제국주의의 소생—따라서 가부장적 권위주의의 소생—으로 보여졌던 베트남 전쟁은 60년대와 70년대의 새로운 세대에 와서는 멸시를 받았다. 전쟁에 관한 얘기를 더이상은 듣고 싶지 않았던 서구의 젊은이들은[84] 어떤 대가를 치르고서라도 삶을 원했으며[85] 자연을 보존하기 위해 투쟁했고 기술과 과학의 진보가 환경을 위협하는 순간 그것들에 대한 불신을 공공연히 표명했다.[86]

아버지의 모든 가치에 항의하면서 아들들은 전통적으로 전쟁에는 적대적이고 경쟁도 모르며 권력[87]과 억압도 모르는 어머니의 가치에 자신도 모르게 동화되어갔다. 여성과 아들의 동맹에 의한 가치관의 전복이 수천 년 동안 지속되어온 아버지와 남편의 권위와 특권에 종지부를 찍었다. 그러나 사실 이 새로운 동맹은 오해에서 출발했다. 젊은 남성들이 낡은 남성성에 등을 돌리고 더 여성적인 행동으로 치우치기 시작했을 때, 기실 여성들은 그들의 수천 년 묵은 태도를 버리고 이전에는 남성의 영역이었던 사냥의 영역으로 뛰어들었다. 여성들의 투쟁에 자주 동참했던 아들 세대는 자신들이 속았다는 사실을 너무 늦게 깨달았다. 전통적 여성의 가치에 접근했던 그들에게 여성들이 그 전통적 가치에서 스스로 멀어진다는 것은 받아들이기 힘든 일이었다. 아들 세대가 경쟁이 덜 치열한, 덜 공격적인 세상을 건설하고자 하는 반면, 여성들은 이제 무시무시한 경쟁자의 태도를 취하고 있다. 여성들은 이제 더이상 상냥함이나 헌신만을 원하지 않고 야망과 이기주의로 무장했다. 아버지 세대의 당혹이 아들 세대의 당혹이 되어버렸고, 오늘날에도 그 당혹감은 사라지지 않았다.

이브가 가져온 변화

20년 사이에 남녀관계는 완전히 변했다. 외부세계의 정복을 위해 떠난 이브는 일의 성적 분담에 종지부를 찍었다. 피임과 낙태의 권리를 위해 투쟁했던 여성들은 이제 여성 자신을 위해서만 출산의 통제권을 되찾으려 했다. 마침내 신체적으로 해방되고 자신의 삶의 주인이 된 여성들은 이제 더이상 남성들 사이의 교환물품이 아니었다. 그리하여 서구세계의 대부분에서 가부장제의 세 가지 기둥이 20년도 안 되는 사이에 완전히 무너져버렸다.

1906년에 프랑스 여성은 전체 노동인구의 39%를 차지했다.[88] 그 비율은 그후 40년 동안 계속 감소했다. 1975년이 되어서야 일본을 제외한 대부분의 산업국가와 프랑스에서 그 비슷한 비율을 회복할 수 있었다.[89] 따라서 비율의 증가는 비교적 최근의 일이지만 그 증가 때문에 어찌할 수 없는 개혁이 시작되는 것 같다. 서구 전역의 경제 위기에도 불구하고 노동현장에서의 여성의 숫자는

해마다 늘어나고 있다. 1985년 현재 프랑스 여성의 노동인구는 약 천만 명으로 추정된다.[90]

그러나 더욱 중요한 현상은 일하는 어머니의 수가 눈에 띄게 증가했다는 것이다. 1940년 이래로 미국에서 그 숫자는 열 배로 늘어났다.[91] 가톨릭의 영향을 강하게 받는 나라[92]나 탁아 시설이 미비한 나라에서는 그 리듬이 다소 늦기는 하지만 그런 변화는 서구 전역에 걸쳐 일어났다.

프랑스 여성들은 아이가 둘이거나[93] 젖먹이 아이가 하나 있을 때,[94] 직업 종사율도 높은 것으로 나타났다.[95] 1975년 16세 이하의 아이들 중 36.8%가 일하는 어머니를 가졌는데 지금은 50%가 넘는다.

이 숫자들은 현격한 개혁이 이루어졌음을 보여준다. 여성들은 가정 외부의 세계에 대한 소유권을 획득하면서 역할의 성적 분담에 종지부를 찍었고 동시에 옛날에 자신들만의 영역이었던 가정생활과 자동적으로 남성에게만 속해 있었던 직업생활 사이의 천년 묵은 대립에 종지부를 찍었다. 가부장 사회에서 여성은 무엇보다도 생존 임무와 가정적 권한을 책임지는 어머니였으나 새로운 사회는 여성의 역할을 불분명하게 만들면서 전통적 남성성에 치명상을 입힌다.

하루가 다르게 대부분의 임무는 차츰 그 성적 특성을 잃어간다. 19세기의 기계 사용은 남성의 힘을 평가절하시키기 시작했다. 20세기의 기계들은 마치 그것이 완력이나 여성적 세심함 혹은 수완을 무익하게 만들기라도 하듯 남성의 힘을 완전히 쓸모없이 만들어버렸다. 컴퓨터 시대에는 아무도 남녀의 임무를 구별하려 들지 않는다.

이처럼 성에 따른 일의 '탈(脫)구분화'의 또다른 요인은 남녀 어린이들에게 공통되고 동일한 교육 기회를 부여하고자 하는 서구사회의 노력이다. 1927년부터[96] 남녀공학이 유치원에서 이공과 대학에 이르기까지 실시되었다. 성급한 사람들에게는 그런 결과들이 아직 불충분한 것으로 보일지 모르지만[97] 우리는 20년 만에 여성 간부의 숫자가 네 배로 늘어났고 현재 100개의 부서 중 46%가 여성의 몫이라는 사실에 주목해야 한다.[98] 미국에서 그 숫자는 아직 소수이지만 남성보다 다섯 배나 많은 여성들이 그들 스스로 창업을 위해 대기업을 떠난다. 이러한 숫자들은 인용하면서 우브리-비알B. Ouvry-Vial은 "기업정신이 한 국가의 역사 속에 끊임없이 존재해왔다면, 거기에서의 여성의 명백한 진보는 하나의 새로운 사실로 받아들여진다. 그들의 숫자는 1970년에서 1979년 사이에 56%나 증가했고 현재는 그 숫자가 250만 명에 이른다"[99] 라고 말한다.

특권층의 여성들은 점차 직업적으로 특권층의 남자와 합류한다. 일이란 것이 여성에게는 20세기 초와는 완전히 다른 의미를 갖게 되었다. 그 당시 여성들은 고되고 반복적인 일만을 담당했다. 남성들보다 더 혹사당하면서도 보수를 받던 여성들은[100] 언제든 사용할 수 있는 남아도는 노동력이었다. 그다지 사람들의 이목을 끌지 못하고[101] 품위도 없는 이 일들은 가정의 경제에 몇 푼 안 되는 도움밖에 주지 못했을뿐더러 여성 노동자들에 대해 일종의 불명예를 가져다준 것도 사실이다. 1차 대전이 발발할 때까지 여성들의 일—특히 집 밖에 나가서 하는 일—은 부르주아 사회에서는 의심스러운 모습으로 비춰졌다. 그것은 사회적 경제적 실패로 비하되었다. 실제로 가정 밖에서 일하는 기혼 여성은 생활을 꾸려가는 데 남편이 무능한 경우이거나 더 심한 경우에는 아이들에게 좋은 어머니가 되어주지 못하는 경우가 대부분이었다.

그러나 오늘날 여성의 일의 의미는 매우 달라졌다. 많은 여성들이 일을 하는 동기가 그저 경제적 이유일 뿐이고 아무런 성취감도 없이—가정에 약간이나마 경제적 보탬이 되기 위해[102]—아무 일이나 할 각오에서라면, 그들의 조건은 가장 열악한 남성들의 조건과 다를 바 없다. 그러나 그 유일한 동기로는 만족할 수 없었다. 사회계층의 다른 끝에서 직장을 갖는다는 것이 20세기 초까지 무시되어왔지만 다음의 두 가지 이유 때문에 여성들 스스로가 필요하다고 느꼈다. 그 하나는 일이 여성들의 자율성을 얻는 조건이었고 또하나는 일을 통해 가정에서는 가질 수 없는 개인적 발현의 기회를 갖게 되는 것이다. 가장 유리한 조건에 있는 남성들이 그랬던 것처럼 여성들은 가정 밖의 세계야말로 그들의 야망을 실현시키기에 적합한 유일한 무대라는 사실을 깨달았다. 그녀들에게는 일이란 더이상 실패의 상징이 아니라 사회적 경제적 그리고 더 나아가 개인적 성공의 가장 확실한 지표가 되었다.

가장 빈곤한 층과 가장 부유한 층 사이에는 대단히 많은 수의 여성 근로자층이 있었는데, 그들은 자신들이 재미를 느끼지도 못하는 일을 하면서 보잘것없는 봉급을 받았음에도 그 일의 전문가들의 눈에는 여성들은 거의 공짜로 일을 해주는 것같이 생각되었다.[103] 자신들에게 일을 그만두고 애나 낳기를 권장하는 출생장려주의자의 표적이 되어버린[104] 이 여성들은 집에 남아 있는 것을 다른 누구보다 훨씬 더 불안하게 생각했다. 직장일의 단조로움과 피로가 가사일보다 덜 싫증나는 건 아니었지만 거기에서 그녀들은 우정관계, 더 자극적인 사회생활, 그리고 물론 고독을 피할 수 있는 기회 같은, 집 안에서는 찾을 수 없는 보상을 발견했다. 외부세계와의 접촉은 여성들로 하여금 본래 주어진 영역에서 벗어날 기회를 제공해주었다.

얼마 전에 에드가 모랭은 여성이 남성의 문화에 접할 기회가 없기 때문에 여성 문화가 불완전하다는 사실에 유감을 표명했다.[105] 여성들이 성인 남성의 문화를 공유하는 지금 아마도 그는 만족해 할 것이다. 남성에게만 속해 있던 영역에서 그들의 경쟁자가 됨으로써 여성들은 남성들이 세상을 지배하면서 얻었던 독점적인 영광에 동참하게 되었다. 몇몇 남성들은 벌써 여성들이 "사냥꾼처럼 거칠다"면서 불평을 늘어놓는다.[106]

여성 해방의 두번째 단계는 임신 조절과 그에 따른 성적 자유를 획득하는 일이다. 이 권리는 여성들의 자유를 주장하는 남성들과[107] 연합하여 행한 오랜 투쟁의 결과로서[108] 얻어졌다. 출산과 섹스의 분리를 위한 투쟁은 19세기 말부터 서구에서 시작되었다. 그러나 투쟁 후에 자연스럽게 뒤따르는 출산 권유 정책 때문에 이 필수적 요구를 만족시키기까지는 60년대에서 70년대까지 기다려야만 했다. 생화학을 이용한 발견과 서구사회의 정신문화의 변화에 의해서야 그것은 가능했던 것이다.

우리는 미국에서 출산 통제의 여성 선구자였던 마가렛 세인저 Margaret Sanger가 오랫동안 가장 효율적인 피임 방법이 될 횡경막의 배포를 위해 노력했다는 사실을 기억한다. 그러나 그것은 몇몇 신체적 터부와 충돌되었기 때문에 쉽게 받아들여지지 않았다. 1951년 그녀가 유명한 생화학자였던 핀쿠스 박사[109]에게 그 문제를 상의하자 그는 먹는 피임약을 개발해보겠다고 제안했다.[110] 1940년대 한 식물에서 황체 호르몬을 추출할 수 있는 가능성을 발견해낸 화학자 러셀 마커 Russel Marker의 연구와 임신현상이나 여성의 주기에 대한 지식의 진보에 힘입어 핀쿠스는 창 Chang 박사와 로크 Rock 박사 공동연구[111]로 1955년 배란을 억제하는 약을 만들어내는 데 성공했다. 우선 알약은 불임의 위험을 없애기 위해

실험 과정을 거쳤고, 그런 다음 1956년 포르토-리코에서 피임약으로 사용되었다. 1960년 먹는 피임제가 미국에서 처음으로 시판되었을 때, 여권주의자와 공공관료들 사이에 별 커다란 논쟁은 없었다.

그러나 프랑스에서는 사정이 달랐다. 알약에 관련된 베일-알레 Weill-Hallé 부인이 쓴 기사(1961)와 알약을 허용하는 뇌비르트 Neuwirth 박사의 법안[112]이 통과되기까지 6년이 걸렸는데, 그 사이에 프랑스 여성들은 횡경막을 사용한 모든 피임을 금지했던 1920년의 법령에 따라 불가능했던 가족계획을 정례화하기 위한 악착스런 투쟁을 벌였다. 의학계의 고문들과 교회는 우파였는데, 그들은 반대했다. 지성인들과 대다수의 여성들은 좌파의 입장에 서서 1920년 법안의 폐기를 주장했다. 보수주의자들은 딸들과 아내들이 성적으로 문란해질 것이 두려워 크게 분개했다.[113] 다른 사람들은 원치 않은 임신과 그것이 초래할 불행을 내세워 폐기에 찬성했다. 마침내 여성의 건강을 크게 해치는 불법 낙태를 금지시킨다는 방침하에 피임을 허용한다는 법안이 통과되었다.

그러나 프랑스 정부가 피임에 청신호를 보낸 그 시기에 영국에서는 이미 낙태의 자유가 법으로 보장되었다(1967).[114] 이미 미국 페미니스트 여성들은 전투에 돌입한 터였다. 오래 전부터 존재했던 피임의 기회에도 불구하고 몇몇 여성들이 해마다 은밀한 불법 낙태로 죽어갔다. 페미니스트들은 그 비극적 상황을 알리는 목록을 빠짐없이 작성했다. 그들은 해마다 합법적 혹은 불법적 낙태를 하는 백만 명의 여성 중 35만 명이 수술 후유증으로 고생하며,[115] 그중 가장 가난한 여성들이 가장 심각한 후유증을 앓는다고 보고했다. 서구 유럽에서도 상황은 비슷했고 대부분의 나라에서 여성운동[116]은 시위, 탄원, 낙태한 여성의 모범적 소송 등과 같은 비슷한 양상을 띠었다.

격렬한 논쟁을 거친 후에 미국은 1973년에, 독일은 1974년에, 그리고 프랑스는 1975년에 낙태의 자유를 인정했다.[117] 그후 몇 년 동안 서구의 다른 국가들도 대부분 그런 취지의 법안을 만들었다.[118] 벨기에, 캐나다, 스위스와 같이 여전히 공식적으로 낙태를 금지했던 나라들은 관용의 정책을 보여줬고, 스페인과 그리스 같은 나라에서는 일정한 조건하에서만 낙태를 인정하는 제한적 법안을 마련했다. 오늘날 가톨릭 전통으로 유명한 두 나라, 포르투갈[119]과 특히 아일랜드[120]만이 아직도 낙태에 지나친 적개심을 표명한다.

이 변화의 결과는 오늘날까지도 정확히 헤아릴 수 없을 만큼 획기적이었다. 여성들이 원치 않는 어머니가 되지 않을 수 있는 권리를 획득했을 때 그들은 개인적이고 내적인 권한을 얻었다는 기쁨에 이 새로운 자유를 만끽했다. 사람들은 피임의 자유에 가세된 낙태의 자유가 남녀관계와 총체적 사회를 철저히 전복시킬 수 있을 거라고는 생각하지 않았다. 여성을 출산 의무에서 벗어나게 하면서 사람들은 생물학적 본성에 깊이 뿌리박고 있어 영원불변이라고 생각했던 '여성=어머니'라는 수천 년 묵은 등식을 산산히 조각내버렸다. 전적으로 여성적인 권한으로서, 그리고 양성의 평등을 향한 결정적 단계로서 나타났던 것은 사실상 여성이라는 단순한 사실을 훨씬 능가하는 새로운 시대의 시작을 의미했다.

여성이 처음으로 피임의 권한을 획득한 바로 그때 남성은 여성의 성욕에 대한 모든 통제 방법을 상실해버렸다. "무엇보다도 여성의 문란한 성욕에 대한 강제적 억압을 기초로 세워진 사회"[121]는 그들의 가장 소중한 존재 이유 중의 하나를 잃어버렸다. 그러나 여성이 남편의 눈을 피해 부정한 관계를 갖더라도 남성들은 사생아를 걱정할 필요가 없어졌다. 남녀에게 서로를 배반하는 일은 똑같이 쉬웠지만 그것이 집안 혈통에 큰 영향을 미치지는 않았다. 존경과 사랑만이 방종의 유일한 장애물이었다. 통제와 억압 대신 상호신뢰가 자리잡았고, 그런 상황하에서 비로소 양성간의 평등이 이루어지게 되었다.

그러나 여성의 피임이 출산 통제를 남성의 권한 밖으로 밀어냄으로써 가부장제에 치명타를 가했다. 남성이 결정하던 출산 통제를 이제 여성이 그 남자와 애를 가질 것인가를 선택하는 입장에 서게 되었다. 중대한 권한을 빼앗긴 아버지는 완전히 불리한 상황에 놓였다. 따라서 모든 것은 여성에게 달려 있고, 여성의 의지와 반대해서는 아무것도 이루어질 수 없다. 여성은 남성의 의지에 반해서 애를 낳을 수도 있고 또한 남성이 원하는 애를 갖지 않을 수도 있으며 게다가 남성을 자신이 애의 아버지란 사실을 모르게 하면서 그저 수정을 가능케 해주는 역할 담당자의 위치로 전락시킬 수도 있다.

이런 관점으로 본다면 남성의 고민은 옛날 여성의 고통보다는 덜하지만 어쨌건 하나의 불평등이 또다른 하나의 불평등으로 바뀐 셈이다.

낙태의 합법화는 간접적으로 출산의 권리를 전적으로 여성에게 부여하는 결과를 낳았다. 아이의 생사에 관한 권한 역시 그 진영이 바뀌었다. 얼마 전까지만 해도, 해산이 힘들다고 판단될 때 의사는 아버지에게 아이의 생명과 어머니의 생명을 선택하라고 요구할 수 있었다. 관습에 따라 아버지는 어머니를 선택하겠지만 그렇지 않을 수 있는 가능성을 가부장적 권한이 제공했음도 사실이나. 오늘날 상황은 완전히 바뀌어서 여성이 태어날 아이와 아버지를 제압한다. 이런 점에서 낙태의 권리—피임의 권리보다도 더—는 여성의 권한이 태아의 권한이나 어머니로서의 의무보다 앞선다는 완전히 새로운 하나의 윤리를 낳았다. 힘을 가진 인간과 행동하는 개인 사이에서 20세기는 후자의 편에 섰다. 임신이란 이제 더이상 신성한 것이 아니고, 여성은 마침내 다른 사람과 마찬가지로 보통의 개인으로 존재하게 되었다.

그 전복 하나만으로도 가부장 제도는 심한 타격을 입었다. 여성은 자연과 사회가 족쇄를 채워버린 어머니라는 역할과 더이상 동일시되지 않을 뿐만 아니라 출산에 대한 절대적 권한을 소유함으로써 남녀의 권한관계에서의 수천 년 묵은 분배공식을 뒤엎어버렸다. 그 이후로 남성이 아버지가 될 수 있는 것은 오로지 여성의 아량에 달려 있는 것이 되었다. 남자가 아이를 원하면 여자에게 물어보아야 한다. 옛날에는 남성이 여성의 임신을 통제했지만, 이제 남성의 부성(父性)을 결정하는 것은 여성의 몫이었다.

이런 변혁은 남성과 경제권을 공유하려는 여성의 의지에서 기인한 성역할의 혼돈과 맞물려 사람들이 불과 얼마 전만 해도 보편적이고 영원할 거라고 믿었던 가부장 제도를 종식시킨다. 이 변화의 최후의 증거는 기원전 3000년 직전의 서구 남성들은 더이상 여성을 물품으로 교환하지 않았다는 사실이다.

불과 몇십 년 전만 해도 결혼은 안전, 책임감 그리고 출산의 동의어였다. 그러나 오늘날 결혼은 이 세 가지 본질적 성격을 상실했다.

가난한 사회에서 결혼은 예나 지금이나 경제적 안정과 "인생의 안전"[122]이다. E. 쉴르로의 견해처럼 결혼의 거부는 스웨덴, 스위스, 미국, 덴마크, 영국, 프랑스와 같은 대체로 부유한 국가들에서 생겨났다. 반대로 소련과 같은 몇몇 나라는 풍습이 이론상으로는 자유롭지만 주택의 부족 때문에 젊은이들의 동거는 거의 불가능하다.[123]

옛날에 우리 사회에서는 결혼을 통해 안정을 추구했던 쪽은 특히 여성이었다. 간혹 남편을 찾는 일이 강박관념이 되기도 했다.[124] 몇몇 부유한 집안의 딸들은 교양을 갖추기 위해 대학을 다니고 또 직장을 다니면서 승진을 꿈꾸기도 하지만 대부분 결혼 적령기에 접어든 젊은 여성들은 부모 밑에서 얌전히 생활했다. 그러나 여성 봉급생활자의 현격한 증가는[125] 여성들의 사고 방식을 바꾸는 데 크게 기여했다. 가정 밖에서 일하는 습관 이외에도 "그들은 곧잘 경제적 자율성을 획득하거나 훨씬 나은 방향으로 개선할 수 있었다. 그 여성들 중 많은 수는 일을 통해 결혼을 통해서만큼이나 혹은 그 이상으로 수입의 안정성을 획득했다".[126] 따라서 물질적 안정은 그들의 경제적 욕구를 보다 효과적으로 해결할 수 있게 된 여성들에게는 더이상 결혼의 목표가 될 수 없었다.

결혼은 이제 여성이 존경받기 위한 조건이 아니다. 그 가장 좋은 예로 독신여성의 수가 현저하게 늘어났다. 1세기 동안 얼마나 긴 터널을 지나왔는가! 한 젊은 여성이 남편을 찾으려 초조해하다 실패하면 노처녀라는 가증스런 상황에 치닫는다는 생각에 번민하는 그런 계속되는 열악한 상황을 생각해보라! 거기에서도 역시 노총각은 여유 있는 미소를 보일 수 있는 아이러니를 연출한다. 결혼을 파기할 수 없이 만들었던 성스럽고 신적인 성격이 공식적으로 사라져버린 오늘날의 경우는 그렇지 않다. 종교가 그 영향력을 상당 부분 상실해버린 지금 옛날에는 존재하지 않았던 두 가지 새로운 풍습—이혼과 동거—이 생겨날 수 있었다.

1965년까지는 이혼이 일 년에 3만 내지 3만 5천 건으로 비교적 안정적이었다.[127] 그러나 1967년 이래로 프랑스에서 이 숫자는 지속적으로 증가하여 1984년도에는 그 수가 13만에 달했다. 그것은 모든 서구 유럽에서 발견되는 현상으로[128] 특히 북구(스웨덴과 덴마크), 그리고 미국에서 두드러지게 나타난다. 미국, 소련,[129] 스웨덴과 같은 서로 다른 세 산업국가에서 이혼은 평균 결혼 2.6건당 1건의 비율이었다.

이혼이 놀라운 숫자로 확산되었을 뿐 아니라 결혼이 더이상 여성으로 하여금 존경받는 조건이 아니라는 증거는 이혼을 요구하는 법정에서 그 원고의 대다수가 여성들이라는 사실에서도 볼 수 있다. 프랑스에서 100건의 이혼 중 64건은 여성이 먼저 소송을 요구하는데,[130] 그 사실은 결혼 생활이 때로는 독신의 삶보다 덜 바람직하다는 것을 보여준다.

이러한 이혼의 증가와 병행하여 10년 전부터 결혼에 대해 부정적인 생각을 갖고 있는 사람이 점차 늘어나고 있다. 결혼은 더이상 커플 생활이나 가족 제도로서의 구실이 될 수 없다. 프랑스에서 1972년 41만 7천 건의 결혼이 있었으나[131] 1985년에 그 수는 27만 3천으로 줄었다. 두 연도 사이의 인구 증가를 감안해볼 때 이 숫자는 2차 대전 이후 가장 낮은 결혼율에 해당한다. 결혼의 위상이 그렇게 떨어져본 적도 없거니와 젊은 커플들은 사회가 결혼하지 않고도 함께 사는 것을 점점 관대히 허용하기 때문에 규칙적인 성생활을 즐기기 위해 서둘러서 결혼할 필요가 없어졌다. 많은 사람들에게 이제 더이상 결혼이란 도덕적 사회적 혹은 경제적 필요가 아니며, 어떤 사람들은 결혼을 "가족을 이루게 하는 애정관계를 변질시킬 수도 있는 협약"[132]이라며 불신의 눈으로 바라보기까지 한다. 1968년 이후의 세대는 G. 브리상스의 노래 가사처럼 "난 당신에게 청혼하지 않게 되어 영광입니다"라고 말할 수 있었다.

모든 서구 국가에서의 동거(옛날에는 내연관계라고 불렸던)의 숫자가 현저히 증가한 것이 이혼이라는 요인 다음에 결혼에 대한 평가절하의 두번째 요인이 되었다. 결혼은 더이상 파기 불가능한 것이 아니고 그저 우연한 일일 뿐이다. 결혼을 가능한 충분히 늦추기도 하고 심지어 아예 결혼을 하지 않고도 가정을 이루었다. 10년 사이에 결혼하지 않고 사는 커플의 수가 두 배 이상으로 늘어났다. 1975년에 41만 1천 명이던 것이 1985년의 통계에 의하면 1백만에 달한다.[133) 그 숫자의 증가는 특히 젊은 이들 사이에 두드러졌다. '동거' 커플 중 남성이 35세 미만인 커플의 수는 16만 5천에서 58만 9천으로 세 배 이상 늘었다.

그러한 현상은 대도시에서 더욱 두드러진다. 전국적으로 100커플 중 파리는 30.3%가 동거를 하는 반면 시골 지역에서는 7.4%에 그쳤다. 1985년 통계에 따르면 수도권을 포함한 파리 지역에서 아이가 없는 커플 중에 남자가 35세 미만이고 결혼을 하지 않은 커플이 대다수였다.[134)

젊은 커플들은 아이를 원하거나 이미 아이를 임신한 경우 기꺼이 결혼을 한다.[135) 하지만 점점 더 많은 아이들이 결혼하지 않은 상태에서 태어나고 그때에도 부모들은 그저 "서류상의 형식"이 되어버린 결혼양식을 작성할 생각도 하지 않는다. 결혼은 이제 임신의 필수조건이 아니다. 새로운 경우[136) 아이들은, 동거는 하지만 결혼은 하지 않으면서 또한 아이를 자신들의 아이라고 양쪽이 다 인정하는 커플에서 태어난다. 이렇게 혼외로 태어나는 아이들의 수는 1976년[137)(6만 3천4백 명)과 1982년(11만 3천4백 명) 사이에 거의 두 배로 늘어났다. 1966년 출생한 아이들의 6%가 그렇게 태어난 아이들이었던 것이 1976년에는 8.6%, 1985년에는 16%에 달했다.[138) 인구학자인 미셸 L. 레비Michel L. Lévy에 따르면, 결혼한 커플과 결혼하지 않은 커플 사이의 유일한 차이점은 그들의 도덕적인 면이 아니라 법적 행정적 차원의 차이라는 것이다. 모든 면을 고려해볼 때,[139) 사람들은 결혼하는 것보다 동거하는 것이 더 유리하다는 결론을 내렸다.

얼마 전까지만 해도 결혼은 젊은 여성의 시민적 사회적 지위를 변화시켰다. 사람들은 결혼한 여성을 '마담'이라고 불렀고, 그 여성은 성과 이름을 바꿨다. 로즈 뒤통이 마담 이브 뒤랑이 되었다. 가부장적 가족의 특징 중 하나는 같은 이름을 갖는 개인들의 집단을 형성하는 것이었다. 아이가 아버지의 이름을 갖지 않고 그 아이의 어머니가 처녀 때의 성으로 그 아이를 신고한다는 것은 수치스러운 일이었다. 그러나 몇 년 사이 이 점에 관해 대중의 의식이 완전히 바뀌었다. 각각의 배우자가 자신들의 성을 간직하는 것이 법으로 허용되었고 여성들은 굳이 남편의 성을 따르려 하지 않는다. 이름이 개인의 총체적인 인격의 한 부분을 이룬다면 이름의 변경은 소외나 정체성의 상실로 인지된다. 그것은 원래의 가정에서의 이탈 혹은 분리를 의미한다. 새로운 부계의 성을 따르는 것은 여성이 가족을 바꾼다는 것, 그녀가 다른 아버지에게 '속한다'는 것, 달리 말해 그녀는 레비-스트로스가 말한 대로 '물건'을 상징적으로 의미한다. 물론 현 세대는 그런 조건들을 거부하고 있다.

결혼에 대한 새로운 태도는 결혼의 본질이 더이상 종교적이거나 사회적 혹은 경제적인 것이 아니라 무엇보다도 두 가족이 아닌 두 개인을 결합하는 사적인 일이라는 것을 보여준다. 18세기 말부터 연애결혼이[140] 점점 더 유행하게 되어 20세기에는 결혼의 유일한 동기가 되었다.[141] 부모들은 점점 더 배우자 선택에 관여할 수 없게 되었다. "결혼의 새로운 모델로 커플의 자율성이라는 도그마를 형성했으며, 그 이후로 모든 부모의 간섭은 개인적 자유의 침해로 간주되었다. 동거는 변화만을 강조하면서 그러한 논리를 지속적으로 유지한다. 거부는 자신의 선택에 따른 것이다. 부모는 이제 결혼을 부추길 방법이 없다. 그들은 권한을 버리고 아이들의 뜻에 따라야 한다."[142]

동거가 아이를 집안의 혈통(특히 여성의)과 결합시켜주는 관계를 유지한다고는 하지만[143] 사람들 사이의 결속은 희석되기 마련이다. "각 파트너의 부모들이 서로 알게 되는 일은 드물다…… 한편 부모와 '가짜 입양아' 사이의 관계는 눈에 띄게 줄었다."[144]

각자는 다른 사람과의 선택적 관계를 갖는 데 보다 자유로워졌다고 느낀다. 결혼한 커플의 경우에 상황은 크게 다르지 않다. 결혼한 남녀의 양쪽 가족들이 만나는 것은 결혼 전날이나 결혼 당일일 뿐이고, 그 이후로는 서로의 집을 방문하지 않는다. "오늘날의 커플은 가족과 가족을 결합시켜주지 않는다. 커플이 두 혈통을 맺어주는 일은 없다."[145]

따라서 결혼 제도는 이전의 전통적 의미를 상실했다. 남녀를 결합해주는 새로운 방식은 우리가 위에서 보았던 조건들을 무효하게 만들었다.[146] 현대사회의 특징은 양성의 불균형이 아니며, 남자들이 형제들을 얻기 위해 여성을 교환하는 일도 이제는 없다. 레비-스트로스가 묘사하는 체계는 완벽하게 가부장 사회에 들어맞지만 기원전 2000년대 말기의 서구사회에는 들어맞지 않는다.

우리는 레비-스트로스가 "인간사회에서 여성들은 남성과 같은 지위나 계급을 차지하지 못한다. 왜냐하면 남성은 여성을 교환하지만 여성은 남성을 교환하지 않기 때문이다"[147]라고 했던 말을 기억한다. 오늘날은 여성이 더이상 교환물품이 아니다. 여성은 결혼 여부를 자유롭게 결정하는 주체이다. 더욱이 결혼은 가족 사이의 교환이라는 성격이나 '남성들의 상거래'라는 성격을 상실했다.[148] 궁극적으로 레비-스트로스는 "부계 중심적 거주의 영속성은 인간사회를 특징짓는 양성의 근본적 불균형의 증거"[149]라고 생각했다. 그러나 미혼모와 이혼녀의 증가는[150] 혈통과 거주 제도를 변화시켰다.

이런 모든 것들은 '인간사회'가 반드시 가부장 조직과 동일시되지 않음을 말해준다. 서구사회에서 가부장 제도의 기초가 흔들리게 됨에 따라 가부장 제도는 시간·공간에 따른 상대성을 띤 체제가 되어버렸다. 그것은 이제 보편적인 사회·가족 제도라고 주장할 수 없게 된 것이다.

다른 한편으로 남녀 사이의 새로운 결합 형태는 소위 "여성을 통한 남성들 사이의 상호관계"를 퇴색시켰다.[151] 가족 외에서 배우자를 택하는 법칙, 즉 근친상간 금지의 법칙을 대의로 삼았던 거대한 사회적 교환 제도를 이제는 점점 곱지 않은 시선으로 바라본다. 여성이 더이상 교환가치나 평화협정의 도구가 아닌 지금 근친상간의 필수적 금지는 그 가장 귀중한 이유 중 하나를 잃게 되었다. 근친상간 금지에 대한 생물학적 설명이 가해지면서[152]—오늘날 사람들은 동족끼리의 결합이 다른 결합과 마찬가지로 그다지 불쾌한 일이 아니라는 사실을 알게 되었다—현재는 필요에 의한 결합의 사회적 이점을 상실했다. 하지만 사람들은 자신들을 두렵게 만드는 것을 막기 위한 논쟁을 멈추지 않았다. 사람들은 다른 방식으로 터부를 유지한다. 그들은 이제 생물학이나 인류학을 이야기하지 않고 정신분석학을 말한다. 오늘날 근친상간에 대한 최후의 성벽을 쌓는 것은 어리석은 일이다. 형제 자매간의 성관계와 특히 부모 자식간의 성관계는 병리학적 대상이고 불행의 근원으로 알려져 있다.

그러나 처음으로 몇몇 사람들이 공공연히 근친상간의 권리를 요구했고,[153] 또 어떤 사람들은 그것을 극적으로 묘사하지 않으려 애쓰기도 했다. 그리하여 미국 사람들의 성행위에 관한 유명한 『킨제이 보고서』의 공동 저자인 와델 포움로이는 "이제 우리는 근

200

친상간이 반드시 성도착증이나 정신병이 아니라 이따끔씩 이로울 때도 있다는 사실을 인정해야 한다"고 차분하게 단언한다. 그의 편에 선 미국의 성연구학자 제임스 W. 레이미James W. Ramey는 "오늘날 근친상간에 대한 우리의 태도는 일 세기 전 자위행위가 유발했던 두려운 반응과 유사하다"고 생각한다.[154]

양쪽이 다 변태적이라고, 따라서 비정상적이라고 생각할 근거는 어디에도 없다. 그러나 이번에는 어리석은 주장이 맹렬히 공격당한다는 생각에 사람들은 현기증을 느끼지 않을 수 없다. 점점 더 중압감을 상실해가는 금기사항들과 그것들에 도전해보고자 하는 더 과감한 유혹들이 아마도 근친상간에 대한 보편적인 터부를 실추시킬 수도 있을 것이다. 개인주의의 최후의 승리와 세대 사이의 마찰, 족외 결혼의 종말 등의 결과를 상상하기란 쉬운 일이 아니다.

20세기는 남녀 사이의 주된 특징이었던 불평등의 원리를 종식시킨다. 서구에서 20세기는 4천 년 전에 시작된 인간의 오랜 과정이 끝났음을 알린다. 남성들은 차이 속의 평등, 즉 역할과 기능의 믿을 만한 상호보완성으로의 회귀에 더 잘 순응하였을지도 모른다. 그들에게는 불행하게도 우리 사회의 경험에 비추어볼 때 상호보완성이 평등을 의미하는 일은 드물며 차이는 곧 불균형으로 변질되어버린다. 현 시대는 양성의 원시적 분리의 시대가 아니라 그와 반대로 양성이 모든 것을 공유하는 시대이다.

평등을 위한 투쟁이 양성간의 차이점들을 많이 희석시켜버렸기 때문에 각각의 특수성에 의문을 제기했다. 상호보완성이라는 도식은 남성들이 그토록 오랫동안 두려워하던 양성의 유사성 앞에서 자취를 감췄다. 어떤 사람들은 마치 남성들이 그들이 오랜 기간 행사해왔던 권한과 비슷한 여성적 권한이 확립되는 것을 두려워하기라도 하듯이 이런 변화를 "남성의 역사적 대실패"[155]로 여긴다.

사실 어제의 가부장제를 가(假) 모계제로 대치한다는 것은 전혀 불가능하다. 모든 것이 거기에 역행한다. 평등의 이데올로기는 서구에 여전히 군림하고 있고 여성들은 임신이라는 수단을 통해 그들의 권한 행사를 거부하고 있다.

양성의 유사성은 한 성이 다른 한 성을 지배하는 데 도움을 주지 못하며, 반대로 양성의 평화를 유발할 뿐이다.

3부 하나는 다른 하나다

내 사랑, 내 누이여
그곳에 가서 함께 지낼 그 감미로움을 생각하라!
…… 그대를 닮은 그 나라에서!
— 보들레르

여기 남녀 양성의 시대가 도래하는도다……
— 아폴리네르

'하나'는 '다른 하나'다라고 선언하는 것은 쓸데없는 도전에 응하는 것은 아닌가? 우선 보편성을 인정받은 해부학이 반기를 든다. 남녀가 유사성을 위해 부단히 변화해왔다 하더라도 그들은 근본적으로 성기에 의해 서로 구별되지 않을 수 없다. 자연은 그들이 서로 보완하도록 만들었지 결코 서로 혼동되게 만들지 않았다.

플라톤 식 변증법의 장광설은 제쳐두더라도[1] 우리는 'être' 동사(영어의 'be' 동사—옮긴이)가 동질성의 관계만을 나타내는 것은 아니라는 사실을 안다. 하나는 다른 하나라고 말하는 것은 여기서는 하나가 다른 하나와 똑같다는 것을 의미하는 것이 아니라 하나는 다른 하나의 성질을 닮았고 또 그 둘은 유사하거나 동시에 상이하다는 사실을 의미한다.

해부학은 수백 년 혹은 수천 년에 걸쳐 변하지 않았지만 역사와 인종학은 사회가 해부학에 부여하는 중요성이 대단히 다양하다는 사실을 보여준다. 문두구모르 족 같은 몇몇 집단은 남녀의 차이점의 결과를 극소화하는 경향이 있고, 몇몇 다른 집단은 반대로 그것을 부각시킨다. 남녀는 시대와 장소에 따라 서로 더 다르게 나타나거나 서로 더 유사하게 나타났으며, 최근까지 거기에 대해 충분히 검토되지 않았다.

오늘날 서구사회는 해부학이 인간의 운명을 좌우하는 것을 거부하면서 전례없이 양성의 유사성에 특권을 부여한다. 삶의 현상들을 점점 잘 통제하게 되고, 사회적 역할과 기능이 주어진 신체적 근원에 좌우되는 것을 배제하며, 마침내 오랫동안 부정되어왔던 인간의 육체적 정신적 양성성을 받아들이면서 남녀의 상이성을 엄밀하게 최소화하고 있다. 현재에 마치 거대한 바위처럼 아직 존재하는 유일한 차이는 남성의 아이를 갖는 것은 여성일 뿐 결코 남성이 여성의 아이를 갖지 않는다는 사실이다. 임신이 여성적 특성의 확고부동한 표시인 반면 남성은 자신들의 특성에 대해 의문을 갖기 시작했다.[2] 자신들의 특성 중 여성이 모르는 어떤 특성이 남아 있을까?

이 질문에 해답을 줄 수 없어 남녀는 점점 유일한 모델을 향해 나아가고 있다. 여성들이 임신을 통제하고 출산의 본질적 권한을 소유하게 되었을 때, 자신들은 더이상 자신들의 운명을 어머니와 동화시키려 하지 않았고 이 새로운 권한을 이용해 남성에게 공갈 협박을 하려 하지도 않았다. 이 또한 여성들이 임신에서 한 발짝 물러나면서 은연중에 남성들에게 한 발짝 다가가는 것이다. 자연의 영향력이 약해지고 그것과 함께 양성을 분리하던 차이점도 미약해졌다.

남녀를 묶는 관계는 또다시 변화하고 있다. 아주 오래 전에 사람들은 역할과 권한의 분배에서 기인하는 상대적 균형의 시기를 밝혀냈다고 믿었다. 그 시대에는 삶의 기적이 행해졌고, 그 기적을 통해 죽음마저 무시할 수 있었다. 구석기 시대와 선사 시대의 예술이 보여주듯이 남녀는 모두 자신들에게 특별한 권한이 있었다. 그러나 성적 기능의 보완적 화해에 근거한 균형은 생태학적 경제적 그리고 이데올로기적 전복에 의해 깨져버렸다. 옛날에는 여성의 영광과 특성이었던 것이 이제는 남성에게 유리하도록 변질되었다. 외부세계의 절대적 지배자였던 남성들은 여신을 제거하고 남성신을 확립했으며, 인간 번식의 특권을 자신들의 몫으로 만들었다. 자궁과 가정주부라는 주변의 지위로 물러나게 된 여성은 모든 초월성에 오랫동안 참여하지 못했다. 하나를 다른 하나의 반대되는 존재로 취급하는 모든 곳에서 상호보완성이란 마치 남녀가 같은 종이 아니기라도 한 것처럼 하나의 속임수였을 뿐이다.

이러한 부정적 상호보완성은 양성간의 전쟁의 근원이 되었다. 그 전쟁에서 패배한 여성들은 모든 유사성의 도식을 버려야 했다. 경험에 의해 상호보완성이 불평등이나 억압의 씨를 잉태하고 있다는 사실을 안 여성들은 그 보완성의 기초를 철저히 무너뜨리려고 악착같이 매달렸다.

완성을 향해 가고 있는 평등은 양성의 유사성을 초래하면서 전쟁을 종식시킨다. 이후로 인간의 '총체'이기를 원하는 각자는 자신의 분신이 된 '다른 하나'를 이해할 수 있게 되었다. 이 돌연변이 커플을 결합하는 감정은 자연히 그 성격이 달라질 수밖에 없다. 이질적인 느낌은 '친근함'으로 바뀐다. 그것 때문에 우리는 열정이나 욕정을 얼마간 잃을지도 모르지만 어머니와 아이, 오빠와 누이 같은 한 가족의 구성원들을 결합시켜주는 애정과 공감을 얻을 것이다…… 결국 그들의 무기를 내려놓은 모든 사람에게 애정과 공감은 확산될 것이다.

I. 양성의 유사성

우리의 눈앞에 생겨나고 있는 새로운 모델은 여러 가지 이유로 고통받고 있다. 이제 막 일어나기 시작한 개혁의 실행자들인 우리는 새로운 지표에 대한 확신도 없이 옛 지표들을 상실했다. 우리는 과거에 속하는 우리의 뿌리에서 일탈해서 우리가 야기시켰던 커다란 문화적 변화에 급격하게 휩쓸렸다. 그 변화는 우리에게 모순되고 거북스러운 감정들을 불러일으켰다. 우리는 그 변화가 너무 빠르거나 혹은 너무 느리다고 생각한다. 우리는 새로운 문화를 두려워하면서도 옛 문화에 작별을 고하고 싶어하며, 급기야는 우리가 되고자 하는 것만을 명확히 인식하고 있음을 깨닫게 된다.

모든 사람은 남녀관계의 전복이 순조롭게 이루어지지 않으리라 생각한다. 자연과 문화의 교차지점에 놓인 남녀관계는 우리 사회의 '패러다임'[1]일 뿐 아니라 우리의 가장 내적인 존재에 영향을 미친다. 우리는 우리 사회의 한복판에서 권한의 관계를 변화시키고 싶어했으며 그 관계의 성격을 바꾸고 있는 중이라고 생각한다. 적어도 그때까지 몰랐던 양상들을 인식하기 시작했다. 우리의 태곳적 확신은 흔들리고 있고 그 확실성을 변화시키고 있다.

사회적 지표들이 사라져가고, 성적 역할이 융통성을 보이며, 여성들이 어머니가 되지 않기로 결심한 이 시기에 양성의 특징적 차이는 더욱더 포착하기가 어려워진다. 우리 본성의 양성적 성질을 조명해볼수록 결국 우리는 더욱 어리둥절해질 뿐이다. 부정할 수 없는 염색체의 차이[2]를 제외하면, 우리는 무엇이 더 있고 혹은 덜 있고의 차이에 의해 구별될 수밖에 없다. 분명 남성에게는 남성호르몬이 더 많고 여성에게는 여성호르몬이 더 많다.[3] 그러나 양성다 공히 남성호르몬과 여성호르몬을 분비한다.[4] 남성은 근육의 힘에서 여성보다 강하고,[5] 여성보다 더 공격적이지만[6] 이러한 차이는 개인에 따라 현격히 다르다.

만일 우리가 번식세포의 성을 결정하는 유전자에 의해 우리의 성을 결정적으로 구분짓는다면,[7] 남녀 양성을 지닌 사람을 포함한 정신적 신체적 비정상 상태는 우리로 하여금 법적으로 인정된 남녀라는 두 가지 성 이외에도 남성과 여성으로 정의된 두 유형 사이에 다양한 유형이 존재하고 있다는 사실을 인정하게 한다.[8] 그래서 E. 볼리외 교수는 "양성이 구분되는 과정에서 최초에 밀접한 유사성과 일종의 유연성이 존재한다"[9]고 생각한다. 달리 말해 "남성적인 것과 여성적인 것 사이에 뛰어넘을 수 없는 한계란 존재하지 않는다".[10]

우리가 인위적으로 부과했던 역할의 유사성에 과거에는 생각할 수 없었던 생리학적 유연성이 가세하게 되었다. 이런 유사성이나 상호간의 유연성이 남녀를 동일하게 만들지는 않지만 성에 대한 새로운 성찰을 환기시키는 경향이 있다. 이 새로운 성찰은 어느 시대 어느 장소에서도 그 선례를 찾아낼 수 없는 만큼 어렵고 위험부담이 크다.

1. 어지러운 돌연변이

양성의 유사성이란 개념은 가히 혁신이라 할 수 있기 때문에 우리는 그것을 정당하게 돌연변이라는 용어로 생각해볼 수 있다. 여지껏 알려진 모든 사회에서는 양성 사이의 역할과 임무를 분담해 왔다. 그들의 분배는 사회에 따라 전혀 다를 수도 있지만, "역할 분담의 이원적 개념은 인간 종족에 있어서 기정사실이라고 여겼던 만큼이나 그렇게 보편적인 것 같지 않았다".[11]

상호보완성이라는 이 보편적 도식에 종말을 고하면서 우리 문명은 아마 인간 종족의 몇몇 본질적 특성을 달리하고 있는 것 같다. 몇 세대 혹은 몇 세기에 걸쳐 이루어질 변화의 모든 결과를 예측한다는 것은 시기상조지만,[12] 그럼에도 우리는 20세기가 우리 사회에서 다음 시대에서나 있을 법한 무엇인가를 시도했다는 사실을 느낄 수 있다.

몇몇 명석한 사람들은 대사건은 비둘기 다리에 은밀히 도래하는 것이고 진정한 변혁은 개인의 눈에는 보이지 않는다는 니체의 말을 상기할 것이다. 몇몇 회의론자들은 어떤 과격한 전쟁이나 위기가 그러한 풍습의 변화를 완전히 종식시킬 것이라고 생각한다. 또다른 도덕주의자들은 자연질서에 극히 위배되는 이 변화는 역사 속에 존재했던 수많은 퇴폐적 시위와 비슷한 하나의 시위로만 간주할 것이다. 그들은 자연은 결코 올바른 길을 버리지 않는다고 생각하면서 자연을 신뢰한다.

오늘날 이러한 반대를 모르는 사람은 없다. 누구나 자기의 가치와 진실을 가지고 있다. 모든 변화는 이루어진 후에야 인식된다는 사실을 환기시키면서 신중을 강조하는 첫번째의 명석한 부류의 반대는 변화에 대한 생각 자체가 암암리에 금지되어 있는 다른 두 부류의 반대보다 더 우리의 마음에 다가온다. 거기에서 과거는 현재의 모델로 남아 있다. 두번째 부류의 반대는 역사적으로 증명된 진실을 포함하고 있다. 하지만 오늘날 그 진실은 짧은 기간 동안만 지속되는 진실이다. 예를 들어 나치와 파시즘이 갑작스럽게 민주주의와 인권, 여성 해방을 몰아내버렸지만 그것들이 사라졌을 때, 서구인들의 이 세 가지 열망은 마치 거부할 수 없는 거대한 물결처럼 진정으로 다시 활기를 띠었다.

우리는 이따금 도덕적 침해로 여겨지는 자연에 대한 모든 침해가 초월적 힘에 의해 징벌을 받게 된다는 생각보다는 변화의 일시적 중단의 가능성으로 인식한다. 고생물학이나 변화이론 그리고 역사는 우리에게 자연과 인간은 결코 변화하기를 그친 적이 없으며 도덕 역시 늘 변화할 수밖에 없다는 사실을 상기시켜준다.

논지의 요행성과 무근거성 —어떤 사람들에게는 그것이 공상처럼 보이지 않겠는가?—을 의식하면서도 우리는 변화에 내기를 건다. 거기에는 두 가지 이유가 있다. 하나는 인간의 전혀 새로운 열망과 행동이고 또하나는 역할과 지위의 분배가 이제는 더이상 불가능하지 않다는 집요한 믿음 같은 것이다.

인간 역사상의 위대한 첫 여성

우리가 지금 겪고 있는 변화의 규모를 좀더 잘 알기 위해 잠시 인류학자들의 말에 다시 귀기울여보자. 그들 모두는 예외없이 일의 분담이 인간의 특성이라는 사실을 인정한다. 남녀의 기술적 경제적 관계는 음식을 구하는 데 어떠한 성적 분담도 존재하지 않는 동물세계와는 달리 언제 어디서나 상호보완성을 유지한다.

역사를 아주 오래 전으로 거슬러올라가보면 임신 때문에 누워 있는 여성들이나 유목, 개척, 사냥에 종사하는 남성들의 화석에서 우리는 임무의 성적 분담의 증거를 찾을 수 있다. "남성 계층과 여성 그룹이 각각 그들의 고유한 사회성, 고유한 문화, 고유한 심리를 개발시켜"[13] 시대에 따라 정도의 차이는 있지만 상호보완적인 두 개의 서로 다른 사회를 형성했다는 것도 사실이다. 기실 이 보완적 관계는 근본적으로 우리 시대까지 변함없이 이어져 내려왔기 때문에 그것은 하나의 보편적인 현상, 즉 인간의 특성으로 여겨진다.

양성의 대립이 사라지면서 마가렛 미드는 이렇게 단언했다는 것을 상기해볼 필요가 있다.

"우리는 불가피하게 성적 역할의 분리와 마주치게 된다. 차세대의 번식에서의 각자의 역할 차이를 제외하고 남녀 사이에는 아무런 차이가 없다고 명백히 선언했던 사회는 어느 곳도 없었다."[14]

그런데 오늘날 우리는 번식의 영역 이외에 남녀는 유사하다는 바로 그 선언을 하고 있지 않는가?

현명한 마가렛 미드는 또한 인간사회의 특성 중 하나가 아이의 교육에서의 남성들의 협력이라고 덧붙인다. 그녀의 말에 따르자면, 인간 가족의 고유한 특성은 남성이 아내와 자식을 보호한다는 사실이 아니라 모든 남성들이 아내와 아이들의 생존에 필요한 것들을 마련해주는 양육 행위에 있다…… 몇몇 예외가 있기는 하지만[15] 우리가 알고 있는 모든 사회는 남성들이 후천적으로 획득한 이 양육 행위에 기초하고 있다.[16]

남성들이 마련해주어야 하는 필수품들—사회적 관습에 따라 다른—이 무엇이었든지 간에 마가렛 미드의 말에 따르면 이 "후천적이고 연약한" 행위는 얼마 전까지 지속되어왔다…… 오늘날 그 행위는 인간사회의 기초를 이루었던 보편적 특성을 상실했다. 여성들이 자신들과 아이들의 욕구를 만족시키는 데 많건 적건 늘 참여했다고는 하더라도 남성의 도움은 분명 필수불가결한 것이었고 그 도움이 없어지면 큰 곤란을 겪어야 했다. 남성만이 여성의 기술과 행위를 보충할 수 있었다. 그러나 이제 서구의 상황은 다르다. 여성들은 점점 더 남성의 도움 없이 자신들의 필요를 충족시킬 수 있게 됐을 뿐만 아니라 20년 전부터 나타난 새로운 유형의 가정 역시 아이들의 필요를 충족시켜줄 수 있다는 사실을 보여준다. 아이의 아버지를 알고 싶어하지 않는 여성들이나 더 많게는 쓸모없이 애를 쓰지 않아도 약간의 양육보조비를 지급받는 이혼한 여성들이 그 증인들이다.

모든 사회가 여지껏 아버지에게 아이를 양육할 의무에 동참하도록 요구해왔다. 그러나 남녀 모두 돈을 벌 수 있는 지금 아버지의 도움이 질적으로 어머니의 도움과 별반 다르지 않고, 아이 양육에 참여해야 하는 아버지의 의무도 도덕적 동기라기보다는 오히려 경제적 필요성 때문이다.[17] 마치 사회는 아버지가 행여 잊어버릴지도 모를 '생존권 제공자'로서의 임무를 그에게 상기시켜줄 의무라도 있는 듯하다.

마지막으로 F. 에리티에에 따르면 "우리가 알고 있는 모든 사회에서는 남성이 접근할 수 없는 생물학적 번식이라는 여성적 특성에 상응하는, 여성이 접근할 수 없는 제한된 영역을 만들어냈다. 그 영역이란 정말로 혹은 과장하여 아주 복잡한 훈련을 거쳐야 하는 오직 남성들만의 전문화된 기술적 지식인데, 여성의 신체적 조건이 그 지식을 습득하기에 불가능하다고 증명해주는 것은 아무것도 없는 그런 지식이다".[18] 그러나 그 지표 역시 사라져가고 있다. 남성에게만 열려 있는 분야라는 개념은 사실상 희미해져서 오늘날 남성에게만 속하고 여성은 전혀 알지 못하는 분야를 거론하기란 쉽지 않다.

반대로 우리 사회는 이전에는 분명 한쪽 성에만 국한되어 있던 분야에서의 역할과 기능의 혼합을 실현하기 위해 열성적 노력을 기울이고 있다.

전쟁과 아이 기르기

인간이 존재한 이후로 다음의 두 가지 활동은 계속적으로 각각 남녀의 영역에 속해왔다. 즉 사냥과 전쟁은 남성의 영역이었고 아이 기르는 것은 여성의 영역이었다. 그런데 점차 새로운 풍습이 우리의 상상 속에서 이 차이점을 없애고 양성의 유사성을 부각시키면서 우리의 행위에 영향을 끼치고 있다. 전쟁의 경우 여성이 남성화되고 양육의 경우 남성이 여성화되고 있다.

한편으로 남성전사(戰士) 모델에 대한 명백한 거부는 남성들이 자신들에 대해 갖고 있던 정체성을 변화시켰으며 여성들의 남성들에 대한 시선도 바꿔놓았다.[19] 그러나 다른 한편으로 전쟁에 대한 우리들의 생각도 몇십 년 사이에 크게 달라졌다. 이제 전쟁이라는 이 잔인한 행동에서 여성을 배제시키지 않는 새로운 개념의

근원은 우리의 일상적 경험보다는 우리의 상상 속에 더 크게 자리
잡고 있다. 하지만 그 상상은 아마 경험보다 더 강한 듯하다. 현대
식 군대에는 여성들이 자리를 차지하고 있다. 여성이 적과 직접
싸우지는 않지만 우리는 무기를 손에 들고 사열하면서 남성들과
보조를 맞추고 있는 여성들의 이미지를 먼저 떠올리게 된다. 여성
성이 사라져가고 있는 그녀들은 자신들의 남성동지들과 거의 다
르지 않게 보인다.

우리의 상상력은 또한 여성전사의 가능성도 믿는다. 우선 제3세
계 국가들이 일으켰던 민족해방전쟁을 보라. 이 '어둠의 군대들'
은 폭발물 설치와 수많은 살육 임무를 흔히 여성들의 손에 맡겼
다. 이슬람권 나라들조차도 주저없이 여성들을 남성과 동등하게
싸우도록 했다. '훌륭한 동기'가 수천 년 동안 지속돼왔던 남성적
특권을 침묵시킨 셈이다. 그 반면 사람들은 70년대에 이탈리아와
독일의 테러에 여성들이 대리 참여했다는 사실에 크게 놀랐다. 붉
은 군대의 50% 이상이 여성이었고,[20] 여단장 수에서도 그 수치는
비슷했다. 이러한 여성들은 그들의 정치적 남성동료보다 더 패륜
적이고 비인간적이라는 낙인이 찍혔으나 집단적 상상력에 흔적을
남겼다. 집단 전체가 그녀들의 이미지와 인격에 구토를 느꼈지만
대부분 유복한 환경에서 자란 이 젊은 여성들은[21] 죽음과 폭력에
대한 욕망이 남성 고유의 특성이라는 주장을 우스꽝스럽게 만들
어버렸다. 여성들도, 그것도 이번에는 이렇다 할 커다란 동기도
없이 가장 비열한 행동을 저지를 수 있고 거리낌도 동정도 없이
고문하거나 죽일 수 있다는 것을 보여주었다. 사람들은 아마 그
황당한 행동이 인간의 규범과 정반대이고 규범을 그들의 행동에
의해 설명한다는 것은 이치에 맞지 않는다고 말할 것이다. 그러나
여성이 무기를 드는 이유가 어떠한 것이라 하더라도 우리는 이제

여성의 전통적 이미지를 깨버리는 잠재적 공격성을 그들도 가지고 있다는 사실을 이해한다. 그리고 어느 시대고 사람을 죽이는 여성이 있었다 하더라도 우리는 이제 여성들이 조직적 전쟁에 참가하거나 남성과 마찬가지로 이를 악물고 수류탄을 던질 수도 있다는 사실을 인정한다. 우리는 여성의 그런 이미지들이 불러일으키는 공포를 애써 억누를 수는 있겠지만 결코 없앨 수는 없을 것이다.

세계의 핵무기 충돌에서 오는 위협은 성적 역할의 구별이 별로 의미가 없다는 사실을 한층 부각시킨다. 이런 타입의 전쟁을 상상하면 전사들의 자리는 없는 것이다. 남성이건 여성이건 우리는 누구나 속수무책으로 즉각적 희생물이 되어버릴 것이다. 용기, 힘, 인내력 등은 아무짝에도 쓸모가 없다. 원자폭탄 앞에서 성의 차이는 아무런 의미가 없다. 모두 희생자인 우리는 동시에 모두 다 잔인한 살인자가 될 수도 있다. 버튼을 누르고 핵전쟁을 일으키는 데는 성의 구분이 필요없고 그것은 성적 특성이 별로 중요치 않은 국가원수의 도덕과 성격의 문제이다.

우리는 이런 공상 같은 이야기에 빠지는 것을 거부하고 전쟁을 전통적 관점에서, 즉 전적으로 남성의 행위로만 생각할 수도 있다. 그러나 우리의 수천 년 묵은 남성 위주의 문화적 표상을 뿌리째 온통 흔들어버릴 또다른 전쟁의 가능성도 결코 배제할 수 없다.

남성 위주의 문화는 아이의 양육이 더이상 여성만의 몫이 아니라는 사실을 보여주려 하는 새로운 부성(父性)의 출현으로 또 한번 전복당한다. 몇몇 사람들이 새로운 '유행'이라고 부른 이 부성에 대해 빈정대는 투의 많은 글을 썼지만, 아버지들의 느린 행동 변화가 양성의 역할을 혼동하게 만드는, 따라서 양성의 유사성을 돋보이게 하는 가장 주된 요인인 것 같다.

약 15년 전부터 대부분의 서구사회에서 모성과 부성의 영역을 구분짓는 선은 점차 희미해지고 있다. 남성들은 직접 부모가 된다는 것의 의미를 배우고 아이들을 위해 여지껏 여성들이 담당해왔던 일들을 분담하기 시작했다. 새로운 부성과 함께 그들은 자신들의 '양육하는 자아'와 존재하는지조차도 몰랐던 자기 안의 여성성을 확실히 깨닫고 있다.

미국에서의 새로운 부성에 대해 연구한 제임스 레빈은 모성과 부성 사이의 경계가 점진적으로 소멸되는 현상이 다양한 분야에서 나타나고 있음을 확인했다.[22] 권리의 차원에서 80년대는 하나의 중요한 단계이다. 미국의 대다수 주에서[23] 이혼 후 아이 보호의 분담을 허락했고 최근 십 년 사이에 아이를 보호하는 아버지의 비율이 점점 늘어나고 있다는 사실을 우리는 확인할 수 있다. 프랑스에서 아이의 양육 책임을 맡게 되는 아버지는 약 9%에서 11%에 달한다. 그 숫자는 특히 판에 박힌 통념과 판사들의 사고 방식 때문에 몇 년 전부터 늘지 않고 있다. 그러나 아버지들의 요구가 보다 완강해지자 법정에서는 아버지와 어머니의 임무의 평등성을 법적으로 인정하기 시작했다.[24]

과학 분야에서 사람들은 점점 더 '새로운 아버지'에 대해 관심을 갖기 시작했다. 20년 전에 행동전문가들의 눈에는 아버지란 거의 존재하지 않는 하나의 종(種)에 불과했다. 오늘날 미국과 서구의 다른 나라들에서 부성에 대한 연구가 최고의 관심 분야로 떠오르고 있다.[25] 그 연구의 일반적 경향은 어린이 양육에 있어서 아버지와 어머니 사이에 근본적으로 존재하고 있다고 여겨지는 차이짐에 대한 기설에 이문을 제기하는 것이다.

이 가설은 최근 10년간 내용이 대폭 수정된 일반대중을 위한 육아법 책자에서 점차 사라져가고 있다. 1974년 미국 육아법의 고

전인 스포크 B. Spock 박사의 『아이를 어떻게 돌보고 교육할 것인
가? *Comment soigner et éduquer son enfant*』[26]와 예비 엄마를 위한
프랑스 육아법의 고전인 로랑스 페르누Laurence Pernoud의 『나는
아이를 기다린다*J'attends un enfant*』[27]라는 두 책자만은 여전히 아
버지를 아이 양육에 관심도 재능도 책임도 없는 자로 취급하고
있다. 그리고는 어머니들에게 아버지의 도움을 강요하지 말 것과
"소위 말하는 남성들의 전형적 거부감"[28]을 존중해줄 것을 권유
하고 있다.

　1975년에서 1977년 사이에 육아법 책자보다 더 진보적인 사고
를 지닌 아버지들은 그런 충고를 건네온 사람들에게 되레 그 충고
를 바꾸도록 강요했다. "스포크 박사는 구구절절 완전히 개작된 신
약성서를 제시하며, 새로운 아버지에 대한 충고를 보여준다. 아버
지는 아이가 태어나자마자 그 아이에 대한 보살핌을 어머니와 함
께 나누어야 할 것이다. 그것이야말로 아버지가 어머니와 똑같이
아이에 대해 알게 되는 자연스러운(자발적인) 방식인 것이다."[29]

　행동의 영역에서 미국 전체 주의 반 이상 중에 아이를 입양하는
것은 남자들뿐이었다. 영화, 사진, 신문들은 아버지와 아이의 신체
적 접촉을 옹호했지만 그런 새로운 형태의 부성은 아직 미미했다.
그러나 우리는 그 새로운 양식이 젊은 어머니들의 요구에 부합하
고 남성의 무의식의 새로운 면을 부각시켜준다고 해서 하나의 일
시적 유행이라고 생각하지는 말아야 한다. 게다가 풍습의 변혁이
완성되기까지는 몇 세대가 필요하다.

　이미 발표된 새로운 아버지들에 대한 수많은 연구에서 젊은 아
빠들은 아내의 임신과 출산에 참여하고, 필요한 모든 애정을 기울
여 아이를 양육하며, 옷을 갈아입히고 목욕시킨다. 이 남성들은 여
지껏 어머니만의 영역이라고 생각했던 복잡하고 양면적인 반응을

그들의 자식들에게 보인다.

처음으로 사람들은 아이를 기다리는 아버지들의 체험에 관심을 갖기 시작했다. 사람들은 빈정거리지 않고 '임신한 남자'나 '초산 남자'라고 명명하며,[30] 이 아버지들이 아이가 곧 태어나려 하면 몸으로도 반응한다는 사실을 알았다. G. 들래지 드 파르스발이 몇 년 이내로 남성의 의만 행위는 평범하고 흔한 행위가 될 것이라고 예견한 것은 옳았다.

아버지의 의만 징후에 대해 세세히 재론하는 것은 유보해두고 인종학자이며 정신분석가가 열두 명의 정상적인 '초산 남자'에 대해 심도 있게 행한 연구 결과[31]를 기억해두자. 그녀는 우선 "출산에 직면한 남녀의 환상의 놀라운 유사성"을 강조하는데, 남녀는 양쪽 다 첫아이가 태어나면 리비도의 변화를 보인다는 것이다. 유일한 차이라면 "어머니가 된다는 것은 여성을 자기 자신의 모성에 관련시키는 것이고—그것이 실제적이건 상상 속에서건 간에—반면 아버지가 되는 것은 남성과 자신의 부성을 연결시켜준다는 것"이다.[32]

따라서 출산이라는 관점에서 보면 남녀는 그들의 생물학적 양성성과 모성에 대한 그들의 의존성이라는 두 가지 공통적 근원을 가지고 있기 때문에 동일한 심리적 기능을 갖는다. G. 들래지 드 파르스발은 미국 정신분석학자인 테레스 베네덱[33]의 이론을 자기 식으로 받아들이면서 부성과 모성의 근원을 이해하기 위해서는 고전적인 오이디푸스 이론보다는 출생 이전 요소의 중요성을 부각시켜야 한다고 생각한다. 아버지가 되는 것이나 어머니가 되는 것은 언어 의존 단계에서 그들의 남성성과 여성성을 퇴행시킨다. 달리 말해 "남녀는 똑같은 심리적 짐을 지고 출발하는 것이고(의식적이든 무의식적이든) 이런 의미에서 그들은 성적으로 분화된 존재 이전의 인간들이다".[34] 하버드 의대 브래젤튼 박사의 제자인 미카엘 요그맨 역시 그 주장에 동의하면서 "갓난아이의 임신과 출산 후의 양육을 경험함에 있어 남녀의 심리적 유사성에 대단히 놀랐다"[34a]라고 덧붙인다.

태아의 움직임이 느껴지는 순간부터 새로운 부성이 생겨난다. 어머니의 배를 만질 때 아버지가 어루만지게 되는 아이는 아버지의 손길을 느끼고는 움직임으로 거기에 대답함으로써[35] 아버지의 부성이 훨씬 빨리 생겨나게 한다. 8개월이 되면 태아는 외부의 소리를 듣게 되고 아버지는 그 아이보다 먼저 태어난 아이에게보다 더 편안한 상태로 그와 대화를 나눈다. 촉감과 목소리 이외에도 예비 아버지는 시선(에코그래피)과 귀(아이의 심장고동 소리)로 아이와 접촉하게 되면서 실재적 부성은 기실 출생보다 훨씬 앞서 생겨나게 되는 것이다.

출산에 참여한 아버지는 탯줄을 끊을 수 있고(어머니와 아이를 분리시킴), 아이를 어머니 배 위에 올려놓을 수도 있으며 또한 아이를 처음으로 목욕시키게 될 것이다. 이런 순간에 아버지는 그때까지 어머니의 전유물이었던 감동과 감각적 행복을 경험하게 된다. 갓난애를 돌보는 전통적 아버지에게서 우리는 의심할 바 없는 편안함과 애정과 정성을 관찰할 수 있다. 어린아이와 마주하는 이 시간에 남성들은 우리 사회에서 여태껏 여성들만이 할 수 있다고 생각해온 여성적 제스처를 보여준다. 그 순간이야말로 남성의 심리적 양성성이 가장 강하게 표출되면서 남성은 자신의 어린 시절로 거슬러올라가 오래 전 어렸을 때의 모습과 자신 속에 있는 모성에 동화된다.

새로운 유형의 아버지는 물론 아직 다수는 아니지만 우리의 집단적 상상력은 그들을 인정하며 받아들인다. 그래서 사회적 현실이나 우리의 환상을 앞서기보다는 그것들을 즐겨 반영하는 광고가 이미 15년 전부터 새로운 부모에 대한 우리의 욕망을 반영하고 있다. 1971년 퓌블리시 광고회사는 출산 전 임산부를 겨냥한 광고(예비 엄마를 위한 기성복 코너)에서 온통 예비 아빠에게 초점을 맞추면서 씩씩하고 미소를 띤 젊은 남자들의 사진을 가득 실었다. "아기는 두 사람을 기대합니다"라는 슬로건을 내세운 '예비 아빠' 캠페인은 웃음과 감동을 자아내는 '불행'을 연출하였다.[36] 그 당시 이 광고는 의외였지만 쇼킹하지는 않았다. 그것은 실행 과정에 있는 어떤 감성의 흐름에 부합한 것이었다. 남성이 여성의 일에 한몫을 담당하고 마침내 '아버지'가 태어나기 위한 합의가 이루어지기 시작했다고까지 말할 수 있다.

유사성의 이데올로기와 정책

1960년대 무렵까지 양성의 차이점이 우리 본성에 뿌리깊이 박혀 있었기 때문에 남녀가 동일한 임무를 수행하지 않고 같은 권한을 갖지 않는 것이 당연시되었다. 각자가 주어진 운명에 잘 준비할 수 있도록 사람들은 남녀를 각기 다른 방식으로 길렀다. 학교에서 공장에 이르기까지, 부엌에서 거실에 이르기까지, 화장실에서 사교클럽에 이르기까지 모든 장소는 남녀의 분리와 차이를 위해 남녀에게 각각 다르게 할당되었다.

70년대의 여권 운동은 세상의 이런 모든 분리를 종식시키고자 했다. 그들의 언어적 투쟁 또한 조직적 행동만큼이나 중요했다. 차이점에 대해 직접 문제제기를 하는 대신 두 개의 새로운 용어를 사용해 여성을 차별하는 모든 남자들에게 치욕을 주려 했다. '성차별주의'[37]와 '성적 차별'이란 말은 '인종차별주의'나 '인종차별'[38]이라는 말만큼 정신적으로 가혹한 비난의 표현이 되었다.

재간 있는 몇몇 여권주의자들이—특히 프랑스에서[39]—양성의 유사성의 모델을 여성적 특성에 대한 위협이라고 생각하고는 거기에 반기를 든 것은 사실이다. 여성들이 남성적 모델에 순응하지 못하고 그들 자신들의 풍요로움을 인식하지 못할 것을 걱정한 나머지 그녀들은 이 변화가 남성들의 최후의 승리가 되어버릴지도 모른다는 사실을 보여주고자 했다. 그 일환으로 그녀들은 여성의 특징들을 구별해 가치부여하려 노력하면서 여성의 글, 생각, 무의식 등의 존재를 발견해냈다. 간단히 말해서 그녀들은 여성 특유의 본성과 문화를 찬양하면서 남성들에게 그 진실성과 가치를 인정해주기를 원했다. 이 여권주의자들은 평등 요구에 전적으로 찬성하면서 동시대에 다른 곳에서 소수 문화 민족(유대인, 흑인, 이민자, 지방분권주의자)이 '차이 속의 평등'을 위해 투쟁했던 것처럼 어떤 대가를 치르더라도 남녀의 차이점을 간직하고 싶어했다.

실현되기 어렵고 함정도 많은 이 요구에 대해 아무도 토론할 생각을 하지 못했지만 옛날 그토록 많은 불행의 근원이었던 남녀의 차이에 대해 생각하기보다 평등을 쟁취하기 위해 싸워야 한다는 사실은 모두가 인정하는 바였다. 70년대부터는 여권주의자들의 지속적인 압력하에서 사적인 생활에서나 공적인 생활의 많은 영역을 얼룩지게 한 성차별을 없애기 위한 진정한 정치적 합의가 이루어졌다. 1974년부터 지금에 이르기까지 모든 정당은, 우파든 좌파든 간에 남녀 혼합과 평등의 정책을 펼쳐왔다. 가족의 규율이 바뀌었고 고등학교와 대학교에서의 남녀공학이 실시되었다. 점점 더 성별에 관계없이 모든 사람은 모든 직업을 택할 수 있게 되었다.[40] 1983년 7월 법령은 남녀차별 고용의 경우 벌금을 부과한다는 조건으로 직업적 평등을 강화시켰다.[41] 아이들에게 무의식적으로 남녀차별의 씨앗을 심어주었던 교과서에서도 상투적인 성차별이 사라졌다.[42] 마침내 법안의 효력이 닿을 수 있는 모든 분야에서 정책적으로 역할의 혼합과 평등한 대우를 부과시켰다. 이런 의미에서 법률이 사적인 행동을 변화시키는 데는 부족하지만 그것들은 양성의 유사성의 모델을 의식적으로 정착시키는 데 기여했다.[43]

서구의 대부분의 보수주의자들이 이 변화에 반대했지만 그것이 유사성의 이데올로기와 프랑스 혁명의 평등 원리를 완성시키려는 의지가 확산되는 것을 막을 수는 없었다. 그것은 정치인 계층[44]이 늘 기꺼운 마음으로 행동했기 때문이라기보다는 여권주의자들의 고발이 민주주의자들의 귀에 거역할 수 없는 정의의 호소로 들렸기 때문이다. 정치적 의지는 새로운 모델의 요구에 쉽게 응하지 못하는 대중의 의지를 빈번히 앞지른다. 비록 행동이 법을 따르는 데는 시간이 걸린다 하더라도 우리는 그 새로운 모델은 다수 대중의 지지를 얻는다는 사실을 확인할 수 있다. 이론과 실제 사이에 어떤 거리가 존재한다 해도 평등과 혼합은 새 세대의 두 가지 슬로건이 되었다.

업무의 분담에 대해 프랑스에서 행해진 다양한 설문조사에 따르면 의견의 급변이나 새로운 모델에 대한 저항은 남성의 전유물은 아니었다. 1971년 니콜 타바르[45]는 당시 프랑스인들의 의견을 가장 훌륭하게 반영했다는 평을 받게 될 '가족의 요구와 열망'에 대한 중요한 설문조사를 실시했다.[46] 조사를 통해 그녀는 여성의 일이 남편과 아내 사이의 의견이 서로 엇갈리는 가장 중대한 사안이라는 사실을 알았다. 세 가지 가족 모델 중 그들이 가장 이상적이라고 생각하는 모델을 선택해달라는 요구를 받은 남녀 설문 대상자들은 각각 이렇게 대답했다.[47]

	남자	여자
직업을 가진 부부는 집안일을 분담한다	7.4%	14.5%
직업에 시간을 덜 빼앗기는 여자가 집안일의 대부분을 떠맡는다	24.8%	30.7%
남자만 직업을 갖고 여자가 집안일을 전담한다	67.8%	54.8%

1971년에 각 분야의 사회단체에서 남성이 그들의 아내들보다 여성의 일에 훨씬 더 반대하는 입장을 보였으나 대부분의 여성들은 여전히 업무의 전통적 분담을 고수하고 있었다. 몇 년 후에 실시한 역할 분담에 대한 설문조사에서는 상당한 의견의 변화가 있었고, 특히 젊은 세대에서는 더욱 두드러졌다. 1977년에 루이 루셀Louis Roussel과 오딜 부르기뇽Odile Bourguignon[48]은 18세에서 30세에 이르는 젊은이들에게 이렇게 질문했다. "어린이 교육과 가사일에서 남녀의 역할이 점점 상호교환 가능성을 보여주고 있는데 당신은 이 의견이 옳다고 생각하십니까, 그르다고 생각하십니까?"[49]

	기 혼		미 혼		동 거		전 체	
	남	녀	남	녀	남	녀	남	녀
옳다	71	72	70	71	75	78	71	74
그르다	21	18	17	16	12	15	18	17
무응답	8	10	13	8	13	7	11	9

'옳다'고 대답한 사람들에게는 그들에게 개인적으로 관련된 또 하나의 질문을 요청했다. "그것은 진정 올바른 변화인가? 원칙적

	기 혼		미 혼		동 거		전 체	
	남	녀	남	녀	남	녀	남	녀
진정 올바르다	74	81	72	77	70	85	73	80
원칙적으로 옳지만 다소 지나치다	16	15	15	14	18	6	16	14
좀 위험스럽다	4	2	7	4	7	1	5	3
무응답	6	2	6	5	5	8	6	3

으로는 올바르지만 좀 지나친가? 좀 위험스러운가?"

파리 지역에서 동거하는 사람들 중 남성의 88%, 여성의 92%는 '진정 옳다'라고 응답함으로써 다른 지역 사람들보다 찬성률이 높았다. 통틀어 응답자의 55%가 변화를 인식하고 있었고 긍정적으로 평가했다. 게다가 성별에 따른 의견의 차이도 크지 않아 사람들은 성적 평등과 임무의 상호교환 가능성에 대한 이데올로기적 합의[50]에 관해 정당하게 얘기할 수 있었다. 그럼에도 불구하고 루이 루셀은 다음과 같이 교묘하게 덧붙인다. "현재 우리 시대에서 임무에는 성별이 없다는 데 반박하기란 어렵다. 그렇다고 모든 남성이 아이에게 기저귀를 채워주는 법을 아는 것은 아니다."[51]

우리는 차후에 행동이 말을 따르기가 얼마나 어려운지를 보게 될 것이다. 그러나 지금 우리는 역할의 성적 구별을 없애는 새로운 모델에 대부분 찬성하는 남녀의 동일한 의견 변화를 받아들이자. 유사성의 모델이 아직 잘 형성되지는 않았지만 적어도 성별이 아닌 다른 방식으로 구분하기를 원하는 사회단체는 그와 유사한 모델을 원한다. 이 점에 관한 한, 우리가 앞서 말한 사회적 전복이 있기 훨씬 전인 1965년에 유사성이 내일의 모델이며 우리 사회는 "성별이 아닌 좀더 미묘한 차이에 근거한 개인과 그룹의 구별을

향해 변화하고 있다"[52]라고 말한 에블린 쉴르로에게 응당 경의를
표해야 할 것이다.

2. 남녀 양성의 도래

'남녀 양성'이란 어원학적으로 '남자-여자'를 가리킨다. 그러나
사전적 정의는 보다 제한적이다. 사전은 남녀 양성이란 양성의 성
징을 동시에 지닌 개인이라고 올바른 정의를 내린 후, 그 남녀 양
성의 영역을 형태학과, 사람들이 두 개의 성을 가진 인간 형태일거
라고 추측한 '자웅동체'[53]의 전설로 국한시킨다. 생리학적 의학적
용어로서의 남녀 양성은 비정상적인 인간, 기형을 의미한다. 아마
그것 때문에 사람들은 남녀 양성에 대해 들으면 질겁하는 것이다.
사실 우리는 다양한 면에서 양성의 성질을 띠고 있기 때문에 모
두가 남녀 양성인 셈이다. 대부분의 문화 속에서 우리는 기꺼이
한쪽의 성격만을 가지고 있는 것처럼 묘사된다 하더라도 우리 각
자 속에는 남성과 여성이 얽혀 있다. 우리에게 부과된 구분의 기
준은 대조와 대립이었다. 우리가 우리의 양성성을 보려 하지 않으
며, 우리의 다른 한 부분을 억압하는 것은 교육 때문이다. 단성을
가진 인간을 태어나게 하는 것이 이상적이다, 남성은 '남자다워
야' 하고 여성은 '여자다워야' 한다. 그러나 그런 수식어들은 그 두
개의 이상적 타입 사이에 존재할 수 있는 수많은 중간 형태—사람
들이 숨기고 싶어하는—들이 존재한다는 사실을 증명할 뿐이다.
사실 엄격한 교육이 그러한 목표를 얼마간 달성시키지만 성인이
되어서도 여전히 사라지지 않는 이성(異性)의 한 부분을 간직하게
된다.

유사성의 모델은 우리의 양성성을 인식하는 데 도움을 준다. 오늘날 사람들은 성장하면서 양성성에 대한 인식의 과정을 거치게 된다는 사실을 기꺼이 인정한다.[54] 그러나 '인정한다는 것'은 이전에는 몰랐던 진실을 받아들인다는 것이 아닌가? 따라서 우리가 인정하는 것은 정신분석학자들이 '억압된 것의 회복'이라고 말하는 의미에 비추어 남녀 양성의 도래라기보다는 남녀 양성의 '회복'이라고 말하는 것이 옳을 것이다.

이중적 피조물

상호보완적 모델은 피조물의 이원성에 근거해서 세상을 표현했다. 조화를 이루기 위해서는 '하나'가 '다른 하나'와 달라야 했고 또한 '하나'는 '다른 하나' 없이는 무기력했어야 했다. 유사성이나 비차별화는 창조자의 기대와 대치되었을지도 모른다. 둘이 서로 거의 유사하다면 왜 두 가지 성이 존재해야 한단 말인가?

신(혹은 자연)—결코 헛된 일을 하는 법이 없는—이 두 타입의 다른 존재를 창조했다면 그것은 그의 작품에 풍요와 다양성을 주기 위해서일 뿐 아니라 각 피조물에게 그들의 창조주와는 달리 피할 수 없는 유한성의 존재라는 사실을 일깨워주기 위해서다. 혼자 있는 인간은 불모이고 결핍의 상태다. 행복과 충만은 '다른 하나'와의 결합에 의해서만 생긴다. 양성의 이원성에 정당성을 부여하려는 모든 신학은 그런 식의 논리를 펼친다. 한 창조주가 있기 위해서는 두 피조물이 있어야 하며, 그 두 피조물이 없으면 신의 지위와 권능이 위협받는다.

만일 남녀가 구별되는 정도보다 유사한 정도가 더 우세하다면, 만일 각자가 다른 하나의 일부분을 가지고 있다는 사실을 인정한다면 그들은 둘이 같이 있어야 된다는 그 필요성에서 벗어날 수 있지 않을까? 전능이라는 환상을 슬쩍 품어볼 수도 있지 않을까?

이런 의문들은 우리의 심기를 불편하게 만든다. 우리들은 과대 망상이나, 미친 유아(唯我)주의, 사회적 가족적 관계의 와해, 그리고 종국에는 인간의 죽음을 생각하게 된다. 어떻게 필연적 이원성에 복종하지 않을 수 있을까? 우리는 둘이기 때문에 둘로 머물러 있어야 하고 유일하게 우리 종의 번식과 사회적 질서, 행복을 보장해주는 우리의 차이와 상호의존 관계를 유지해야 한다.

우리 피조물의 이원성을 가장 잘 환기시켜주는 영원한 일화는 플라톤의 『향연』에서 아리스토파네스가 이야기하는 남녀 양성의 신화이다.[55] 그의 말에 의하면 옛날 우리의 본성은 지금 우리의 본성과는 아주 달랐다. 모든 인간은 처음과 끝이 맞닿은 원처럼 둥근 형상을 하고 있었고, 네 발과 네 다리, 두 얼굴과 두 성기를 가졌으며, 나머지 모두도 그런 식이었다. 지금과는 달리 인간은 남자, 여자, 남녀 양성의 세 종류가 있었다. 그러나 남녀 양성은 현재 사라졌고 평판이 안 좋은 이름만 남았다.

뛰어난 힘과 용기를 타고난 인간들은 신을 공격했는데, 그 때문에 신들은 그들을 둘로 갈라놓았다. 각각은 절망적으로 자기의 반을 찾아 나섰다. 그들이 서로 만나면 그들을 사로잡는 애정과 신뢰와 사랑의 열광은 경탄 그 자체였다. 그들의 소망은 서로 다시는 헤어지지 않는 것이었고, "사랑하는 한쪽과 서로 합치고 섞여 둘이 아닌 하나가 되는 것"[56]이었다. 결핍에서 생겨난 욕망은 사랑과 충만의 원천인데 충만이 실현되면 욕망은 사라지게 마련이다.

아리스토파네스가 말한 세 종류의 인간을 고려한다면 우리는 남녀 양성의 한 부분이 아니고 무엇이겠는가?[57] 그리고 남녀 양성의 그 한 부분은 무엇으로 이루어졌겠는가? 우리의 철학자에 따르면, 남녀 양성은 서로 이질적인 두 부분이 각각 반을 이루고 있는데, 한 부분은 온통 여성이고 한 부분은 온통 남성이며 그 두 부분은 몸의 중간에서 결합되어 있다. 제우스가 그들을 분리했을 때 서로 다르고 상호보완적인 두 피조물로 만들었는데 그 두 피조물은 그들의 양성적 성격을 모두 상실해버렸다. 그런 뒤 여성적 피조물은 자신의 한쪽이었던 남성적 피조물을 낯설어했고 남성적 피조물 역시 그렇게 되어 남녀 양성이라는 종은 사라져버렸다.

유사성의 모델은 그 신화에 또하나의 해석을 가능하게 한다. 우리는 그 두 부분이 이질적이지 않았다고 상상해볼 수 있다. 다시 말해 연금술사에 의한 두 물질의 혼합처럼 그 두 부분은 남성적인 것과 여성적인 것의 혼합의 결과라고 가정해볼 수 있다. 그들의 상호침투에서 생겨난 밀접한 결합이라는 가정은 남녀 양성의 분리가 서로 다른 인간의 종을 태어나게 한 것이 아니라 본래의 몸의 분신일 뿐인 두 개의 남녀 양성적 존재를 태어나게 했다는 사실을 해명해줄 수 있다. 물론 본래의 몸은 어디에도 열린 부분이 없고 둥글게 닫혀져 있었으므로 '다른 하나'를 필요로 하지 않았다. 상호의존이란 신이 내린 벌이었다. 그 두 새로운 남녀 동체들은 성적으로 상호보완의 성격을 띠고 있었기 때문에 다시 결합하고 싶어했다.

이 옛 파트너들은 사람들이 흔히 얘기하는 것보다 사실 서로 덜 낯설어한다. 그들은 양쪽 모두 오래된 기억을 공유하고 있고 그 기억이 분리나 차이점에 대한 교육을 앞선다. 피조물들의 이원성은 의심의 여지가 없지만 이제 우리는 각 피조물을 인간의 모든 특성을 시닌 이중적 존재로 인식해야 할 때다. 서로의 차이라는 것이 각각 그 차이점을 자기 내부에 지니고 있지 않다는 것을 의미하지 않는다. 우리는 분명 눈에 띄게 서로 다른 존재지만 우리는 우리 안의 '다른 하나'를 알고 있다.

우리는 양성의 평등이 신화 시대에 생겨난 우리의 남녀 양성적 구조를 얼마만큼 드러내줄지 알지도 못한 채 그와 같은 평등을 원했다. 우리의 이 새로운 표상은 철학적 접근에 근본적 변화를 야기한다. 우리 시대는 명확한 분리보다는 미셸 세레스가 그토록 집착하는 '혼합된 몸의 철학'의 시대인 것 같다. 분리의 논리는 데카르트주의의 세례를 받은 모든 사람들에게는 받아들이기 어려운 간섭과 혼합과 협력의 논리에 그 자리를 내어준다.[58] 차이를 무시해서는 안 된다는 절박한 필요성 때문에 그 문제는 더 까다로워졌다.

유사성의 논리는 성적 중성화의 결과라기보다는 양성에 공통적으로 존재하는 양성성의 결과이다.[59] 개인의 역사가 그것을 신체적으로 그리고 심리적으로 증명해준다. 태어나는 순간, 그리고 그 후 몇 해 동안 아이의 성을 알 수 있는 것은 오로지 생식기에 의해서이다. "그 말은 몸 전체가 아직 구별되지 않고 남녀 한쪽의 성향을 띠지 않고 있다는 것을 의미한다. 아이는 남녀 양쪽의 성격을 획득할 수 있을 뿐 아니라 아이에게서 이성(異性)의 특징적 요소의 기본적 면모를 발견할 수 있기 때문에 잠재적으로 양성성을 띠고 있다."[60]

사춘기가 되어서야 새로운 성징(몸이나 얼굴의 털의 차이, 체형의 차이)에 의해 형태적인 양성성에서 부분적으로 벗어나게 된다. 그 대신 그들이 늙어갈수록 남녀의 차이는 점점 더 희미해진다. 노인들은 아이들이 생을 시작할 때 성적으로 구별되지 않았던 것처럼 생이 끝나감에 따라 성적 구별도 사라져간다.

일생 동안 나이를 먹어가는 과정 내내 변화하는 성과 양성성 사이의 관계는 우리 호르몬의 이중적 구조에 의해 더욱 모호해진다. 앞에서 살펴본 바대로 성적으로 이중의 잠재성을 지닌 호르몬은

"양성 사이에서 일종의 유동성을 유지한다. 호르몬에 의해 결정된 성적 특성의 가변성, 불안정성, 불확실성 등은 성이라는 것을 언제나 바뀌어질 수 있는 일시적 평형 상태로 보게끔 만든다".[61]

S. 릴라르는 이렇게 질문한다. "바뀌어도 다시 생겨나고 한쪽을 부정해도 다시 자리잡는 이 양성성과 상호교차성에 대해 어떤 말을 인정할 수 있을 것인가? 두 종류의 인간을 이음매 없이 명확하게 구분지어버리는 전통적 개념에 유사한 것은 물론 인정받을 수 없고 그와는 반대로 분리가 그다지 근본적이거나 결정적이지 않아서 다시 재결합하려는 경향이 있다고 해야 할 것 같다".[62]

신체적 성의 분화보다 심리적 분화는 덜 명확해 보인다. 프로이트의 가장 큰 업적은 스스로 받아들이기가 매우 거북스러웠음에도 불구하고 '무의식적 양성성'이라는 개념을 부각시킨 점이다.[63] 그가 1899년과 1938년 사이에 쓴 작품들 속에 등장하는 심리적 이원성은[64] 작품에 따라 애매한 성격을 보이고 게다가 모순적이기까지 하다. 양성성의 '권위를 박탈'하기를 주저하면서 그는 가끔 제도적인 것과 심리적인 것 사이에 밀접한 연계를 맺어주고 혹은 심리적 양성성과 생물학적 양성성 사이의 상대적 독립성을 보여주기도 한다.[65]

그의 이러한 주저가 양성성의 성격에 대한 서로 다른 두 가지 입장을 출현시킨다. 융이나 그로덱 혹은 페렌치처럼 양성성에 모든 인간의 근본적이고 긍정적인 지위를 부여하는 이론가들이 있는가 하면 프로이트는 두 가지 상반된 입장에서 끊임없이 흔들렸다.

"그는 대개 양성성을 천부적이고 보편적 성향으로 보지만 너무 눈에 띄게 나타나면 병적 현상이 되어버리고 리비도의 발전과 함께 점차적으로 사라지게 되는 것이 양성성의 자연스런 운명이라고 생각한다. 그의 말을 빌리자면 양성성은 은밀한 개인적 특성으로나 대상 앞에서 억눌린 욕망으로서 혹은 사회화나 승화의 성향들로서밖에는 '정상적으로' 존재할 수 없다. 심리적 성적 정체성은 대부분의 경우 결국 자신의 본래의 성과 일치하게 된다. 그것은 애초의 양성성을 성공적으로 억압하게 된다는 사실을 전제로 한다…… 가끔 프로이트는 성적 분화의 완성이 심리적이고 능동적인 이원성을 배제하거나 그 이원성을 완전히 성공적으로 억압하기는커녕 대상의 선택이나 성적인 실현에 관계되는 것들에서 혹은 적어도 개인의 심리적 특성과 기능에 관계되는 것들 속에서 진정 양성적 완성[66]과 병행할 수도 있다는 사실을 보여준다."[67]

불행하게도 프로이트 이론의 이 두번째 면은 그의 작품 속에서 진정한 가치를 발휘하지 못했다. 첫번째 면은 여전히 부각되어 있다. 그의 마지막 논문 중 하나인 「완성된 분석과 완성될 수 없는 분석」[68] 속에서 프로이트는 양성성을 다시 병리학의 대상으로 취급한다. 남성은 그의 여성성을 참을 수 없는 것으로 생각하고 여성 역시 페니스가 없다는 사실을 참을 수 없는 일로 생각하기 때문에 결국 모든 분석적 요구의 근원은 그 양성성으로 귀결된다.

프로이트의 많은 저서 중에서 오랫동안 이러한 이론만이 성서처럼 받아들여졌다. 생식능력이 형성되기 이전의 단계에서 나타나는 본래적 양성성은 오이디푸스적 갈등과 그 결단에 의해 점차적으로 양면성이 없는 심리적 '분화'에 자리를 내주어야 한다. 남자아이는 아버지와, 여자아이는 어머니와 각각 동화되고 청년기가 되면 성적 정체성에 대한 추구의 과정을 거쳐 심리적 성적 구별 과정을 완성한다. 만족스런 심리적 변화는 따라서 양성성에 대한 효과적 억압을 전제로 하면서 모든 긍정적 의미를 퇴색시킨다.[69]

정신분석학자들이 이상적인 정상 상태와는 거리가 있는 양성성을 존중해왔다면 그것은 그들이 사회적 지배 모델에 무관심할 수 없었기 때문이었다. 상호보완성이 지배 모델이었을 때 그들은 그 것을 "정상 상태"[70]로 인식하면서 여기저기 들쑥날쑥거리는 다루 기 힘든 양성성과의 싸움을 스스로에게 의무로 부과했다. 아무도 무의식의 전문가들이 하나같이 지배적 이데올로기에 민감하다는 사실을 탓할 수 없었다. 그럼에도 사람들은 그들이 그 이데올로기 를 받아들이는 데 대단히 조심스러워한다는 사실에 놀란다. 아마 도 그들은 너무 자주 무의식이란 환경에 전적으로 무관하고 문화 적 전복에 영향을 받지 않는 실체라고 생각해왔던 것이다.

약 15년 전부터 그들 중 많은 사람들이 생각을 달리했다. 그중 에서 미국의 R. 스톨러와 프랑스의 L. 크렐레르, 크리스티앙 다비 드는 인간의 무의식과 일반적 정신분석에 대해 환경이 끼치는 영 향을 인정하면서 양성성에 대한 비중 있는 연구에 임했다. 우리가 알기로 C. 다비드는 처음으로 이렇게 용감하게 말한 사람들 중 하 나다. "정신분석학자들의 양성성에 대한 새로운 관심이 표명되고 있다면 우리는 그 직접적인 동기를 최근의 사회적 문화적 변화에 서 찾아야 할 것이다…… 빠르고 괄목할 만한 변화에 더 각별한 주의를 기울여야 하는 이유는 양성성이 길거리 도처에서 발견되 기 때문이거나 여성과 커플의 지위나 동성애가 거론되고 있기 때 문만이 아니라 또한 남성적인 것과 여성적인 것 사이에 모든 변증 법적 균형이 위태로워졌기 때문이기도 하다. 그런데 무의식의 초 시간성에도 불구하고 무의식은, 적어도 어떤 양상하에서는, 환경 의 변화에 영향받지 않는 것이 아니고 외부세계의 기대에 분명 반 응한다.[71]

다비드는 사회적 모델의 변화가 개인의 심리적 성적 성향에 상 응하는 변화를 초래하지는 않지만 우리는 개인적인 것과 사회적 인 것의 경계에 와 있고 정신분석학자들이 문제를 제기하는 방식

은 사회의 변형에 의존하고 있으며 정신분석학은 제국 안의 제국
은 아니다라고 결론짓는다. 그리하여 그는 "성적 정체성의 사회·
문화적 위기"[72]를 자명한 것으로 인정하면서 몇몇 정신분석학자
들이 양성성을 병적 현상이나 비성숙과 동일시하는 경향을 반박
하고 그 반대로 이 양성성을 특히 프로이트의 두번째 논지에 비추
어서 재평가하려고 시도하고 있다.

그는 "심리적 양성성의 불균형적 발전이 빈번히 정신적 황폐화
와 무질서의 징표"[73]라는 사실을 인정하지만 기형적이고 파괴적
형태 외에도 양성화의 과정에는 치유적이고 창조적이며 재생시키
는 힘도 분석의 과정에서 찾아볼 수 있다고 생각한다. 그는 또 양
성적 역할이 '중립주의'(양성의 아무 쪽에도 속하지 않으려는 욕망)
나 '통합주의'(양성의 두 쪽에 다 속하고자 하는 욕망)와 같은 서로
멀리 떨어진 심리적 성적 입장으로 인도하기도 한다고 생각한다.
다른 한편으로 심리적 양성성의 개념이야말로 남근 우월주의자나
거세 콤플렉스[74]에 관련된 문제점들을 해결하는 유일한 방법으로
보인다. 결국 "자신 속에 타성(他性)의 반응을 심리적 잠재 형태로
지니고 있다는 사실은 자신의 성을 인식하는 데 전혀 방해가 되지
않는다…… 양성성은 역설적으로 낯설음의 근원으로서 또한 이방
인에게 다가가게 하는 존재이기도 하다. 우리 각자가 소위 말하는
대립을 반드시 전제로 하지는 않는 성적 이타성(異他性)을 지닐
수 있다는 사실은 충분한 양성적 종합이나 정성스런 양성화에 의
해서만 이해될 수 있다".[75]

다비드는 장벽 제거의 전망을 갖고 '성적인 명상'을 받아들일
것과 계산의 논리를 추종하지 말 것, 그리고 공들여 만들어진 성
적 정체성의 지표를 강박적으로 고정시키지 말 것 등을 호소한다.
남녀는 그들이 서로서로 "이타성(異他性)의 접합이라는 점에서 유

사하다".[76]

이런 분석의 관점에서 이전의 심리적 도식을 바꿔놓아야 한다. 본래적인 양성성에 뒤이어 늘 성적 정체성을 향한 노력이 뒤따르지만 심리적 변화는 거기에서 멈추는 것이 아니다. 성의 정체성이 확립되면 인간은 자아발현의 보조적 가능성으로서의 양성성이라는 이점을 다시 찾을 수 있다. 양성성의 덕택으로 예를 들어 남성이 콤플렉스 없이 아이를 '모성적으로 기를' 수 있고 여성도 긍정적으로 자신의 남성적 충동을 발휘할 수 있다. 양성성을 인정하게 하고 소생시키게 하는 데 많은 도움이 되는 유사성의 모델을 강화하는 것도 양성성이다.

요컨대 우리가 새로운 남녀관계를 그려보고자 한다면 몇몇 아프리카 신화에서 가장 눈에 띄는 이미지를 제시하는 G. 발랑디에[77]의 말에 귀를 기울여봐야 할 것이다. 그 이미지란 "서로 반대성을 가진 쌍둥이로서의 남녀의 이미지"이다.

남성적 정체성의 난점들

분명 여성이 남성보다 양성성을 더 잘 구현해낸다. 자신들의 여성성을 확실히 믿으면서 여성들은 거침없이 그들 속의 남성성을 발휘하고 나타낸다. 인생의 시기와 하루하루의 순간들에 따라 적절히 남성적 역할과 여성적 역할을 손쉽게 바꾸면서 그들은 양성성이 그들의 여성적 정체성을 위협한다는 느낌을 전혀 갖지 않는다. 반대로 그들은 이타성(異他性)을 좀더 풍요롭고 앞서 제한되어 있지 않은 존재 조건으로 느낀다. 전체적으로 여성들은 그들의 새로운 조건에 만족해하고 남성들의 '여성적 쌍둥이'라는 사고를 받아들인다. 여성들의 불평은 옛날 모델에 대한 유감을 표명하는 것이 그 목적이 아니라 그들의 동료 남성들의 더딘 변화나 그들의 저항, 더 나아가서는 그들의 퇴행에 대한 불평이다. 모든 것을 다 떠맡아야 한다고 불평하는 여성들은 결코 다시 양성의 성적 역할 분담으로 돌아가고 싶어하지 않고 일상의 일들의 공평한 분배를 원한다. 여성들은 남성들이 그들 자신의 이타성을 여성들만큼 잘 구현해주고 그들이 여성들의 '남성적 쌍둥이'임을 받아들여주기를 바란다.

최근 몇 년 동안 새로운 모델에 대해 긍정적 반응을 보이는 남성들은 소수에 불과했다. 일반적으로 이제 막 시작된 변화의 첫 단계에 있어서 그들은 여성들의 쌍둥이가 되고 싶지 않다는 사실을 다양한 방식으로 표명하고 있다. 그들의 망설임을 이해하려면 남성들의 악의에 근거하는 여성 운동 문제들의 범주를 뛰어넘어야 할 것 같다. 그들이 망설임을 나타내건 선의를 보여주건 간에 중요한 것은 거기에 있는 것이 아니라 그들의 무의식의 심연에 있다. 보다 좋은 의도를 가진 남성들이 이론과 실제에서 그토록이나 차이를 보인다는 사실은 단순한 대화로는 해결할 수 없는 일종의 저항을 의미한다.

우리는 앞서 자신의 성적 정체성에 대해 확신을 가진 사람일수록 자신의 양성성을 보다 잘 구현한다는 사실을 보았다. 그런데 자신의 성적 정체성을 획득하는 데 남자아이가 늘 여자아이보다 더 어려움을 겪고[78] 우리 사회의 특성이 된 유사성의 모델이 그것을 더욱 어렵게 만들고 있는 것 같다. 따라서 남성의 문제는 도덕적 정치적이라기보다는 심리적 사회적이다.

마가렛 미드는 자신의 인류학자로서의 경험에 비추어 남성의 그러한 문제를 들추어낸 선각자 중 하나였다. 그의 분석은 대(對) 이성적 욕구에 대한 연구로 유명한 R. 스톨러의 이론과 일치한다.

남쪽 대양의 일곱 인종에 대한 그의 연구에서[79] 그녀는 아이와 어머니를 묶어주는 젖먹이기는 모든 인간의 심리적 변천을 지배한다는 결론을 내린다. 여자아이에게는 이 젖먹이기의 경험이 아주 간단하고 별다른 사건 없이 자신의 고유한 성과 동일화시키는 근본이다. 그 대신 남자아이에게 젖먹이기는 미래의 역할의 전복이다. "어머니가 먹여주고 그는 먹는다. 어른이 되기 위해서는 이 수동성을 버려야만 할 것이다."[80] 그리하여 여아가 겪는 처음의 모든 경험은 자기의 고유한 본질과의 밀접한 접촉이다. 엄마와 아이는 같은 방식으로 반응한다. 반면 남아는 자신과 가장 가까운 존재인 어머니와 스스로 차별화하는 법을 배워야 하는데, 그렇지 않으면 자신의 존재는 영원히 존속할 수 없게 될 수도 있다. 따라서 인생의 출발에서부터 여아는 자신을 있는 그대로 받아들일 수 있지만 남아는 자신의 성적 정체성을 획득하기 위해서 노력이 필요하다.[81] 여아는 '존재하기'를 배우지만 남아는 남성의 세계에 뛰어들기 위해 '반응하기'를 배운다. 여자아이는 출산과 함께 자신의 여성성이 완전히 성숙할 것을 알지만 남자아이는 늘 그와 같은 명백한 확신을 가질 수 없다. 번식에 있어서 남성의 역할은 성공한 교미의 유일한 행위로서 정의된다. 또한 우리의 생물학적 지식과는 또다른 면에서 부성(父性)이란 늘 못 미더운 것이다.

그래서 마가렛 미드는 "문명에 지속적으로 존재하는 문제점은 남성의 역할을 만족스럽게 정의내려 남성이 살아가는 동안 확고부동한 성취감에 도달하게 해주는 일이다"[82]라고 말한다. 그렇게 하기 위해서 대부분의 사회가 여성에게는 금기시하면서 남성에게는 그 확실한 성취감[83]에서 기인하는 남성성에 대한 자만심과 평화를 가져다주는 권리와 행위를 설정해놓았다.

남성들에게서 성적 차별의 모델을 빼앗아버림으로써 우리 사회는 그들이 정체성을 획득하는 것을 더욱 어렵게 만들고 있다. 그들의 고유한 성 속에 충분히 뿌리박고 있다는 느낌을 갖지 못하기 때문에 남성들은 옛날에 여성의 몫이었던 일을 행하면서 그들 속에 있는 동성애적 충동이 눈을 뜨게 될까봐 두려워한다. R. 스톨러는 여성에게서보다 남성에게서 훨씬 더 집요하게 나타나는 이 두려움을 잘 보여준다. 프로이트와는 달리 스톨러[84]는 남자아이가 엄마에게 느끼는 처음의 관계가 이성(異性)적 관계라고 생각하지 않는다. 반대로 이성성(異性性)은 고통과 수고를 동반하는 힘든 작업 후에야 성취된다는 것이다. 어머니[85]의 연구 이후로 우리는 남자아이가 자신을 어머니와 혼합시키는 최초의 공생에서부터 벗어나려면 모질게 투쟁해야 한다는 사실을 알고 있다. "그는 어머니의 여성적 부분을 제거하기 위해서 어머니로부터 탈(脫)동일화하는 과정을 겪어야 한다."[86]

대이성적(對異性的) 욕망에 대한 연구에 의하면 어머니와의 지나친 공생은 극단적인 여성성을 초래한다. 어머니가 공생을 연장하면 할수록 여성성은 성적 정체성의 한복판으로 더욱 깊숙이 침투한다. 대이성적 욕망은 그런 상태의 지속의 끝에서 생겨난다. 남자아이는 그의 어머니와 여성성과 결별한 후에서야 남성성이라는 자신의 뒤늦은 성적 정체성을 계발할 수 있다. 그때서야 그는 비로소 어머니를 분리되고 이성적(異性的)인 욕망의 한 대상으로 바라보게 된다. 스톨러에 따르면, 남성성은 출생 당시 나타나지 않으며, 엄마와 함께 있으면서 경험하게 되는 행복감에 의해 잠재적으로 위협당하기도 한다.

그 결과 남녀에게 성적 정체성의 본질의 발전은 같지 않다. 남자아이들은 여자아이들이 겪지 않는 갈등을 겪게 된다. "남자아이는 늘 어머니와의 원초적 결합 상태로 퇴행하고자 하는 절박한 필요를 지니고 있기 때문에"[87] 끊임없이 여성성에 대한 방어태세를 취하고 있다. 그리하여 남녀에게 동성애적 충동은 서로 다른 방식으로 구현된다. 스톨러 식의 방법에 의하면 여성이 "강하고 우선적인 성"이며, 그들의 동성애적 성향이 그들에게 어떤 이점을 가져다줄 수도 있다. 사실 정상적 공생 상태에서 처음 몇 달 동안의 엄마와 여자아이의 관계의 발전은 아이의 정체성을 증대시켜줄 뿐이다.[88] 스톨러가 "성숙의 길로 가는 외향화(外向化) 단계"[89]라고 정의한 동성애적 경험을 여성들이 남성들보다 더 잘 체험한다.

반면 남성들에게는 남성적 정체성이 덜 확고하게 뿌리내리고 있어서 동성애적 성향은 그들의 정체성에 대한 치명적 위협으로 느껴진다. "마음속 깊이 어머니의 여성성과의 결합에 대한 유혹이 남성들을 사로잡고 두렵게 한다."[90]

결국 스톨러는 프로이트의 의견을 뒤집는다. 더 우선적인 것은 남성성이 아니라 여성성이다. 달리 말해 보부아르 식으로 표현하자면 "남성은 태어나는 것이 아니라 길러지는 것이다".

어린아이에게서 그들의 남성성의 사회적 지표를 제거함으로써 우리는 태어나면서 지니게 된 난점을 더 크게 확대시켜 많은 남자아이들에게 진정한 고통의 근원을 초래하게 된다. 또한 우리는 양성 중 한쪽이 고통을 받으면 다른 쪽도 고통받게 된다는 사실을 잘 알아야만 한다. 자신의 정체성과 양성성에 관련된 남성들의 문제점은 그들의 여성과의 관계 속에서도 반영된다. 남성들이 여성에 대해 불평하는 것보다 여성들이 남성에 대해 보다 더 공공연히 불평을 하지만, 자신들이 부추기지도 않은 어떠한 변화의 희생물이 된 것은 분명 남성들이다. 여성들의 평등에 대한 요구의 정당성을 인정하면서도 많은 남성들은 그 요구를 자신들의 남성성에 대한 참기 어려운 위협으로 느낀다. 성적 유사성이 그들을 은밀히 두렵게 하는 것은 그들이 거기에서 그들만의 특수성을 상실하게 될지도 모른다고 생각하고[91] 그렇게 함으로써 인간이 과도하게 여성화되어버릴지도 모른다고 걱정하기 때문이다. 그것은 R. 스톨러가 말한 바 있는 최초로 경험하게 되는 모성적 전능에 대한 두려움이 섞인 갈망과 관련된 환상일 뿐이다.

어떤 사람들은 남자의 이러한 불행이 우리가 겪고 있는 변화의 일시적 영향일 뿐이고 시간이 지나면서 지금보다 더한 양성성을 띠게 될 교육과 좀더 많은 선의에 의해 그 문제는 여성들이 바라는 방향으로 해결될 것이라고 생각한다. 그러나 우리의 관점은 꼭 그렇지만은 않다. 무의식의 심연으로부터 고통이 생겨나고, 그 고통은 성인 남녀를 화해시켜주는 유사성의 모델이 남녀 아이들로 하여금 그들의 성적 차이 속에 조용히 빠져들게 놔둬야 함을 우리가 인정할 수 있을 때에만 진정될 수 있다. 남녀공학의 필요성이나 집 안에서의 임무 분담은 사람들이 무시해서는 안 될 평등에 대한 요구를 포함하고 있다. 이데올로기적 방침이 어떠한 것일지라도 교육자들은 학급 아이들이 일정한 나이가 되면 두 그룹의 성별로 갈라져 서로를 관찰하고 서로에게 무관심한 체하기도 하며 서로 싸우기도 하면서 이내 다시 한 그룹으로 합쳐진다는 사실을 잘 알고 있다. 그렇게 되면 젊은이들은 더이상 성적 구별의 기준에 따라서가 아니라 그들의 개인적 친분에 따라서 결합한다. 가장 열렬한 여권주의자 어머니나 가장 편안하게 자신의 양성성을 구현하는 아버지라 하더라도 자식들이 때로는 격하게 그들의 성적 정체성을 요구하는 단계를 거치는 것을 막을 수는 없다. 그 단계에서 아이들은 자신과 같은 성을 가진 부모 한쪽의 도움을 필요로 한다. 달리 말해 아버지는 아들 곁에서 담당해야 할 중요한 역할이 있는데, 그는 자기 자신의 정체성의 문제를 원만히 해결할 수 있을 때 그 역할을 해낼 수 있다. 다시 한번 사람들이 지향하는 남녀 양성적 모델은 남녀가 각각, 특히 남자가 자신의 성적 특수성을 공고히 획득하지 않고는 이루어질 수 없다. 일단 이 성적 특수성을 획득한 후에야 남녀가 같은 길을 걸어갈 수 있다.

양성의 유사성에 대한 관점

회의주의, 비관주의, 낙관주의의 세 가지 관점이 만연되어 있다. 첫번째 관점은 방금 우리가 살펴본 이유 때문에 여성들에게서보다 남성들에게서 더 많이 찾아볼 수 있다. 거부가 뒤섞인 이러한 회의주의는 다음과 같이 요약된다. "여성들이여, 당신들이 우리를 흉내내는 것은 자유지만, 우리가 당신들과 똑같이 행동해주리라고 생각하지 마시오. 또한 우리의 영역을 당신들이 침범하는 것을 우리가 도와줄 거라고 믿지도 마시오. 당신들이 홀로 투쟁하는 데 지치게 될 때까지 우리는 저지할 것이오." 서구의 새로운 모델의 실재나 그 근거를 부정하는 사회를 주로 관찰하는 다수의 인류학자들도 미덥지 않은 회의주의를 표명한다. 그들에 의하면 언제 어디서나 존재하는 양성의 상호보완 관계나 불균형 관계는 초문화적 욕구에 속할 가능성이 크다. 유사성이라는 것은 이데올로기적인 미끼나 오랫동안 투쟁한 여권주의자들의 환상에 불과하다. 그러한 의심에 조건부적인 비관주의도 섞여 있다. 사람들이 기존 모델에 반대되는 이 새로운 모델을 인정한다 하더라도 사람들은 자연에 대한 그러한 왜곡이 병적 현상이나 쇠락, 혹은 인간 행복의 실현에 대한 부자석인 위협의 징조가 아닐까 두려워한다. 양성의 유사성이라는 개념은 동시에 (부성적) 법칙과 (인간의) 본성에 위배되기 때문에 레비-스트로스적인 사고에 젖어 있는 사람들에게는 절대적으로 불가능한 개념이다.

　이러한 비관주의적 이론가들 옆에 우리는 또한 앞서 살펴보았던 대로 양성의 유사성을, 여성성을 짓밟고 남성성을 이롭게 하는 개념으로 보는 여권주의자들을 덧붙여야 한다.[92] 또한 더 넓게는 차이점을 서로를 풍요롭게 해주는 요인으로 간주하면서 유사성은 그 풍요를 해치는 단일화라고만 생각하는 모든 사람들을 덧붙여야 한다. G. 발랑디에의 말에 따르면, 남녀의 상호보완적이고 긴장된 관계는 사회적 관계들이 구상되고 형성되는 기초를 이루기 때문에 유사한 것의 결합은 사회적 관계의 제로 상태, 즉 비(非)관계 상태이며, 어떤 의미에서는 남녀관계의 모범적 성격 속에서 그 풍요로움을 보여주는 차이점의 결합과는 반대되는 것이다.[93]

　마지막으로 낙관주의자들이 남아 있는데, 그들은 M. 모스 이래로 "성에 의한 구별은 모든 사회에 지나친 부담을 안겨준 기본적 구별"[94]이라고 생각하면서, 차이점을 옹호하면 인간 본질의 기본적 부분이 도외시될지도 모른다고 걱정한다. 에드가 모랭은 남성의 여성화와 여성의 남성화가 인간의 정신적 고양의 한 과정이며, 그렇게 함으로써 인간성의 완전한 주기를 구현할 수 있다고 생각한다. 성인이 되면서 남성은 오랫동안 자신의 여성적이고 유년기적 문화를 억압해왔다고 생각하면서 "현대 사회의 남성에게서 여성적 모습이 발현되는 것, 즉 불안하고 복잡한 남성의 사냥꾼-전사로서의 무자비한 가혹함에서 남성 속에 간직되어 있던 여성적-모성적 부분의 온화함, 친절, 동정으로 옮겨가는 것을 본다"라고 말한다. "우리의 견해로 남성들은 자신의 유전적이고 문화적인 여성성을 개발시키면서 '인간화' 된다는 것에 의심의 여지가 없다"[95]라고 그는 덧붙인다.

　이런 낙관주의자들은 희생된 양성성은 "개인의 파괴"[96]와 흡사하고 그런 이유로 양성의 오해의 근원이 된다고 결론짓는다. 뉴질 랜드 마오리 족에서 이런 양성간의 무지를 관찰한 S. 뒤니는 "진정한 자아를 위해서 커플은 그들을 구성하는 각각의 두 개체 속에 우선 존재할 수 있어야 한다"[97]라는 자연스러운 귀결에 이른다.

현실주의적이든 낙관주의적이든 그 말은 다가올 사회의 모델이 되어야만 할 것 같다. 또한 그 말이 사회에 어울릴 수 있기를 바란다.

3. '자연'의 후퇴

후천적 교육의 영향을 주장하는 사람과 천부성을 강조하는 사람, '문화적 총체'와 '자연의 바위'를 대립시키는 끊임없는 논쟁에 가담하지 않고 우리는 19세기 이래로 생태학적 변화(라마르크)와 생물의 환경(다윈)에 따른 종의 진화를 인정한다. 이런 이론적 일치가 인간이 타고난 성격도 역시 모두 다 변화할 수 있다는 사실을 인정하려는 이론들을 옹호할 수는 없다. 사람들은 인간의 '본성'을 보편적이고 영원하며 고정되어 변할 수 없는 실체라고 기꺼이 말한다. 그 이유인즉 물리적 변이는 사람의 일생이나 몇 세대 내에서는 이루어지지 않는다는 것이다. 유인원이 '호모 사피엔스'[98]로 진화하는 데는 수백만 년이 걸려 더이상 우리와는 관계 없는 먼 일처럼 생각된다. 게다가 우리는 어찌할 수 없이 변이란 우리 이후의 일이고 현재의 상태가 인간의 가장 완숙된 단계라고 믿고 싶어하는 경향이 있다. 이후의 일어날 수 있는 모든 변화는 쇠락으로, 또는 우리가 성취했다고 생각하는 훌륭한 균형에 대한 치명적 전복으로 간주된다.

대부분의 인문과학이 본성의 개념, 특히 인간본성의 개념을 몇십 년 전부터 심각하게 왜곡시켜왔으면서도 아직 계속해서 인간본성을 우리가 잘 알고 있는 기준—우리를 구분하는 해부학, 우리를 결합시켜주는 욕구들,[99] 그와 더불어 여성의 모성 본능이나 근친상간에 대한 공통된 혐오감 같은 몇 가지 감정—안에서 계속 견지하고 있다. 실제적이건 가상적이건 간에 이 모든 결정론 중에 가장 확고한 뿌리는 우리의 신체인 것 같다. 남성의 몸은 '침투하도록', 그의 힘을 행사하도록 만들어졌고 여성의 몸은 '받아들이고' 아이를 만들기 위해 만들어져 있다. 우리의 어찌할 수 없는 심리적 사회적 운명의 근원은 거기에 있지 않은가?

그러나 얼마 전부터 신체에 대한 우리의 인식이 변화하고 있는 것 같다. 신체에 부여된 중요성은 이전과 같지 않다. 신체에 대한 우리 관심의 동기가 달라졌다.

생물학적 지배에 대한 반론

모든 것은 미국의 정신과의사 J. 머니와 J. L. 햄프슨이 약 30년 전에[100] 간성적(間性的) 아이들에 대해 연구한 것에서 시작되었다.[101] 그들이 확인한 중요한 사실은 신체적 성과 심리적 성이 병행하지 않을 수도 있다는 것이었다. 그들의 연구는 많은 수의 연구 대상자들(76명), 과학적 엄격성, 심리적 성에 대한 더 정확한 방법에 의해 믿을 만한 것으로 판명되었다.

그들의 결정적 경험은 이런 것이었다.[102] 두 명의 아이가 생식기-부신(副腎) 증후군을 가지고 태어났다. 그들은 유전적 차원, 성분비선과 내분비선의 차원에서 여자아이였고 그들의 외부 생식기는 남자의 생식기 형태를 띠었지만 내부의 성구조는 정상이었다. 만약 태어난 순간에 둘 중 하나를 올바르게 여자아이라고 부르고 나머지 하나를 겉으로 드러난 남성 생식기 때문에 그르게 사내아이라고 부른다면 이 아이들이 다섯 살이 될 때 사람들이 틀림없이 여자아이라고 생각했던 아이는 정말 여자아이가 되고 사람들이 사내아이라고 생각했던 아이는 그가 남자라는 사실을 인정한다. 따라서 성적 정체성의 여부를 결정하는 것은 그들의 생물학적 성이 아니라 그들이 출생 후에 겪는 경험, 즉 사회가 아이에게 남자 혹은 여자아이라고 붙여주는 권위적이고 자의적인 꼬리표 달기에서부터 시작하는 과정인 것이다.

거기에서부터 생물학적인 '성(sexe)'과 어린아이가 자신이 거기에 속한다고 느끼는 그 '성(genre)'[103] 특유의 심리학적 사실 때문에, 그 아이를 남성적 혹은 여성적 역할을 하도록 부추기는 성과의 불가피한 구별이 생겨난다. 성(sexe)과 또하나의 성(genre)은 신체적 생물학적 성과 다른 성이 될 수 있는 가능성이 잠재하고 있는 심리학적 성과의 구별을 나타내기 위해 서로 달리 쓰인다. "성(sexe)과 성(genre)이 일반적인 의미에서나 매일매일 이어지는 일상생활에서는 거의 동의어처럼 쓰이지만 스톨러의 남녀양성성, 성도착, 대이성 욕구 등에 대한 연구에 의하면 그 두 영역은 균형 관계를 이루고 있는 것이 아니라 서로 완전히 독립되어 있다."[104]

게다가 그는 '성(genre)적 정체성'은 대단히 빨리, 두 살 혹은 세 살이 되기도 전에, 즉 남근의 단계 이전에 확립되고 일단 그렇게 확립된 정체성은 그 개인이 어떤 진화를 겪는다 하더라도 지워지지 않는다고 생각한다.

셋째로 머니와 스톨러의 연구는 성적 지향성을 결정하는 데 심리적 요인의 우선성을 입증시켜준다. 달리 말해 그들은 해부학적 운명에 이의를 제기한다. 성적 정체성에 대한 감정은 본질적으로 문화에 의해, 즉 출생 이후에 결정되고 습득하게 된다. "이런 습득의 과정은 사회적 환경에서 생기지만 그 과정에서 아이는 어머니를 거치게 되기 때문에 아이에게 결정적 영향을 미치는 것은 어머니 자신의 사회의 태도에 대한 고유한 해석이다. 그런 다음 아버지, 형제들, 누이들이 그의 정체성 형성에 영향을 미치게 된다."[105]

모든 것은 출생 당시 의사가 아이의 성을 알리고 아이가 출생신고서에 이름이 오르게 되면서 시작된다. 그때 부모와 사회는 그 아이를 사내 혹은 여자아이로 여기게 된다. 갓난아이가 자신이 남성이라는 것과 나중에 남성적으로 될 것을 아는 것은 달리 타고난 힘에 의해서가 아니다. 부모가 그것을 그에게 가르쳐주는 것이고 그들은 마찬가지로 그에게 달리 말할 수도 있는 것이다. 자신들이 남자아이를 가졌다는 것을 아는 순간부터 부모들은 자신들이 남성성이라고 생각하는 기준에 따라 어떤 행동은 권장하고 어떤 행동은 하지 말라고 권한다. 이름짓기, 옷 스타일, 말하는 방식, 놀이의 남녀 구분 등은 아이가 성적 정체성을 '형성'[106]하는 데 중요한 부분을 차지하게 된다. 대부분의 경우 우리 사회가 남성적인 것으로 생각하는 것은 권장되므로 두 살이 되기 전에 남자아이의 행동은 분명 남성적 특성을 보여준다.

대이성적 욕구를 보이는 남자아이의 경우에 아이와 어머니는 서로 끈끈하게 이어져 있다. 어머니와 아이의 공생관계[107]는 너무 밀접하여 서로를 자신의 일부라고 생각하게 된다. 대이성적 욕구를 보이는 아이를 가진 어머니들의 공통점은 자신들이 아이와 완전히 한 몸이라고 느끼고 아이 역시 늘 어머니와 신체적 접촉을 하면서 생활하게 된다. 아이는 어머니의 벗은 몸을 보고 어머니의 내면적 모습을 접하게 된다. 아이는 "어머니와 자신의 몸 사이에 마치 경계가 없는 것처럼" 어머니의 침대에서 잠을 잔다. 이 신체적 접촉에서 어머니는 강렬하면서도 결코 채워지지 않는 쾌락에 대한 욕구를 느낀다.[108] 어머니는 아이에게서 일체의 불쾌한 긴장을 제거해주려 하면서 모든 금기를 깨뜨린다.

분석의 대상이 되는 어머니들은 거의 우울증에 가까운 불완전한 느낌이나 강렬한 동성애적 성향, 그리고 자신의 고유한 성적 정체성과 아이의 성적 정체성의 혼동 등을 보여준다. 게다가 그녀들은 거의 존재가 없는 것 같은 남성들과 결혼해서 그들에 대해 극도의 경멸을 느끼는 여성들이다. 남자아이는 자신과 접촉하기 위해 아무것도 하지 않는(아버지가 우연히 아이와 같이 있게 되었을 때) 아버지의 존재를 모른다. 어린아이가 여성화되는 걸 아버지는 그렇게 명백하게 돕는 셈이다. 아버지는 아이의 성도착을 막으려 끼어들지 않는다. 이러한 가족들의 특성상 필수적 상처로서의 오이디푸스 콤플렉스[109]가 그 어린아이에게는 나타나지 않는다. 어머니를 성적 욕망의 대상으로서 적절히 분리해내지 못한 어린아이는 자신보다 더 강한 남성 경쟁자와의 전투에서 패배하지 않아도 된다. 따라서 오이디푸스적 불만이 없는 그 아이는 보통아이에게서는 갈등 때문에 생겨나는 긴장을 다른 여자에게서 해소할 하등의 필요성을 느끼지 않는다.

스톨러의 연구는 프로이트의 몇몇 이론을 뒤엎는다. 간성적(間性的) 성향을 보이는 아이들[110]에 대한 연구는 심리적인 것이 생물학적인 것에 근거한다는 이론을 부인한다. 양성적 정체성의 발생은 환경적 조건과 특히 아버지가 자식의 성에 대해 갖는 불확실성, 아이의 자아 형성에 있어 내재되어 반복되는 불확실성에 기인한다. 그 대신 부모가 반대의 태도를 표명하면 아이는 심리적으로 요지부동한 성적 정체성의 감정을 얻게 될 것이다. 따라서 남성성이나 여성성의 근원은 어떤 알 수 없는 본능의 표현이 아니라 부모들의 행동의 결과이다.

다른 한편으로 스톨러는 심리적인 여성성이 남성성보다 우선적이며 남근의 단계 이전에 자리잡는다고 생각하는 K. 호니, E. 존스, G. 질부르그에 동의하면서도 그들과는 반대로 여성이 자기를 여성적이라고 생각하는 감정은 성기에 대한 인식과는 상관없이 생겨난다는 사실을 임상학적 진리라고 믿는다. 그는 심리적 여성성이 결정적으로 생겨나는 데 여성의 질이나 클리토리스가 최우선적 역할을 한다는 말을 완전히 부정한다.[111] 아이의 주변인들이 아이의 여성성을 의심하지 않는 한 질이나 내부 생식기가 없다는 것, 완전하지는 않으나 페니스를 가지고 있다는 것, 클리토리스가 없다는 것 등은 심리적 여성성을 형성하는 데 아무런 방해가 되지 않는다.

어린아이에 관해 스톨러는 임상학상에서 두 가지 새로운 사실[112]을 주장한다. 첫째로 남성이라는 감정은 전형적 남근 단계(3세에서 5세 사이) 훨씬 이전에 결정적으로 확립된다는 것이다. 두번째로 페니스가 그 감정을 보강시켜주지만 태어날 때 페니스가 정상이 아니었음에도 불구하고 남성적 정체성을 나타내 보일 수 있었던 두 남자아이에게서 볼 수 있었듯이 페니스는 그리 중요한 것은 아니라는 것이다. 그들은 둘 다 상상적 페니스를 생각해냈을 것이다. 스톨러는 이 환상의 근원이 본능적 힘이라기보다는 외부적 압력의 영향이라고 생각한다. 생리학적 힘의 개입을 부정하지 않으면서도 그는 많은 임상연구를 통해 출생 이후 다른 사람들과의 관계에 의해 생겨나는 심리적 요인이 그 생리학적 힘의 영향력을 제거하여 정체성의 방향을 통제할 수 있다는 사실을 밝혀냈다고 생각한다.

그리하여 머니와 스톨러의 모든 연구서들은 생물학을 지배하는 것은 환경이며 환경을 생물학이 지배할 수 없다는 사실을 보여주려 한다. 그들이 자신들의 주장을 환경 문화주의의 최후 변형물이라고 생각하는 '본성'의 옹호자들의 반대에 부딪치지 않은 건 아니다. 그들은 두 가지 비난을 자주 받아왔다.[113] 첫번째 비난은 남녀 동체의 경우나 모호한 성적 형태를 지닌 경우는 너무 예외적이기 때문에 거기에서 인간 전체에 대한 일반적 결론을 끌어내기란 어렵다는 것이다. 두번째 비난은 남녀 동체의 분석을 문제삼는다. 해부학적이고 호르몬적 요인의 영향과 행동적 요인의 영향을 체계적으로 분리해보지도 않고—지금으로서는 그 분리가 가능하지도 않지만—어떻게 환경의 우월성이라는 결론에 도달할 수 있는가?

이러한 반대에는 또한 나름대로 두 가지 문제점이 지적된다. 스톨러는 정상적인 것과 병적인 것을 동일시하지 않았고,[114] 정신분석의 창시자가 그랬듯이 병적인 것을 연구하여 정상적인 것을 좀더 잘 이해하는 데 적용한다. 다른 한편으로 생물학적인 것과 환경 사이의 '체계적 분리'의 부재가 그의 경험—비록 나중에 그 경험이 그를 기만하기는 하지만—의 영향을 없애버릴 수는 없다. 오늘날 몇몇 사회생물학자들에게는 미안한 말이지만, 아무도 스톨러가 틀렸다는 사실을 입증해주지 못했다. 요컨대 남성 동체나 대이성 욕구를 가진 사람들과 같은 그런 예외적인 경우들에 대한 연구가 미덥지 못하다 하더라도 삶에는 우리 모두에게 친숙한 다른 양상들도 있는 것이며 그것을 통해 우리는 해부학이나 생물학이 인간의 필수불가결한 법칙인 것은 아니라는 사실을 알게 된다.

여성성과 모성성의 분리

여성성과 모성성의 분리는 심리적 사회적 신체적 분리에 이르는 다양한 차원에서 관찰된다. 이제 더이상 생리적 진행이 여성의 삶을 지배하는 시대는 지났다. 피임은 자연이 본래 부여한 것에 종지부를 찍으며 불과 얼마 전에는 생각할 수도 없었던 진리—여성의 운명이 모성에만 국한되지 않는다—를 드러내주었다. 몇몇 여성들은 고의로 모성을 그들의 존재에서 제외시켜버린다. 여성성과 모성성을 이렇게 근본적으로 분리시켜버린 여성들은 물론 소수에 지나지 않는다.[115] 과연 그 사실만으로 그들을 환자로 여길 수 있는가? 오늘날 프랑스에서 그 여성들은 역사학자나 사회학자들보다는 정신분석학자들의 연구의 대상이 되고 있다.[116] 그러나 그들의 무의식을 연구하면서 우리는 셋이 아니라 둘이서 살아가려는 그들의 계획에 대해서도 귀를 기울여야 할 것이다.

이 주제에 관한 설문조사는 미국과 캐나다에서만 실시되었다.[117] 그 조사는 결혼한 지 적어도 5년이 된 커플 중 아이를 갖고 싶어하지 않는 커플만을 대상으로 삼았다. 이 심도 있는 인터뷰로부터 아이가 없는 이 커플들은 아이가 있으면 갖게 되는 걱정으로부터 벗어났을 뿐 아니라 자신들 관계의 질이나 친근함을 서로 보다 잘 보호해준다고 생각한다는 결론을 얻게 되었다. "남편과 아내, 연인과 연인, 서로의 가장 좋은 친구로서 그들은 사회적 정서적 욕구의 대부분, 혹은 전부를 둘이서 해결한다."[118] 사람들은 이러한 조화로운 커플은 대단히 행복해 보이므로 아이의 탄생이 그들의 균형을 깨뜨릴 것이라고 말한다. 질문을 받은 여성들은 자신들이 남편에게서 자유로운 존재라고 생각하고 권위와 능력에 있어서도 남편과 동등하다고 생각한다.

커플이 함께 가지고 있는 아이에 대한 이런 거부의 심리적 근원이 어떤 것이건 간에 이는 인간의 행복이 반드시 가정에서 어린아이를 갖는 단계를 거쳐야 할 필요는 없다는 사실과 그리고 특히,

여성들이 모성이나 출산이 아닌 다른 곳에서 그들의 균형을 찾을 수 있다는 사실을 입증한다. 그 커플들의 관계가 서로 부성적−모성적 관계를 배제하지는 않는다 하더라도 그리고 아이를 갖고 싶은 욕망이 이따금씩 불쑥 생긴다 하더라도 부모가 됨으로써 갖게 될 이점과 단점에 대한 계산의 결과 그들은 결국 아이를 거부하게 된다.

사람들은 이러한 삶의 유형을 인간에게 해를 끼친다는 명목으로 반대할지는 모르나 결코 정신적 건강에 해롭다는 명목으로 반대할 수는 없다. 그것은 아이를 갖고자 하는 욕망이 심리적 정상 상태의 기준이라는 것을 전제로 하는 것이고 우리는 그 전제가 반박의 여지가 있다는 사실을 알고 있다. 아이를 갖지 않겠다고 결심한 여성이 그렇지 않은 여성보다 심적 균형이 보다 불안정하다고는 규정지을 수 없다.

대부분의 여성들은 이런 거부의 태도를 갖고 있지 않다. 그러나 그런 여성들도 못지 않게 모성에 대해서만은 거리감을 갖고 있다. 서구 여성들의 출산율은 점차 줄어들고 있으며, 그녀들도 인간이라는 종족의 이익에 관심을 갖기를 거부한다. 여성 한 명당 출산율은 어디서나 두 명이 채 못 된다.[119) 그 사실은 모성이라는 것이 그녀들에게는 그저 평범한 삶의 한 단계일 뿐이라는 것을 보여주는 셈이다. 모성성의 기간은 두 가지 이유로 현저하게 짧아졌다. 우선 여성의 평균수명이 80세에 가까워졌고 두 아이의 교육은 15년간의 적극적인 보살핌, 즉 그들 일생의 5분의 1도 안 되는 기간만을 요구한다. 따라서 다른 영역에게 점점 자리를 내주고 있는 아이 양육을 어서 일생의 주영역으로 생각한다는 것은 불합리하다. 옛날에 여성의 관심사는 아이에게만 집중되어 있었지만, 오늘날 그들의 관심은 자기 자신에게로 향한다. 즉 자신들의 정서적 직업적 생활에 주목한다. 여성들은 더이상 자신의 존재를 아이들에 따라 맞춰가지 않고 되레 아이들이 자신들의 개인적 인생 설계에 맞춰주기를 강요한다.

여성들의 일상생활에서 아이를 보살피는 기간도 짧아졌다. 우리는 여성들의 대다수가 상반되는 두 가지 요구를 기적적으로 동시에 행할 각오를 하고 그들이 어머니가 되어도 계속 직업에 종사하는 것을 보았다. 그로 인해 아이와 얼굴을 맞댈 시간은 현저하게 짧아졌다. 탁아소, 학교, TV 등이 옛날의 어머니의 역할을 대신한다. 오늘날 함께 할 수 있는 시간은 아침과 저녁식사, 몸치장, 숙제 시간, 쇼핑과 주말뿐이다. 요컨대 어머니로서의 시간은 겨우 일상의 삼분의 일밖에 되지 않는 셈이며, 양보다는 질이 중요하고 아버지가 어머니의 역할을 대신해주고 있다.

사실 아이 기르기는 여성의 사회생활이나 생물학적 삶의 단계들을 근본적으로 변화시키지 않는다. 초경의 나이가 빨라지고 폐경기가 늦어진 것이[120] 오히려 여성들의 삶의 단계를 통합시키는 역할을 한다. 여성들의 보다 이르고[121] 보다 길어진 성생활은 그들로 하여금 능동적인 삶의 기간이 연장되었다는 느낌을 갖게 한다. 폐경이 더이상 그들의 지위를 변화시키는 요인이 되지 못한다.[122] 옛날에 그것은 성생활의 끝을 의미했지만 오늘날 그것은 직업적 정서적 성적 단계의 그 어떤 것에도 방해를 주지 않는다. 변화라고 해야 겨우 그녀들이 할머니가 되었다고 인식하는 정도다.

자연의 정복이나 생리학적 기능에서의 분리는 새로운 출산 기술에 의해 더 명확해졌다. 19세기에 파스퇴르의 몇몇 발견 덕택에 분유가 생겨났고, 그런 이후 여성의 젖가슴은 모유 기능에서 벗어났다. 오늘날 여성은 성교 없이 임신할 수 있다.[123] X에서 난자를, Y에서 정자를 추출하여 시험관 수정을 거쳐 태아를 다시 여성의 몸에 주입하거나 다른 여자의 몸에서 자라게 할 수도 있다. 어쩌면 살과 피가 있는 여자를 인공의 여자가 대신할 날이 멀지 않았는지도 모른다. 젖가슴뿐만 아니라 여성의 복부도 자연적 운명을 벗어나게 되어 각 여성이 선택할 수도 있고 선택하지 않을 수도 있는 한 기관이 될 것이다.

이 모든 것은 모성에 대한 새로운 개념을 내포하고 있다. 진정한 어머니는 유전형질을 물려주고 아이를 갖고 아이를 해산하는 사람이 아니라 그를 기르고 그에게 사랑을 쏟는 사람이다. '자연의 절대적 필요성'이 후퇴하면 할수록 모성과 부성의 개념이 부각될 것이다.

역할의 혼재 이후로 생리학적으로 주어진 기능으로부터의 해방은 양성의 유사성의 강력한 요인으로 등장한다. 그런데 우리의 모든 노력은 신체의 각 기관에서 신체의 절대적 특성을 오랜 기간에 걸쳐 없애려고 하는 공통점을 가지고 있다. 죽음을 피할 방법이 없어서 사람들은 삶을 연장시키고 몇 년 전만 해도 그렇지 않았던 여성들을 다산으로 만든다. 요컨대 사람들은 우리의 몸을 우리가 원하는 대로 응하게 만들고 더이상 자연적 필요성을 미덕으로 삼지 않는다. 우리의 몸의 중요성은 여전하지만 그 의미는 완전히 달라졌다. 몸은 '기술적' 대상에서 '심미적' 대상으로 바뀌었다.[124] 우리는 몸을 사용한다기보다는 그것에 놀라기도 하고 그것을 감탄하며 다른 사람이 감탄하게끔 만들기도 한다. 우리 문화에서 젖을 먹이지 않는 어머니를 비난하는 사람은 아무도 없고 자신의 몸을 되는 대로 놔두는 사람을 이상하게 생각한다. 늙는 것을 최대한 늦추고 약점을 숨기며, 무슨 일이 있어도 몸을 매력적으로 유지시키는 데 정성을 다한다. 어떤 사람들은 그것이 윤리라고까지 말한다.

우리가 몸에 의존하는 정도가 이전보다 적어지지는 않았겠지만 그 방식이 달라졌다. 점점 우리는 생물학적인 것을 통제하게 되고 추한 것을 미적으로 만드는 많은 기술을 발견한다. 신적이고 성스러운 자연이 우리의 욕망에 따라 다루어지고 변경되고 도전을 받는 것이다.

우리의 심리는 이따끔씩 따라가기에 힘이 들지만 거기에 끝이 없다는 사실을 모를 만큼 어리석은 사람은 없을 것이다.

성적 차이 이전의 개인적 차이

남성적인 남성과 여성적인 여성의 틀은 산산히 부서져버렸다. 필수적 모델은 더이상 존재하지 않고 가능한 모델은 무한하다. 각자 자신의 특성을 고수하고 자기만의 남성성과 여성성의 비율을 지니고 있다. "유혹에 필수적인 양성간의 차이는 점점 집단의 판단에서 벗어나고 커플의 내면 속에서 자리잡게 된다."[125]

역할과 감정의 혼합은 성차별을 더욱 어렵게 만든다. 성차별은 그것의 기본적이고 중요한 특성을 상실했고 이제는 흔히 부차적으로 보인다. 개인과 그룹의 차별화는 예를 들어 나이, 교양, 감수성과 같은 성보다 더 미묘한 차이에 따라 이루어진다. 게다가 감수성이라는 것은 우리가 우리 속의 남성성과 여성성을 이해하는 방식과 그리 다른 것은 아니다.

어떤 사회에서는 남녀를 구분하는 것은 성이 아니라 출산력이다. 그곳에서는 아이를 못 낳는 여성은 특별한 지위를 갖는다. 오트-볼타 지방의 사모 족들은 그런 여성을 아이와 동일시한다. "젊은 여성에게 성인 여성의 지위를 갖게 하는 것은 처녀성의 상실이나 결혼이 아니라 임신이다. 유산을 하든 출산을 하든 상관없이 임신하는 것 자체만으로 충분하다. 아이를 못 낳는 여성은 진정한 여성으로 간주하지 않는다. 그녀는 미숙한 어린아이로 죽을 것이고 아이들의 묘지에 묻히게 된다."[126]

그와는 달리 동아프리카의 누에르 족은 아이를 못 낳는 여성을 남성으로 취급하고 따라서 그 여성들은 남성이 갖는 모든 유리한 권한을 갖는다. "만일 어떤 젊은 여성이 결혼해서 몇 년이 지나도록 아이를 갖지 못하면 그녀는 남성의 지위를 갖고 자신의 친가로 돌아온다. 그녀의 조카들은 그녀를 '삼촌'이라고 부르고, 그녀는 가축 몇 마리를 물려받아 그 가축이 점점 수가 많아지면 자신의 아내를 맞이하기 위해 필요한 지참금을 지불하게 된다. 아내들은 그녀를 '내 남편'이라고 부른다. 그녀는 역시 자신의 하인이 될 씨받이 남성을 고용하게 되고 거기서 생기는 아이들은 그녀를 '아버지'라고 부르게 된다."[127]

그러나 우리 사회에서는 그렇지 않다. 아이를 못 낳는 여성은 아이나 남성과 동일시되지 않는다. 임신이 남녀를 구분한다기보다는 임신해본 사람과 그 외의 모든 사람(임신 경험이 없는 남자와 여자)을 구별해준다고 생각해볼 수 있지만 피임이나 자신의 의지에 의해 아이를 갖지 않는 여성들은 여성성을 획득하기 위해 필수불가결하고 결정적인 경험의 성격을 띤 임신을 거부한다. 아이 갖기를 원치 않는 여성은 그 이유 때문에 자신이 덜 여성스럽다고 느끼지 않는다. 그녀들은 난소가 아닌 다른 곳에서 자신의 여성성을 찾고 자신의 아이들이 아닌 다른 아이들에게서 모성성을 느낀다. 게다가 출산의 새로운 기술들은 출산력에 대한 우리의 오래된 기준을 모호하게 만든다 많은 여성들이 임신에 참여하는 마당에 어떻게 어떤 여성이 소위 '출산력이 강하다'고 말할 수 있겠는가? '실패한 임신'의 경우 그것이 난자를 제공한 여성의 탓인가, 아니면 수정란을 받은 여성의 탓인가? 거기에 대한 확실한 해답이 없어서 사람들은 생리학적인 것의 중요성을 최소화하고 욕망을 부각시킨다. 유전자를 준 어머니, 수정란을 받은 어머니, 아이를 양육한 어머니 중 어머니란 이름을 가져야 할 사람은 아이를 양육한 어머니여야 할 것 같다. 그것이 예외적인 경우라 할지라도 거기에 모성과 부성을 구분짓는 것은 아무것도 없다.

대부분의 사회에서 정자를 제공한 씨받이 남성과 아이를 기르는 아버지를 구분한다. 어떤 여성들에 대해서도 우리는 그렇게 해야 할 것이다. 사랑을 주는 어머니와 씨받이 여성을 구분해야 한다. 아버지와 어머니의 차이는 생리학적 차원이기보다는 성적 정체성의 차원이다. 그 차이는 성적 차이라기보다는 개인적인 차이이다. 지배적 모델이 남성적 아버지와 여성적 어머니를 요구한다 하더라도 우리는 우리 각자가 두 요소의 유일한 혼합체이고 강요된 모델이 도처에서 부서지고 있다는 사실을 점점 더 인식하고 있다.

양성적 인간은 남녀의 성을 가능한 최대한까지 화해시키며 그렇게 하면서도 모든 개인적 표현의 차이를 허용한다. 인간은 이제 더이상 이질적인 두 그룹으로 분리되는 것이 아니라 모든 점에서 닮기도 하고 구별되기도 하는 다양한 개성으로 조합된다.

II. 부부 혹은 마음의 돌연변이

양성의 유사성은 우리의 욕망에 결정적 영향을 미쳤다. '하나'
와 '다른 하나' 의 변증법은 본래의 긴장을 상실하고 낯설음, 대립,
투쟁 등도 사라지게 했다.

전통적 커플의 개념이 흔들리고, 커플의 특징이었던 오랜 시간
의 지속은 사람들이 그 지속을 가능하게 만들었던 억압에 복종하
기를 거부함으로써 절대적 가치에서 이상적 가치로 바뀌었다.

필레몬과 바키우스(오랫동안 같이 산 그리스의 신들—옮긴이), 말
을 듣지 않으면 둘이 결별해야 한다고 협박하면서 현실을 지배하
려는 소설적 환상이란 그러한 것이다. 그 주먹구구식 환상이라니!
이상(理想)에는 협상이란 없다. 커플을 이끄는 것은 '전부 아니면
무(無)' 의 정책이다. 함께 오래 살기 위해서는 수락해야 할 협상보

다는 완벽한 결합을 실현하고자 하는 희망 속에서 여러 가지 시도를 해볼 것이다. 오랜 지속을 가능하게 해주었던 사회적 경제적 종교적 필요성은 대부분 사라지고 우리 커플들을 지배하는 것은 오로지 마음이다. 사랑의 우연성에 대한 첨예한 의식을 가지고서 그런 허약한 기초 위에서 결합하기를 거부했던 고전주의 시대와는 반대로 우리들은 우리 안에 있는 보다 비합리적이고 변하기 쉬운 성질에 절대적인 우선권을 부여한다. 다른 데서와 마찬가지로 거기에서도 최후로 우리의 운명을 주재하는 것은 이제 우리의 '열정'이 아니라 우리의 '신경'이다. 사람들은 사랑했다가 변하고 사랑을 의심한다. 그리고 또다시 시작한다…….

마음의 간헐적 중단이라는 것이 우리 사랑의 경박성을 의미하지는 않는다. 완벽에 대한 필요성 때문에 중단이 생겨나는 것이다. 우리가 원하는 결합은 이전보다 훨씬 더 까다롭기 때문에 우리는 그 결합을 실현하거나 지속시키는 데 그토록 어려움을 겪는 것이다. 다른 모든 것보다 우선적인 두 사람 사이의 관계의 질이나 강렬함, 무관심, 쇠락, 갈등 등은 결합을 깨뜨리고 커플의 존재를 위기로 몰아넣는다. 더이상 하나로 결합되지 않는다면 둘이 함께 있는다는 것이 무슨 소용이 있겠는가? 더이상 마음이 서로 통하지 않고 침묵이 가로막고 있다면 커플은 존재의 이유를 잃고 멀어진다. 사람들은 자신이 상대가 찾고 있는 진정한 친밀성의 대용물에 지나지 않는다는 소외감을 끝내 받아들일 수 없는 것이다.

우리가 꿈꾸고 있는 공생적 결합은 우리 각자가 남녀 양성적으로 변하고 있다는 사실로 더욱 어려워지고 있다. 우리의 요구는 더 다양해졌고 때로 모순되기도 한다. 불완전한 남녀 양성인 우리는 혼자서 만족하고자 하는 욕망과 우리의 이중적 천성의 완벽한 결합으로 여겨졌던 융합의 관계에 대한 욕망을 동시에 지니고 있다.

그리하여 우리는 삼중의 도전에 직면해 있다. 자신에 대한 사랑과 타인에 대한 사랑을 화해시키는 것, 자유와 공생에 대한 우리의 두 갈망을 화해시키는 것, 서로의 변화를 끊임없이 조정하면서 우리의 이원성을 파트너의 이원성과 조화시키는 것이 그것이다.

자아가 그토록 강해본 적도 없었고 사랑의 요구가 그토록 까다로운 적도 없었기 때문에 그만큼 위험스러운 내기인 셈이다.

1. 커플 이전의 개인

옛날에는 커플이 사회의 기초단위를 구성했다. 각각 자신의 몫을 담당하고자 했던 두 개의 절반으로 이루어진 그 커플은 상대편에게는 서로 초월적 의미를 지니고 있었다. 사회적으로 그리고 심리적으로 그들은 하나 없이는 다른 하나가 불완전해진다는 사실을 인정했다. 독신자들은 경멸을 받거나 동정을 받게 되고 미완성의 존재로 인식되었다. 두 사람이 하나의 성(姓)만을 쓰게 된다는 것은 개성을 없애버리는 커플의 이러한 전체화 개념을 아직 반영하고 있다. 각자가 자신의 고유한 성(姓)과 독립을 유지하게 되면 그 일은 정신적으로 사회적으로 더 복잡하게 될 것이다.

현재의 경향은 커플의 초월적 개념을 옹호하지 않고, 자신을 훌륭한 통합의 반쪽 부분이라기보다는 두 개의 자율적 통합체로 보는 두 사람의 결합이라는 개념을 옹호한다. 결합을 통해 자신의 가장 사소한 부분도 희생하려 들지 않는다. 자아와 개인주의의 확대는 우리가 원하는 커플의 삶에 험난한 장애물이다. 우리의 목표가 달라졌고 우리 곁에 '다른 하나'를 두기 위해 어떠한 희생도 치르겠다는 각오도 더는 존재하지 않는다.

자아의 절대적 가치

우리의 양성적 본성의 출현은 우리의 요구와 욕망을 배가시켰다. 우리는 우리 자신을 하나의 총체로 느끼기 때문에 모든 것을 원한다. 우리는 각자 자신이 모든 인류를 대표하는 본보기라는, 신적인 총체의 대용물이라는 다소 분명한 느낌을 갖고 있다. 우리는 스스로 완전하고 만족스러운 존재이기를 원하지만 내재된 이타성(異他性)이 그 노력의 긴박함이나 충동을 방해한다. 지금 '다른 하나'는 넘지 못할 가치를 가지고 있다. 그것이 우리의 존재를 풍요롭게 해준다면 우리는 그것을 바라겠지만 그것이 우리에게 희생을 요구한다면 우리는 거절할 것이다.

총체성에 대한 전례없는 열망은 결핍에 대한 인식을 더욱 고통스럽게 만들고 있다. 그래서 아이를 못 낳는 커플은 갖은 수단을 다 동원하여 모든 인간에게 공통된 성질의 결핍에서 오는 불만족을 없애려 한다…… 스토이즘은 더이상 이 세상에 존재하지 않고 필요가 더이상 미덕도 아니다. 자연이 짓궂게 우리의 한 부분을 절단하고 다른 사람이 가질 수 있는 경험을 우리에게 금지한다면 우리는 반항하면서 비뚤어진 길을 택한다.

만일 우리의 불만의 원인이 '다른 하나' 때문이라면 우리는 그를 떠난다. 자신의 개성의 한 부분을 질식시키는 것보다는 자아를 계발하는 것이 더 낫다고 생각한다. 타인들이 있는 그대로의 우리를 사랑하도록 만들 수 있는 법을 우리가 모른다 하더라도 우리는 열정적으로 우리 자신을 사랑할 준비가 되어 있다.

자아가 우리의 가장 중요한 재산이 된 것은 그것이 동시에 심미적 경제적 정신적 가치를 지니고 있기 때문이다. 옛날에 자아에 대해 말하는 것은 교육을 잘못 받은 사람들이나 하는 짓이었고 자기 존재의 근거를 자아로 삼는 사람들은 비난받았다. 온 힘을 다해서 타인이 자기보다 더 중요하다는 느낌을 주도록 해야 했다. 반면 새로운 세대는 이런 도덕이나 위선을 받아들이려 하지 않는다. 그들의 끊임없는 관심사는 남을 들여다보는 것이 아니라 자기 자신을 최대한 계발하는 것이다. 목표가 근복적으로 바뀐 셈이다. 사람들은 자기 인생의 시간을 자신이 관리하고 자신의 모든 능력을 펼치는 것 이외에는 다른 아무 생각도 하지 않는다. 자신의 잠재력의 일부를 개척하지 않는 상태로 방치한다는 것은 자아의 이런 새로운 자본주의에 대한 용서받을 수 없는 범죄이다. 부모들은 거기에 대한 책임을 느끼고 자식들이 풍부한 경험을 할 수 있도록 열정을 쏟아붓는다. 그들은 아이들이 삶에서 플러스가 될 재능을 발견할 수 있게 하기 위해 모든 것을 시도해보게끔 한다. 그래서 아이들은 제 의지와 상관없이 유도나 무용, 도자기 화랑, 음악 학원 등을 뛰어다녀야 한다. 그러나 아무런 성과도 가져오지 못하는 여가활동은 자신의 자아 계발보다 아이들의 자아 계발에 더 많은 것을 투자하는 부모들에게 후회와 고통을 가져올 뿐이다.

자아의 계발은 나르시시즘이라는 새로운 방법론을 요구한다. "너 자신을 알라"와 "너 스스로를 사랑하라"는 자아의 가치 부여에 선행되는 두 가지 조건이다. 우리 시대는 가짜 순수나 겸손을 받아들이지 않는다. 무능이나 욕구 감퇴는 불행하고 '저지당한' 자아에 대한 책임이 있기 때문에 자아를 해방하기 위해서는 자아에 귀를 기울여보고 자세히 조사하고 들여다보아야 한다.

사람들은 자아에 모든 것을 걸기 때문에 자아는 숭배와 계발의 대상이다. 그것은 그 무엇이나 그 누구보다도 확실히 우리에게 기쁨과 행복과 영광 그리고 어쩌면 영원까지도 가져다줄 수 있다고 생각된다. 따라서 우리의 궁극적 목표는 우리의 자아를 남들이 부러워하고 찬미하는 걸작으로 만드는 일이다. G. 리포베츠키는 "초자아는 현재 명성과 성공의 절대적 필요성으로 제시되기 때문에 그런 것들이 성취되지 않으면 자아에 대해 가혹한 비난을 가한다"[1]라고 쓰고 있다.

오늘날 자아의 실패나 가치 하락만큼 심각한 불행은 없다. 그런 것들은 자살이나 마약 같은 절망적 행동을 유발한다. 결국 자신을 사랑하지 않는 것은 치명적이며 사람들은 정신분석을 통해 자신을 유지해나가는 것 외에는 아무것도 배우지 않는다.

자신에 대한 사랑이 윤리가 된 지금 자아는 도덕적 가치를 지니게 되었다. 나와 타인의 관계가 아닌 나와 나 자신의 관계가 절대적으로 필요한 조건이 된 것이다. 그것은 나를 사랑하고 나 자신을 발현시키고 스스로 즐길 것을 명령한다. 도덕의 목표는 타인에서 자기로 옮아왔다. "진실성이 상호성을 제압하고 자신에 대한 지식이 타인에 대한 인식을 제압한다."[2]

자아가 우리의 주요 관심사가 되고 "타인의 기준에 상관없이 자아를 발현하는 것"이 무엇보다 중요해지게 되면 상호주관적 관계는 어쩔 수 없이 그 가치를 잃게 된다. "인간 상호간의 경쟁 관계는 타인이 페터 한트케나 빔 벤더스의 등장인물들처럼 모든 끈끈한 관계에서 벗어나 적대적이지도 경쟁적이지도 않으며 무관심하고 형체가 없는 중립적이고 공적인 관계에 점차 자리를 내어준다."[3]

자아에 부여된 절대적 가치는 타인의 상대적 가치와 병행한다. 위대한 열정은 이제 통하지 않는다. 증오와 질투는 비난을 받고[4] 자제력의 표시이자 고통의 해독제인 무관심이 자리잡고 있다. 이혼하는 커플들은 과도한 집착이 자아의 빈곤과 불완전의 증거이기라도 하듯이 서로 좋은 친구로서 명예롭게 헤어진다. 비록 어려운 일이기는 하지만 혼자서도 충분하다는 인상을 주는 것이 훌륭한 일로 여겨진다.

이런 자기 중심적 모랄은 기독교적 혹은 칸트적 윤리를 위협한다. 그들의 윤리의 기초였던 이타(利他)주의는 우리의 투쟁적 개인주의와 상충한다. 자아 발현의 의무를 선포(무엇보다도 나를, 완전하게 나를)한 이래 희생의 개념은 자아 파괴라는 부정적 양상으로만 나타난다. 우리는 이타주의가 자아의 목표, 즉 자아의 미학이나 자아의 위대함에 봉사할 때만 그것을 받아들일 수 있다. 그러므로 남을 자기보다 앞세운다는 것에는 우리가 점점 더 뛰어넘기 어려운 심연이 존재하는 것이다…….

이 모든 것은 우리가 사랑하는 방식에도 영향을 미친다. 오랫동안 사랑의 모델이 되어왔던 희생적 사랑[5]은 우리가 부부애나 모성애에서 볼 수 있듯이 심각한 한계가 있다. 옛날에 모성은 헌신과 희생의 관점에서 정의되었다. 자식들을 낳는 것은 신에게 복종하고("많이 낳아 많이 기릅시다") 남편에게 후손을 주어 여성으로서의 운명을 완수하기 위함이었다. 훌륭한 어머니의 상징은 자기의 내장을 열어 새끼를 먹이는 펠리칸 새의 그것이었다. 아이의 행복은 어머니의 인격뿐만 아니라 인생 자체도 희생할 것을 요구한다는 것은 상식처럼 받아들여졌지만, 오늘날 그런 유형의 모성은 더이상 우리 사회의 모델이 아니다. 우선 출산은 개인적 욕망을 충족시키기 위한 것이고, 파트너가 원한다고 해서 자신이 원하지도 않는 아이를 갖는 일은 드물다. 인간의 종족 보존이나 사회적 경제적 요구 때문에 아이를 갖는 일은 더구나 찾아보기 힘들다. 아이를 출산하는 일은 무엇보다도 자신을 위해서이고 자아를 만족시키고 풍요롭게 하기 위한 것일 뿐이다. 솔직히 말해서 아이를 갖고 싶어하는 욕구의 근저에는 종족의 생존을 무엇보다도 잘 보장해주는 감정인 이기적이고 나르시시즘적인 감정이 깔려 있다. 우리가 아이를 낳는 것은 우리의 일부분인 그 '타인'을 통해 우리 자신을 재생산하고 우리를 보고 우리를 찬미하기 위해서이다. 서구사회에서 한 여성의 출산율이 두 명을 선회하는 이유는 아마도 우리가 우리의 분신을 재생산하는 데 남성적 분신과 여성적 분신 양쪽 모두를 원하기 때문일 것이다. 남자아이와 여자아이 둘을 다 기르는 경험을 가져보는 것이 이상적이고, 그것을 넘어서면 출산은 반복일 뿐이다. 운이 좋지 않아서 남자아이와 여자아이 둘을 갖지 못할 경우, 우리 대부분은 '수고'를 멈추고 양성적 재생산의 욕망을 버리는 쪽을 택하게 된다. 두 아이 이상을 갖는다는 것은 너무 버거운 짐이고 부모들에게는 자아를 지나치게 희생하는 것에 다름아니기 때문이다.

우리는 우리가 꿈꾸는 아이들은 우리 자아의 걸작—완성된 우리가 아니라 아이를 통해 우리가 실현할 수 있다고 생각하는 걸작—으로서, 그리고 우리의 지칠 줄 모르는 사랑의 근원으로서 여겨진다는 사실을 인정해야 한다. 간단히 말해, 우리가 아이를 낳는 것은 약점과 어쩔 수 없는 증오를 지닌 인간에게 생명을 주기 위해서라기보다는 우리의 생존을 공고히 하고 우리의 기쁨을 새롭게 하기 위해서이다. 자신의 많은 부분을 희생할 각오가 되어 있는 모성적 이타주의는 어머니의 자아라는 방해물을 만난다. 만족을 느끼는 한 우리는 모든 것을 줄 수 있다. 하지만 더이상 그렇지 않게 되면 아이에게 '투자'하기를 그치고는 고민, 후회, 낙담에서 벗어나 자신의 전 인격을 구제하려고 노력한다. 대부분의 부모는 즉각적인 보상을 바라지 않고도 아이의 행복을 위해 커다란 사랑을 선사할 각오가 되어 있지만 그 무보상성이 결코 완전하지 않을

뿐더러 그들의 자아 도취적 갈망도 결코 포기되지 않는다. 사람들은 실제 자신의 아이와 그들이 꿈꾸는 아이가 일치하는 희망을 버리지 않는다. 그 희망이 소용없게 되고 증오가 사랑을 능가하게 되면 자아의 희생은 무익하고 게다가 위험스럽기까지 하다.

사람들이 원하든 원하지 않든 '계산을 하는 것'은 더이상 아이들만이 아니다. 좀 덜 거칠고 요구가 까다롭지 않다 하더라도 부모들 역시 계산을 한다. 모성애 자체도 이전과는 다르거나 혹은 좀더 정확히 말해 우리가 추측하는 그런 면은 더이상 찾아볼 수 없다. 어머니들도 '계산'하고 따져본다. 그녀들은 '내장을 꺼내어주는 것'이 반드시 보상받지 않는다는 사실을 알았다. 어머니들은 그러한 희생이 어딘가에 도움이 된다는 확신도 없이 거기에 자아를 버린 셈이다……

지금까지 희생적 어머니의 이미지는 성공적으로 모범이 되어왔다. 그것을 거부하는 여성들은 오해받거나 배척당할까 두려워서 몇몇이 은밀히 모여 작은 소리로 그런 얘기를 주고받았다. 그러나 오늘날에는 자기 아이들에게 너무 지나치다거나 부모의 사랑을 그릇되게 이용한다고 공공연히 얘기할 수 있다. 크리스티안 콜랑주Christiane Collange는 자신의 책 『나, 너의 어머니 *Moi, ta mère*』[6] 속에서 어머니들도 자아를 가지고 있고 거기에 대한 최소한의 배려를 해주지 않으면 파트너와 헤어질 수밖에 없다는 사실을 적절하게—여성들을 위해서는 다행스럽지만 남성들에게는 매우 유감스럽게—말해주고 있다. 이 용기 있는 책의 성공은 사람들이 얼마 전부터 마음속으로만 조용히 생각하고 있었던 사안을 큰 소리로 말한 데서 기인한다. "우리는 너희들이 충분하게 돌려준다는 조건 하에 우리의 모든 사랑을 너희에게 기꺼이 내어준다……[7] 너희들이 우리를 사랑한다는 분명한 증거를 볼 수 없기에 우리가 너희들

에게 지닌 열성을 거두고 너희들의 무관심에서 받는 우리의 고통
을 덜고자 한다."

상대가 아이들처럼 자신의 일부가 아닌 부부관계에서는 헌신적
사랑이 더욱더 드물다. 이타주의는 서로 보상받고 싶은 필요성에
의해 흔들린다. 의식적이건 아니건 간에 우리는 자아의 손실과 이
득을 엄밀히 계산한다. 받기 위해 주는 것이야말로 커플이 존속하
기 위한 조건이다.

무엇보다도 우리를 고독에서 구해주는 이점을 지닌 이상적 사
랑은 일반적으로 상대방에 대한 존경과 애정, 그리고 특별한 배려
에 뿌리를 두고 있는 끊임없는 대화에 의해 가능한 것으로 생각된
다. 존경과 대화는 파트너들의 평등을 전제로 하고 부부간의 사랑
은 상호교류의 절대적 법칙 없이는 불가능하다. "나는 네가 너 자
신만큼 나를 사랑하고 또 그것을 입증해 보인다는 조건하에서 너
를 나 자신만큼 사랑한다." 그렇게 함으로써 서로가 희생한다는
느낌을 없앨 수 있다.

이 법칙은 무상으로 얻어지는 것은 아무것도 없고 사랑은 일방
적이기가 매우 어렵다는 사실을 의미한다. 상호간 선물 교환이라
는 용어가 시대와 사회계급에 따라 변화해왔지만 그 법칙은 결혼
속에 늘 존재해왔다. 부부가 똑같은 부분의 사랑을 교환하지 않는
다 하더라도 각자는 상대편에게 받은 것에 상응하는 그 무엇—지
참금에 대한 사회적 직함이나 신분, 혹은 좀더 속되게 이야기해서
아이와 가사일을 돌봐주는 것에 대한 가족 부양의 책임을 맡는
것—을 가져다준다.

이 규칙은 커플의 생활에서 그 어느 때보다 시련을 겪고 있다.
점점 더 빈번하게 남녀가 함께 가족 공동체에 월급을 가져오기 때
문에 상호성의 규칙은 사랑의 증거 외에는 아무것도 관련되어 있

지 않다. 사랑의 증거는 부부생활의 가장 중요한 틀을 형성하는 별 대수롭지 않은 제스처에서 분명 찾아볼 수 있다.[8] 여성에 대해 남성이 보여주는 그러한 관심은 그와 유사한 여성의 관심에 의해 보상을 받고 그 반대의 경우도 마찬가지로 작용한다. 사람들이 계산을 않는 체해도 계산은 여전히 유효하다. 어떤 사람들은 불쾌하다고 말할 것이다. 그러나 그렇지 않다. 사랑은 증거에 의해서만 이해되고 사랑의 존속은 상호성에 의해서만 가능하다. 사랑이 소멸되는 것을 원치 않는다면 이기적 충동과 활력 있는 결합을 유지하려는 욕망 사이에서 끊임없이 협상해야 한다.

상호성을 오래 등한시하면 결국 부정이나 무관심 혹은 배려의 부족으로 간주되기 마련이다. 그것들은 결국 서로의 이해를 해치게 되고 따라서 커플의 존재 이유를 부정하게 될 것이다. 논쟁이 점점 심해지면 대화는 중단되고 최악의 억압인 적대적 대립으로 변하게 된다.

억압보다는 고독을

이혼율의 증가는 약 15년 전부터 동서양을 막론하고 산업화된 모든 국가에서 볼 수 있는 현상이다. 스웨덴과 미국, 그리고 러시아[9]에서 결혼한 커플의 반이 이혼한다. 프랑스 역시 비슷한 추세인데, 1984년에는 28만 4천 건의 결혼에 대해 13만 건의 이혼을 기록했다. 결혼의 숫자는 이혼하거나 다시 독신으로 지내게 되는 커플의 수를 능가하지 못한다.[10] 이혼이 가장 빈번한 연령층은 젊은 층이고 보통 결혼 후 3, 4년 사이에 가장 많으며, 사회적 경제적 그리고 종교적 속박에서 비교적 자유로울 수 있는 도시 사람들에게서 더 많이 볼 수 있다.[11] 그러나 좀더 흥미 있는 사실은 이혼

이 발생하는 모든 곳에서 이혼을 요구하는 쪽은 대부분 여성들이
라는 사실이다.[12] 1884년에 이혼이 법제화된 이후로 1, 2차 세계
대전 직후를 제외하고는 이혼을 요구하는 숫자는 항상 여성이 남
성을 능가했다. 그러한 통계는 여성이 남성보다 결혼생활의 불편
을 더 심각하게 느끼고 있음을 보여준다.

　현재의 결혼생활을 살펴보면 상호성의 규칙은 늘 여성에게 불
리하게 행해진다는 사실을 알 수 있다. 커플의 일과에 대한 모든
연구는 가사일이 성에 따라 가장 불공평하게 분배되어 있다는 사
실을 보여준다.

한두 명의 자녀를 둔 커플의 평균 일과표(프랑스, 1974~1975)[1]

	직업을 가진 남성	직업을 가진 여성	직업이 없는 여성
아이 돌보기	17분	1시간 5분	1시간 59분
다른 가사일	1시간 13분	3시간 53분	5시간 53분
출퇴근 시간을 포함한 직장일에 보내는 시간	6시간 48분	4시간 52분	—
개인적 시간[2]	11시간 6분	10시간 50분	11시간 19분
자유시간[3]	3시간 52분	2시간 39분	3시간 52분
직장일 외에 걷는 시간	43분	41분	52분
	24시간	24시간	24시간

1) Marie-Thérèse Huet, Yannick Lemel, Caroline Roy, 『도시인들의 일과표 Les Emplois du temps des citadins』,
자료 "렉탕글Rectangle", INSEE, 1978년 12월.
2) 잠, 식사, 몸치장, 병원 가기.
3) 교육, 종교, 모임, 영화 연극 관람, 초대, 스포츠, 소풍, 독서, TV, 음악, 집안 개조, 일, 그밖의 모든 여가활동.

숫자상으로 여성이 직장에서 보내는 시간이 남성에 비해 적으면서도 여가를 즐기는 시간 역시 오히려 남성보다 여덟 시간 반이나 적다는 사실을 확인할 수 있다.

이런 불균형은 미국[13]과 러시아[14]에서도 확연히 나타난다. 미국을 대표하는 2,214커플을 대상으로 실시한 대규모 설문조사에서 결혼하게 되면서 남성들은 그들이 독신이었을 때에 비해 집안일을 돌보는 시간이 일 주일에 반으로 줄어든 반면(일 주일에 8시간이었던 것이 4시간으로 줄었다), 여성들은 그 반대였다(일 주일에 20시간이었던 것이 40시간으로 늘어났다). 물론 뒤르켐은 90년 전에 이미 "결혼생활은 여성에게는 재난과 같은 것이지만 반대로 남성에게는 아이가 없는 경우에도 유리한 것이다"[15]라고 얘기했다. 반면 여성은 이러한 불평등을 점점 더 많이 느낀다. 거기에서 생겨나는 피로가 축적되어 여성들은 눈에 보이지 않게 불만을 품게 되며 그 불만은 여성들이 경제적 독립을 얻게 되면서 더 확연히 드러나게 된다. 모든 설문조사에서 공통적으로 드러난 사실은 교육수준이 높으면 높을수록, 직업적 지위가 높으면 높을수록 여성들은 그들의 결혼생활에 더 많은 불만을 갖는다는 것이다.[16]

직장의 남성 동료와 동등한 조건을 가질 수 있게 된 여성들은 그 평등을 집 안의 남편에게도 요구한다. 모성본능도 가정일에 대한 책임도 더이상 가지고 있지 않다고 생각하고 또 그들 천성 속에 이불을 빨고 밤마다 깨어 있게 하는 것은 아무것도 없다고 생각하는 여성들은 그런 일이 분담되지 않을 때 점점 더 그에 대한 중압감을 느끼게 된다. 그리고 남성들이 일의 분담을 꺼리면 유대나 상호성의 계약을 파기하는 셈이고, 부부생활의 근본은 깨어지고 만다. 집 밖에서 일하는 여성들의 피로는 남편에 대한 원망을 낳는다. 대화의 시기는 곧 끝이 나고 그 대신 같이 살거나 결혼하면 없어질 것이라고 믿었던 고독, 착취자로만 느껴지는 '타인'에 대한 적대감으로 점철된 고독이 자리잡는다.

그런 상황이라면 함께 있어야 할 이유가 무엇이겠는가?

여성들이 상대적으로 경제적 독립을 획득하게 되면 이혼에 의해 좀더 유리한 입지에 서게 된다. 이혼은 심신의 부담을 완화시켜주고 동시에 희망의 근원이 되기도 한다. 여성들은 직업의 부담을 여전히 떠맡겠지만 낯선 사람이 되어버린 배우자의 무게를 벗어버릴 수 있다. 게다가 이혼한 여성은 대부분 아이의 양육권을 확보하는데,[17] 그렇게 함으로써 고독에 대한 더없이 귀중한 치료책을 얻게 되는 셈이다.[18]

아이가 있건 없건 이혼은 또다른 사람과의 보다 행복한 결합에 대한 희망을 의미하기도 한다.[19] 더이상 자신의 사람이라고 생각되지 않는 사람과 일생을 함께하는 것보다는 순간적이고 상대적인 고독이 더 낫다. 부부의 새로운 모랄은 억압에 의한 결합을 몹시 비난한다. 마음이 없는데 함께 산다는 것을 위선이라고 생각하는 것이다. 강압에 의한 관계는 정신적 비열과 동시에 심각한 정서불안을 의미한다.

요컨대 젊은 세대는 점점 참기 어려워지는 긴장된 결합보다는 차라리 고독의 아픔을 선택한다. 그들의 태도는 긍정적 혹은 부정적 의미를 내포하고 있는 자유, 충만, 무감각이라는 세 단어로 요약될 수 있다.

1970년대에는 대다수 여권주의자들이 고독을 찬양했다. 버지니아 울프를 따라서 그들은 '자기만의 방'을 원했으며, 자신을 위해, 자신에 의해 자유롭게 살 수 있는 장소로 '자기만의 침대'[20]를 요구하기도 했다. 이 요구는 "종교나 이상(理想)의 명분으로 서로 혼합함으로써 서로를 파괴하도록 되어 있는 환상"[21]으로 인식된 커플의 심각한 위기와 때를 같이해서 생겨났다. 르 가렉 E. Le Garrec 은 '위대한 사랑'을 고발하면서 그것은 사실상 서로가 상대를 기만하고 강자가 약자를 착취하는 끝없는 투쟁일 뿐이라고 주장한다.

"커플 사이의 일의 분담의 필요성에 대해 쓰면서 나는 무슨 역할을 담당했는가?…… 나는 지배관계가 사라질 것이라고 믿었다…… 그러나 내가 틀렸다. 커플 사이의 투쟁이란 승산 없는 일상의 전투 속에 에너지를 쏟아버려 다른 곳에는 더이상 쓸 수 없게 되는 것이다…… 그것은 노동자들이 기업의 개혁이라는 카드놀이를 하는 것처럼 커플의 개혁이라는 카드놀이를 하는 것이나 다름없다."[22] 그러나 그것은 소용없는 일이다.

우리 시대에 많은 여권주의자들이 혼자 살기를 택하는 이유는[23] 그들의 사생활과 그들의 이데올로기를 일치시키기 위함일 뿐만 아니라 인간으로서 자유롭고 자율적인 '나'를 되찾기 위함이기도 하다. 르 가렉은 커플이 인간의 인격을 비이성적 혼란 속으로 사라지게 만든다는 사실을 역설한다. "'나'는 '우리' 속으로 사라지고 흡수되고 침잠해버린다. 커플은 개인의 존재에 필수적인 고독을 허용하지 않기 때문에 결코 혼자 있을 수 없다. 상대가 없을 때도 참고인으로서, 집안의 무거운 흔적으로서, 무거운 기다림으로서 그 존재는 여전히 곁에 머물러 있다."[24]

사실상 커플은 고독에 대한 치유책이기는커녕 대개 고독의 가장 혐오스런 면을 드러내 보인다. 커플은 자신과 타인들 사이에 막을 치고 공통관계를 약화시킨다. 우리로 하여금 자유와 독립을 포기하게 하면서 상내와 에이기거나 상대가 없는 경우에 우리를 더욱더 약하게 만든다. "따라서 남게 되는 남성이나 여성은 온통 고독과 고립과 거부에 빠지게 되고 목적을 상실하며 짝을 잃어 쓸모없는 나머지 한 짝으로 전락한다. 자신 속에서도 존재하지 않고 자신이 계속해서 한 자리를 차지할 집단에도 속할 수 없기 때문에 온통 고립될 수밖에 없다. '우리'가 사라지고 반쪽만 남게 되면 그 반쪽은 마치 자신에게 젖을 주고 옷을 입혀줄 사람도 없어 두려움에 떠는 갓난애처럼 허약하고 살아갈 가망이 없는 존재로 추락해버린다."[25]

최악의 소외 상태인 그런 고독과 싸우기 위해 사람들은, 어쩌면 즐거운 마음으로, 자신을 위해 사는 법과 자신의 '자아'를 계발하는 법을 배운다. 거기에서 우리를 돕는 것은 물론 다시 도진 우리의 나르시시즘과 충만에 대한 이상(理想)이다. 타인으로부터 오는 고통의 위험으로부터 자아를 보호하는 일은 지상명령이 되었다. 미국 반체제 운동을 주도했던 제리 루빈Jerry Rubin 같은 몇몇 사람들은 상호 주관성을 포기하는 일을 찬양하기까지도 했다. "사랑을 포기하고 나를 행복하게 하기 위해 남을 필요로 하지 않을 수 있을 만큼 나 자신을 충분히 사랑하시오."[26]

리포베츠키는 자율성에 대한 이러한 강력한 자아 도취적 추구를 우울증에 가까운 병적 무감각의 증상이라고 생각한다. 개인화의 과정은 그의 눈에는 하나의 불안정한 요인이다. "그것은 순전히 현재에만 의존하는 한 존재, 목적도 의미도 없고, 자아 도취의 현기증에 빠진 주관적 심리 상태를 낳는다. 자신만의 메시지로 이루어진 집 속에서 칩거하면서 개인은 그 이후로 어떠한 초자아적 지지(정치적 도덕적 혹은 종교적) 없이 치명적 상태에 이르게 된다."[27]

요컨대 우리는 무감각의 이러한 부정적 양상에 만족하도록 강요받지는 않는다. 고대의 스토아주의자들과 에피쿠로스주의자들은 그것을 지혜, 즉 평온 상태와 동일시했다. 자율성의 추구는 둘의 관계를 맺는 데 반드시 무능력을 의미하지 않으며, 그 관계를 위해 모든 것을 희생하지 않는 것을 의미할 뿐이다. 데모크리토스가 그토록 소중히 여겼던 영혼의 평온은 모든 종류의 열정과 과잉을 불신했다. 평온은 무엇보다도 자제력의 상실을 가장 두려워하면서 또 한편 만족한 마음의 고요를 요구한다.

불완전한 자웅동체인 우리의 충만성은 결코 온전한 것일 수 없다. 고독의 연습은 하나의 수단이지 목표일 수는 없다. 그것은 지금 상호자유를 존중하는 두 개체의 결합이라는 형태로 존재하는 관계 속에서 극단적인 요구를 받아들인다.

2. 줄어든 열정, 늘어난 친절

정열의 감소

> 나는 그를 보면 얼굴을 붉히고 창백해지네
> 넋을 잃은 내 영혼은 갈피를 잡지 못하고 흔들리네
> 나는 더이상 볼 수도 말할 수도 없다네
> 나는 나의 몸이 얼어붙으면서 타오르는 것을 느끼네.[28]

페드라의 이 고백은 애석하게도 더이상 우리의 고백은 아니다. 정열의 절대적 무질서를 상징하던 이 여성은 오늘날의 여성과는 거의 유사점을 찾아보기 힘들다. 언뜻 보기에 이는 우리를 우울하게 만드는 것 같다. 감정의 격렬함은 달콤하지 않던가? 그러나 잠시 후 우리는 페드라의 열정이 파괴적이고 그녀의 목소리는 소름끼치게 격렬해진다는 사실을 알게 된다. "이폴리트를 향해 마지막으로 퍼붓는 모욕적이고 격렬한 욕설, 3막의 시작에서 자신의 광기를 충족시키기 위해 무엇이든 감행할 준비가 되어 있는 페드라의 격정, 4막에서 그녀가 질투에 사로잡혔을 때의 넋을 잃은 격정."[29)

사람들은 열정이 반드시 친절을 배척하지는 않는다고 말할 것이다. 그러나 친절은 모든 종류의 모순된 감정에 의해 사라져버린다. 친절은 그것이 주된 역할을 담당하게끔 만들어주는 부수적 감정이 없다. 그것의 특징인 평온은 매순간 갈피를 잡지 못하고 살인이나 자살을 초래하는 비이성 상태에 이르기도 한다. 스토아주의자들과 마찬가지로 우리는 열정을 그 무엇보다도 우리의 자유를 옭아매는 영혼의 한 질병으로 보고 있다. 우리는 우리의 정신을 병적인 상태에 떨어지게 하지 않고 사랑에 '빠지기'를 원한다. 자제와 자아 발현에 대한 우리의 이상(理想)은 그토록 고통스런 감정을 오랫동안 지탱해내지 못한다.

우리는 욕망에 불타올라 자신을 죽음에 이르게 할 각오가 되어 있는 21세기의 페드라나 거역할 수 없는 여성의 비참한 꼭두각시인 『파란 천사Ange bleu』의 주인공 같은 사람들을 상상하기 힘들다. 사랑의 현기증을 느낄 때, 사람들은 그 사랑이 자아를 해치지 않도록 조심스럽게 경계를 설정한다. 고통이 즐거움을 제압할 것 같으면 사람들은 거기서 벗어나고 싶어한다. 거기에서도 역시 사람들은 자아의 온전성을 위협하는 과도한 정열이 별로 도움이 되지 않는다는 계산을 하게 되는 것이다.

열정과 감각적 현기증은 점차 사라지고 있다.[30) 우리의 무감각의 윤리에는 고통의 위협을 위해 내줄 자리가 없다. 남자건 여자건 간에 우리는 마음의 상처를 원치 않는다. 설사 우리가 그러한 상처를 원한다 하더라도 그 이상은 할 수 없다. 열정의 조건은 사회적 혹은 심리적 관점으로 볼 때 그렇게 권장할 만하지 못하다.

우리는 드니 드 루즈몽이 거창하게 묘사한 정중한 에로티시즘 으로부터 너무도 동떨어져 있다.[31] 그는 욕망이 늘 불가능한 것을 원한다는 사실을 역설한다. 시련, 방해물, 금기 등은 열정의 조건 이다. 남편의 아들을 사랑하면서 페드라는 법과 자연에 의해 이중 의 금기를 느낀다. 간음은 유죄이고 근친상간은 해괴망측한 사건 이다. 그 둘은 발설하기 어려운 욕망을 자극하는 피할 수 없는 장 애물이다. 정열은 도덕적 사회적 법률의 위반과 연결되어 있다. 실 제적이든 가상적이든 그 위반은 죽음이나 그와 유사한 결과를 초 래한다. 로미오와 줄리엣은 부모들의 법률을 어긴 결과 자살에 이 른다. 페드라는 인간성에 어긋나는 감정을 품은 죄로 자살하고 클 레브 공작 부인은 자신의 열정이 클레브 공을 죽였다는 사실을 알 았기 때문에 수도원에 틀어박혀 산다.[32] 그 모든 경우에서 영웅이 되거나 열정의 희생자가 되기 위해서는 일반 도덕과는 다른 드높 은 도덕의 개념을 지녀야 한다.

오늘날의 경우는 그렇지 않다. 근친상간을 자행한 커플이 TV 카 메라 앞에서 고백을 하고, 결혼이 신성하지도 않으며, 충실성이 한 사람만이 아닌 여러 사람을 향해 열려 있는 오늘날에는 그 개 방성 때문에 열정은 그 가장 강렬한 동기를 상실한다. 마음이 법 밖이 아닌 법 뒤에 있다고 생각하면서 사람들은 욕망을 비웃고 골 탕먹인다. 욕망의 권리를 인정하면서도 사람들은 그것의 힘과 내 용물을 제거해버린다. 사람들은 욕망이 꿈틀거리는 것을 겨우 인 정할 뿐이다. 모든 것이 너무 빨리 지나가버리기 때문에 욕망이 무르익고 격앙되어 에로틱한 단계로 뛰어들 겨를이 없다. 시간에 대한 우리의 개념은 두 가지 이유로 바뀌었다. 우선 여성이란 더 이상 '다가갈 수 없는 존재'가 아니며 남성에게 자신을 내주기까 지 오랜 사전 탐색을 요구하지 않는다. 둘째로 시간성에 대한 우리의 관계는 사회의 척도가 아닌 개인의 척도에 준한다.

예비 과정이 바뀌었다. "오로지 논리적이고 시간의 흐름에 근거한 일련의 과정 대신 각 커플은 그들 욕망의 혼돈스런 무질서를 선호한다. 그들 자신을 제외하고는 그들의 '정착'의 순간을 아무도 조직적으로 설계할 수 없기 때문에 그들은 모든 사회적 조정과 상관없이 그들만의 리듬을 선택하고 그들 역사의 단계를 설정한다".[33]

수십 쌍의 동거 커플에 대한 심도 있는 연구 끝에[34] 샬봉 - 드메르세는 이런 결론에 도달했다. "사건들은 매우 빠르게 이어진다. 사람들은 단계를 생략하고 중간 과정도 구속도 방해물도 지체도 없이 서로 겹치게 된다. 욕망은 즉각적인 실현 속에 녹아든다."[35]

'사랑에 빠질' 시간을 갖지도 않은 채 하루 저녁에 '첫눈에 반해서' 동거하기로 서로 동의할 수 있다. 한 젊은 여성은 이렇게 고백한다. "우리는 매우 빨리 가까워졌고 매우 긴밀한 관계 속에 빠져들었다. 그러나 우리는 서로를 알 시간을 가졌던 것은 아니다. 우리는 서로를 꿈꾸고 서로의 시선을 기다리는 탐색과 기다림의 시간을 모조리 삭제해버렸다. 사흘 만에 우리는 이미 오래된 커플이 되어 있었다."[36]

다른 커플들이 동거를 결정하는 데 다소 시간을 끈다 하더라도 그들은 에로틱한 만족의 순간에 이르는 데 지체하는 법이 없다. 현대는 욕망을 충족시키는 데 어떠한 방해도 느끼지 않고 단지 합의하는 데 신중을 기할 뿐이다. 모든 사람의 목적은 동일하다. 정착과 친근함 그리고 화합이 그것이다. 필요하다면 사람들은 불안, 불평, 낯설음 등으로 이루어진 열정의 단계를 생략하고 더 빨리 사랑에 빠질 수도 있다. 실비가 "사흘 만에 우리는 이미 오래된 연인이 되어 있었다"라고 얘기했을 때, 그녀는 열정의 지지자들이 한탄스러운 일이라고 판단했을 무엇인가에 긍정적 의미를 부여하고 있는 것이다. 영원한 돈 주앙을 거론하지 않고서도 말이다.

변하고 있는 우리의 마음은 더이상 욕망의 아픔을 원치 않는다. 그런 아픔은 거의 없다고 말할 수도 있을 것이다. 유사성의 모델은 욕망의 근절과 병행한다. 그 어느 때보다 자신 속의 이타성(異他性)을 계발시키면서 사람들은 이성(異性)에 고유한 낯설음과 신비를 줄여나간다. 남성성과 여성성을 부여받은 사실을 인정하면서 각자는 한쪽 성의 어떤 부분과 다른 쪽 성의 어떤 부분을 기꺼이 조화시켜나간다. 인간의 다양한 모습들이 커플의 특성과 신비를 제공한다. 가장 남성다운 남성이 그들이 지닌 여성성 때문에 사랑받을 수 있고 가장 여성스런 여성은 남성성 때문에 사랑받을 수도 있다. 심리적으로 양성적인 존재는 그들의 이중적 욕망에 가장 잘 적응하면서 마음의 평온을 찾을 수 있다. 사람들이 자신의 가장 미흡한 부분을 이성에서 찾는다 하더라도 이 상호보완성이 이제는 유사성의 화합이나 어떤 동성애적 감정을 배제하지는 않는다.

상호보완적 모델의 특징이었던 욕망의 대립이라는 전통적 개념에서 우리는 동떨어져 있다. 그것은 결핍이나 차이점이 우리 애정에서 아무런 역할도 하지 않는다는 것을 의미하기 때문이 아니다. 지금 그것들은 사랑–욕망을 정의하던 투사적 이상(理想)[37]이외의 다른 목표에 봉사한다. 성적 정복은 우리의 사랑관계에서 찬양의 대상이 아니다. 감정적 관계에 대한 인식이 육체적 성을 압도한다. 애초에는 둘이 분리될 수 없지만 이내 마음이 육체보다 우위에 서게 된다. 따라서 사람들은 인과관계의 요인들의 선후를 전도시켰다. 육체적 화합은 커플이 커다란 모험이 된 마음의 화합에 따르게 되었다.

이런 심적 상태의 변화는 종전의 얘기를 반복하지 않는 문학과 영화 속에 반영된다. 과거에 영화나 문학은 정복에 도달하기 위해 함정과 저항으로 가득 찬 긴 줄거리를 갖고 있었다. 두 주인공이 마침내 커플을 이루게 되면서 해피 엔딩이 이루어졌다. 행복한 사람들은 얘깃거리가 되지 않는다는 구실로 그들의 이후의 얘기에 대해서 아무도 관심을 갖지 않았다. 마음의 영원한 융합을 의미하는 육체적 결합만이 중요했다. 오늘날 우리는 성적 정복보다는 난관과 이별을 포함한 커플의 생활에 더 관심이 많다. 의사 전달의 문제, 가족생활, 이혼, 일상생활에서의 두 주인공의 불만족이 우리의 관심을 끈다. 해피 엔딩의 성격이 변한 것이다. 주인공들은 함께 사는 삶의 난관을 극복하거나 또는 새로운 커플을 이루기 위해 헤어진다. 어찌 되었건 상대편에 대한 욕망이 남녀관계의 가장 중요한 모티프임에는 틀림없지만 그것이 그 내용물은 아니다. 초기의 낯설음은 달콤하지만 그것은 거쳐야 할 한 단계에 지나지 않는다. 지금 우리는 우리의 화합을 시험해볼 무기를 서둘러 없애버린다. 투명성이 우리 사랑을 인도하며, 소유와 복종만이 아닌 진정한 사랑이 생겨나는 것은 열정이 사라진 다음이다.

친절에 대한 욕망

옛날 사람들은 근본적으로 사랑—우정과 사랑—열정을 구분했다. 첫번째 사랑은 성이 중요하지 않은 우애적 관계로 정의되었고, 두번째 사랑의 특징은 성적 관계였다. 그들에게는 그 둘의 근원이 아주 다른 것처럼 보여서 열정이 식으면 사랑에 대해 논하는 것은 헛된 일이 되고 만다. 에로스는 열정이었으며 그렇지 않으면 존재하지 않았다. 사회학자인 프란체스코 알베로니Francesco Alberoni는 이런 전통적 구분을 그 나름대로 재해석한다. "사랑은 열정이다…… 사랑은 황홀이다. 그러나 또한 고통이기도 하다. 반대로 우정은 고통을 몹시 싫어한다…… 친구들은 즐겁기 위해 함께 있기를 원한다. 그렇지 않으면 그들은 서로를 떠난다…… 사랑이란 반드시 주고받는 감정은 아니며 사랑의 특징 중 하나는 주고받는 감정이기를 원한다는 사실이다. 반대로 우정은 늘 상호성을 요구한다…… 사랑에서는 사랑하는 사람을 증오할 수도 있지만, 우정에는 증오가 설 자리가 없다."[38]

여러 지표들이 보여주듯 우리가 추구하는 사랑의 관계는 열정에서보다는 우정에서 그 모델을 찾고 있다. 상처나 낯설음, 불신보다 우리는 평온, 투명성, 신뢰를 선호한다. 상호성의 부재는 우리 마음을 떠나게 하고 서로 공유되지 않는 사랑 속에서 우리는 마냥 기다리지 않는다. 알베로니가 묘사한 친구들처럼 연인들은 서로 유사한 이미지를 주고받기를 원하고 아니면 적어도 지나친 부조화는 피하고 싶어한다. 사람들이 모이는 것은 서로 닮았기 때문이고 또 같은 시선으로 같은 현실을 보고 싶어하기 때문이다. 연인들은 인생을 바라보기 위해 유대감을 갖고 나란히 걷는다.

오늘날 그런 타입의 사람들을 지칭하는 어휘는 의미심장하다. 사람들은 연인이나 배우자라기보다는 동료라고 말한다. 결혼을 했건 안했건 파트너는 그렇게 동료로 느껴진다. 본래 동직조합 compagnonnage이라는 말은 노동자들의 연대조합을 지칭했고 동료compagnon라는 말은 빵을 나눠 먹는 사람을 의미했다. 그 뜻이 확대되어 '다른 사람의 감정과 이상을 공유하는 사람'이 된 것이다. 그 용어는 우애를 느끼는 두 사람 사이의 동일한 조건을 전제하고 있다.

결국 연인들은 형제라는 명백한 패러독스가 생겨난 셈이다. 그들의 성관계는 근친상간의 가벼운 기분 같은 것을 포함하는 이런 우애관계의 한 구성요소이다. 게다가 가족적 느낌이 마담 드 라파이에트나 라신의 주인공들이 느끼는 감정보다 더 우월하다. 사람들은 상대를 지배하고 소유하기보다는 사랑받고 보호받고 위로받고 이해되고 용서받기를 원한다. 아도르노가 말하듯이 우리가 약점을 보일 때도 완력을 행사하지 않는 사람만이 우리를 사랑한다고 할 수 있는 것이다. 가장 완벽한 사랑의 모델은 자식에 대한 어머니의 사랑이다. 우리는 그 사랑이 사심이 없고 헌신적이며 불화를 일으키지 않는다고 생각한다. 남녀에게 공히 모성적 공생으로의 귀환에 대한 원초적 욕구가 그토록 강렬해본 적이 없다. 한 가지 중요한 경우를 제외하고 융합에 대한 욕망은 그 성격이 동일하다. 우리는 투명한 관계, 인간적 친절을 원하며 종속의 억압이 없이 우리를 어머니에게 묶어주었던 그 완벽한 결합을 요구한다. 우리가 자유를 행사하지 않는다 하더라도 우리는 자유를 우리 결합의 최우선적 조건으로 여긴다. 자유가 없다면 낙원은 지옥으로, 친절은 증오로 변하게 마련이다. 자아는 자신의 정서적 개화에 봉사하는 의지적 고립만을 인정하며, 강요된 관계는 스스로 파기된다.

커플이 존속하기 위해서는 사랑받는 아이가 되는 것만으로는 불충분하고 스스로가 모성애를 보여주는 어머니가 될 수도 있어야 한다. 모든 걸 받기를 원한다면 모든 걸 줄 줄도 알아야 한다. 그럼에도 우리의 과도한 개인주의는 희생과 헌신을 더욱 어렵게 만든다. 우리는 사랑받기를 간절히 원한다. 그러나 우리 스스로가 상대편을 사랑하는 법을 알고 있을까? 무상의 사랑이란 한도가 있게 마련이며, 마찬가지로 우리가 그토록 원하는 모성적 친절도 무제한적이지 않다. 일시적인 해결책은 늘 자아의 만족이라는 목표를 가지고 있는 협상을 통해서이다. 자아가 상처를 입거나 이해받지 못하거나 소외되었다고 느끼면 커플은 존재 이유를 잃게 된다.

사랑이 깨지기 쉽다는 인식이 지배하면서[39] 이별은 마치 사랑의 역사를 채우는 일부로 인식된다. 결혼과 이혼이 간단한 절차가 되어버린 것 같지만[40] 꼭 그렇지만은 않다. 젊은이들이 점점 결혼을 기피하는 이유는 자유와 반대되는 결정적인 틀 속에 끼어들기를 거부해서일 뿐 아니라[41] 점점 더 빈번해지는 제도적 이혼에서 생기는 상처를 두려워하기 때문이다. 제도적 이혼은 심적 이별의 아픔에 그 무게를 더욱 가중시킨다. 결혼이 두려운 것은 그것이 늘 이혼, 즉 실패로 이어질 가능성을 지니고 있기 때문이다.

이제 결혼은 신성한 결합도, 가족간의 결합도, 경제적 결합도 아닌 결혼하는 사람에게는 최종적인 애정의 증거다. 흔히 아이를 갖고 싶어하는 욕망을 동반하는 결혼은 서로 오랫동안 친숙해진 결과이지 순간적 열정의 산물이 아니다. 동거가 일반화되고 결혼 연령이 점점 늦어진다는 사실을 고려하면 처음의 열정이 곧 결혼으로 이어지지는 않는다는 사실은 쉽게 이해될 수 있다. 그들에게 결혼생활을 준비하는 전통적 신혼여행이란 의미가 없다. 이제 사람들은 자신이 잘 아는 연인, 다시 말해 친한 친구와 결혼하는 것이다.[42]

어떤 의미로 요즘의 결혼은 60년대 이전의 결혼보다는 열정을 비난했던 고전 시대의 결혼과 더 유사하다. 그 시대 사람들은 자신이 사랑하는 사람과 가정을 이루기 위해 결혼했다. 오늘날 결혼은 커플 각자의 이전 생활과 비교하여 거의 변화를 초래하지 않는다. 그 대신 부부관계의 성격은 『메르퀴르 갈랑 *Mercure galant*』(1678)이라는 잡지가 등장한 이후로 근본적으로 바뀌었다. 그 잡지는 이렇게 쓰고 있다. "결혼만큼 흔한 일도 없고 결혼해서 행복한 일만큼 드문 일도 없다. 가장 우선적이어야 할 사랑은 거기서는 도무지 찾아볼 수가 없다."

오늘날 사랑-친절은 결혼의 필수 전제이다. 만족이 있는 한 결혼생활을 유지한다. 대신 아마도 결혼한다는 일만큼 '희귀한' 일도 드물어질 것이다. 커플들은 그들의 현행 조건에 결혼이 아무것도 가져다주지 않는다고 생각하기에 점점 더 결혼을 기피한다. 많은 사람들에게 "결혼 제도란 의미가 없고 무익하다".[43]

어쨌든 사랑하는 커플의 개념은 "그것이 합법적 결합이건 아니건 최초이자 최후의 가치로 남아 있다".[44] 사랑은 강렬하기를 원하지만 열정을 원하지 않고, 커플의 관계는 전투적이 아니라 평화적이기를 원한다. 마음의 결합은 우정의 투명성을 기반으로 점점 확고해진다. 사람들이 오랫동안 믿어왔던 바와는 달리 우정이 에로스적 사랑과 병행할 수 없는 것이 아니다. 우정은 오히려 부드러움과 친절 속에서 에로스가 지속될 수 있는 가능성을 부여해준다.

열기와 온화함 사이

우리는 관습적으로 커플의 열기와 고독의 차가움을 대치시켜왔다. 얼마 전만 해도 사람들은 고독을 너무 두려워한 나머지 결혼에서 얻는 한 부분의 조화를 위로로 삼았다. 루이 루셀에 따르면 오늘날 사람들은 커플에게서 정서적 성적 지적 물질적인 모든 영역에서의 완전한 성공을 기대한다. 흔들리는 결합을 구제해줄 것은 아무것도 없다. 진실성을 내세워 사람들은 헤어진다. 그것은 구원이거나 지옥이다.

고독이라는 유령 대신 실패한 커플생활의 지옥이 자리잡은 셈이다. 우리 조상들과는 달리 우리에게는 부부간의 불화만큼 불행한 것은 없는 것 같다. 대화가 없는 공생의 종말은 다른 사람의 존재에 의해 강요된 억압에서 벗어나 혼자 살 때보다 훨씬 더 참기 어려운 고독 속으로 우리를 밀어넣는다. 융화되고 조화로운 삶의 달콤함에 대치되는 것은 이제 힘든 고독이 아니라 사랑의 실패에 의해 야기된 불편함이다. 사랑의 실패에서 오는 그 차가움 곁에서 고독은 오히려 따스한 것처럼 느껴진다.

우리의 요구가 그토록 까다로워본 적이 없다는 것이 사실이라 하더라도—우리의 할아버지 할머니들은 우리를 응석받이 아이로 볼 수도 있다—이 변화는 긍정적인 면이 있다. 이별과 이혼의 수가 날로 증가한다는 사실에 사람들은 한탄하지만 영원한 저주였던 옛날 결혼생활의 지옥을 우리는 상기해보아야 한다. 증오와 폭력과 고통으로 망가진 인생을 사는 사람들의 숫자가 얼마나 많은지 누가 알겠는가! 오늘날 우리는 커플들이 이런 극단에 이르는 것을 묵과할 수 없다. 불화가 생기면 그것을 인정하고 서로 '좋은 친구'로 헤어진다. 게다가 마음이 서로 다른 곳에 있다면 일시적 화해가 무슨 소용이 있겠는가? 흔들리는 커플은 존재 이유를 잃은 셈이다. 그것을 모르는 체한다는 것은 우리의 진실성에 대한 도덕에 위배되는 위선일 뿐이다.

그 결과 30년 이래로 혼자서 가정을 꾸리는 사람의 수가 급격히 증가했다. "1950년경 대부분의 산업화된 국가에서 그 비율은 일반적으로 3% 이하였다. 그러나 그 이후 비율은 세 배 혹은 네 배로 증가했다."[45] 프랑스에서는 500만 명이 혼자 살고 있는데, 그 숫자는 1962년 이래로 70%가 증가한 것이다. 네 가구 중 하나는 혼자 사는 가정이고 파리와 뉴욕에서라면 그 비율은 두 가구 중 한 가정으로 늘어난다. 다른 마땅한 명칭이 없어서 사람들이 '독신'이라고 부르는 이들은 서로 대단히 이질적인 사람들이다. 그 말은 진짜로 혼자 사는 사람, 하나 혹은 그 이상의 아이와 사는 사람, 시간제 부부, 동거하는 사람 등을 모두 포함한다. 그러나 중요한 현상은 고독의 위험을 무릅쓰고 받아들이려는 사람들의 숫자가 증가하고 있다는 사실이다. 대부분의 사람들은 고독이 일시적이기를, 즉 새로운 관계를 맺기 전의 일시적 기간이기를 원하지만 고독은 우리 생의 어떤 순간 우리 모두 경험해야 할 진부한 것이 되어가고 있다. 옛날에 고독은 주로 나이든 여성들에게만 찾아왔으나 오늘날은 30세 이하의 젊은이들과 이혼한 사람들에게도 찾아든다. 루이 루셸은 혼자 사는 사람의 수가 늘어나는 것은 부분적으론 아이가 없는 커플들의 이혼 시기가 빨라져서 각자 혼자 사는 두 가정을 이루는 데서 기인한다고 생각한다. 게다가 이혼 후 곧바로 재혼하는 사람의 숫자가 현저하게 줄었다. 대다수의 이혼한 사람들이 '자유결합'으로 다시 정착하지만 그때까지 그들은 흔히 고독이라는 우회 기간을 거치게 된다.

독신자에 대한 부정적 개념이 사라진 이후로 고독한 전환기는 옛날과는 다른 의미를 갖게 되었다. 전통적 사회에서는 혼자 산다는 것은 비정상적이고 의심스러운 일이었다. 19세기 후반의 부르주아 통계학자들은 "독신자들의 해악과 고통을 보여주기 위해 그들을 감옥, 병원, 수용소, 시체공사장에 있는 사람들의 명부에 함께 올렸다".[46] 어떤 사람들은 독신자들의 사망률이 여성의 보살핌을 받는 기혼 남성보다 더 높다고 주장한다. 또 어떤 사람들은 그들이 자살과 범죄의 가장 큰 요인이 된다고도 생각한다. 노처녀의 지위는 더욱 열악해서 예술가들은 독신이어야 한다거나 공부를 오래하다보니 독신이라는 등의 핑계를 댈 여지가 없었다. 미셸 페로Michelle Perrot는 사람들의 독신 여성에 대한 시선을 이렇게 요약했다. "독신 여성은 위험스러우며, 또 스스로도 위험에 처해 있다. 굶어 죽거나 자신의 명예를 실추시킬 위험이 있고, 가족과 사회에는 위협적 존재이다. 해야 할 만족스런 일이 없이 빈둥거리면서 그녀들은 음모와 험담으로 시간을 보낸다. 자신의 능력을 발휘할 가족도 없이 그녀들은 다른 가족에 기생해서 살고 있다…… 집도 없이 여기저기 떠돌아다니는 그녀들은 헌옷장수이거나 중매쟁이, 유산한 여자들, 마법사들이다."[47]

오늘날 프랑스 남녀 중 36% 이상이 평생 결혼하지 않을 것으로 추정되기 때문에 독신자도 결혼한 사람과 마찬가지의 시민권과 자격을 갖는다. 더 다행인 것은 고독이 그들 자신의 선택에 의한 것일 수 있다는 사실이다. 사회적 지위가 높은 계층일수록 독신율이 높다. 여성 노동자 계층에서는 10%에 불과하지만 중역 여성들은 24%가 독신이다.[48] F. 드 셍글리가 그녀들에게 '기혼'이라는 신분은 하나의 핸디캡이라고 말하는 것은 결코 놀랄 만한 일이 아니다. 독신, 따라서 자유로운 그녀들은 독신 남성들보다 더 나은 지위를 얻을 수 있다. 여성들은 결혼을 하게 되면 결혼한 남성들보다 더 낮은 자리만을 얻을 수 있을 뿐이다.[49] 여성의 야망과 직업의 중요성은 고독과 격리된 아파트를 선호하는 직접적 요인들이다. 몇몇 여성들은 불평을 하고 위대한 사랑의 부재를 한탄하지만, 하찮은 관계보다 결국 자유를 택하는 쪽은 바로 그 여성들이다.

자신이 원해서 독신을 고집하는 남성도 있다. 그들은 절대적 이기주의에 자신의 권한을 행사하기로 결정한 사람들이다. 그 무엇보다도 자신들의 자유를 중요하게 생각하는[50] 그들은 커플생활을 인생의 방해물로 여긴다. 침대를 공유하기를 거부하면서 그들은 그들만의 보금자리의 온기가 어느 정도 성공한 커플들의 보금자리보다 더 따스하다고 느낀다. 그들은 새로운 발견, 모험뿐만 아니라 침묵을 즐기고 무엇보다도 상대를 즐겁게 해주기 위해서 무언가를 억지로 하지 않는다는 사실을 즐긴다. 물론 이렇게 의기양양하게 고독을 즐기는 사람 곁에는[51] 좌절하여 은밀히 위대한 사랑을 꿈꾸는 사람들도 있다. 그들은 자신이 족쇄처럼 끌고 다니는 고독을 스스로 선택하지는 않았다. 그렇지만 그들의 상황은 19세기 때만큼 처절한 것도 아니고 더구나 커플생활이 그들에게 더 좋은 것이라는 보장도 없다.

선택되었건 강요되었건, 일시적이건 결정적이건 간에 사람들은 강요된 관계보다는 그런 고독을 더 선호한다. 사람들은 고독에 익숙해지는 법을 배우고 자신의 이기주의를 이용하는 법을 익혀나간다. 어떤 사람들에게 고독은 불행과 동의어이지만 고독은 이제 더이상 사회적 경제적 재난으로 여겨지지 않는다. 심리적으로 오히려 고독이란 즐거움일 수도 있다. "우리가 원하건 원하지 않건 간에 고독은 다소 짧은 기간의 일련의 공동생활과 독신생활로 이루어지는 우리 인생의 일부가 되어가고 있다…… 가족생활이라는 유일한 타입의 생활 양식만을 경험하게 되는 사람들 곁에 다소간의 고독에 의해 단절되는 연속적 공동생활을 동시에 영위해나가는 사람들의 숫자는 꾸준히 증가하고 있다. 모든 것은 마치 그들이 유일한 하나의 역사 대신 짧은 다수의 삶을 영위하는 것처럼 흘러간다."[52]

죽을 때까지 한 사람만을 사랑한다는 것은 아직 몇몇 사람의 특권이다. 게다가 그런 사람들의 숫자가 미래에 가서는 과거보다 적어질 하등의 이유가 없다. 그러나 만일 커플의 삶이 참을 수 없는 상태에 이른다면, 게다가 오직 실망만을 안겨준다면 사람들은 '자신만의 침대'의 온기를 선택할 것이다. 상대와의 완벽한 결합을 이룰 수 없기에 우리는 우리 자신으로 돌아와 우리의 '자아'를 애지중지하는 것이다. 이런 자신으로의 회귀가 우리의 이기주의를 강화하고 새로운 관계를 맺는 데 어려움을 주지만, 그것은 변화를 위해 우리가 치러야 하는 대가이다. 독립과 충만에 대한 의지와 이상적 융합에 대한 욕망을 동시에 가지고 있는 우리는 '무관심과 간섭'이라는, 상대에 대한 두 극단적 태도를 오간다. 그대와 함께 열기를 느낄 수 없다면 나는 나의 '자아'와 편안하게 살기를 택한다. 그러나 우리는 증오와 투쟁을 초래했던 옛날의 대립의 논리를 우리 뒤로 떨쳐버렸다.

열기와 온기 사이, 여분의 자리는 이제 더이상 존재하지 않는다.

에필로그
―권한 문제로의 회귀

    시간과 공간의 변화에도 불구하고 우리는 여전히 양성간의 상호보완적 관계를 예견하고 있다. 권한의 분배는 거의 완벽한 균형과 가장 명백한 불평등 사이를 넘나든다. 그것은 상호존중이나 잔인한 억압을 요구한다. 모든 권한을 독점하고 배타적 논리를 펼치는 절대적 가부장 제도가 여기저기 산재하던 때에도 긍정적 가치를 지녔던 남성과 부정적 가치를 지녔던 여성이 세상을 꾸준히 공유해왔다. 모든 특권을 부여받고 여성의 주인이 되고자 했던 남성들은 출산의 권한을 갖고 있는 여성과 함께 일상생활을 영위해야 했고, 다른 남성들과 함께 평화를 유지해야 했다.

    민주적 요구가 다른 어느 사회보다 강한 서구사회의 여성들은 지배적 이데올로기를 이용하여 남성들과의 불평등한 관계를 종식시켰다. 그들의 전통적 가치는 평가절하되어 있었기 때문에 전통적 역할의 구분—그것이 평등하게 분배되고 다시 새롭게 가치 부여되었다 하더라도[1]—에 만족할 수 없었다. 영장류와 인간을 구별했던 상호보완성의 모델에 대항해서 사력을 다해 투쟁하면서 여성들은 인간 역사상 유례없는 남녀관계의 한 유형을 탄생시켰다. 세상은 상호보완 관계에 있는 남성의 구역과 여성의 구역으로 구분되는 일이 점차 드물어지고 양성이 서로 접근 가능한 단일한 양상을 제시해주고 있다. 평등의 문제는 이제 현격히 양성의 특수성의 문제로 옮겨가고 있다.

오늘날 자아 속으로의 몰입과 병행해서 생겨나는 유사성의 모델은 권한의 문제를 해소해준 듯하다. 신이 더이상 서구사회의 목표가 아닌 지금 남녀가 경제적 정치적 사회적 문화적 사안에 접근하는 순간부터 한 성에 대한 다른 성의 지배 권한이 무엇인지를 말하는 것은 불가능하다. 분명코 개개인이 타인에게 행사하는 권한의 유형은 우리의 자유에서 생겨나는 무관심이라는 유형밖에 존재하지 않는다. 사람들은 헤어질 수도 있듯이 다른 사람과 관계를 맺지 않을 수도 있다. 그러나 그 자유는 양성에 모두 다 해당하기 때문에 한 성의 다른 성에 대한 권한이 될 수 없다.

과학의 발전 덕택으로 근본적 불평등으로 변한 본질적 차이의 문제가 아직 남아 있다. 여성이 남성의 아이를 갖는다는 사실은 아주 먼 조상 때부터 내려오는 자연적 '율법'으로 그 사실로 인해 남녀는 불가피하게 구분된다. 그러나 그러한 불가피한 출산 기능에 여성은 남성이 가질 수 없는 아이에 대한 결정권을 부여받았다. 여성들이 그 권한을 남용하는 일은 드물지만 남성들은 여성들이 그 권한을 갖고 있다는 사실을 알고 있다. 가장 본질적인 출산, 그리고 무엇보다도 남성들은 그 출산의 결정권을 제외하고서 모든 것을 여성과 공유해야 함을 받아들일 것인가? 유사성의 이상적 평등이 남성의 전통적 특징을 모두 실추시켰을 뿐만 아니라 피임법의 발견은 그들을 객관적으로 열등한 지위로 떨어뜨렸다. 만일 여성이 원하지 않는 아이를 남성이 갖고자 한다면 남성들은 여성에게 머리를 조아려야 할 것이다.

그들의 관점에서 보면 양성의 평등은 그들이 아무 보상 없이 모든 것을 양보했다는 느낌을 받는 순간부터 하나의 미끼처럼 여겨진다. 게다가 많은 남성들은 거의 속았다는 생각마저 가지고 있다. 그들은 절대적 가부장제가 군림하고 있을 때 여성들이 느꼈던 것과 비슷한 느낌, 즉 권한의 박탈이라는 느낌을 은밀히 느끼고 있다는 것을 우리는 이해할 수 있다.

그 대신 20년 전부터 시작된 이 급격한 변화 이후 남성들이 줄곧 침묵을 지키고 있다는 사실에 우리는 놀라지 않을 수 없다. 이와 같은 새로운 상황에 대한 책이나 영화도 없을뿐더러 사람들의 깊은 성찰마저 부재하다.[2] 그들은 통제할 수 없는 변화에 의해 아연실색해진 듯이 아무런 말이 없다. 변화를 부정하는 척하는 사람들과 부모의 진정한 평등을 위해 투쟁하는 소수의 사람들 곁에서 우리는 새로운 남녀관계에 대한 남성들의 어떠한 집단적 인식의 흔적도 찾아볼 수 없다. 그들은 그 변화를 부정하거나 받아들이거나 혹은 슬며시 뒷걸음질친다.

인류의 반인 남성들의 침묵은 결코 좋은 징조는 아니다. 따라서 우리는 자신들에게 가해진 변화에 대한 남성들의 대답을 다소 오랫동안 기다려야 한다. 그 대답은 물론 남성들이 자신들의 정체성의 문제를 어떻게 해결하느냐에 따라 결정되는 것이다. 그들이 자신의 내부에 있는 여성성과 더 잘 융화될 수 있을 것인가, 아니면 반대로 그들의 남성성을 확보하기 위해 더 고뇌할 것인가?

그 질문에 대한 대답에 기인해 남성들에게 유리한 균형을 회복하기 위한 두 가지 변화를 상상해볼 수 있다. 그 균형은 오늘날 약해져버린 상호보완성의 도식을 강화시키거나 유사성의 동등한 모델을 더욱 발전시킴으로써 얻어질 수 있다. 여성의 임신에 대등한 남성만의 고유한 영역을 창조한다는 것은 거의 상상할 수 없기 때문에 하나의 순수하고 단순한 반응에 대해 가정해볼 수 있다. 이데올로기적인 전복에 의해 남성들은 출산율의 증가를 구실로 여성들에게 과거로의 급격한 회귀를 강요할 수 있을 것이다. 여성들이 가정으로 돌아가 계속되는 출산에 의해 생겨날 아이들을 돌보게 하기 위해서는 여성들에게 출산 통제권을 박탈(피임과 낙태권 박탈)하기만 하면 되는 것이다.[3] 이는 공황이나 전쟁시에는 가능한 하나의 해결책이기도 하다.

여성들이 획득한 자유―그 자유가 여성의 출산에 대한 전능한 권한에 대한 제한을 전제로 한다 하더라도―를 존중해줄 다른 가설도 가능하다. 그렇게 함으로써 남성들은 출산에 관한 책임을 되찾을 수 있을 것이다.[4] 그들이 단순히 아이의 아버지로서 취급받는 경우는 드물지만 자유에 대한 요구는 계속 존재한다. 출산력에서 동등할 수 없기 때문에 그들은 쉽게 결정권을 좀더 정확히 말해 아이를 갖지 않으려는 데 대한 책임을 공유할 수 있다. 그것이 부정적 의미의 자유인 것은 사실이지만, 그러한 자유도 상징적 혹은 심리적 관점에서 본다면 마찬가지로 중요하다.

남성이 '아니다'라고 말하는 데 만족하지 않고 여성의 임신의 특권을 제거하려 들 수도 있는 일이다. 이런 의미의 모든 변화는 자연에 대한 전례없는 모독이 될 것이고, 20세기의 '교양인'을 미리 겁먹게 만드는 행위일 것이다. 요컨대 시험관 아기FIVETE[5]의 태아에게 9개월간 가짜 어머니의 역할을 하는 인공부화기에 초점을 맞추는 데에도 많은 이유가 있을 것이다. 임신 후 무사히 출산할 수 없는 여성들의 불행, 소수의 대리모들과 입양 가능한 아이들 등, 그많은 논쟁을 불러일으키는 어버이의 '자격' 때문에 과학자들은 그런 방향의 연구를 행하고 있다. 그러나 만일 여성의 몸이 필요없는 단계에 이르게 된다면 거기서 오랫동안 이득을 보게 될 쪽은 남성이라는 것은 의심의 여지가 없다. 그들은 여성들이 아버지 없이 아이를 가질 수 있듯이 어머니 없이 아이를 가질 수 있을 것이다.

오늘날 시험관 태아가 살균처리된 환경에서 어머니와 심리적 감정적인 그 어떤 교감도 없이 완벽하게 성장해나가는 것을 보고 경악하지 않는 사람은 아무도 없을 것이다. 그러나 인간의 욕망이 미지의 것에 대한 공포를 제압한다면—그것이 인간에게 그렇게 새로운 일인 것은 아니지만—언젠가 여성들이 그들의 특권을 기계와 공유하게 될지도 모르는 일이다.

여성에게서 출산력을 빼앗는 또하나의 방법은 정신구조의, 특히 남성들의 정신구조의 괄목할 만한 개혁에 의해 가능할 것이다. 그것은 임신한 남성이라는 가능성이다. 헛소리일까? 공상과학일까? 아닐지도 모른다. 프랑스의 첫 시험관 아기를 탄생시킨 남녀는 남성이 임신할 가능성에 대해 부정적 견해를 보이지 않았다.

1985년 4월에 여성 잡지사의 미셸 망소Michèle Manceaux가 "남성의 임신이 정말 가능한가?"라고 한 질문에 대해 르네 프리망René Frydman 교수는 "2년 전에는 생각지도 못했다. 그러나 솔직히 지금은 잘 모르겠다"[6]라고 간단히 답했다. 몇 달 후 아망딘의 아버지는 훨씬 더 단호하게 대답했다. 똑같은 질문을 한 다른 잡지에 그는 "남성 임신의 신화는 오늘날 현실이 될 수 있다"[7]라고 대답했다.

생물학자인 자크 테스타르Jacques Testart는 더 분명하게 말한다. "며칠 된 태아를 복부에 받아들임으로써 남성 역시 임신을 체험할 수 있다. 그러한 요구는 한 성전환자가 아망딘이 출생하기 이전에 표명한 것이다. 우리는 엄격하게 의학적 차원에 비추어 남성의 임신은 생식기 밖에서 이루어지는 여성의 임신과 마찬가지로 치명적인 위험을 내포한다는 사실을 잊어서는 안 된다."[8]

그럼에도 불구하고 테스타르는 다음과 같이 끝맺는다. "남성의 임신은 단순한 환상이 아니다. 두 가지 생리적 개념이 그 가능성을 보여준다. 하나는 태아는 자궁 외(복부의 동공)에서 출산 때까지 성장해서 제왕절개수술로 태어날 수 있다는 것이고 또하나는 적당한 호르몬을 주사함으로써 난소 없이도 임신중에 호르몬을 조절할 수 있다는 것이다."[9]

요컨대 그 두 남성이 미국[10]과 뉴질랜드[11] 의사들과 견해를 같이하여 미래의 임신한 남성에 대한 긍정적 가능성을 제시한다고 하지만 그들은 그러한 연구가 옳은가에 대해서는 근본적으로 반대하는 입장에 있다. 르네 프리망은 "거꾸로 된 세상이다. 의사들은 태아를 남성의 배에 이식하는 일을 해서는 안 된다"라고 생각한다. 자크 테스타르는 남성 임신의 가설을 시험관 수정에 대한 '횡령'이라고 말한다.

남성 임신의 가설에 대한 그러한 부정적 견해의 철학적 도덕적 근거를 우리는 좀처럼 이해하기 어렵다. 그러나 거기에 대한 대부분의 남성의 반응을 고려한다면 우리는 몇몇 과학자들이 그런 목적을 위해 일을 실천에 옮기기 시작했는지 의심해보기 시작한다. 그러나 오늘날의 혐오는 미래의 욕망을 숨기고 있을 수도 있다. 임신에 대한 환상이 남성의 무의식을 너무 오래 괴롭혔기 때문에[12] 몇몇 남성들은 그들의 향수나 무기력을 점점 더 공공연히 드러내면서 그것들을 떨쳐버리려 할 수도 있다.

환상과 현실 사이에는 괴리가 있지만 오늘날처럼 욕망의 실현과 금기 위반에 유리한 시기는 없었다. 남성에게 아이 양육의 길을 열어주고 그들을 해산과 밀접하게 연관시키면서 사람들은 남성을 갓난아이에게 가까이 가게 해주었고, 몇몇 남성들이 갖고 있던 임신에 대한, 지금까지 고백하기 어려운 욕망을 자극하기에 이르렀다. 오늘날 단번에 태고의 분배 조건을 뒤엎고 최후의 선을 뛰어넘을 수 없다고 누가 말할 수 있을까?

서구사회가 여성에게 태아로부터 벗어날 권리를 인정했을 때 사회는 성인의 욕망이 그 어떤 것보다 우선이며 완성된 존재의 인생이 생겨날 존재의 인생보다 중요하다는 것을 인정한 셈이다. 인간이 절대적 이기주의[13]로 향해 가는 하나의 부수적 단계를 뛰어넘지 못하리라고, 또 아이들에게 상상할 수 없는 위험을 무릅쓰게 하고서라도 자연에 반하는 조건들 속에서 아이들이 태어나게 하지 못하리라고 누가 감히 말할 수 있을까? 무엇보다도 불과 얼마 전만 해도 누가 시험관 아기가 다른 아이들과 똑같이 훌륭하게 자랄 수 있으리라고 확언할 수 있었겠는가?

만일 내일의 인간이 기계나 남성에게서 성장한 태아의 출생을 인정한다면 아마 그것은 우리 인간이라는 종의 대변혁의 시초가 될 것이다. 그렇게 태어난 아이들이 기형아가 아니라고 가정한다면 양성의 극단적 유사성과 그 유사성에서 유래할 근본적 개인주의는 언뜻 보아 우리의 생존에 대한 위협처럼 보인다. 자연이 설정해준 포유동물의 암컷과 그 아이 사이의 필연적 관계가 깨어져버린다는 사실을 어떻게 인정할 것인가? 남녀의 모든 불가피한 의존관계가 깨어져버릴 때 양성관계와 사회의 생존을 어떻게 생각할 것인가.

우리가 신중하게 고려한 결과 그러한 가설들을 받아들이지 않는다 하더라도 우리가 도달한 현실은 벌써 우리의 확신에 다시 한 번 의문을 제기한다. 어제만 해도 우리 모두는 인간과 영장류를 구분하는 가장 확실한 기준이 역할과 기능의 상호보완성이라는 사실에 동의했었다.[14] 그러나 오늘날 그 기준은 소멸되었다. 이제 다소 유머러스하게도 단순히 상호보완적인 관점에서 볼 때 우리는 최초의 인간보다 오히려 영장류에 더 가깝다는 사실을 확인할 수밖에 없다. 적어도 그런 관점에서 보면 우리는 한 바퀴를 완전히 돌아 본래 우리의 자리로 돌아온 셈이다.

그러나 우리 사회가 잠시 휴식을 취하고 있다고 인정한다 해도 지금 우리의 상태에서 변화가 그칠 것이라고 믿을 만큼 순진한 사람은 없을 것이다. 몇몇 종이 생태학적 변화에 적응하지 못한 결과 멸종했지만 세상 종말의 신화를 부정하기라도 하듯이 또다른 종이 생겨났다는 사실을 상기하고 안심하자. 내일이면 과학적 발견의 덕택으로 인간은 더욱더 급진적 변화의 방식을 찾아낼 것이다.

인간의 종말? 아니다. 새로운 인간이다.

역자 후기

    남자와 여자, 남성과 여성, 남성성과 여성성…… 남녀를 대비시키는 많은 표현들이 특히 서구인들에게 익숙한 흑백논리에 근거한 것이라면, 또한 대부분의 흑백논리가 그렇듯 그 흑백논리를 구성하는 대립요소의 우열의 논리를 세우기 위한 것이라면 그러한 표현들은 더이상 무의미하다. 그 대립요소가 남과 여일 때는 더더욱 그렇다. 남자에게도 여성호르몬이, 여자에게도 남성호르몬이 있다는 단순한 생물학적 사실을 모르는 사람은 없다. 호르몬이라는 생물학적 사실을 떠나 남성성이나 여성성이라는 추상적 영역으로 눈을 돌린다 하더라도 마찬가지다. 한쪽에 적극성, 능동성, 공격성, 논리성 등을 부여하고 다른 한쪽에 소극성, 수동성, 순종성, 감성성 등을 부여한다 하더라도 남녀 모두는 이 양쪽의 대립

항을 공통적으로 지니고 있기 때문이다. 더욱이 태어날 때 부여받은 외관상의 생물학적 특성만으로 우리 인생의 중대한 모든 테두리가 결정되어버린다면—21세기에 와서 그걸 믿는 사람도 없겠거니와—결정론의 힘 앞에 우리 모두는 나약한 한 존재에 지나지 않을 뿐이다.

　과학적 진실 앞에 물론 당위론을 앞세우고 싶지는 않다. 저자도 역시 마찬가지일 것이다. 하지만 결정론이 과학적 진실은 아닌 듯하다. 여권에 관련된 일련의 저서들을 통해 저자는 실로 다양한 방법으로—심리학, 정신분석학, 철학, 문학, 인류학, 연극, 영화 등—이 결정론에 반박한다. 책을 읽는 동안 우리는 저자의 해박한 지식 자체보다는 우리 자신의 내부에 존재하는 대립 성향들을 들여다보게 된다. 저자의 참된 의도는 바로 그것이다. 반발이나 억압, 정복, 예속 등을 위한 대립이 아닌 조화, 화해, 보완을 위한 대립을 선택한다면 우리의 삶은 미래가 있다. 해묵은 부정적 대립을 극복하고 조화로운 '새로운 인간'을 역설하는 저자의 탁견을 원용하여 현재의 종교적 인종적 혹은 그 외의 많은 대립들을 우리 내부에서 조화시켜나갈 수 있기를 바란다면, 그리하여 인류 전체의 평화를 기대할 수 있기를 바란다면 지나친 기대일까…….

2002년 겨울
최석

I. 구석기 시대

중기 (BC 10만~3만 5천년) : 네안데르탈인이라 불리는 '호모 사피엔스'

후기 (BC 3만 5천~9천년) : '호모 사피엔스 사피엔스'

  (우리가 지금 알고 있는 신체적 특징)

다음의 네 기간을 포함한다.

a) BC 7만~3만 5천년 : 무스테리아 기

b) BC 3만 5천~2만 5천년 : 오리냑 기 혹은 페리고르디아 기

c) BC 2만 5천~1만 6천년 : 사텔페로니아 기 혹은 솔뤼트레앙 기

d) BC 1만 6천~1만년 : 막달레니아 기

발견

과편 도구, 죽은 자들에 대한 예식

뼈와 상아로 만들어 가벼워진 도구

동굴벽화와 가구 예술

사텔페로니아 송곳

'비너스들'

그라베트 송곳

바늘구멍이 있는 바늘, 월계수 잎, 부싯돌 난방

작살, 끌, 깎는 연장, 미정(美晶) 도구

Ⅱ. 중석기 시대 혹은 후기 구석기 시대
근동에서 BC 1만~5천년

미정 도구 발달, 활, 포아풀과 식물 채집,
양의 태아 사육, 개 길들이기, 카누 제조,
도자기 시작

Ⅲ. 근동의 신석기 시대
BC 9천~4천년 : 상기 신석기 시대

BC 4천~3천년 : 중기·말기 신석기 시대

정착생활, 농업, 가축 사육, 도자기와 토기,
여신 숭배

Ⅳ. 동판조각기:구리 시대
BC 3천~1천800년

Ⅴ. 금속 시대
BC 1천800~750년 : 청동기 시대

BC 1천~50년 : 철기 시대

야금술 시작, 청동의 출현, 상형문자
동물의 힘 이용, 쟁기, 바퀴, 산업적 도기,
남신(男神)을 동반하고 있는 여신,
선을 따라 쓰는 글씨 보급
전쟁의 발전
유대인들의 단일신 사상의 시작
남성신의 헤게모니

서문

1) 어머니 되기를 거부하는 여성들을 위해 피임이 존재하는 시대에는 그것도 확실치 않다.
2) F. Héritier, 「아프리카의 여성. 성과 징표들L'Africaine. Sexes et signes」, *Cahiers du GRIF*, 29호, 10쪽.

1부 하나와 다른 하나

1) "유럽인들의 커다란 실수는 늘 그들 주위에서 일어나는 것들에 의거해 사물의 기원을 철학적으로 사유한다는 것이다." J. -J. Rousseau, 『언어의 기원에 관한 시론 *Essai sur l'orgine des langues*』, Ducros, Bordeaux, 1968, 제8장, 87쪽.
2) Cl. Lévi-Strauss, 『인종과 역사 *Race et Histoire*』, Gonthier, 1967, 제4장.
3) A. Leroi-Gourhan, 『선사 시대의 종교 *Les Religions de la préhistoire*』, PUF, 1964, 3쪽 (1983년 재판 발행).

Ⅰ. 양성의 시원적 상호보완성

1) Margatet Mead, 『하나와 또하나의 성 *L'Un et l'Autre Sexe*』, Denoël-Gonthier, 1975, 13~14쪽(강조는 필자).
2) Françoise Héritier, 『여성적 사실 *Le Fait féminin*』, Fayard, 1978, 400쪽.
3) 같은 책, 387쪽.
4) 같은 책, 387쪽.
5) M. Mead, 『하나와 또하나의 성』, 71쪽. "성관계는 조급하고 수치스런 성격을 띠고 있다. (……) 성행위는 양성이 공유하는 일종의 배설이다."
6) 같은 책, 89쪽.

7) 같은 책, 70쪽. "성관계는 마치 권투시합의 제1라운드처럼 이루어진다. 초반에는 서로 물어뜯고 할퀴는 일이 대부분이다."

8) 미드가 연구한 남쪽 대양의 주민들.

9) Georges Balandier, 『인류학적인 것들 Anthropo - logiques』, PUF, 1974, 14쪽.

10) A. Leroi - Gourhan, 『몸짓과 언어 Le Geste et la Parole』, Albin Michel, 1970, 제1권, 214쪽.

11) Sarah Hrdy, 『긴꼬리원숭이와 여성. 사회생물학 에세이 Des guenons et des femmes. Essai de sociobiologie』, Éd. Tierce, 1984, 20쪽.

12) Jane Goodall, 『침팬지와 나 Les Chimpanzés et moi』, Stock, 1971.

13) "구석기 시대에는 남녀가 함께 사냥하고 수확했다"(여성의 일의 역사에 관한 여성인권부의 자료/G. G. /M. F. /1984)는 글이 종종 발견되는 것은 사실이다. 고생물학자들도 여성들이 실제로 사냥을 했다고 말한다. 하지만 여성의 사냥은 남성의 사냥과는 아주 다른 것이었다. 여성들은 아마도 음식이 될 만한 것들을 주워모으다가 마주치게 되는 몸집이 작은 동물들을 사냥했을 것이나, 사냥 원정을 떠나고 때때로 커다란 사냥감을 위해 주거지로부터 아주 먼 곳까지 떠나곤 했던 것은 남자들이었다.

14) 르루아 - 구랑의 책을 인쇄하고 있을 무렵, 테스타르 A. Testart는 1986년 사회학 전문지에 「수렵인들과 수확인들에게서의 일의 성적 분담의 근거 Les Fondements de la division sexuelle du travail chez les chasseurs-cueilleurs」라는 제목의 흥미로운 논문을 싣는다. 그의 주장에 따르면 일의 성적 분담은 자연적으로 주어진 여건이 아니라 여성들을 사냥의 잔인한 광경들로부터 벗어나게 하려는 복잡한 이데올로기와 관련된 일종의 사회적 여건이다.

15) A. Leroi - Gourhan, R. Leakey, J. Goodall, S. Mellen, S. Moscovici 등 참조.

16) Hellen Fisher, 『성의 전술 La Stratégie du sexe』, Calmann - Lévy, 1983.

17) 예를 들어 도날드 요한슨 Donald Johanson과 매틀랜드 에디 Maitland Edey의 공저 『루시, 삼백오십만 살의 젊은 여자 Lucy, une jeune femme de 3,500,000 ans』(Laffont, 1983)에서 자주 인용하는 집단이동 전문가인 오웬 러브조이 Owen Lovejoy를 참조할 것. 러브조이는 집단이동이란 생존을 위한 집단전술의 한 방편인데, 그것은 성본능과 연관이 있으며 귀환의 복잡한 순환에 동화된다고 생각한다.

18) 이하의 설명에 관해서는 피셔의 앞의 책 86~108쪽을 참조할 것.

19) 이 도표는 요한슨과 에디의 앞의 책 379쪽에서 재인용한 것이다.

20) 프랑스의 지방 이름에서 명칭을 얻은 이 찬란한 문화들(페리고르 기(期), 오리냑 기, 솔뤼트레엥 기, 막달레니아 기)은 모두 2만 5천여 년 동안 발전한다(기원전 3만 5천년~기원전 만년). 부록 참조.

21) 네안데르탈인 이전에도 이 제식의 흔적이 발견된다.

22) 두 종류의 예술이 있다. 하나는 암벽이나 동굴 안에 그려진 벽화이고 다른 하나는 장식품이나 작은 입상 같은 모빌 예술이다.

23) A. Leroi-Gourhan, 『시대의 흐름 Le fil du temps』, Fayard, 1983, 258쪽.

24) 이브에게 내려진 신의 저주가 여기서도 반복된다.

25) Jacqueline Roumeguère-Eberhardt, 『사바나의 호전적 마사이 족 *Les Maasai, guerriers de la savane*』, Berger-Levrault, 1984, 32~33쪽.

26) Serge Moscovici, 『자연에 역행하는 사회 *La Société contre nature*』, '10/18' 총서, 1972, 234쪽. 여자들은 보통 부드러운 나뭇잎이나 나무 줄기, 뿌리(구근) 등을 찾아다닌다.

27) A. Leroi-Gourhan, 『세계의 근원 *Les Racines du monde*』, Belfond, 1982, 206쪽. 르루아-구랑은 바이칼의 북쪽에서 아주 길게 설치된 일련의 막사들을 발견하고, 거기서 한쪽 텐트에는 남성만의 물건들이 또 한쪽의 텐트에는 여성만의 물건들이 서로 분리되어 배치되어 있다는 사실을 알아낸 게라시모프 M. Guerassimov의 가설을 받아들인다.

28) 중앙 아프리카의 많은 부락들에는 양성을 위한 각기 분리된 식당이 있다.

29) A. 르루아-구랑, 보쉬만 족에 관한 강의록, 1956~1957:아프리카의 보쉬만 족(우리가 자주 구석기 시대의 사회에 비유했던 수렵인-수확인)은 몸집이 큰 사냥감이 잡히면 일정 부위(비계, 엉덩이살, 내장)를 여성들에게 나누어주고 나머지 부위는 족장과 청년들(아직은 사냥꾼의 무리에 끼지 못한) 그리고 사냥꾼 자신들끼리 엄격한 규칙과 개인의 지위에 따라 나누어 먹었다.

30) A. Leroi-Gourhan, 『세계의 근원』, 21쪽.

31) 남근을 의미한다.

32) A. Leroi-Gourhan, 『선사 시대의 서구 예술 *Préhistoire de l'art occidental*』, Mazenod, 1965, 90쪽.

33) 트루아-프레르 동굴, 콩바렐 동굴, 가비유 동굴, 페크-메를 동굴, 알타미라 동굴, 루피냑 동굴 등 참조.

34) A. Leroi-Gourhan, 『시대의 흐름』, 288쪽.

35) Edgar Morin, 『잃어버린 모델:인간의 본성 *Le Paradigme perdu : La nature humaine*』, Le Seuil, 1973, 71쪽.

36) 같은 책, 72쪽.

37) 같은 책, 78쪽.

38) 나는 성차별의 편견에 투쟁하는 모든 여성 과학자들을 '여권주의자'라고 부르거나 그 반대의 일을 하는 모든 남성 연구가들을 존경의 뜻을 담아 '과학자'라고 부르는 불쾌한 관습을 거부한다.

39) Nancy Tanner, Adrienne Zilhman, 「진화하는 여성:인간 기원에서의 개혁과 선택 Woman in evolution : innovation and selection in human origins」, 『*Signs I*』(3), 1970.

40) 도날드 요한슨이 앞의 책 364쪽에서 말했듯이, 어머니에게는 자식을 돌보기 위해 대단히 높은 지능이 필요하다.

41) 라스코 벽화의 대부분은 소와 말의 테마가 지배적이다. 페크-메를 벽화는 들소와

맘모스가 지배적이다.

42) A. Leroi-Gourhan, 『선사 시대의 서구 예술』, 86쪽.

43) Eleanor Leacock, 「평등한 사회 속의 여성 Women in egalitarian societies」, 실린 곳 : Bridenthal et Koonz, 『가시화되기. 유럽 역사 속에서의 여성 Becoming visible. Women in European History』, Boston, Houghton Mifflin, 1977.

44) A. Leroi-Gourhan, 『세계의 근원』, 211쪽. 그가 계산한 막달레니아인의 하루 평균 순록고기 섭취량은 그룹 내 구성원들의 사이가 좋은 경우 개인당 8백 그램이었다.

45) François Picq, 『모권 이론에 관하여, 인류학적 담화와 사회학적 담화 Sur la théorie du droit maternel, discours anthropologiques et discours socialistes』, 박사학위논문, 1979 년 10월, 파리 9대학.

46) Pathfinder Press Inc., New York - Toronto, 1975. 『페미니즘과 인류학 Féminisme et Anthropologie』(Denoël - Gonthier, 1979)이라는 좀더 적절한 제목하에 불어로 번역되 었다.

47) 1927년 런던에서 출판되었다. 불어로는 아직 번역되지 않았다.

48) 프랑수아즈 도본 Françoise d' Eaubonne이 펴낸 더 잘 짜여지고 보다 풍부한 자료 를 담은 책 『가부장제 이전의 여성들 Les Femmes avant le patriarcat』 역시 마찬가지다.

49) 보아스 Franz Boas와 그의 제자인 크뢰버 Kröber, 로이 R. Lowie 등이 대표적인 인 물들이다.

50) F. Picg, 앞의 책, 84쪽. "진화가 어디에서도 같은 식으로 일어났다는 것에 이의를 제기하면서 사람들은 모계혈통이 부계혈통에 선행했다는 주장에 반대했고 그럼으로 써 일련의 시간상의 순서를 뒤엎고 모든 규칙적인 질서를 거부했다."

51) R. Lowie, 『원시사회론 Traité de sociologie primitive』, Payot, 1969, 102쪽. "부계가 세워지지 않았다 하더라도 그것 때문에 후손이 모계를 따른다고는 말할 수 없다. 왜 냐하면 생물학적 부계와 사회학적 부계는 다르기 때문이다."

52) 둘 다 미국 루트거 대학의 인류학 교수이다.

53) E. Morin, 앞의 책, 78쪽.

54) 오늘날에도 일부 지역에서 그렇듯이 삼촌은 아버지로 간주될 수 있다.

55) E. Morin, 앞의 책, 173쪽.

56) 같은 책, 174쪽.

57) Simone de Beauvoir, 『제2의 성 Le Deuxième Sexe』, Gallimard, 1949 : '이데아' 총 서, NRF, 1974, 제1권 91, 100쪽.

58) "'모권사회'란 가족의 조직과 통제에 속하는 법적 권한―재산 상속 결혼 가 정―의 전부는 아니라도 그 일부가 남성이 아닌 여성의 손안에 있는 사회를 말한다" (M. Mead, 앞의 책, 272쪽).

59) "'모계 중심 사회'란 한 사람이 자신의 이름이나 땅 혹은 어머니의 남자형제의 소유물 모두를 어머니를 통해 갖게 되는 사회를 말한다. 그것이 일부다처제가 존재할 수 없는 유리한 조건이 될지는 모르지만 여성이 막강한 권력을 가졌었다는 것을 의

미하지는 않는다"(M. Mead, 앞의 책, 272쪽).

60) 선사 시대의 무덤에서 당시 죽은 사람들을 매장할 때 도구나 보석 같은 일상용품을 같이 묻었다는 사실을 발견했다. 물려줄 것이 별로 없었던 사람도 그런 생각만은 갖고 있었다.

61) 이로쿼이어인의 사회와 부권제를 관찰하면서 모건은 모권제의 가설을 지지하게 되었다.

62) F. Héritier, 「아프리카의 여성. 성과 징표들」, 10쪽(강조는 필자).

63) 남성들에 의해 부계제와 부권을 토대로 형성된 가족 형태.

64) E. Reed, 앞의 책, 25쪽. "우리에게 어머니란 어린애를 낳은 여성을 의미한다. 그러나 원시사회(아룬타스와 중앙 오스트레일리아)에서는 아이를 낳았거나 낳지 않았거나 모든 성인 여성을 '어머니'라고 부른다."

65) Michelle Zimbalist Rosaldo, Louise Lamphère, 『여성, 문화 그리고 사회 Woman, Culture and Society』(Stanford Univ. Press, 1974) 중 편집자 '서문' 참조. 또한 F. Héritier, 「아프리카의 여성. 성과 징표들」, 9쪽과 『여성적 사실』, 397쪽도 참조.

66) Sarah Hrdy, 앞의 책, 32∼35쪽 참조.

67) '국제 아가르 연구 원정'은 Y. 코펜스, D. 요한슨 그리고 M. 타이엡이 이끌었다.

68) Y. Coppens, 『원숭이, 아프리카 그리고 인간 Le Singe, l'Afrique et l'Homme』, Fayard, 1984, 86∼88쪽. "루시는 키가 1미터가 넘었고 직립보행을 했으며, 인간의 뇌조직을 갖추고 있었고 사물을 정확하게 잡을 수 있는 손을 가졌다."

69) 13구의 유해가 한데 모아진 후 '최초의 가족'이라는 별명이 붙여졌다.

70) 일반적으로 남자의 키는 평균적으로 여자 키의 15∼20% 더 크고 이 차이는 점차 줄어드는 경향이 있다고 인정한다.

71) 앙리 델포르트Henri Delporte의 매혹적인 책 『선사 시대 예술 속에서의 여성의 이미지 L'Image de la femme dans l'art préhistorique』(Picard, 1979)를 참조.

72) 프랑스에서 약 40점, 시베리아에서 35점이 발견되었다.

73) 측면 실루엣, 발기된 남성, 남근, 정면 얼굴 혹은 측면 얼굴 등.

74) 라스코 벽화에서 들소 앞에서 상처입고 누워 있는 남성이나 투창에 찔린 쿠피냑 벽화의 세 남성과 페크-메를 벽화의 한 남성을 참조할 것.

75) Mircea Eliade, 『신앙과 종교적 이념의 역사 Histoire des croyances et des idées religieuses』, Payot, 1984, 제1권, 84쪽. 에리티에는 성취한 임무가 도처에서 불평등한 가치로 평가된다는 사실을 강조한다. 이 불평등한 가치의 기준은 행한 일의 양이 아니라 그 일을 얼마나 훌륭하게 해냈느냐에 있다. 여성의 수확의 몫은 종종 그룹의 음식 총량의 4분의 3에 해당하기도 하지만 그것이 사냥인이 갖고 있는 막강한 특권을 침해히기는 못한다

76) F. Héritier, 「아프리카의 여성. 성과 징표들」, 20쪽.

77) 빌렌도르프의 비너스나 브라셈푸이의 두상(頭象) 등.

78) 우리는 르루아-구랑의 주장을 이해할 수 없다. "이 입상들이 출산의 상징이라고

하는 말은 도대체 무슨 근거에서 나온 말인가?"(『세계의 근원』, 89쪽).

79) A. Leroi-Gourhan, 『선사 시대의 서구 예술』, 90쪽.

80) A. Leroi-Gourhan, 『세계의 근원』, 90쪽. "해부학적 실재와는 너무나도 거리가 먼 이 '비너스'들은 재구성된 여성의 이미지이며 초현실적이고 상징적인 작품들이다."

81) 『선사 시대의 서구 예술』, 89~90쪽과 *Courrier du CNRS*, 1978년 1월호, 9~13쪽, 그리고 『세계의 근원』, 193쪽 등.

82) 물론 이 가설은 정확한 생물학적 개념을 갖지 못했다 하더라도 남성이 종족 번식에 관여하는 중요한 부분을 인정하는 현재의 미개사회들에는 적용될 수 없다.

83) M. Eliade, 『종교 역사론 *Traité d'histoire des religions*』, Payot, 개정판, 1983. 제7장에서 아이의 기원에 대한 여러 가지 믿음에 대해 기술하고 있다.

84) M. Eliade, 『신앙과 종교적 개념의 역사』, 제1권, 28~35쪽.

85) 브뢰유Breuil 신부는 트루아-프레르 동굴에 있는 '위대한 마술사'를 유명하게 만들었는데, 그 마술사는 사슴의 머리, 늑대의 귀 그리고 영양의 수염을 하고 있다. 팔다리와 성기 그리고 춤추는 자세로 마술사가 남성이라는 것을 알 수 있다.

86) A. Leroi-Gourhan, 『선사 시대의 서구 예술』, 96쪽.

87) H. Delporte, 『선사 시대 예술 속에서의 여성의 이미지』, 307쪽.

88) 무덤에 칠해진 붉은 오커가 피와 피가 가진 생명력을 상징하듯이.

89) Annette Weiner, 『여성의 풍요 혹은 어떻게 정신은 인간에게 오는가 *La Richesse des femmes, ou comment l'esprit vient aux hommes*』, Le Seuil, 1983.

90) 트로브리앙 군도는 파푸아(뉴기니아)에 있다.

91) Annette Weiner, 앞의 책, 37~38쪽(홑따옴표는 필자가 붙였음).

92) '달라'는 혈통과 씨족의 관계를 의미한다.

93) 앞의 책, 246쪽. "여성의 지위와 특별한 역할은 결코 단순한 사물의 역할이 아니라 어떤 권한을 가진 개인으로서의 역할이다."

94) 여성의 일의 역사에 관한 여성인권부의 자료, 3575/G. G. /M. F. /1984.

95) 자신의 책 『민주주의 *Démocraties*』(Calmann-Lévy, 1985)의 출판에 대해 『르 몽드』지(1985년 10월 4일자)와의 인터뷰에서. 배틀러는 인간은 천성적으로 민주적이며 최초의 인간의 무리들은 순수하고 참된 민주주의에 근접해 있었다고 주장한다.

96) S. de Beauvoir, 앞의 책, 91쪽.

97) E. Morin, 앞의 책, 78쪽.

II. 여성의 권한에서 권한의 분배로

1) 사람들은 신석기 시대와 구석기 시대의 중간단계인 이 시기를 후기 구석기 시대라고도 부른다. 우리는 후의 두 단계에서 남녀관계에 대해 가설을 제시해볼 만큼 충분한 유적을 발견했지만, 불행하게도 전환기의 성격을 띤 가장 오래된 단계에서는 그

렇지 못하다. 수렵인 문화의 최후 단계인 이 무렵은 정착이라는 새로운 생활양식이 시작되면서 신석기로 접어든다. 하지만 현재 우리가 알고 있는 상황들로 판단하건대, 그들은 구석기 시대의 조상이나 신석기 시대의 후손들이 자신들의 신념을 표현하고 자 했던 그런 욕구를 느끼지는 못했다.

2) 본래의 의미에서 신석기 시대는 구석기 시대의 다듬어진 석기에 비해 광택이 있는 새로운 석기의 시대를 의미한다. 사실 우리가 '신석기의 혁명'이라고 부르는 것은 단순히 석기 기술의 변화나 경제적 변화만을 의미하지 않는다.

3) 구리 시대는 그리스어 khalkos에서 온 것으로 신석기 시대와 청동 시대 중간의 전환기를 말한다.

4) 청동 시대와 철기 시대, 즉 기원전 2000년에서 기원전 500년까지.

5) G. Camps, 『선사 시대. 잃어버린 천국을 찾아서 *La Préhistoire. A la recherche d'un paradis perdu*』, Perrin, 1982, 263쪽.

6) 같은 책, 411쪽.

7) "농사를 여성이 발명했을 가능성이 대단히 크다"(A. Leroi-Gourhan). A. 로랑A. Laurent이 『남성적인 것-여성적인 것. 새로운 균형 *Féminin-Masculin. Le nouvel équilibre*』(Le Seuil, 1975), 61쪽에서 재인용. 또한 G. 고든-차일드G. Gordon-Childe의 『문화의 탄생 *La Naissance de la civilisation*』(Paris, Gonthier, 1964), 80쪽과 엘리스 불딩Elise Boulding의 『역사의 밑바닥 : 역사를 통한 여성에 대한 관점 *The Underside of history : a view of women through time*』(Boulder, Westview Press, 1977)도 참조할 것.

8) Lewis Mumford, 『기계의 신화 *Le Mythe de la machine*』, Fayard, 1973, 제1권, 192쪽.

9) 루이스 멈포드는 신석기 시대의 정원을 멋지게 재현하려고 시도했다. 에드거 앤더슨Edgar Anderson의 연구서들에 의거해 그는 신석기 시대의 정원 중 가장 오래된 것은 먹을 수 있는 나뭇잎과 과일을 생산하는 땅을 그저 보존하는 것만으로 발전되었다고 생각한다. 그는 또한 정원이 여러 종류의 식물을 포함하고 있었고 그곳에는 음식물, 양념, 향료, 약, 섬유, 꽃식물 등이 잡초나 재배된 식물의 형태로 서로 섞여 자랐다고 말한다.

10) 참밀과 전분밀.

11) J. Guilaine, 『서구 지중해의 최초 양치기들과 농부들 *Premiers Bergers et Paysans de l'Occident méditerranéen*』, Hachette, 1976, 16쪽.

12) 도자기 제조술은 농사가 시작될 무렵에 생겨났다. 자크 코뱅Jacques Cauvin은 시리아에서 오늘날 알려진 도자기 중 가장 오래된, 기원전 8000년에서 기원전 7000년 사이로 추정되는 도자기들을 발견했다. 그러나 도자기 문화가 널리 퍼진 것은 기원전 6000년에 이르러서다.

13) G. 고든-차일드와 조지 톰슨George Thomson은 불의 기술은 여성에 속하기 때문에 도자기 제조는 분명 여성의 일이었다고 주장한다. 우리가 인도의 고대 문화에서 불을 지피는 일이 늘 여성의 몫이었다는 사실을 인정한다면 그 주장이 결코 근거 없는 것만은 아니다.

14) 루이스 멈포드는 목축의 종교적 기원을 제시한다. 에드워드 한 Edward Hahn의 가설을 받아들이면서 그는 들소가 애초에 길들여지기 시작한 것은 경제적 이유가 아닌 종교적 이유 때문이었다고 간주한다. 이 동물들의 뿔이 달의 뿔과 일치한다고 여긴다(앞의 책, 203쪽). 중동에서 서남 아시아에 이르기까지 기원전 6000년 전부터 황소 숭배의 증거가 있고 크레타 섬에서는 대단히 성행했었다는 것도 사실이다(J. Cauvin, 『시리아-팔레스타인의 신석기 시대 종교 *Religions néolithiques de Syro-Palestine*』, Maisonneuve, 1972, 103, 104쪽, 그리고 Ch. Picard, 『그리스 이전의 종교들 *Les Religions pré-helléniques*』, PUF, 1948 참조). 그러나 황소 숭배는 신석기 시대에 여신 예배로 바뀌어 사라진다.

P. Ducos의 『팔레스타인의 가축의 기원 *L'Origine des animaux domestiques en Palestine*』, (Delmas, Bordeaux, 1968)에 따르면 양이 최초의 가축이었고(이라크 북부에서 기원전 9000년~8000년 사이), 그 뒤에 염소였다(팔레스타인에서 기원전 7000년). 돼지는 기원전 7000여 년경에 레바논 연안에서 살았고, 6500년경에는 메소포타미아의 자르모에서 존재했었다. 소는 그후 기원전 5000년이 되어서야 팔레스타인에 처음 등장했다.

15) 처음으로 여성의 석상이나 구운 점토 상이 나타난 것은 기원전 8000년대 초기 유프라테스 지역(미레이베트)에서였다. J. Cauvin, 『기원전 9000년~기원전 7000년에 이르는 시리아-팔레스타인의 초기 마을들 *Les Premiers Villages de Syrie-Palestine du IXe au VII millénaire avant J. C.*』(메종 드 로리앙 메디테라네엥 앙시엥 총서 No. 4, 고고학 시리즈 3, Lyon, 1978) 116~118쪽 참조.

16) G. Camps, 앞의 책, 414쪽.

17) 같은 책, 415쪽. "농부라기보다는 목축업자인 북아프리카 사람들에게서는 신석기 시대 초기의 여성 입상은 발견되지 않는다."

18) 여리고 지방에서 대단히 윤곽이 선명한 석회암 입상이 발견되었는데 여성의 엉덩이를 불룩하게 튀어나오게 한 그 입상의 양식이 기원전 5000년에 유행하게 되었다. 그것은 팔레스타인에서 아나톨리아에 이르는 근동에서 발견된 여성 입상들이 맨 처음 만들어졌던 때이다.

19) 인구가 5천 명에서 7천 명에 이른다.

20) G. Camps, 앞의 책, 411쪽. "성소에서 흙이나 돌로 된 입상들이 대다수 발견되었다. 점토로 된 것은 남자와 동물들이다. 그것들이 구석이나 성소 외부에 배치된 점, 혹은 그것들이 별로 예술적이지 못하다는 점에 비추어볼 때 봉납물로 추정된다. 돌로 된 입상은 반대로 최고의 자리를 차지하고 있다…… 그런데 그것은 거의 항상 여성의 모습이다. 그 여성은 여신이다."

21) 멜라아르의 그림 참조. 이 그림은 '포트니아 테론 Potnia Theron'이라 불리는데 '야수들의 주인'이라는 뜻이다.

22) J. Cauvin, 『시리아-팔레스타인의 신석기 시대 종교』, 88쪽.

23) 인종학자 카미유 라코스트-뒤자르댕 Camille Lacoste-Dujardin은 어머니가 아들에

대해 막대한 권한을 행사하는 마그레브의 가부장 사회에서는 공격적 여성성을 나타내는 식인귀가 남성의 상상력을 괴롭힌다고 언급한다. 『여성에 대항하는 어머니들 : 마그레브에서의 모성과 가부장 제도 Des mères contre les femmes : maternité et patriarcat au Maghreb』, La Découverte, 1985, 159~175쪽.

24) 엉덩이의 지방조직이 매우 잘 발달되어 있다.

25) J. Cauvin, 앞의 책, 102쪽.

26) W. Lederer, 『여성공포증 혹은 여성에 대한 공포 Gynophobia ou la peur des femmes』, Payot, 1970. 여신은 암소이기 이전에 돼지의 다산성 때문에 암돼지였을 가능성이 크다. 그것 때문에 암돼지, 특히 성기가 몇몇 대(大)종교에서 불결하다고 말하기 전까지 신성시되었다.

27) 위대한 여신은 나중에 아르테미스가 그랬듯이 가끔 나무에 자신의 보금자리를 만든다. 그녀는 헐벗은 줄기나 잎이 달린 줄기로 묘사된다. 식물상징 옆에 여신이 존재하는 것은 고대 신화에서 나무가 주는 의미, 즉 우주적 풍요의 지칠 줄 모르는 근원이라는 의미를 재확인시켜준다.

28) 예를 들어 『보보, 신비로운 여성의 성기 Baubo, la vulve mythique』(G. 드브르, J. C. 고드프루아, 1983 참조) 혹은 사달 후유 여신.

29) Ch. Picard, 『그리스 이전의 종교들』, 74~78쪽. 크노소스에서는 사지에 둘러싸인 포트니아와 비둘기에 둘러싸인 또다른 포트니아가 발견되었다. J. Przyluski, 『위대한 여신 La Grande Déesse』, Payot, 1950, 96쪽. "일반적으로 여신은 야생동물이나 가축과 함께 묘사된다. 우리는 그 둘 사이에서 기술의 발전으로 설명되는 연관관계를 추측할 수 있다. 동물을 길들이기 위해서는 우선 살아 있는 사냥감을 포획해야 한다. 그러나 사냥과 가축 사육 사이에 가축을 길들이는 과정이 존재한다. 기술적 변화의 이 세 가지 양상이 여신의 태도 속에 반영되어 여신은 차례로 사냥꾼이었다가 가축 길들이는 사람, 가축의 주인이 되었다.

30) Ch. Picard, 앞의 책, 109쪽. 인도나 아시리아의 신화에 등장하는 일처다부적인 삼신(三神) 체제도 참조할 것.

31) Rig - Véda, I, 89, 10.

32) J. Przyluski, 앞의 책, 27쪽.

33) 이란에서처럼.

34) M. Eliade, 『종교 역사의 개요』, 225쪽.

35) 같은 책, 211쪽. "대부분의 인종에서 가장 중요한 개념은 아이가 아버지에 의해 잉태된 것이 아니라 어머니와 우주적 힘을 가진 동물이나 식물의 직접적인 접촉 이후 조금 발육이 된 태아가 어머니의 배에 들어와 자리잡는다는 것이다."

36) 아르메니아와 페루의 전설. 말리노프스키에 따르면, 트로브리앙 섬에서는 토착민들이 남성과 관계를 가진 여성에게 정령이 더 쉽게 찾아든다고 믿고는 있지만 여성의 몸에 들어와 여성을 임신시키는 것은 정령이라고 생각한다.

37) M. Eliade, 앞의 책, 214~215쪽. 아버지를 선택하는 의식─그리스와 로마도 그 의

식을 따랐는데 — 은 아버지가 아이를 땅에서 들어올려(그것은 감사의 표시이다), 마치 땅이 아이의 진정한 어머니이기라도 하듯이 다시 땅에 내려놓는다. 이러한 대지에 관련된 관점에서 보면 모성은 신적인 창조의 연장선상에 위치하지만 부성은 하나의 사회적 기능을 가질 뿐이다. 엘리아데는 그런 관습은 최근에도 아브루치 족이나 일본인 혹은 스칸디나비아에서 통용되고 있다고 말한다.

38) '의만couveurs' 아버지들과 그들 주위에서 그들이 마치 진짜 어머니인 것처럼 축하해주는 사람들이 생물학적 진실을 알고 있다는 것은 사실이다. 하지만 그것은 중요하지 않다. 중요한 것은 아버지를 번식자의 지위에 올려놓는다는 것이다.

39) M. Eliade, 앞의 책, 53쪽.

40) 같은 책, 282쪽. "이런 믿음과 의식들은 그것들이 오랫동안 몇몇 유럽 민족들에게서 지속되어 우리에게까지 알려졌다. 농프로이센에서는 관습적으로 여성들이 알몸으로 들에 씨를 뿌렸고 핀란드에서는 여성들이 월경을 한 속옷으로 씨를 싸서 들에 가져왔다. 독일 민족들은 결혼한 여성, 특히 임신한 여성들로 하여금 곡물의 씨를 뿌리게 했다.

41) 호메로스 이전의 신화에서 모든 신은 대지에 속했고 삶과 죽음에 똑같이 관련되었다. 지하종교는 죽은 사람이 모성적 대지의 품안에 잠들어 있다고 생각하기 때문에 죽은 사람들을 산 사람들의 그룹과 구별하지 않았다. 거기에서부터 죽은 사람들을 정성스레 땅에 묻는 호메로스 이전의 보편화된 관습이 생겨났다. 그러나 호메로스의 서사시 시대의 문화에서 그러한 관습은 사라진다(죽은 사람들은 화장되었다). 즉 죽은 사람들과 산 사람들의 상호의존성이 사라져버린 것이다. 호메로스에게 모든 올림푸스의 신들은 완전히 생명에 속해 있다. 그들은 죽은 자들과는 아무런 관계가 없다. 호메로스 이전의 대지 숭배 종교가 모성과 여성성을 가장 우위에, 남성성을 부수적 지위에 올려놓았다면 그리스의 새로운 종교는 그 양상을 바꿔놓았다. 즉 남성이 여성의 권한을 빼앗아가듯이 남성신들이 여성신들의 권한을 앗아간 것이다.

42) C. Picard, 『그리스 이전의 종교들』, 87쪽.

43) P. Vidal-Naquet, 『검은 사냥꾼 Le Chasseur noir』, 1981, LD/Fondations 재편집, 1983, 272쪽. "모권 제도는 신화와 전설에서만 존재한다. 그리스 도시국가는 그것들에 반대해서 생겨났다."

44) 『일리아드』에서는 프리암 왕에게 정복당한 아마존 여성들이 등장한다.

45) 우리 사회처럼 어떤 사회가 완전히 세속화되면 한 성의 다른 성에 대한 권한은 그 정당성을 상실하게 된다. 권한의 신적 근거를 제거함으로써 '하나'의 '다른 하나'에 대한 모든 우월성의 개념을 절단한다.

46) F. 도본은 (앞의 책, 82쪽에서) 성에 따른 임무의 특성 — 남성의 가축 사육, 여성의 농사일 — 은 유럽의 몇몇 지방에서 아주 늦게까지 유지된다고 말한다. 구석기 시대의 영국의 최초 농부들에게서 여성의 밀농사와 남성의 목축의 흔적이 발견된다.

47) 괭이로 하는 여성의 농사와 구분되는 것.

48) Daniel Faucher, 『기술의 일반적 역사 Histoire générale des techniques』, 제1권, PUF,

1962.

49) 같은 책. 가장 오래된 바퀴 없는 쟁기 형상은 해안에 면한 알프스나 남부 스웨덴의 석판화로 남아 있고, 그것들은 청동기에 해당한다.

50) 포세 D. Faucher는 바퀴 없는 쟁기를 가장 먼저 사용한 것은 고대 메소포타미아와 이집트에서였고 유사 시대에 이르러서야 바퀴 달린 쟁기가 등장했다고 주장한다.

51) D. Faucher, "쟁기가 논밭을 만들게 했다는 말은 아마도 과장이 아니다."

52) 경작중인 토지.

53) 최근 보르네오의 경우가 그랬던 것처럼. M. Eliade, 『종교 역사의 개요』, 222쪽 참조.

54) 말리노프스키Malinowski의 트로브리앙 사람들에 관한 연구나 스펜서Spencer와 질렌Gillen의 마룬타 족—당시 그들은 아직 유럽 사람과 접촉이 없었다—에 대한 연구를 참조할 것.

55) 트로브리앙 사람들은 여자가 임신하면 모계 조상의 정령이 아이 정령을 그 여자에게 보냈다고 말한다.

56) J. Przyluski, 앞의 책, 161쪽.

57) 같은 책, 161~162쪽. 오랫동안 사람들은 공통된 경험의 결과를 영웅과 왕들에게까지 확대시키기를 거부하였다. "기원 초기에 인도의 앙드라 왕들은 당시 봉물로 바쳐진 말의 아들들이다. 동물들에게서는 쉽게 인정되는 아버지에 의한 이 번식의 원리는 아주 느리게 인간에게 적용되었는데, 그것은 거부감을 유발했고 그런 경우들을 예외적 경우로 간주하기 십상이었다."

58) 『검은 사냥꾼』, 285~286쪽. 비달-나케는 그 신화가 재구성된 것은 펨브로크S. Pembroke의 『여성 Women』(1967) 덕이라고 말한다.

59) 같은 책, 286쪽.

60) 전설에 의하면 세크로는 아티카의 첫 신화적 왕이고, 세크로피아라고 불렸던 아테네의 창시자이다.

61) Max Escalon de Fonton, 「수렵인 세계의 종말과 전쟁의 탄생 La fin du monde des chasseurs et la naissance de la guerre」, *Courrier du CNRS*, 1977년 7월호, 28~33쪽.

62) G. Camps, 앞의 책, 311쪽. "때때로 대학살의 흔적이 발견되는데, 그 가장 좋은 예는 보클뤼즈의 로에에 있는 지하동굴의 무덤이다. 무덤 윗부분에는 한꺼번에 매장된 해골이 겹겹이 쌓여 있고, 그 옆에는 길고 날카로운 수많은 화살들이 여기저기 흩어져 있다."

63) F. 도본(앞의 책, 59쪽)은 그것들을 중국은 물론 11, 12세기에 아랍인들이 여행했던 신비의 섬에 이르기까지 여러 곳에서 발견한다.

64) 같은 책, 60쪽. "참고삼아 다오메의 전투와 1600년대에 두 탐험가에 의해 묘사된 에디오피아의 여성 지배, 모노마토파의 여성 전사들, 그리고 1917년 이전의 러시아 여성의 전투를 상기하자."

65) 마르칼J. Markale(『켈트 여성 *La Femme celte*』, Payot, 1972, 47~48쪽)은 이세니아

와 보디세아 여왕의 역사적인 예를 인용하는데, "그녀는 자신의 딸들이 로마 병사들에게 강간당하는 것을 보고서 수에토니우스 파울리니우스 부대를 동원해 무녀들을 대학살한 뒤 섬의 모든 시민들을 규합해서 61년에 브르타뉴에서 대폭동을 일으켰다".

66) André Pelletier, 『갈로-로맹 사회의 여성 La Femme dans la société gallo-romaine』, Picard, 1984, 13쪽. 암브롱 인종은 켈트의 일파였다.

67) F. 에리티에는 몇몇 아메리카 인디언 사회에서는 여성들이 사냥이나 전쟁에 남성들과 동행했었다는 사실을 상기한다.

68) F. 에리티에(『여성적 사실』, 399쪽)는 여기저기에서 여성 전사들이 있었다는 것과 몇몇 사회에서는(아메리카 인디언이나 골 족) 여성들이 사냥이나 전쟁에 남성들과 동행했다는 사실을 인정한다. 그러나 그녀는 이렇게 덧붙인다. "여성들이 지휘하지는 않았다…… 지휘의 자격은 동거는 하고 있지만 결혼한 여성의 정상적 신분에 속하지 않은 젊은 여성들에게만 주어졌다."

69) A. Morret, 『장 카파르에게 제공된 혼합 Mélangles offerts à Jean Capart』, Bruxelles, 1935, 312쪽.

70) 같은 책, 325쪽. "이 시기의 석판 부조는 위대한 남성신을 위대한 여성신과 결합시키는 신비스런 결혼의 과정과 의식을 묘사하고 있다."

71) F. 도본은 거석 시대의 서부 유럽과 아프리카 연안에서도(기원전 3000년~기원전 1000년 초기에 이르기까지) 신적인 이원성이 발견된다고 지적한다. 그것은 두 종류의 광물질로 된 블록으로 나타나는데, 그 하나가 멘힐menhir이고 다른 하나는 돌멘dolmen이다. 멘힐은 남근 모양의 기둥 위에 타원형의 돌이 놓여 있고(수직성), 돌멘은 거대하고 단순한 탁자 형태이다(수평성). 멘힐의 남근 형태는 누구나 쉽게 알아보는 반면 돌멘의 여성적 상징에 대해서는 그토록 무관심하다는 사실에 그녀는 놀란다. 그리고 그녀는 아삼(인도 북동부 지역 —옮긴이)의 카시 족들에게는 돌멘이 그들의 위대한 어머니였고, 멘힐은 위대한 아버지였다는 사실을 상기시킨다(앞의 책, 88과 98쪽).

72) J. Przyluski, 앞의 책, 153쪽.

73) 같은 책, 162쪽. 한 몸으로 표현된 양성의 신은 그리스, 라틴, 에트루리아 그리고 일본의 신화에도 등장한다.

74) J. Przyluski, 앞의 책, 163쪽. "여신과 젊은 남성신으로 형성된 커플은 두 개념 사이의 전이를 알려준다. 젊은 남성신은 우선 위대한 어머니의 딸이었던 여신을 대신하기 때문에 동시에 아들이기도 하고 연인이기도 하다."

75) Pauline Schmitt-Pantel, 『여성의 역사가 가능한가? Une histoire des femmes est-elle possible?』 (Rivages, 1984), J. -P. Vernant, 『그리스인들의 신화와 사고 Mythe et Pensée chez les Grecs』, 2권, Maspero, 1971), Pierre Vidal-Naquet, 『검은 사냥꾼』, Nicole Loraux, 「침대와 전쟁 Le lit et la guerre」(『남성 L' Homme』, 1~3월호, 1981, XXI) 등을 참조할 것.

76) 「헤스티아-헤르메스 Hestia-Hermès」, 『그리스인들의 신화와 사고』, 초판, 124~

170쪽, 1963.

77) 같은 책, 132쪽. 베르낭은 그 결혼을 이렇게 상기한다. "남성이 밖으로 향하는 것과 여성이 안으로 향하는 것이 뒤바뀐다. (거기에서는) 다른 모든 사회활동과는 달리, 여성이 여기저기 활동하면서 서로 다른 가족 그룹 사이의 끈을 이어주고 남성은 반대로 집에 가만히 앉아 있다. 따라서 여성 지위의 양면성은 한 가정의 딸인 자신이 책임을 맡고 있는 그 가정을 포기하지 않고서는 결혼을 한다 해도 여성으로 성장할 수 없다는 점이다."

78) 같은 책, 143쪽. 가정의 여신으로서 집 안이나 집 밖의 식사를 주재했다. 한편으로 옛날 사람들이 헤스티아에게 공물을 바쳤을 때면 그들은 함께 식사를 했는데, 낯선 사람은 식탁에 같이 앉게 하지 않았다. 그러나 가정과 식탁은 또한 "가족이 아닌 사람을 가정적 분위기로 맞이하고 가족 공동체에 속할 수 있는 기회를 제공하는 기능을 가지고 있다".

79) 같은 책, 144쪽.

80) 특히 아리스토파네스의 작품에서.

81) 『검은 사냥꾼』, 191쪽.

82) Plutarque, 『여성의 미덕 Vertus des femmes』, P. Vidal-Naquet, 앞의 책, 205쪽에서 재인용.

83) 「침대와 전쟁」, 『남성』, 37~67쪽.

84) 같은 책, 39쪽. "물론 그 사회에서 해산을 표현하는 것을 금했다. 해산 직전이나 직후의 표현은 있으나 그 이상은 존재하지 않는다. 여자는 허리띠를 풀고 머리가 헝클어진 채 다음에 해산할 여성들에게 자신을 맡기고 산고를 치른다. 혹은 죽은 여자가 멍한 시선으로 갓난애를 바라보고 있다. 중요한 사실은 거기에 있다. 늘 전투에 임하는 병사들처럼 해산한 여성은 죽음 속에서 능선을 점령했다."

85) N. Loraux, 41쪽에서 재인용. P. Chautraine, 『그리스어 어원사전 Dictionnaire étymologique de la langue grecque』, Paris, 1968. "Lochos에서 파생한 모든 낱말은 해산의 개념이나 군사용어와 관계가 있다."

86) N. Loraux, 44쪽에서 재인용. Euripide, 『메데우스 Médée』, 248~251쪽.

87) N. Loraux, 앞의 책, 45쪽.

88) 같은 책, 66쪽.

89) J. -P. Vernant, 『고대 그리스의 신화와 사회 Mythe et Société en Grèce ancienne』, 65쪽. "여성들 사이의 신분의 차이가 반드시 서로 다른 취급을 받게 하지는 않는다. 사생아는 정상적으로 태어난 어린아이와 마찬가지로 학대받지 않는다. 그것은 가장이 그들에게 인정해주는 '티메 Timé'에 달려 있었다."

90) 같은 책, 68쪽.

91) J. Przyluski, 앞의 책, 170쪽. 남성신들은 바루나, 미트라, 아그니 수마라고 불렸다.

92) Indira Mahindra, 『인도 여성들 Des Indiennes』, Editions das Femmes, 1985, 56~62쪽.

93) 역사적으로 사시야시, 바드리마티 그리고 비슈파트 등의 이름이 전해진다.

94) J. Markale, 『켈트 여성』, 1984년판, 19쪽. 그는 이 완화된 가부장 제도 속에서 가족의 기초는 커플이라고 명확히 밝힌다. 여성은 원칙적으로 자신의 남편을 선택할 권리를 가졌고, 적어도 자신의 동의 없이 결혼을 강요당하지는 않았다. 로마법과는 달리, 아일랜드 여성들은 "남편의 가족에 편입되지 않았다". 그들은 계속해서 자신의 재산을 소유했고 쉽게 이혼할 수 있었다. 결국 남성이 '가장'의 자격을 갖게 된다 하더라도 아일랜드 법은 그가 커플의 리더가 될 수 없는 두 가지 경우를 제시한다. 그 하나는 아내가 그와 똑같은 재산과 가문을 갖고 있는 경우(배우자간의 완전한 동등)이고 또다른 하나는 아내가 남편보다 더 많은 재산을 갖는 경우인데 후자의 경우에는 아내가 가장이 된다는 것에 아무도 이의를 제기하지 않는다. 이 두 경우는 차후의 가부장 사회─신의 이름으로 여성의 열등성을 인정하는─에서는 상상할 수 없는 것이다.

2부 하나 없는 다른 하나

1) 다양한 형태의 가부장제가 존재한다. 여성에게 몇몇 특권을 인정하는 가장 균형잡힌 가부장 제도는 양성간에 비교적 동등한 관계를 이룰 수 있다. 반대로 남성이 절대적 주인으로 군림하고 모든 권한을 독차지해서 양성간의 극단적 불균형을 이루는 가부장 제도도 있다. 후자는 절대적 가부장 제도라고 불린다.

2) 마리-엘리자베트 오드만Marie-Elisabeth Haudemann이 쓴 『폭력과 간교, 어떤 그리스 마을의 남녀 La Violence et Ruse. Hommes et femmes dans un Village grec』(Aix-en-Provence, Edisud, 1983)의 서문에서 모리스 고들리에Maurice Godelier가 쓴 표현.

3) Germaine Tillion, 『하렘과 사촌들 Le Harem et les Cousins』, Le Seuil, 1966, 6쪽.

I. 절대적 가부장 제도 혹은 모든 권한의 몰수

1) 혹은 남자형제, 여자형제들을 배우자와 교환한다.

2) J. Guilaine, 『프랑스 이전의 프랑스, 신석기 시대에서 철기 시대까지 La France d'avant la France, du néolitique à l'âge du fer』, Hachette, 39쪽. "기원전 5000년부터 유럽에서는 여성을 교환하면서 새로운 생각과 기술에 접할 수 있었다."

3) 절대적 가부장제가 주목을 끄는 것은 그것을 지탱해주는 이데올로기적이고 풍자적인 담화들이 그것의 기본 원리를 더 쉽게 인식할 수 있게 해주기 때문이다.

4) 필리스 체슬러Phyllis Chesler가 『여성과 광기 Les Femmes et la Folie』에서 분석한 의미심장한 신화. F. 도본의 앞의 책, 107~110쪽에서 재인용. 인종-정신분석학자인 조

르주 드브뢰 또한 그것에 대해 그 책의 일부『보보, 신비스런 여성의 성기 *Baubo, la vulve mythique*』(J. -C. Godefroy, 1983)를 할애했다.

5) F. d'Eaubonne, 앞의 책, 107쪽.

6) F. d'Eaubonne, 앞의 책, 108쪽에서 재인용.

7) 같은 책, 109쪽.

8) 같은 책, 110쪽.

9) J. 길렌은 (앞의 책에서) 투사들의 우두머리가 특별히 존경을 받는 계급화된 사회에 대한 이론을 뒷받침해주는 아르모리캥 산지의 많은 무덤에서 그 증거를 발견한다 (160쪽).

10) 같은 책, 161쪽.

11) 같은 책, 같은 쪽.

12) J. Markale, 앞의 책, 93쪽. "금발의 이죄는 태양이 인간의 모습을 띤 것이다."

13) 같은 책, 127쪽. J. 마르칼은 이렇게 덧붙인다. "돼지는 더럽고 몸을 씻지 않는 사람일 뿐 아니라 추잡한 짓(해괴한 간음)을 하는 남성이기도 하다. 자기 마음대로 자신의 성기를 사용하는 여성은 암돼지이다."

14) 전통적으로 호메로스는 기원전 9세기의 인물이다.

15) F. d'Eaubonne, 앞의 책, 112쪽에서 재인용.

16) 기원전 495년에 태어나 406년에 죽었다.

17) F. d'Eaubonne, 앞의 책, 112쪽에서 재인용.

18) 아이스킬로스 작품의 제목. 그들은 '마음씨 좋은' 복수의 세 여신이다.

19) 이 모든 이야기는, 파트나 애트 사바Fatna Ait Sabbah, 『회교도들의 무의식 속의 여성 *La Femme dans l' inconscient musulman*』, Le Sycomore, 1982, 179~181쪽에서 인용한 것이다.

20) J. Markale, 앞의 책, 218쪽.

21) J. 마르칼이 명쾌히 비교 분석한 릴리트와 이브를 참조할 것. 또한 J. 브릴의『릴리트 혹은 어두운 어머니 *Lilith ou la mère obscure*』(Payot, 1981, 174~177쪽)에서의 릴리트와 판도라의 비교 분석도 참조할 것.

22) I, 1~2.

23) I, 3.

24) 전통적으로 아브라함은 기원전 1750년경에 가나안에 도착한 것으로 알려졌다(A. Chouraqui, 『성서의 인물들 *Des hommes de la Bible*』, Hachette, 재판, 1985, 343쪽 참조).

25) M. Eliade, 『신앙과 종교적 개념의 역사』, 185쪽. "후자는 '나의, 너의, 그의 신'으로서 나타난다(창세기, 31, 5)…… '너의 아버지 아브라함의 하느님'…… '이사악의 하느님'……."

26) 창세기, 4장.

27) A. Chouraqui, 앞의 책, 64쪽.

28) Catherine Chalier, 『여자 가장들, 사라, 레베카, 라헬 그리고 레아 *Les Matriarches, Sarah, Rebecca, Rachel et Léa*』, Le Cerf, 1985.

29) 22장.

30) A. Chouraqui, 앞의 책, 160~161쪽.

31) "너는 네 아버지와 어머니를 섬겨라……"

32) J. Markale, 앞의 책, 158쪽.

33) 같은 책, 167쪽.

34) 『목자의 꿈 *Le Songe du vergier*』. 14세기에 씌어졌다. 제1권 CXL VI장.

35) 방브니스트 E. Benveniste는 『인도 유럽 교육의 어휘 *Le Vocabulaire des institutions indo-européennes*』(1권, Éd. de Minuit, 1975)에서 "인도 유럽어에서는 아버지라는 명사(Pater)는 가장 확실한 형태이다. 그 용법은 신화에서 다양하게 나타난다. 그것은 지고하신 신의 영속적 속성을 지닌다. 그러나 최초의 의미 속에서는 심리적 부성이 제외되어 있다. 아이를 양육하는 아버지의 이름은 '아타 atta'이다"라고 말한다(209~210쪽).

36) 창세기, 2장, 18~23절. 하느님이 아담의 갈비뼈에서 여자를 창조하신 후 아담은 소리친다. "이리하여 그건 내 뼈의 뼈로다, 내 살의 살이로다. 그건 남자로부터 나왔기 때문에 여자라고 불리리라."

37) Hésiode, 『제신의 계보학 *Théogonie*』, 453절과 886~900절.

38) 『에우메니데스 *Les Euménides*』, G. F., No. 8, 736절.

39) 같은 책, 665절과 735절.

40) 뒤니 S. Dunis가 『터부도 토템도 없이 *Sans tabou ni totem*』(Fayard, 1984, 50쪽)에서 말한 신화.

41) 같은 책.

42) 아리아의 전설에서도 우주와 인간의 창조에 여성은 관여하지 않은 걸로 되어 있다. 마누 족에 의하면, 우주와 인간의 창조는 특히 남성적인 일이다. "비라그라고 불리는 남성신이 자기 자신으로부터 창조한 자, 그자의 이름은 바로 나, 마누, 즉 모든 우주의 창조자라는 사실을 알아두라"(마누 율법, 제9권, 34~36절).

43) J.-P. 베르낭은 (『그리스인들의 신화와 사고』, 145쪽에서) 에피클레라를 마누의 율법에 비추어 정의한다. "아들을 갖지 않은 남성은 자신의 딸에게 자신의 아들을 갖게 할 수 있다…… 자신의 딸이 아들을 낳는 날, 모계의 조상이 그 아이의 아버지가 된다."

44) 같은 책, 145쪽.

45) 아이스킬로스는 기원전 525년에 태어나 457년 죽었다.

46) 660~670절.

47) 아리스토텔레스는 기원전 384년에 태어나 322년에 죽었다.

48) 아리스토텔레스에게는 형상, 즉 '본질'은 행위이거나 신성을 간직한 완벽성이다. 그와 반대로 질료(물질)는 수동성으로 특징지어지는 불확실하고 잠재적인 존재이다.

49) 『동물의 생식에 관하여 *De la génération des animaux*』, 제1권, 1.

50) 『아니마에 관하여 *De Anima*』, II, 1, 412, a.

51) 『형이상학 *Métaphysique*』, Z, 7, 1032 a, 25와 『동물의 생식에 관하여』, II, 1.

52) 『형이상학』, Z, 9, 1034 b, 3.

53) 『동물의 생식에 관하여』.

54) 같은 책, I, 22와 II, 5.

55) 분해와 부패물이라는 의미로 이해된다.

56) 『형이상학』, Z, 8, 1033 b : 파라 푸신의 생식. 예를 들어 말이 노새를 낳았을 때.

57) 『동물의 생식에 관하여』, IV, 2. "유전인자로부터의 첫 일탈로 인해 수컷이 아닌 암컷이 생겨난다."

58) 같은 책, II, 3, 737 a, 27. 이 점에서 우리는 아마도 가부장제의 마지막 위대한 이론가였던 프로이트를 상기하지 않을 수 없다.

59) 같은 책, IV, 6, 775 a. 암컷은 본래 더 약하고 게다가 몸도 더 차다. 그래서 그들의 본질을 자연의 결핍으로 간주해야 한다. 남자아이가 어머니를 닮으면 그 또한 기형이 될 것이다.

60) Indira Mahindra, 『인도 여성들 *Des Indiennes*』, 70쪽. 확실한 역사적 근거의 부족으로 우리는 마누 율법의 시대를 대략 기원전 1200~1500년경으로 추정한다(『새로운 일반적 전기 *Nouvelle Biographie générale*』 참조).

61) 『마누 율법 *Lois de Manou*』, 9권, 33~37절, 44절.

62) 코란, II, 암송아지, 223.

63) 코란, II, 228과 IV, 34, 38.

64) Camille Lacoste-Dujardin, 앞의 책, 78쪽.

65) 같은 책, 78쪽과 103쪽.

66) G. 들레지 드 파르스발은 그 개념의 주된 세 가지 이론을 훌륭하게 요약한다. 첫 이론은 여성이 호텔의 기능만을 한다는 것인데 그 경우 자궁은 전적으로 아버지, 혹은 아버지들에 의해 자라게 되는 태아를 받아들이기만 한다. 두번째 이론은 여성이 식사의 일부만을 제공하는 호텔-식당의 역할을 한다는 것으로, 그 경우 아버지와 어머니는 둘 다 태아의 성장에 도움을 준다. 세번째 이론은 여성이 모든 식사를 제공하는 호텔-식당의 역할을 하는 것으로 그 경우 아이가 필요한 모든 것은 어머니가 제공하고 아버지는 무익하고 위험하기까지 한 존재이다(『아버지의 몫 *La Part du père*』, Le Seuil, 1981, 42~43쪽).

67) M. Mead, 앞의 책, 36쪽에서 재인용. 이 섬은 남극 대륙 근처에 있다.

68) Lévi-Strauss, 『신화적인 것 *Mythologiques*』, I, 2, 3 참조.

69) G. Delaisi de Parseval, 앞의 책, 67쪽. "아이의 출생에 관련되어 규정된 아버지 행위의 총체."

70) B. This, 『아버지 : 출산 행위 *Le Père : acte de naissance*』, Le Seuil, 1980, 184쪽에서 재인용.

71) B. This, 앞의 책, 185쪽에서 재인용. 그는 이렇게 덧붙인다. "16세기에 마르코 폴로는 중국의 한 지방에서 그와 유사한 사실을 보고 기록한다. 다른 사람들은 남인도와 말레이시아 혹은 아메리카에서의 의만행위를 연구했다. 그 모든 곳에서 아이의 출생 때, 아버지는 몸을 뉘어 아이를 받는다."

72) 『아버지의 몫』, 68쪽. "유럽의 의식 절차가 다른 사회, 특히 출생 이전의 터부를 가지고 있는 남아메리카의 관습과는 달리 아이 출생 후 어머니 흉내를 내는 의만행위(산모의 행위를 자신이 떠맡는 남성의 솔선적 의만)만을 중시한다는 사실은 별로 중요하지 않다. 어떤 경우에서건 아버지는 임신의 여러 단계들을 흉내내도록 되어 있다."

73) 같은 책, 70쪽. K. 페주와 J. 페주의 말이다.

74) 같은 책, 75~76쪽.

75) 『야생의 사고 La Pensée sauvage』, Plon, 1962, 258쪽. G. 코렌이 레비 - 스트로스에게 묻는다. "이상하고 케케묵은 관습이죠, 의만 말이에요", Psyché, 4, 1949, 80~93쪽.

76) Delaisi de Parseval, 앞의 책, 79~80쪽에서 재인용.

77) 같은 책, 95쪽.

78) M. Mead, 앞의 책, 99쪽.

79) 같은 책, 99쪽. "입문식을 치르는 아이들을 악어 형상을 한 성인 그룹이 삼키고, 그런 다음 아이들은 악어의 꼬리로 다시 빠져나온다. 아이들은 뱃속에 갇혀 있거나 피를 들이마시며, 남성 '어머니들'에 의해 살찌우고 양육되고 보살핌을 받는다. 이 의식은 여성에게서 이 모든 것을 훔쳐온 신화와 그 맥락을 같이한다. 남성들은 그들의 남성성을 도둑질과 연극적 판토마임에 의존하지만 진실이 드러나면 그 마임은 허망히 끝나고 만다."

80) B. 베텔하임 B. Bettelheim이 『상징적 상처 Les Blessures symboliques』(Gallimard, 1971), 138쪽에서 인용하고 주석을 붙인 것.

81) 『위대한 남성의 생산 La Production des grands hommes』, Payard, 1982.

82) 아리스토텔레스의 이론과 매우 유사하다는 사실을 우리는 상기해야 할 것이다.

83) 바루야 족은 여성의 모유가 남성의 정자에서 생겨난다고 생각한다.

84) 『위대한 남성의 생산』, 91~92쪽. 1960년 유럽 사람들이 들어오면서 사라진 이 관습은 고들리에의 말에 의하면 유럽 사람들의 영향에서 벗어나 산과 숲에서 살고 있는 앙가 족에서 여전히 존속할 것이라고 한다.

85) 같은 책, 93쪽.

86) 같은 책, 94쪽.

87) 같은 책, 12쪽. "그들의 눈으로는 남성의 정치적 경제적 혹은 상징적인 지배는 출산 과정에서 각자의 성이 차지하는 서로 다른 지위에 의해 설명된다."

88) M. Mead, 앞의 책, 273쪽. 가부장 사회에 공통적으로 존재하는 이 개념에는 몇 가지 유사한 성향들이 있다는 점을 덧붙일 수 있다. 모계 유형의 사회 구조 속에서는 어린 소녀는 외삼촌에게, 어머니는 자신의 남자형제에게 의존한다. 그러나 그 유형이

어떻든 간에 인종학자들은 최후의 지배권은 남성이 쥐고 있다는 사실을 확인한다.

89) Georges Duby, 『기사, 여성 그리고 신부 *Le Chevalier, la femme et le prêtre*』, Hachette, 1981, 23쪽.

90) C. 레비-스트로스, 『부성의 기본적 구조 *Les Structures élémentaires de la parenté*』, Mouton, 1973, 71쪽.

91) 같은 책, 44쪽. "환경과 문화에서 생겨난 제한만이 그 억압을 조장한다. 따라서 우리 눈에 일부일처제는 긍정적인 제도다. 그것은 경제적 성적인 경쟁이 치열한 사회들에서 일부다처에 대한 제한을 가할 뿐이다.

92) 같은 책, 45쪽.

93) H. Fisher, 앞의 책, 29쪽. "자연은 오로지 성행위에만 사용될 신경망인 클리토리스를 여성에게 부여했다. 남성의 오르가슴이 여성의 오르가슴과 같은 메커니즘을 따른다 하더라도 쾌감에서는 분명한 차이가 있다. 남성의 오르가슴은 통상 생식기 부분에서 서너 번의 큰 수축 뒤에 몇 번의 작은 수축이 뒤따른다. 오르가슴이 끝나면 페니스는 약화되고 새로운 오르가슴을 기다리기 위해 똑같은 과정을 밟게 된다. 여성의 경우는 다르다. 여성은 보통 대여섯 번의 큰 수축을 느끼고 아홉 내지 열다섯 번의 작은 수축을 느끼는데 그 수축은 모든 골반 주위에 확산되어 있다. 남성과는 달리 성기의 모든 피가 배출되지 않기 때문에 여성은 그 이후로도 수차례 즐길 수 있다."

94) 같은 책, 30쪽. "1966년까지도 아일랜드의 주민은 아무도 여성의 오르가슴에 대해 들어본 적은 없었다. 그곳에서 성은 금기였다."

95) Cl. Lévi-Strauss, 『부성의 기본적 구조』, 46쪽.

96) 같은 책, 45쪽. "피그미 족에게는 여성이 많을수록 먹을 것이 많았다."

97) 같은 책, 79쪽.

98) 같은 책, 135쪽.

99) G. Duby, 『기사, 여성 그리고 신부』, 113~114쪽.

100) G. Duby, 『총독 기욤 혹은 세상에서 가장 훌륭한 기사 *Guillaume le Maréchal ou le meilleur chevalier du monde*』, Fayard, 1984, 166쪽.

101) 같은 책, 166쪽.

102) G. Duby, 『기사, 여성 그리고 신부』, 47쪽.

103) 같은 책, 107~111쪽. 사실 아내의 권한은 남편의 권한에 의해 극도로 억압되었기 때문에 2세기경에 몇몇 아버지들은 그것이 그들 가족의 행복에 견딜 수 없는 위협이라고 생각하기도 했다. 사위들의 이런 위협에 맞서, 아버지들은 유산을 물려받을 딸들의 권한을 "어머니가 가져왔던 지참금에 대한 권한으로 축소시키려는" 운동을 벌였다.

104) 같은 책, 102쪽.

105) 1145년 태어나 1219년 5월 14일에 죽었다.

106) G. Duby, 『총독 기욤 혹은 세상에서 가장 훌륭한 기사』.

107) 같은 책, 61쪽.

108) 같은 책, 67쪽.

109) Lord Raglan, 『조카스타의 죄 Jocasta's crime』, 180쪽.

110) 리페르Lippert는 『문화의 진화 Evolution of culture』에서 마누 족의 법률에서는 "송아지의 주인이 암소의 주인이듯이 아이의 주인은 아버지이다"라고 말한다. Evelyn Reed, 앞의 책, 227쪽에서 재인용.

111) G. Duby, 『기사, 여성 그리고 신부』, 52쪽.

112) 사라 르디가 앞의 책에서 재인용한 낸시 마벌Nancy Marval의 『여권주의자 독신의 경우 The case for feminist Celibacy』를 참조할 것. 1986년 가부장 사회에서 8천만 명에 이르는 여성들이 음핵절제수술을 받았고 수천만 명의 여성들이 자신의 남편이 아닌 남성들의 시선을 피해 베일을 쓰고 살고 있다.

113) 남성 애인은 간음의 공모자로서만 기소당할 뿐이고 더 일반적으로 남성은 부부의 거처에서 간음을 저지를 때만 유죄선고를 받았다.

114) Lévi-Strauss, 앞의 책, 주 41, 134쪽.

115) 같은 책, 135, 136쪽. 남편들이 이런 "차용된 남자"의 이름을 물려받는 수마트라의 메낭카반 족의 경우를 상기시키면서 레비-스트로스는 그런 제도 아래에서는 "권한을 보유하고 행사하는 것은 가족의 어머니의 오빠나 장남"이라는 사실을 강조한다. 알려진 다른 모든 경우에 모계 혈통은 부계의 주거지를 따른다. 여성들은 이따금씩 적으로 여겨지기도 하는 이방의 남편을 따라서 결코 자신의 아이가 될 수 없는 아이들을 낳는다. "이런 모계 혈통 사회에서는 아내의 아버지나 남자형제의 손이 아내의 가족들에게까지 뻗친다."

116) G. Murdock, 레비-스트로스, 같은 책, 136쪽에서 재인용.

117) 같은 책, 136쪽.

118) 같은 책, 136쪽.

119) 같은 책, 134쪽.

120) S. Moscovici, 앞의 책, 285쪽.

II. 반대의 논리 혹은 양성간의 전쟁

1) 그리스의 아리스토텔레스나 히포크라테스의 철학적 혹은 의학적인 사고는 세상의 균형과 인간 몸의 건강을 모순된 것들의 조화로운 혼합으로 보았다. 지혜와 의학의 유일한 목적은 과다에 의해 위협받는 어떤 것들이 '자연적인' 균형을 회복하는 일이었다. 주된 범주를 이루는 요소들은 각각 남성적인 것과 여성적인 것에 연관되고 또 긍정적 혹은 부정적 가치를 지닌 더위와 추위, 건조한 것과 습한 것이었다. 아리스토텔레스와 그의 동시대인들은 더운 것과 건조한 것은 긍정적이고 추운 것과 습한 것은 부정적이라고 간주했다. 남성이 긍정적인 쪽이고 여성이 부정적인 쪽이라는 것에 대해 아무도 이상하게 생각하지 않았다. 그러나 그것이 우열성의 범주 아래 들어 있

322

다 하더라도 상호보완성은 반대되는 것들의 논리 속에 존속하고 있었다.

2) 철학자 루소는 에밀에 대해서는 활동적이고 정열적이고 강하고 용기 있고 지적인 피조물이라고 장황하게 설명하면서 아내에 대해서는 수동적이고 수줍어하고 약하고 순종적인 초상을 그려낸다. "무엇보다도 남성을 즐겁게 해주기 위해 태어난" 소피는 교육에 의해 애교 있고 그다지 총명하지 않으며 부수적 역할에 만족하는 여성으로 길러질 것이다. 자신을 위해서가 아니라 "남성에게 종속되기 위해" 창조된 그녀의 "운명"은 그러한 것이다. "남성을 즐겁게 해줘야 하고, 그에게 양보해야 하며, 그의 부정마저도 눈감아줘야 하는 그러한 것들 말이다."『Emile』, in 『OEuvres complètes』 4권, Bibliothèque de la Pléiade, NRF, 693~731쪽 참조.

3) 같은 책, 710쪽.

4) Indira Mahindra, 앞의 책, 76쪽에서 재인용.

5) G. Duby, 『기사, 여성 그리고 신부』, 224쪽.

6) 같은 책, 52쪽.

7) 『마하바라타』(43, 23~26), Indira Mahindra, 앞의 책, 76~77쪽에서 재인용.

8) G. Duby, 앞의 책, 228쪽.

9) 『회교도들의 무의식 속의 여성 La Femme dans l'inconscient musulman』(Le Sycomore, 1982)의 저자의 가명.

10) Cheikh Mohammed, 『쾌락이 뛰노는 향기로운 초원 La Prairie parfumée où s'ébattent les plaisirs』.

11) 카말 팍트Komal Pact라는 이름으로 더 잘 알려진 이븐 슐레이만Ibn Suleyman의 『어떻게 늙은이가 성적 강인함을 통해 젊음을 되찾을 수 있을까 Comment le vieillard retrouvera sa jeunesse par la puissance sexuelle』.

12) 파트나 애트 사바는 이 두 권의 책을 북아프리카 아랍인 거주지의 길거리나 서점에서 헐값에 구할 수 있다고 말한다.

13) 『어떻게 늙은이가……』, Fatna Ait Sabbah, 앞의 책, 51쪽에서 재인용.

14) 작가는 그런 책자들을 서점 진열장이나 회교 성전의 입구 아무 데서나 발견할 수 있다고 말한다.

15) Fatna Ait Sabbah, 앞의 책, 57쪽에서 재인용된 코란, 4장 3절. 일부다처제는 남성들에게 수많은 첩 이외에도 네 명의 합법적인 아내에게 사랑을 나눠줄 권리를 부여한다.

16) 앞의 책, 62쪽.

17) G. Duby, 앞의 책, 225~226쪽. 귀족 관중들을 위해서 교회에서 상연된 이 준(準)예배의식에는 네 명의 인물이 등장한다. 아담(남편), 이브(아내), 신(선) 그리고 사탄(악).

18) G. Duby, 앞의 책, 67쪽에서 재인용.

19) 같은 책, 72쪽.

20) 같은 책, 72쪽.

21) 같은 책, 73쪽.

22) 같은 책, 80쪽.

23) 『남성과 여성의 역할 *Les Rôles masculins et féminins*』, PUF, 1964 : CNRS와 공동 편찬.

24) 『인류학적인 것들 *Anthropo-logiques*』, 34쪽. 파트나 애트 사바 역시 "가부장제의 한 조건으로서의 여성의 사물화"에 관해서 말한다(앞의 책, 78쪽).

25) H. Deutsch, 『여성의 심리학 *La Psychologie des femmes*』, 1권, 1945, 249~250쪽, 불어판, PUF, 1949.

26) G. Balandier, 앞의 책, 34쪽.

27) Patna Ait Sabbah, 앞의 책, 58쪽. 여성 특유의 이 파괴적 지성은 코란에서는 '카이드Kayd'라는 이름으로 등장하며 회교도 질서에서 중요한 하나의 핵심개념이다.

28) G. Duby, 『기사, 여성 그리고 신부』, 115쪽.

29) 카미유 라코스트-뒤자르댕(앞의 책, 79쪽)은 마그레브 사회에 대해 동일한 진술을 한다. 그녀에 의하면 결혼이란 '커플'의 결과(유럽 중심적 개념)가 아니라 부계 중심의 가족을 확장시켜나가는 한 단계이다. 마찬가지로 베다드 제니에-지에글레르 Wédad Zénié-Ziegler는 이집트 농부의 아내들과 이런 대화를 나눈다. "우리 농부들 사이에서는 딸이 아버지에게 '안 돼요'라고 말할 권리가 없어요." "사랑하는 것이 금지되어 있나요?" "예, 사랑은 금지되어 있어요. 우리에겐 토론이라는 게 없지요. 딸은 집에서 맺어주는 남자가 기형이거나 귀머거리거나 장님이라 하더라도 그 남자와 결혼해야 해요……"(『이집트 여성의 가려진 얼굴 *La Face voilée des femmes*』, Mercure de France, '천한 명의 여인들 총서', 1985, 36쪽).

30) Denis de Rougement, 『사랑과 서양 *L'Amour et l'Occident*』, Éd. '10/18', 1977, 26쪽.

31) 드니 드 루즈몽(앞의 책, 20쪽)은 『트리스탄 *Tristan*』을 문학작품으로 생각하지 않고 어떤 주어진 역사적 그룹에서의 남녀관계, 즉 "12, 13세기의 사회적 엘리트, 기사도 정신이 배어 있던 궁정사회"로 생각한다.

32) Chrétien de Troyes, D. de Rougemont, 앞의 책, 39쪽에서 재인용.

33) 같은 책.

34) 같은 책, 41쪽.

35) 같은 책, 56쪽. 죽음과 욕망을 연결짓는 사드 백작과 조르주 바타이유의 책을 참조할 것.

36) 『쾌락이 뛰노는 향기로운 초원』, Patna Ait Sabbah, 앞의 책, 64쪽에서 재인용.

37) 앞의 책, 25쪽.

38) Godelier, 앞의 책, 109쪽. 정액에 상응하는 월경의 피는 여성의 배에서의 이 권한을 표명하는 데 필수불가결한 조건이다. 여성은 그 핏속에서 남성과는 구분되는 어떠한 권한—생명의 번식에 필수적인—을 지니고 있다.

39) 같은 책, 227쪽. 피리는 아이를 태어나게 하고 성장하게 하는 힘의 상징이다.

40) 같은 책, 119쪽.

41) 같은 책, 234~236쪽.

42) 멜라니 클라인Melanie Klein의 연구서들을 참조할 것.

43) Fatna Ait Sabbah, 앞의 책, 107쪽.

44) '이빨 달린 여성의 성기'에 대한 전설은 수없이 많다. 인도만 해도 여러 개의 이빨로 남성의 페니스를 절단해버리는 여성의 성기에 대한 얘기가 수없이 나온다(W. Lederer, 『여성공포증 혹은 여성에 대한 공포 *Gynophobia ou la peur des femmes*』, 48쪽 참조).

45) 중세 시대를 통틀어 장 신부가 들려주는 우화에서 여성의 성기에는 뱀이 들어 있었으며, 다른 곳에서는 여성 성기의 입구를 야생동물들이 지키고 있었다.

46) 성서에 그 예는 얼마든지 있다.

47) 그렇지만 여성의 성기에 대한 공포심이 원시사회에만 존재했다고 생각하면 오산이다. 우리 사회도 그 점에서는 원시사회 못지 않다. 20세기 초에 근위병들이 콧노래로 흥얼거렸던 이 노래를 보자.

> 살로 된 작은 반지, 추한 작은 구멍,
> 이교도의 작은 괄약근,
> 늘 젖어 있는 작은 구석, 미적지근한 공기로 중독된
> 작은 구멍, 보잘것없는 작은 구멍!
>
> 두터운 네 입술로 웃는 너는 추해라.
> 자고 있는 너는 추해라!
> 신이 역겨운 구석에 숨겨놓은 너는 추해라.
> 몸의 하수구 근처에 있는 너!
>
> 아! 거만하고 비열한 괴물이여!
> 너는 너의 붉은 입술을 핥기 위해,
> 곱슬곱슬한 갈기에게 네 주둥이를 열어
> 관(棺)처럼 하품을 할 수도 있구나.
>
> 독기 있는 빨판, 끝없는 심연,
> 그토록 불길하고 그토록 사랑스러운 너.
> 너를 경멸하고저! 내 살의 가장
> 고귀한 부분이 너 때문에 울고 괴로워하는도다.
>
> 언제나 널 혐오하고저! 야비한 물건이여,
> 선을 악으로 갚는 너.

여자의 아랫부분에 있는 작고 비어 있는
너 작은 구멍이여, 보잘것없는 구멍이여!

* 『라틴 접대 사화집 *Anthologie hospitalière et latinesque*』:「고대와 현대의 근위병 노래 모음집」, 1, 2권, 비샤 선집, 1911년과 1913년 에르베 망세 Hervé Manchet의 의학박사 학위 논문(No. 119, 1985년 6월), 『오늘날 기숙사의 노래 *La Chanson d'internat aujourd'hui, étude polycentrique*』(académie Orléans, Tours, université François-Rabelais)에서 재인용.

48) M. Godelier, 앞의 책, 99쪽.

49) 같은 책, 101~102쪽.

50) 같은 책, 103쪽.

51) 같은 책, 106쪽.

52) 같은 책, 239~241쪽.

53) S. Dunis, 앞의 책, 197~198쪽. '포'는 '어둠'을 의미한다.

54) 뒤에 이어지는 모든 얘기는 S. 뒤니의 앞의 책, 199~200쪽과 415쪽에서 인용한 것이다.

55) 같은 책, 211쪽. 타랑가 Taranga는 페니스와 여성 성기를 동시에 의미하는 이름이다. 그것은 추장을 상징하는 쪽진 머리(티키타키)를 하고 있다. 이는 그것이 지닌 본래의 양성성을 증명하며, 더욱이 사람들은 마우이의 아버지에 관해서는 함구한다.

56) 같은 책, 252쪽.

57) 『제2의 성』, 1권, 197~198쪽.

58) 다른 사회에서는 죽음의 여성적 혹은 모성적 측면이 사람을 진정시키고 위로해 주는 기능이 있다는 사실을 부정하는 사람은 없을 것이다.

59) 우리가 다시 언급하게 될 R. 스톨러의 연구서들을 참조할 것.

60) M. Mead, 앞의 책, 147쪽.

61) "남성들의 여성성에 대한 콤플렉스는 여성들의 거세 콤플렉스보다 훨씬 애매하게 보이지만 마찬가지로 중요한 것은 사실이다." Melanie Klein, 『정신분석 에세이 *Essais de psychanalyse*』, Payot, 1968, 234쪽.

62) Marcel Griaule, 『물의 신 *Dieu d'eau*』, Fayard, 재판, 1983.

63) 같은 책, 146쪽.

64) G. Groddeck, 「인간의 양성성 Le double sexe de l'être humain」, 『신 정신분석 잡지 *Nouvelle Revue de psychanalyse*』, No. 7, 1973년 봄호, 193~198쪽.

65) R. Lewinter, 「그로덱 : 유대교와 양성성 Groddeck : (anti) judaïsme et bisexualité」, 『신 정신분석 잡지』, No. 7, 1973년 봄호, 200쪽.

66) 『의식, 의만과 보복에 대한 두려움 *The Ritual. Couvade and the fear of retaliation*』, London, Hogarth Press, 1931.

67) 『정신분석과 인류학 *Psychanalyse et Anthropologie*』, Gallimard.

68) Herman Nunberg, 「할례 거부의 시도 Tentatives de rejet de la circoncision」(1949), 『신 정신분석 잡지』, No. 7, 1973년 봄호, 205쪽.

69) M. Godelier, 앞의 책, 84쪽.

70) 같은 책, 240쪽.

71) 앞의 책, 11쪽.

72) Fatna Ait Sabbah, 앞의 책, 64쪽.

73) Rita Thalmann, 『제3나치 독일의 여성 Être femme sous le IIIᵉ Reich』, R. Laffont, 1982, 66쪽.

74) 같은 책, 84쪽. 히틀러가 법무부에 입성하는 순간부터 정직과 해고의 형태로 여성 숙청 법령이 1933년 4월 7일 내려졌다.

75) 같은 책, 92쪽. 1933년 4월 25일자 법규와 12월 8일의 부수 법규.

76) 같은 책, 101쪽.

77) 공짜 관람권(!), 바캉스 센터의 우선권(!), 어머니의 날을 1935년에 국가 공휴일로 제정, 메달 수여 등등.

78) Rita Thalmann, 『제3나치 독일의 여성』, 110쪽.

79) 앞의 책, 137쪽.

80) 그는 여성을 대표하는 사람 중 가장 우월한 여성도 가장 보잘것없는 남성에 훨씬 뒤진다고 말하곤 했다.

81) M. Godelier, 앞의 책, 122쪽. "남성들은 숲속에서 앞으로 자신의 정액이 될 나무의 수액을 받고 거기에서 사냥하고 죽이고 자신의 힘을 증명하고 반항과 파괴력을 습득하게 된다."

82) 같은 책.

83) C. 라코스트-뒤자르댕은 마그레브의 가부장 사회를 연구하면서 남녀세계에 존재하는 뿌리깊은 이분법과 배우자 선택의 여지를 일소시키는 대화의 부재, 부부의 친밀성에 대한 비난, 그런 관계 속에서 생겨나는 정서적 기대의 부족, 마지막으로 부부라는 개념에 대한 완전한 무지 등을 지적한다.

84) 『GRIF 수첩』, 9쪽.

III. 가부장제의 죽음

1) Bossuet, 『성서 구절에서 끌어낸 정책 Politique tirée des propres paroles de l'Ecriture Sainte』(1709), 2권과 3권.

2) J. Lacroix, 「부성과 민주주의 Paternité et démocratie」(『에스프리 Esprit』지, 1947년 5월, 748~755쪽). 그리고 알베르 카뮈의 『반항적 인간』(Gallimard)은 루이 16세의 처형에 대해 이렇게 기술한다. "신은 갈피를 잡지 못하고, 정의는 평등 속에서 구현되기 위해 지상에서 신을 대표하는 사람을 직접 공격하면서 신에게 마지막 일격을 가

한다"(145쪽).

3) 로베스피에르는 건국 행위의 필요성을 앞서 정당화시켰고 국민의회에 공화국은 왕이 유죄인 경우에만 정당화될 수 있다고 선언했다. 그는 민족이 살기 위해서는 왕이 죽어야 한다고 선언했다(1972년 12월 3일 담화문).

4) 앞의 책, 750쪽.

5) 같은 책, 752쪽. 라크루아는 1791년 9월 3일 국민회의가 '시민들의 우애를 유지하기' 위해서 국경일을 제정할 것을 요구했다고 말한다.

6) J. Lacroix, 앞의 책, 750쪽. "현대적 의식의 가장 두드러진 특성은 아마도 신에 대한 믿음이 사라지고 인간에 대한 믿음이 자리잡은 일이다."

7) Jean Dupuy, 「인권의 국제적 선언에서의 비종교성La laïcité dans les déclarations internationales des droits de l'homme」, 『비종교성 La Laïcité』, PUF, 1960, 147쪽.

8) A. Latreille, 「가톨릭 교회와 비종교성L'Eglise catholique et la laïcité」, 『비종교성』, 60쪽.

9) 같은 책, 67쪽.

10) 앞에 인용된 J. 뒤퓌의 논문 제목.

11) J. Dupuy, 앞의 책, 151~152쪽. 라틴 아메리카 대부분의 국가들에 의해 지지를 받는 미국 사절단. J. -J. 뱅상시니가 소개한 『인권선언 책자Livre das droits de l'homme』 (R. Laffont, 1985)를 참조할 것.

12) 같은 책, 152쪽.

13) "침범할 수 없고 신성한 것"으로 선포되었다.

14) Poulain de la Barre, 『양성의 평등에 대하여De l'égalité des deux sexes』, 세레M. Serres의 지도 아래 불어로 번역된 판(Fayard, 1984).

15) Thomas, 『여성의 성격, 관습과 정신에 대하여Sur le caractère, les moeurs et l'esprit des femmes』, 1772.

16) 『여성에 대하여Sur les femmes』, 1772년 4월 1일, 『디드로 전집 OEuvres complètes』, 10권, 프랑스 북클럽, 1971.

17) 같은 책, 32쪽.

18) 같은 책, 같은 쪽.

19) 같은 책, 33쪽.

20) 같은 책, 34쪽.

21) J. -M. Dolle, 『디드로, 정치와 교육Diderot, politique et éducation』, Vrin, 1973, 제4장, 「여성의 교육에 대하여Sur l'éducation des femmes」.

22) 같은 책, 36쪽.

23) 같은 책, 34쪽.

24) 『갈리아니 신부와의 서한Correspondance avec l'abbé Galiani』, 서한 107, 1772년 3월 14일.

25) 같은 책.

26) 같은 책.

27) 「뉴 헤이븐의 어떤 부르주아가 비르지니의 한 시민에게 보내는 편지Lettres d'un bourgeois de New Haven à un citoyen de Virginie」, 『미국에 대한 연구Recherches sur les Etats - Unis』, 1권, 1788, 281~287쪽.

28) 혁명가들 사이에 여성 옹호가들은 별로 없었다. 몇 안 되는 그들 중에는 그레구아르 신부, 피에르 기요마르, 생-쥐스트, 샤보, 캉바세레스, 샤를리에 등이 있다.

29) 같은 책, 286쪽.

30) 같은 책, 284~285쪽.

31) 공공교육의 일반기관에 대한 계획을 포함한 『여성 교육에 대한 논문 Mémoire sur l'éducation des femmes』. 1792년 4월 20~21일에 국회에 제출되었다. C. Hippeau, 『대혁명 시기의 프랑스의 공공교육 L'Instruction publique en France pendant la Révolution』, Paris, 1881, Librairie académique, 279쪽.

32) 같은 책, 280쪽.

33) 교육에 관한 제헌의회에서의 토론, 1791년 9월.

34) 앞의 책, 282쪽.

35) 1791년. 제1조 : 여성은 자유롭게 태어나고 남성과 동등하다. 제2조 : 모든 결합의 목적은 남녀의 자연적 권한의 보존에 있다. 그 권한이란 자유, 재산, 안전에 대한 권한이며 특히 억압에 대한 저항의 권한이다.

36) 이 계획은 1793년 국민의회에 의해 연기되었다.

37) Amar, 「국민의회의 담화Discours de la convention」, P.-M. Duhet, 『여성과 혁명, 1789~1791 Les femmes et la Révolution, 1789~1791』(Gallimard, 'Archives 총서', Paris, 1977, 155쪽)에서 재인용.

38) 민법 212조 참조.

39) F. Picq, 앞의 책, 20쪽.

40) 오늘날까지도 스위스에는 여성이 투표권을 갖지 못한 몇몇 지방이 있다.

41) 1914년에 미국에서는 뉴멕시코 주를 제외한 전지역에서 여성이 투표권을 갖고 있었다.

42) 독일에서는 1919년 바이마르 헌법에 의해 여성들이 투표권을 갖게 되었다.

43) 영국 선거법은 1918년에 21세 이상의 모든 남자와 30세 이상의 모든 여자에게 선거권을 부여했다. 1928년에는 나이 제한이 폐지되었다.

44) 그는 1865년 유세에서 여성의 참정권을 주장하여 웨스트민스터 지방의원에 당선되었지만, 1869년 『여성의 예속 The Subjection of Women』이라는 책을 출간하여 재선에 실패했다.

45) 그는 1879년에 대단히 중요한 책 한 권을 출간한다. 『과거, 현재, 미래 속의 여성 La Femme dans le passé, le présent et l'avenir』.

46) 1945년 4월 20일 프랑스 여성들은 시의원 선출에 투표를 했고, 그해 10월 21일 국회의원 선출에 투표했다.

47) 그녀는 1849년 국회의원 선거에 입후보했다.

48) 1881년 3월의 편지.

49) 이렌 졸리오―퀴리(과학 연구소), 쉬잔 라코르(위생국) 그리고 세실 브룅슈빅(교육부).

50) 1946년 3월 19일, 제헌국회에서 페론 부인. Jean Rabaut, 『프랑스 여권주의의 역사 Histoire des féminismes français』(Stock, 1978, 305쪽)에서 재인용. 프랑스는 유럽에서 여성의 투표권을 가장 나중에 인정한 나라 중 하나이다.

51) 콜레트 이베르 Colette Yver의 소설 제목(1913). 그 낱말은 '지성인들'이라는 뜻의 비꼬는 말이었다.

52) 여성 참정권론자들의 정치 정당은 1905년 세상에 등장한다. 그 여성 멤버들은 런던에서 대규모의 시위를 벌인다.

53) Léon Abensour, 『여권주의의 일반적 역사 Histoire générale du féminisme』, Ressources, 1921, 290~293쪽. 스웨덴에서 독립한 노르웨이는 1907년에 여성들의 투표권을 인정한다.

54) Tocqueville, 『미국의 민주주의 De la démocratie en Amérique』, Flammarion, 1981, 2권, 247쪽. "거의 모든 신교도 국가에서 젊은 여성들은 가톨릭 국가에서보다 훨씬 더 자유롭게 자신의 행동을 스스로 결정한다……" 여성의 독립은 "영국과 같이 자기 스스로 행동을 결정할 권리를 지켜왔거나 획득한 신교 국가들에서 더 잘 이뤄지고 있다. 따라서 자유란 정치적 관습이나 종교적 믿음에 의해 각 가정에 배어드는 것이다."

55) 같은 책, 248쪽. "자신에 대한 불신 속에 여성을 가둬두기보다는 여성들 자신의 힘으로 끊임없이 확신을 키우게 하고 그들에게 모든 사물에 대한 조숙한 지식을 가르쳐주려 한다."

56) 같은 책, 248쪽.

57) 『세계 교육의 역사 Histoire mondiale de l'éducation』, PUF, 1981.

58) 1867년 10월 30일. 여자아이들의 교육에 대한 빅토르 뒤뤼 회람장.

59) 1880년 12월 21일. 여성 중등교육의 기초를 마련한 카미유 세 Camille Sée 법률과 여자 보통학교의 의무적 설립법, 무상교육법, 초등교육의 의무제와 세속화에 대한 법률.

60) 교육의 평등에 대한 1870년 4월 10일 담화.

61) 1921년 3월 25일 법령.

62) F. Mayeur, 『19세기 프랑스 소녀들의 교육 L'Education des filles en France au XIXᵉ siècle』, Hachette, 1979, 167쪽.

63) 신(新) 맬서스주의자인 폴 로뱅은 1889년에 피임 물품에 대한 정보 및 판매 센터를 설치한다. 넬리 루셀, 마들렌 펠티에, 잔 뒤뷔아도 같이 동참한다.

64) 이 맬서스의 조국에서는 드리스탈 형제 les frères Drystale가 1887년 신 맬서스 기관을 처음으로 창립한다.

65) 1878년 산파들이 피임 물품 사용법을 교육하는 첫 무료 진료소가 열렸다. 1895

년에는 왕의 법령에 의해 신 맬서스 연맹이 공익 임무를 담당하게 되었다.

66) 독일의 신 맬서스 연맹은 1892년 처음 탄생하였다.

67) 자유 임신의 역사에 관한 모든 것은 『저항에서 투쟁으로, 가족계획의 25년 역사 *D'une révolte à une lutte, vingt-cinq ans d'histoire du Planning familial*』(Tierce, 1982), 1장부터 4장을 참조할 것.

68) 같은 책, 25쪽. 돌레리스 박사의 선언, 1918년.

69) 같은 책, 27쪽. 험버트 씨 부부는 출산 억제를 선전했다는 명목으로 각각 5년과 2년의 구금생활을 해야 했다.

70) 같은 책, 35쪽. 1930년에 영국 성공회는 렘베스Lambeth의 강연중에 소수의 저항이 있었음에도 출산 제한의 필요성을 인정했다(찬성 193표, 반대 67표).

71) Maria-Antonietta Macciochi, 『여성들과 그들의 주인들 *Les Femmes et leurs maîtres*』, Christian Bourgeois, 1978. 페탱 정부는 앞서 말한 세 파시스트 국가처럼 여성들을 억압하지 않았다는 사실을 상기해야 한다.

72) 요구에 따른 결혼, 이혼, 피임, 낙태의 자유화.

73) 1917년 12월 19일과 1918년 10월 17일에 레닌은 여성에게 경제적 사회적 성적인 자결권을 부여하는 두 가지 법령을 선포했다.

74) 1932년 키에프 의회에서는 종족 보존을 이유로 낙태를 비난했다. 1944년 합법적 낙태가 폐지되었고, 여성의 낙태를 도운 사람은 2년의 징역에 처하도록 했다. 1934년 3월에는 동성연애에 형벌을 가하는 차르의 낡은 법제가 다시 채택되었고, 거기에 3년 내지 8년의 징역에 처한다는 내용이 추가되었다. 1936년에는 이혼을 벌금형에 처하는 법률이 제정되어 1944년에는 더 중한 형벌을 받게 되었다. 사생아에 대해서는 어머니와 아이에 대해 형벌이 가해졌고 사회적으로 낙인이 찍혔으며, 아버지는 그에 대한 책임이 없었다. 1936년과 1946년의 법규는 여섯 아이 이상을 가진 어머니에게 혜택을 부여했다 등.

75) 특권층에서는 '안주인'이라고 말했다.

76) 스위스의 생물학자 헤르만 폴Herman Fol은 1877년에 처음으로 불가사리에게 정충이 이입되는 것을 관찰하면서 해묵은 논쟁에 종지부를 찍었다. 그는 너무나도 다르게 보이는(난자와 정충) 암수 생식세포가 핵 부분에서는 난세포 핵의 구조와 마찬가지 방식으로 서로 동일하고 상호협력하고 있다는 사실을 보여주었다. 그러나 후손의 형성에서 아버지와 어머니의 엄격하게 동일한 참여를 밝혀준 이 발견은 아무런 호응을 불러일으키지 못했다.

77) Edgar Morin, 『잃어버린 모델 : 인간의 본성』, 78쪽.

78) F. Héritier, 『*Cahiers du GRIF*』, 19쪽.

79) Gérard Mendel, 『아버지에 대한 반항 *La Révolte contre le père*』, payot, 1978, 224쪽.

80) 멸종시키기 위해 강제 수용된 시민들은 괴수들보다 더 가혹한 취급을 받았다.

81) 1966년 그녀는 처음으로 페미니즘 운동을 대대적으로 조직했다. NOW(National Organisation of Women, 전국여성조직).

82) 1968년 5월 안 트리스탕은 동료 여자들과 함께 '남녀의 미래'를 창립한다. 1970
년 이후로 그 출판사는 MLF에 대해 말하지만 MLF는 오래 지속되지 못하는 일군의
작은 조직이었다.

83) Anne Tristan, A. de Pisan, 『MLF의 역사 *Histoire du MLF*』, Calmann-Lévy, 1977, 99
쪽.

84) 그때까지 일련의 세대들은 끊임없이 2차 대전의 공포를 말하는 영상, 영화, 책들
에 흠뻑 취해 있었다.

85) 중립주의자들인 '녹색당원'들의 슬로건은 이러했다. "죽음보다는 붉은색을."

86) 생태학 운동의 주된 테마들과 그들의 핵연구에 반대하는 투쟁 등.

87) 가족 구성원에 대한 권한과는 다른 것.

88) 그중 43. 65%는 농업 분야에 종사했다.

89) 1975년 3월 3~9일자 『렉스프레스』지가 발표한 일하는 여성에 관한 도표.

	프랑스	독일	이탈리아	영국	소련	미국	스웨덴
노동인구 중 여성의 비율	38	36.9	27.8	37.2	51	37	40.7
여성 인구에 대한 여성 노동자 비율	52.3	45.5	18	48.4	90	24.5	61
여성 노동인구 중 결혼한 여성의 비율	62	59.6	51.4	64		23.4	59

90) 『르 누벨 옵세르바퇴르 *Le Nouvel Observateur*』, 1985년 1월 17일.

91) 1983년 18세 이하의 자녀를 둔 어머니의 60%가 직업에 종사했고, 1970년에는
40%에 달했다. Brigitte Ouvry-Vial, 『미국에서 만들어진 여성 *Femmes made in USA*』
(Autrement, 1984), 56~57쪽에서 인용한 미국 노동통계청의 자료. 1983년에는 유치
원 자녀를 둔 어머니의 70%가 전일제 직업을 가졌다.

92) 이탈리아와 스페인.

93) 니콜 마르크Nicole Marc와 올리비에 마르샹Olivier Marchand은 『경제와 통계
Economie et Statistiques』(No. 171~172, 1984년 11, 12월호)에서 한 아이를 가진 어머
니의 활동률이 1975년에서 1982년 사이에 10포인트 증가했고, 두 아이를 가진 어머
니의 활동률은 15포인트 증가했다고 말한다.

94) 『인구와 사회 *Population et Sociétés*』(No. 186, 1984년 12월). 1982년에 갓난아이를
가진 어머니의 50%가 직장을 갖고 있었다.

95) 1975년에 독일에서는 950만 명의 여성 근로자에게 2만 428개의 탁아소직을 제
공했고, 영국에서는 930만 여성 근로자에게 2만 9902개의 자리를 제공했다. 반면에
스웨덴은 160만 여성 근로자에게 3만 6천 개의 탁아소직을 제공했고, 프랑스는 790

만 여성 근로자에게 5만 1064개의 자리를 제공했다.

96) 이공과대학, HEC 그리고 ESSEC가 여성들에게도 문을 연 해.

97) 프랑스 4300개의 주요 산업체에 있는 2만 840개의 간부직 중 여자는 810명에 불과하다. 즉 전체의 3. 9%(『누벨 에코노미스트 *Nouvel Economiste*』, 1985년 3월호).

98) 1984년 CEGOS의 연구에 의해 발표된 숫자. 1983년에는 여성 간부의 43. 3%가 35세 이하였고, 33%가 25세 이하였다.

99) 앞의 책, 49쪽. "무역부에 따르면 여성들이 창립하고 운영하는 기업에서 생기는 수입금이 400억 달러 이상에 달한다."

100) E. Sullerot, 『여성 일의 역사와 사회학 *Histoire et Sociologie travail féminin*』, 1971 년판, 102쪽. 19세기 말 파리에서의 남성 봉급의 평균은 여성 봉급 평균의 거의 두 배에 달했다. 독일에서는 같은 일에 종사하는 남녀 봉급 비율이 4 : 1이었다.

101) 같은 책, 97~98쪽. 19세기에는 여성들에게 더럽고 지저분한 일들이 주어졌다. 하수구 청소부, 기름지방 정화요원, 넝마 선별공, 환경미화원 등이었다.

102) 80년대 초에는 가족 예산의 약 40%를 여성 봉급으로 충당했다.

103) 여성들의 월급에서 그녀들이 직장에 다니기 때문에 생겨난 비용(사회적 재정적 이익의 손실, 아이의 양육비, 교통비, 식비 등)을 제외하면 그들에게 남는 이익은 보잘것없다.

104) 1979~1980년에 TV로 방영된 캠페인.

105) 앞의 책, 87~88쪽. 모랭은 여성과는 반대로 남성들은 어머니와의 조숙한 관계에 의해 여성 문화를 쉽게 접하게 된다고 말한다.

106) Ivan Illich, 『토속민 *Le Genre vernaculaire*』, Le Seuil, 1983.

107) 금세기 초의 신 맬서스주의자들의 투쟁 이후로 무정부주의자들, 몇몇 프리메이슨 단원, 가족계획을 주장한 모든 의사들, 그리고 프랑스 경구피임약에 종지부를 찍은 에티엔 볼리외Étienne Baulieu 박사 등에게 이 시점에서 우리는 경의를 표한다.

108) 그것은 거의 백 년간 지속되었다.

109) Dr. Gregory Pincus(1903~1967).

110) 1961년 미국에서 일하던 E. 볼리외 교수에 따르면 핀쿠스 박사는 M. 세인저가 세계 인구 과잉의 위험에 대해 제시한 주장에 특히 민감했다(논문, 「새로운 성 La nouvelle sexualité」, 『과학과 미래 *Science et Avenir*』, No. 48, 46쪽).

111) 이 연구의 재정적 수단을 처음 제공한 사람은 맥 코르민크Mac Cormink 부인이었고, 그 이후 SEARLE 회사가 핀쿠스에게 아낌없는 지원을 했다. 그 일이 수익성이 있다고 판단되면 다른 제약회사들도 지원하곤 했다(E. Beaulieu, 앞의 책).

112) 1967년 12월 28일에 가결된 법안.

113) 1967년 6월 9일 장관 회의 도중에 드골 장군은 "경구피임약, 그건 즐기기 위한 것이죠"라고 말했다.

114) 일본은 1968년 법령으로 낙태의 자유를 인정했다.

115) Rolande Ballorain, 『미국의 새로운 페미니즘 *Le Nouveau Féminisme américain*』,

Denoël-Gonthier, 1972, 317쪽.

116) 프랑스에서는 가족계획, 선택(1971년 창립), MLAC(1973), MCF 등이 그 선두에 있었다.

117) 1975년 1월 17일 베이 법안. 좌파 전원과 소수 우파에 의해 가결되었다.

118) 덴마크(1978), 이탈리아(1978), 룩셈부르크(1978), 네덜란드(1981) 등.

119) 1984년 1월 27일 법안은 치료상의 낙태는 인정하지만 경제적 낙태는 인정하지 않는다.

120) 1983년 3월. 낙태는 종신형에 해당하는 벌을 받는다.

121) Mary Jane Sherfey, S. Hrdy, 앞의 책, 264쪽에서 재인용.

122) E. Sullerot, 『최선을 위하여 그리고 최악이 없도록 Pour le meilleur et sans le pire』, Fayard, 1984, 66쪽.

123) 같은 책, 67쪽.

124) 같은 책, 70쪽. "미국에서 남편 찾아나서기 비법에 대한 책자가 출판된 것이 불과 20년 전이라는 것은 믿기 어려운 사실이다."

125) 25세에서 30세 사이의 여성의 활동률은 1962년 45. 3%에서 1982년 71. 1%로 증가했다(노동부의 수치, 1984).

126) E. sullerot, 『최선을 위하여 그리고 최악이 없도록』, 71쪽.

127) 『경제와 통계』, No. 145, 1982년 6월.

128) 이혼에 관한 법률을 최근에서야 개정한 몇몇 지중해 연안 국가들을 제외하고.

129) 1965년 소련에서 이혼 절차를 간소화시킨 다음해의 이혼율은 눈에 띄게 증가했다. 1965년 36만 건, 1966년 64만 6천 건, 1979년 95만 건. H. Yvert-Jalu, 「소련에서의 이혼 Le divorce en Union soviétique」, 『여성, 성차별주의 그리고 사회 Femmes, Sexisme et Sociétés』 PUF, 1977을 참조할 것.

130) 『프랑스에서의 이혼 Le Divorce en France』, 1981년 사법부와 INSEE에 의해 출간되었다.

131) L. 루셀 L. Roussel의 통계. 『1980년 인구 통계에 대한 국가적 담화 Colloque national de démographie de 1980』, 68쪽에 실려 있다.

132) J. -C. Deville, E. Naulleau, 「새로운 사생아와 그들의 부모 Les nouveaux enfants naturels et leurs parents」, 『경제와 통계』, No. 145(1982년 6월), 79쪽. 또한 Louis Roussel, Odile Bourguignon, 「신세대와 전통적 결혼 Générations nouvelles et mariage traditionnel」, 『INED 수첩』, No. 86(PUF, 1979)도 참조할 것.

133) 『경제와 통계』, No. 145, Pierre-Alain Audirac, 「동거와 결혼 : 누가 누구와 사는가? Cohabitation et mariage : qui vit avec qui?」, 그리고 『경제와 통계』, No. 185(1986년 2월)을 참조할 것.

134) A. Fouquet, A.-C. Morin, 『사회적 여건들 Données sociales』, INSEE, 1984, 41쪽. 『경제와 통계』, No. 185(1986, 2월).

135) 1965년에서 피임을 더 잘 조절하게 된 1972년에 이르기까지 혼전 임신은 계속

늘어나기만 했다. 6만 5천에서 10만 8천, 즉 30%의 아이들이 부모 결혼 후 7개월 이내에 태어난다(E. Sullerot, 앞의 책, 50쪽 참조할 것).

136) 『인구와 사회』, 1984년 3월, No. 178. 혼외로 태어난 10명 중 7명의 아이는 결혼하지 않은 부모들이 자기들의 자식으로 인정한다.

137) 이 시기에 스웨덴에서는 세 명 중 한 명의 아이가 혼외로 태어난다.

138) 『인구와 사회』.

139) E. Sullerot, 앞의 책, 8장과 9장 참조.

140) J. -L. Flandrin, 『성과 서양 Le Sexe et l' Occident』, Le Seuil, 1981. E. Badinter, 『여분의 사랑 L'Amour en plus』, Flammarion, 1980.

141) Louis Roussel, Odile Bourguignon, 「새 세대와 전통적 결혼」, 앞의 책, 81쪽.

142) Sabine Chalvon-Demersay, 『동거남과 동거녀 Concubin-Concubine』, Le Seuil, 1983, 35쪽.

143) 같은 책, 37~38쪽.

144) 같은 책, 38쪽.

145) E. Sullerot, 앞의 책, 94쪽.

146) 2부 1장, 147쪽 참조.

147) 『기초적 구조 Les Structures élémentaires』, 134쪽.

148) 같은 책, 136쪽.

149) 같은 책, 136쪽.

150) 『교육의 세계 Le Monde de l'éducation』(1985년 3월). 1984년 아이와 함께 사는 독신 아버지, 어머니는 백만 명에 이르렀고, 그중 81만 1천 명이 독신 어머니였다.

151) Lévi-Strauss, 앞의 책, 135쪽.

152) 같은 책, 15~19쪽.

153) 1984년 9월 14일 FR3(프랑스 TV 방송명—옮긴이)에서는 〈금요일〉이라는 프로를 방영했다. 한 남매가 동거하면서 딸을 낳아 대통령에게 그들의 결혼을 허락해달라고 요구했다. 또한 1981년 9월 20일 〈일요일의 세계〉의 '근친상간, 마지막 터부인가?'에서 알랭 우드로우는 근친상간에 해당하는 사람들을 보도했다.

154) 이 두 인용문은 〈일요일의 세계〉에서 인용한 것이다.

155) 『가족, 사유재산 그리고 국가의 기원』(Editions sociales, 1969년판, 57쪽)에서 엥겔스는 가부장제의 출현을 "여성의 역사적 대패배"라고 규정지었다.

3부 하나는 다른 하나다

1) 『파르메니드 Parménide』, 『전집』 8권, les Belles Lettres, 1965.

2) A. Finkielkraut, 「시련의 향수 La nostalgie de l' épreuve」, 『인간 Le Genre humain』,

No. 10, 1984년 6월, Ed. Complexe. "남성이란 무엇인가? 서구사회는 더이상 그 질문에 답변하지 못한다."

I. 양성의 유사성

1) G. Balandier, 앞의 책, 61쪽.

2) 여성은 XX, 남성은 XY.

3) E. Beaulieu, 『여성적 사실』, 134~136쪽. 테스토스테론은 남성의 양성적 호르몬 분비물이고, 에스트라디올과 프로게스테론은 여성호르몬이다. "성호르몬의 차이는 남성과 여성에게 크게 다른 생화학적 기능적 결과들을 초래한다"(138쪽).

4) 같은 책, 135~136쪽. "에스트라디올과 프로게스테론은 남성에게서도 분비되지만 여성에게서 분비되는 것에 비하면 극히 미약하다. 마찬가지로 테스토스테론은 여성에게서는 소량만이 분비된다…… 유방의 형성과 젖의 분비를 자극하는 프롤락틴과 해산시 자궁의 수축을 유발하는 옥시토신과 같은 전형적인 여성호르몬은 남성에게도 상당량이 존재한다."

5) Odette Thibault, 『여성적 사실』, 218쪽. 여성 근육의 힘은 보통 남성의 100분의 57에 해당한다.

6) O. Thibault, 같은 책, 공격성은 부분적으로 남성호르몬과 연관이 있다.

7) E. Beaulieu, 같은 책, 146쪽.

8) O. Thibault, 같은 책, 215쪽.

9) 같은 책, 146쪽.

10) 같은 책, 215쪽.

11) E. Sullerot, 『여성적 사실』, 483쪽.

12) 특히 생물학적이고 유전적인 영향.

13) E. Morin, 앞의 책, 78쪽.

14) M. Meed, 앞의 책, 13쪽.

15) 같은 책, 175쪽. 가장 단순한 사회에서는 이 책임을 회피하는 소수의 남성들이 방랑자가 된다. 복잡한 사회에서는 많은 남성들이 수도원에 들어감으로써 이 책임을 회피할 수 있었다.

16) 같은 책, 174~175쪽.

17) 더 드문 경우이긴 하지만 아버지가 양육을 맡고 어머니가 양육보조비를 '의무적으로' 지불하는 경우도 있다.

18) 『Cahiers du GRIF』, 20쪽.

19) 이스라엘 여성들이 남편과 아이들을 대하는 태도를 보면 가족 부양을 위해 생명을 무릅쓰는 남자가 어떻게 왕의 모습을 하는지 잘 알 수 있다.

20) Margarete Mitscherlich, 『모델의 종말 La Fin de modèles』, Ed. des Femmes, 1983,

63쪽. 논문 「여성 폭력에 대한 고찰Réflexion sur la question de la violence des femmes」.

21) 같은 책, 65쪽.

22) 다음의 분석은 제임스 레빈James Levine의 논문 「미국의 새로운 부성La nouvelle paternité aux États - Unis」(『오늘날의 아버지 Les Pères aujourd'hui』, 국제좌담, 파리, 1981년 2월 17, 18, 19일. 국립 인구통계 연구기관, 1982)에서 발췌한 것이다.

23) 미국에서의 그 권한의 변화는 1973년에 시작된다. 50개 중의 11개 주에서 어머니와 아버지에게 아이 부양에 대한 공동 책임을 갖도록 했다. 캘리포니아 주는 그것을 부양의 모델로 삼기도 했다.

24) Violette Gorny, 『눈앞의 이혼 Le Divorce en face』, Hachette, 1985, 112~120쪽. 1984년 5월 2일 프랑스 최고법원은 부모가 번갈아서 아이를 양육하는 것이 아이를 불안정하게 만든다는 이유로 금지했지만 그 대신 양쪽 부모에게 중요한 결정에 대한 책임을 부여하고 아이가 양쪽 부모 중 한 집에 번갈아가며 머물 수 있게 하는 공동 양육의 이점은 인정한다.

25) 제임스 레빈은 이렇게 쓴다. "내 생각으로 올해 우리나라에는 부성에 관한 논문이 최근 20년 동안의 논문을 합한 것보다 더 많이 쏟아져나올 것이다." 다른 한편 제임스 레빈은 1984년 6월에 '미국의 6대 도시 안에서의 부성에 관한 포럼'을 연다. 마지막으로 그는 이를 계기로 『미국의 부성 Fatherhood USA』(Bavi Street College of Education)이라는 제목으로 부성에 관한 첫 안내 책자를 발간한다.

26) Verviers, Gérard et Cie, 1972.

27) Paris, Horay, 1956. 해마다 수정본이 간행되고 있다. 다른 저서로는 『나는 내 아이를 기른다 J'élève mon enfant』(Paris, Horay, 1965).

28) G. 들래지 드 파르스발과 S. 랄르망은 『갓난아이를 달래는 기술 L'Art d'acoommoder les bébés』(Le Seuil, 1980, 53~54쪽)에서 대부분의 책자들은 아버지들이 필요한 경우에는 아이에게 음식을 먹이고 산책시키고 즐겁게 해줄 수는 있지만 아이의 기저귀를 "순서에 맞게" 갈아주지는 못한다고 기술하고 있음을 꼬집어 말한다.

29) J. Levine, 앞의 책, 70쪽.

30) G. Delaisi de Parseval, 『아버지의 몫』.

31) 같은 책, 283~287쪽.

32) 같은 책, 284쪽. 들래지 드 파르스발의 견해 : "이 점에 약간의 의미를 부여해야 한다. 모든 것은 각자의 리비도의 변화에 달려 있다."

33) Thérèse Bénédek, 「발전 국면으로서의 친자관계 Parenthood as a developmental phase」, 『미국 정신분석협회 일지 Journal of a American Psychoanalytic Association』, 1959. 7.

34) G. Delaisi de Parseval, 앞의 책, 284쪽.

34a) Dr Michael Yogman, 「아버지의 존재 Présence du père」, 『오트르망 Autrement』지. "갓난아이를 위한 새로운 과학 : 유아학", No. 72, 1985년 9월, 142쪽.

35) 프랑 벨망Frans Veldman이 'heptomanie(감촉 연구)'라는 이름으로 개발한 새로운 감촉 기술들이 TF 1(프랑스 국영방송 이름—옮긴이)에서 방영되었다. Tony Layné, G. Lauzun, B. Martino, 〈아이는 한 인격체이다〉, 1984년 9월 12일.

36) 다음해에 '쀠블리시Publicis'에서는 "아이는 둘이서 자란다"라는 테마에 다시 초점을 맞췄다.

37) 여성의 권한 연맹에서 여성차별주의란 개념을 만들고 모든 성차별의 징후에 대해 '집중적으로' 고발할 의도를 가졌던 것은 1974년이 되어서다.

38) '여성차별주의'란 단어는 1977년 로베르 사전에 다음과 같이 정의되었다. "여성을 차별하는 태도. 남성 중심주의라는 단어를 참조할 것." 일상 회화에서 '차별'이라는 단어는 "어떤 그룹을 다른 그룹과 구별해서 나쁜 대우를 한다는 뜻에서 '차등'의 동의어가 되었다".

39) 특히 뤼스 이리가레Luce Irigaray, 엘렌 식수스 Hélène Cixous 혹은 아니 르클레르Annie Leclerc를 볼 것.

40) 예를 들자면 1976년에 여성이 경찰서장이 될 수 있었고, 1980년 미슐린 콜랭은 소방대장이 되었다. 1984년에는 조산원 학교가 남성들에게도 개방되었다.

41) 여성 봉급 삭감을 폐지시킨 1946년 7월 30일 법령과 1972년 법령에도 불구하고 여성 봉급자의 보수는 아직 남성의 보수보다 적다. 1980년에 그 차이는 직종에 따라 20%에서 30%까지 이른다.

42) Annie Decroux - Masson, 『아빠는 독서하고 엄마는 바느질한다Papa lit, maman coud』, Denoël - Gonthier, 1979.

43) 특히 가족과 가사일에 관해.

44) 모든 서구 국가에서 정치계급은 대부분 남성이다.

45) 가족수당 금고에 대해. 니콜 타바르Nicole Tabard의 탁월한 연구가 1974년 CNRS, CREDOC 그리고 CNAF에 의해 발표되었다.

46) 약 2천에 달하는 가족을 연구 대상으로 삼았다.

47) N. 타바르, 『가족과 젊은이들의 욕구와 열망Besoins et Aspirations des familles et des jeunes』, 1974, 178쪽.

48) 『신세대와 전통적 결혼Générations nouvelles et Mariage traditionnel』, INED, Cahier No. 86, PUF, 1978.

49) 우리는 그 질문이 가능한 중립적이고 비개인적이라는 것을 알 수 있을 것이다. 도표 22, 121쪽.

50) 모든 사회계층에 관련해 CREDOC(1983)이 1984년에 발표한 설문조사는 이전의 모든 결과들을 재확인시킨다. "모든 일이 남녀 구별 없이 분배되어야 한다고 생각하십니까?"라는 질문에 64%가 그렇다고 대답을 했는데, 그중 73%는 직업을 가진 여성이었고, 70%는 40세 이하의 여성이었다.

51) 앞의 책, 122쪽.

52) 『내일의 여성 Demain les femmes』, Laffont - Gonthier, 1965, 106쪽. 그녀가 특히 『여

성적 사실』(483쪽)에서 자주 반복한 말.

53) 로베르 사전에 따르면, 여성의 형태가 남성과 흡사하면 그녀는 남녀 양성이다. 남자가 여성의 외부적 특징을 보이면 그 남자는 남녀 양성이다라고 되어 있다.

54) S. Dunis, 『터부도 토템도 없이』, 263쪽. "자기 자신으로 태어난다는 것은 자신의 성을 떠맡는다는 것이다…… 남녀의 구분을 뛰어넘어 아버지와 어머니의 결합 속에서 인격의 양성적 구조를 받아들이는 것이다."

55) Garnier-Flammarion, 189d~193 c.

56) 같은 책, 193 a.

57) 다른 두 종은 두 개의 남성 부분과 두 개의 여성 부분으로 이루어졌었다. 두 쪽으로 갈라져서 서로 자신과 같은 성의 반쪽을 찾는다. 그들이 동성애자들이다.

58) 남성과 여성을 아는 데는 구분과 열거는 별 도움이 되지 않는다. 더욱이 더이상 단순한 것이 없고 모든 것이 복잡하고 '복합적'일 때는 어떻게 단순한 것에서 복잡한 것으로 갈 수 있을 것인가?

59) S. 릴라르는 『제2의 성의 오해 Le Malentendu du deuxième sexe』(PUF, 1962)에서 남녀를 자연적 차이로 구별하는 전통주의자들과 모든 생물·생리학적인 징후를 거부하는 페미니스트들에게 무승부 판결을 내렸다.

60) E. Wolff, 『성의 변화 Les Changements de sexe』, Gallimard, 1946, 59쪽. 그는 남성에게 젖꼭지와 소선(小腺) 조직이 있는 것은 형태론적 양성 가능성의 명백한 증거라고 말한다.

61) S. Lilar, 앞의 책, 206쪽.

62) 같은 책, 207쪽.

63) 플리에스에게 보낸 편지, No. 81, 1898년 1월 4일. "나는 단번에 당신의 양성성의 개념을 받아들였고 나는 그것을 방어개념 이후 가장 중요한 것으로 생각합니다…… 내가 만일 약간 역정이 나서 내 개인적인 동기로 일종의 혐오감을 느낀다면 그 혐오감은 곧 양성성의 개념에 반대되는 방향으로 이어질 것입니다……."

64) 플리에스에게 보낸 편지(No. 145~146)에서 프로이트는 억압이 양성성을 전제로 한다고 생각한다.

65) 특히 『성이론에 대한 세 가지 에세이 Les Trios Essais sur la théorie de la sexualité』, 1905, Idées 총서, Gallimard, 27쪽과 「한 어린이가 쓰러졌다 Un enfant est battu」(1919), 『신경증, 강박관념 그리고 성도착 Névrase, Psychose et Perversion』, PUF, 1973.

66) 『한 여성 동성애자의 정신발생학 La Psychogenèse d'un cas d'homosexualité féminine』에서 프로이트는 동성애의 정신분석적 치료에 "완전한 양성적 기능의 회복"이라는 목표를 부여한다. "왜냐하면 보통 인간의 성욕은 평생 동안 남성적 대상과 여성적 대상 사이를 오가기 때문이다……."

67) 크리스티앙 다비드 Christian David의 심리적 양성성에 대한 김담할 만한 보고서에서 발췌(『프랑스 정신분석학 잡지 Revue française de psychanalyse』, 5~6, 1975, 720쪽)

68) 『프랑스 정신분석학 잡지』, 3, 1975.

69) '정상적' 남자는 사나이다운 남성이고, '정상적' 여성은 '여성스러운' 여성이다 (엘렌 도이취).

70) 여기서의 정상성은 '성격'과 '정신적 건강'의 이중적 의미로 이해된다.

71) 「심리적 양성성에 대한 보고서」, 앞의 책, 728쪽.

72) 같은 책, 700쪽.

73) 같은 책, 700쪽.

74) 같은 책, 702쪽. C. 다비드는 M. 클라인이 1928년 이후 남성의 여성성 콤플렉스와 여성의 거세 콤플렉스에 똑같은 중요성을 부여한다는 사실을 상기한다.

75) 같은 책, 703쪽. C. 다비드는 이렇게 덧붙인다. "사랑에 대한 니체 식의 접근을 지지하지 않는다는 조건에서 : 사랑의 수단은 전쟁이고 사랑은 그 깊숙한 곳에 성에 대한 강한 증오를 감추고 있다."

76) 같은 책, 711쪽.

77) 『인류학적인 것』, 21쪽.

78) 2부 2장 참조.

79) 『하나와 다른 하나의 성』 참조. 일곱 토착민은 폴리네시아의 사모아 족, 아미로테 군도의 마누 족, 뉴기니아의 아라페치 족, 이바트 강의 문두구모르 족, 뉴기니아의 참불리스 족, 이아트물 족, 발리네 족이다.

80) 같은 책, 138쪽.

81) 같은 책, 139쪽. 마가렛 미드의 주장은 이러하다. "모유가 다른 형태로 완전히 바뀐다면…… 아버지와 남자형제들이 어머니와 동등한 자격으로 아이를 돌보게 된다면 이 생물학적 계율은 사라질 것이다. 여자아이들이 그저 자신들은 태어나서부터 '존재'하고 남자아이들은 남자가 '되어야 한다'는 사실을 배우는 대신 상대적으로 그들의 키와 힘에 관심을 가질 것이고 아이들의 관심이 바뀜에 따라 성에 대한 일체의 심리학도 바뀔지 모른다."

82) 같은 책, 149쪽.

83) 정원을 가꾸는 일이건, 가축을 기르는 일이건, 사냥감과 적을 죽이는 일이건, 다리를 건설하는 일이건, 혹은 증권의 가치를 다루는 일이건 간에…….

84) 두 개의 논문을 참조할 것. 「환상의 창조 : 남자아이에게서 나타나는 극단적 여성성 Création d'une illusion : l'extrême féminité chez les garçons」, 『신 정신분석 잡지 Nouvelle Revue de psychanalyse』, No. 4(1971)와 「사실과 가정 : 양성성에 대한 프로이트의 개념에 대한 고찰 Faits et hypothèses : un examen du concept freudien de bisexualité」, 『신 정신분석 잡지』, NO. 7(1973).

85) J. Money, J. G. Hampson, J. L. Hampson, 「성적 역할의 설정과 주입 Imprinting and the establishment of gender role」, 『신경의학, 정신분석 Arch. Neurol. Psycha』, 77, 1957, 333~336쪽.

86) R. Stoller, 「사실과 가정 : 양성성에 대한 프로이트의 개념에 대한 고찰」, 『신 정신

분석 잡지』, 150쪽.

87) 같은 책, 151쪽.

88) 같은 책, 152쪽. 반대로 쌀쌀한 어머니 때문에 최초의 공생이 결핍된 여자아이는 동성애 속에서 선량한 어머니를 끝없이 찾아 헤맨다.

89) 같은 책, 152쪽.

90) 같은 책, 153쪽.

91) 자기 자신을 남성 우월론자나 남성 중심주의자로 자처하거나 혹은 그것 때문에 사람들의 빈축을 사는 남성은 자신의 성적 특수성 때문에 남성적 정체성의 느낌에 대한 허약성의 징후를 가장 두려워하는 사람이라고 말하는 것은 틀린 말이 아니다.

92) 이런 관점에서 보면, 그들의 입장은 이 모델을 남성적 가치와 본성의 파괴로 생각하는 남성 우월주의자들의 입장과 같다.

93) 『인류학적인 것』, 35~36쪽.

94) 「여러 부분으로 이루어진 사회 속에서의 사회적 응집 La cohésion sociale dans les sociétés polysegmentaires」(1931), 『작품 Oeuvres』, Ed. de Minuit, 1968, 3권, 15쪽.

95) E. Morin, 『잃어버린 모델 : 인간의 본성』, 87쪽, 주석 1.

96) S. Dunis, 『터부도 토템도 없이』, 263쪽.

97) 같은 책.

98) 우리가 봤던 것처럼(1부 1장) 성본능에 일어난 근본적 변화와 함께, 특히 여성의 발정이 사라진 것에 관하여.

99) 우리가 속해 있는 문화에 따라 그들을 만족시킬 다양한 방법이 있다 하더라도.

100) 첫 출판물의 간행은 1955년에 이루어졌다.

101) 간성성(間性性)은 신체적 성을 특징짓기 위해 일반적으로 생기는 사건들과의 불일치에 의해 정의된다. 가끔은 외부 성기가 태어날 때부터 혹은 조금 지나서 애매한 형태를 지니기도 하고 또 가끔은 정상적 모습을 하고 있지만 2차 성징의 진화가 사춘기 때 성기의 모습과 조화를 이루지 못하기도 한다. L. 크라이슬러의 「생식기적 모호성을 가진 간성들 Les intersexuels avec ambiguïté génitale」(『아이의 정신의학 La Psychiatrie de l'enfant』, 13권, I, PUF, 1970)을 참조할 것. 간성성은 형태적으로는 정상이지만 자신과 반대되는 성에 속하고 싶어하고 흔히 성을 바꾸고 싶어하는 대이성 욕구와 구별해야 한다.

102) 『성적 정체성에 대한 연구 Recherches sur l'identité sexuelle』(Gallimard, 1978, 13쪽)의 서문에서 R. 스톨러가 밝히고 있다.

103) 머니는 '성적 역할'에 대해, 그리고 스톨러는 '성적 정체성'에 대해 말한다. 스톨러의 '정체성'이란 존재의식을 보존해야만 하는 심리적 요인들의 조직을 의미한다.

104) R. Stoller, 『성적 정체성에 대한 연구』, 12쪽.

105) 같은 책, 15쪽.

106) R. Stoller, 「환상의 창조 : 남자아이에게서의 극단적 여성성」, 『신 정신분석 잡지』, No. 4, 1971.

107) R. 스톨러는 대이성 욕구를 지닌 여자아이들은 드물다는 사실에 주목한다.

108) 어린 남자아이는 자신을 과도기적 대상으로 취급하는 어머니에게는 남근의 대용물이다.

109) R. Stoller, 「환상의 창조 : 남자아이에게서의 극단적 여성성」, 앞의 책, 70쪽.

110) 교육이 부여한 자신의 성이 피해를 입지 않고 변경되는 것을 볼 수도 있는 애매한 범주.

111) 『성적 정체성에 대한 연구』, 72~79쪽. 임상학적으로 다섯 개의 상황이 이 단언을 뒷받침해준다. 질(膣)이 평평하고 다른 모든 점은 정상인 여자아이들의 경우, 생물학적으로 중성이지만 여성 생식기 외관 때문에 부모들은 아무런 의심을 하지 않는 환자들의 경우, 생물학적으로 정상이지만 외부 생식기가 남성화된, 즉 남자아이처럼 확연히 솟아오른 여자아이들의 경우, 생물학적으로 정상이지만 클리토리스가 없는 여자아이들의 경우.

112) 같은 책, 60~68쪽.

113) S. Mellen, 『사랑의 진화 The Evolution of love』, Oxford, W. H. Freeman, 1981, 165~166쪽.

114) G. Canguilhem, 『정상적인 것과 병리학적인 것 Le Normal et le Pathologique』, PUF, 1966.

115) 한 여성이 어머니가 되지 않을 거라고 확신하는 데에는 상당한 기간이 필요하기 때문에 그 통계는 드물고 집계하기가 힘들다. 여성이 갖고 싶은 아이들의 숫자에 대한 조사가 남아 있다. SOFRES가 최근에 행한(『르 누벨 옵세르바퇴르』, 1983년 1월 14일) 조사에 의하면 질문을 받은 사람의 4%가 아이를 원치 않는다고 대답했다.

116) 에디트 발레 Edith Vallée의 연구서, 특히 「반(反)어머니들 Les anti-mères」(『정신의학적 전망 Perspectives psychiatriques』, 1978, 4권, No. 68)을 참조할 것.

117) 미셸 드 윌드 Michel de wilde가 얘기하는 비버스 J. E. Veevers의 『가족 그룹 Groupe familial』, No. 84, 1979년 7월("원치 않는 사람들은……") 참조.

118) 같은 책, 52쪽.

119) 『인구와 사회』(1985년 10월, No. 195)는 1983년과 1984년에 알려진 최근 통계를 발표한다. 독일 1.27, 덴마크 1.40, 프랑스 1.81, 이탈리아 1.53, 네덜란드 1.47, 영국 1.77, 캐나다 1.68, 미국 1.75, 오스트레일리아 1.93 등등.

120) G. Doucet, Dr D. Elia, 『영원한 여성, 잊혀진 폐경기 Femme pour toujours, la ménopause oubliée』, Hachette, 1985.

121) 『여성적 사실』, 468~469쪽. M. 리비-바시 M. Livi-Bacci는 첫 월경의 나이가 한 세기 사이에 2~3년 빨라졌고, 폐경기는 46세에서 49세로 늦춰졌다고 말한다.

122) 최근 두 가지 조사가 그것을 입증해준다. 15세에서 18세에 이르는 아이 천 명에 대한 부모들을 상대로 실시한 IFOP 조사는 대부분 남녀 아이들은 이 나이에 첫 성경험을 갖는다는 사실을 밝혀준다. 『학생 l'Etudiant』지가 5, 110명의 고등학생을 상대로 실시한(1983) 최근 설문조사에서도 같은 사실을 알 수 있었다.

123) 남자는 자신의 아내와 성적 접촉 없이 아버지가 될 수 있다. 10년 이래로 만 명의 아이가 인공수정을 통해 태어났고 수정란을 주입받는 어머니에 대한 의뢰는 "유전인자를 제공하는 아버지가 아이의 어머니와 성관계를 가질 수 없다는 금지사항에서 기인한다". 폴 요네Paul Yonnet는 '탈(脫) 성관계'에 대해서 말한다. 「씨받이 어머니들, 먼 아버지Mères porteuses père écarté」(『토론 Le Débat』, Gallimard, 1985년 9월, No. 36) 참조.

124) Kant, 『판단력 비판』, 39와 17. 아름다움이란 끝없는 목적성이다.

125) E. Sullerot, 『내일의 여자 Demain, les femmes』, Laffont, 1965, 106쪽.

126) F. Héritier, 『여성적 사실』, 392쪽. 그녀는 임신을 못 하는 여자의 운명은 비극적이라는 사실을 보여준다. 사모 족은 출산의 고통과 자궁이 찢어지는 아픔을 경험해보지 않는 사람이 죽은 후에 그 고통을 경험하게 될 것을 두려워해서 그들 몇몇 고장에서는 임신을 못 하는 여자가 죽으면 매장하기 전에 자궁을 찢는 의식을 행하는 관습이 있다.

127) 같은 책, 401쪽.

II. 부부 혹은 마음의 돌연변이

1) G. Lipovetsky, 『공(空)의 시대 L'Ère du vide』, Gallimard, 1983, 81쪽.

2) 같은 책, 67쪽. "그러나 이 '다른 하나'의 모습이 사회적 영역에서 사라짐과 때를 같이하여 의식과 무의식이라는 새로운 구분이 등장한다." "나는 타자(他者)이다"라는 말은 "나르시스적 과정을 유발한다".

3) 같은 책, 78쪽.

4) 우리 사회에서 치정범죄는 점점 줄어들고 있다.

5) "자신의 욕구를 희생하고 타인의 욕구를 만족시키기 위해 노력하는 사람"(로베르 사전).

6) Fayard, 1984.

7) 자신의 모든 사랑을 아이에게 준다는 것은 아이가 훌륭한 삶을 영위하기 위해 필요한 모든 사랑을 준다는 의미가 아니라 우리가 할 수 있는 모든 것, 혹은 우리가 주는 방법을 알고 있는 모든 것을 준다는 의미다. 모성애는 여자에 따라 대단히 다르다. 계산 없이 사랑을 주는 여자들도 있고 자신이 받은 것—종종 아주 적은 사랑—외에는 아무것도 주지 못하는 여자들도 있다.

8) Sabine Chalvon-Demersay, 앞의 책, 57쪽. "사람들은 더이상 밖에서의 일을 집 안에서의 일로 보상하지 않고 현재의 일을 그와 비등하다고 여겨지는 미래의 일로 보상받는다. '내가 오늘 설거지 할 테니 내일은 넝신이 에요. 내가 오는 천수학 테니 다음주는 당신 차례예요. 오늘 내가 애 보면 내일은 당신이 보세요.' 각자는 한 가지 일을 수행하면서 상대에게 빚을 지우고 그 빚은 상대편이 그 일과 유사한 일을 수행

할 때만 청산된다."

9) Hélène Yvert-Jalu, 「소련에서의 이혼 Le divorce en Union soviétique」, 앞의 책, 79∼198쪽.

10) 『인구와 사회』, No. 195, 1985년 10월.

11) 그래서 종교적 전통이 대단히 강한 방데 지방에서 가장 이혼율이 낮다. 『사회적 여건들』(INSEE, 1984) 참조.

12) 1792년의 혁명법을 적용하던 당시 이미 볼 수 있었던 현상. 1979년 100건의 이혼 청구 소송 중 64건은 여자들이 요구했다.

13) James Morgan, Ismaïl Sirageldin, Nancy Baerwaldt, 『생산적인 미국인들 Productive Americans』(University of Michigan, 1966). André Michel, 『상업 사회 속의 여성들 Les Femmes dans la société marchande』(PUF, 1978, 151쪽)에서 재인용.

14) Hélène Yvert-Jalu, 앞의 책, 186쪽.

15) 『자살 Le Suicide』, PUF, 1967년판, 201쪽.

16) 소련에 대해서는 H. 이베르-잘뤼의 앞의 책, 182쪽을 참조. 미국과 프랑스에 대해서는 A. 미셸의 『여성의 직업활동과 부부생활 Activité professionnelle de la femme et Vie conjugale』(CNRS, 1974) 참조.

17) 85%는 아이들이 어머니에게 맡겨진다.

18) 그 대신 이혼해서 다른 여자와 결합하지 않는 경우라면 대부분의 남성들은 이혼으로 모든 것을 잃게 된다. 가정의 안락을 잃게 되는 것은 물론 진정으로 고독과 대면하게 된다. 이혼한 남자의 10% 이하만이 아이를 맡게 되기 때문에 어떤 남성들은 아이들을 잃은 '홀아비'라는 느낌을 받는다는 말은 과장이 아니다. 결국 부부생활이 견딜 수 없는 경우가 아니라면 왜 그들이 굳이 떠나려 하겠는가?

19) 결혼한 여자가 이혼을 요구하는 경우, 연령별로 가장 큰 비중을 차지하는 나이는 25세에서 35세 사이이다(이혼을 요구하는 여자의 2/3에 해당한다).

20) Evelyne Le Garrec, 『자신만의 침대 Un lit à soi』, Le Seuil, 1979, 'Points' 총서, 1981.

21) 같은 책, 12쪽.

22) 같은 책, 16쪽.

23) 「여성들의 공통적 프로그램 Programme commun des femmes」이라는 글 속에서 알리미 G. Halimi는 1978년 가부장 제도의 폐지는 아마 한 세대 동안 커플의 동거를 폐지해야만 가능할 것이라고 주장한다.

24) 앞의 책, 18쪽.

25) 같은 책, 19쪽.

26) G. Lipovetsky, 앞의 책, 61쪽에서 재인용.

27) 같은 책, 69쪽.

28) Racine, 『페드라 Phèdre』, 1677, 1막 3장.

29) 장 발루 Jean Balou의 주석, 『삽화가 든 새로운 고전주의 작품들 Nouveaux Classiques illustrés』.

30) 안 마르탱-퓌지에Anne Martin-Fugier(『독립적인 여성들 *Les Indépendantes*』, Grasset, 1985, 149쪽)에게는 "정열은 이미 죽었다".

31) 앞의 책, 2부 2장 참조.

32) 왜냐하면 그녀도 역시 열정은 장애물에 의해 더욱 커진다는 사실을 알기 때문이다. 그녀는 느무르 공에게 이렇게 고백한다. "나에게 호의를 보여줄 기적을 바라야 하나요, 나의 모든 행복을 가져다줄 이 열정이 분명히 끝나는 것을 보아야만 할까요? 내 남편은 아마도 결혼 후에도 사랑을 지켜나갈 수 있었던 유일한 사람이었을 거예요…… 그의 열정이 지속된 것은 아마도 그가 내게서는 열정을 찾아볼 수 없었기 때문이었을지도 몰라요. 하지만 나는 남편처럼 당신의 사랑을 지켜나갈 그런 방법을 알지 못해요. 나는 우리를 가로막는 방해물 때문에 당신이 나에 대한 사랑을 계속 지켜나간다고 생각하기도 해요."『클레브 공작부인 *La Princesse de Clèves*』, Éd. 'folio', 306쪽.

33) Sabine Chalvon-Demersay, 『동거남과 동거녀』, 100쪽.

34) 몇 년 전부터 결혼해서 사는 25세에서 35세 사이의 70명에 대해서.

35) 앞의 책, 101쪽.

36) 같은 책, 102쪽.

37) 라플랑슈Laplanche와 퐁탈리스Pontalis, 『정신분석학의 어휘 *Vocabulaire de la psychanalyse*』 중 논문 「욕망」. "욕망은 상대편의 언어나 무의식을 고려하지 않고 자신의 존재를 나타내 보이고자 한다."

38) 『우정 *L'Amitié*』, Ramsay, 1985, 14, 43쪽.

39) "두 사람의 결합이 영원히 지속될 것이다"라고 생각하는 사람의 수는 동거하는 사람의 15%와 결혼한 커플의 1/3밖에 되지 않는다. E. Sullerot, 『최선을 위하여 그리고 최악이 없도록』, 91쪽.

40) 1977년의 루이 루셀의 설문조사에 따르면 질문을 받은 30세 이하의 80%는 결혼이 형식에 지나지 않는다고 생각한다.

41) 『동거남과 동거녀』, 91쪽.

42) 미셸 레비Michel Lévy는 "결혼은 점점 동거생활 초기가 아닌 동거생활 도중에 이루어지고 있다"라고 말한다. 『인구와 사회』, 1985년 10월, No. 195.

43) 『동거남과 동거녀』, 131쪽.

44) E. Sullerot, 『최선을 위하여 그리고 최악이 없도록』, 93쪽.

45) L. Roussel, 「일인 가구체제 : 최근의 변화Les ménages d'une personne : évolution récente」, 『인구』, No. 1983, 996쪽. 그는 998쪽에서 다음과 같은 도표를 보여준다.

일인 가구체제의 증가(%)

	제1기(a)	제2기(b)	합 계
독일	48.3	39.4	106.7
오스트리아	37.4	11.3	52.9
노르웨이	33.7	55.5	107.9
네덜란드	81.3	22.2	121.2
스웨덴	47.7	48.9	119.9
스위스	79.3	76.1	217
캐나다	91	107.3	295.4
미국	61.1	64.2	164.5

a) 1960년 혹은 1961년에서 1970년 혹은 1971년.

b) 1970년 혹은 1971년에서 1980년 혹은 1981년. 네덜란드는 1971~1978년.

46) 『르 누벨 옵세르바퇴르』 중의 독신자 모험가들에 관한 자료. No. 2228. 1985년 11월 8~14일.

47) 『오트르망』, 서류 No. 32. 1981년 6월 : 「독신들」, 223쪽.

48) François de Singly, 「결혼, 학교 지참금과 사회적 지위 Mariage, dot scolaire et position sociale」, 『경제와 통계』, No. 142, 1982년 3월.

49) 같은 책, 10쪽. 독신 여성의 28%가 중상위 계급을 차지하는 데 비해 남성은 8%에 불과하다. 결혼한 여성의 14%가 간부인 데 비해 남성은 21%이다.

50) 독신자들은 결혼한 사람들보다 책을 세 배 더 많이 사고, 레스토랑에 두 배 더 자주 가며, 극장에 아홉 배 더 자주 간다. 그들의 주말과 바캉스 경비는 한 가정의 경비보다 열 배나 더 많다.

51) 특히 농촌 지방의 독신 문제를 볼 것. 도시보다 농촌에서 세 배나 많은 독신자들이 살고 있다(INSEE).

52) L. Roussel, 앞에 인용된 논문, 1012쪽.

에필로그

1) 19세기의 어머니에 대한 극단적인 가치 부여를 보라.

2) 〈세 남자와 아기바구니〉에서 남자와 갓난아이의 새로운 관계에 대해 고찰해본 사람은 콜린 세로 Coline Serreau라는 여자였다.

3) 미국과 유럽에서는 이미 낙태 권한의 폐지를 주장하는, 도덕주의자이면서 출산율 증가주의자들의 운동이 생겨나고 있다.

4) 새로운 남성 피임제를 완성함으로써.

5) FIVETE, 시험관 수정과 태아 이식.

6) 「대리모들의 소송 Le procès des mères porteuses」, 『마리 클레르 *Marie Claire*』, 1985년 4월.

7) 「남성의 임신은 언제인가? A quand la grossesse masculine?」, 『악튀엘 *Actuel*』, No. 76, 1986년 2월.

8) J. Testart, 『시험관에서 구경거리 아이로 *De l'éprouvette au bébé spectacle*』, Ed. Complexe, 1984, 103쪽.

9) 같은 책, 103쪽, 주석 17.

10) 빈의 생식유전학센터 소장인 세실 자콥센 Cecile Jacobsen 박사, 라스베가스 여성병원의 산부인과 과장인 랜드럼 셔틀즈 Landrum Shettles 박사. 『악튀엘』지와의 인터뷰에 응해준 이 두 미국인 의사는 임신한 남성에 관해 프랑스 의사보다 자신들의 의견을 더 많이 표방하는 것 같다.

11) 『악튀엘』, 1986년 2월호 참조.

12) Roberto Zapperi, 『임신한 남자 *L'Homme enceint*』, PUF, 1983.

13) 정신분석학자들은 변태라고 얘기한다.

14) 우리는 영장류에게는 먹이찾기가 개인적인 일이고 어떤 성적 구분의 흔적도 존재하지 않는 반면, 기술·경제적 상호보완성이 남녀관계의 특성이라는 사실을 앞에서 보았다(1부 1장).

| 참고 문헌 |

서문과 1부

Baechler, J., *Démocraties*, Calmann-Lévy, 1985.

Balandier, G., *Anthropo-logiques*, PUF, 1974.

Beauvoir, S. de, *Le Deuxième Sexe*, collection 'Idées', NRF, 1974.

Boulding, E., *The Underside of history ; a view of woman through time*, Boulder, Westview Press, 1977.

Bulletin du MAUSS, n° 10, 1984 : 「La non-utilité des femmes」.

Camps, G., *La Préhistoire. A la recherche d'un paradis perdu*, Perrin, 1982.

Cauvin, J., *Religions néolithiques de Syro-Palestine*, Maisonneuve, 1972.

—, *Les Premiers Villages de Syrie-Palestine du IXe au VIIe millénaire avant J.-C.*, collection de la Maison de l'Orient méditerranéen ancient, n° 4, Série archéologique 3, Lyon, 1978.

Coppens, Y., *Le Signe, L'Afrique et l'Homme*, Fayard, 1984.

Delporte, H., *L'image de la femme dans l'art préhistorique*, Picard, 1979.

Devereux, G., *Femme et mythe*, Flammarion, 1982.

—, *Baudo, la vulve mythique*, J-C. Godefroy, 1983.

Dictionnaires de mythologies, sous la direction de Y. Bonnefoy, 2 tomes, Flammarion, 1981.

Eaubonne, F. d', *Les Femmes avant le patriacat*, Payot, 1976.

Eliade, M., *Traité d'histoire des religions*, Payot, rééd. 1983.

—, *Histoire des croyances et des idées religieuses*, tome I, Payot, rééd. 1984.

Escalon de Fonton, M., 「La fin du monde des chasseurs et la naissances de la guerre.」, *Courrier du CNRS*, juillet 1977, p. 28~33.

Le Fait féminin, sous la direction d'E. Sullerot, Fayard, 1978.

Fischer, H., *La Stratégie du sexe*, Calmann-Lévy, 1983.

Gernet, L., *Anthropologie de la Grèce antique*, Champs-Flammarion, 1982.

Goodall, J., *Les Chimpanzés et moi*, Stock, 1971.

Gordon-Childe, G., *La Naissance de la civilisation*, Gonthier, 1964.

Guilaine, J., *Premiers Bergers et Paysans de l' Occident méditerranéen*, Hachette, 1976.

—, *La France d'avant la France, du néolithique à l'âge du fer*, Hachette-Littérature, 1983.

Héritier, F.,⌜L'Africaine. Sexes et signes⌟, *Cahiers du GRIF*, n° 29, automne 1984.

—, ⌜Fécondité et stérilité : la traduction de ces notions dans le champ idéologique au stade préscientifique⌟, *in Le Fait féminin*, Fayard, 1978.

Histoire générale des techniques, publiée sous la direction de M. Daumas, tome I, PUF, 1962.

Hrdy, S., *Des guenons et des femmes. Essai de sociobiologie*, Éd. Tierce, 1984.

James, E.O., *Le Culte de la Déesse-Mère*, Payot, 1960.

Johanson, D., et Edey, M., Lucy, *une jeune femme de 3,500,000 ans*, Laffont, 1983.

Lacoste-Dujardin, C., *Des mères contre les femmes ; maternité et patriarcat au Maghreb*, La Découverte / Textes l'appui, 1985.

Lederer, W., *Gynophobia ou la peur des femmes*, Payot, 1970.

Leroi-Gourhan, A., *Ethnologie des sociétés primitives : les Bochimans, cours polycopié*, 1956~1957, Groupe de sociologie, Paris.

—, *Préhistoire de l' art occidental*, Mazenod, 1965.

—, *Le Geste et la Parole*, Albin Machel, 1970, 2 tomes.

—,⌜Les signes géométriques dans l'art paléolithique. France / Espagne⌟, in *Courrier du CNRS*, janvier 1978.

—, *Les Racines du monde*, Belfond, 1982.

—, *Le fil du temps*, Fayard. 1983.

—, *Les Chasseurs de la préhistoire*, A.M. Métailié, 1983.

—, *Les Religions de la préhistoire*, PUF, 1964 ; rééd. 1983.

Loraux, N., ⌜Le lit et la guerre⌟, in *L' Homme*, janvier-mars 1981, XXI.

—, *Les Enfants d' Athéna*, Maspero / Textes à l'appui, 1981.

—, *Façons tragiques de tuer une femme*, Hachette, Textes du XX siècle, 1985.

Lowie, R., *Traité de sociologie primitive*, Payot, 1969.

Mahindra, I., *Des Indiennes*, Éd. des Femmes, 1985.

Maringer, J., *L' Homme préhistorique et ses dieux*, Arthaud, 1958.

Markale, J., *La Femme celte*, Payot, 1972.

Maringer, J., *L' Homme préhistorique et ses dieux*, Arthaud, 1958.

Markale, J., *La Femme celte*, Payot, 1972.

Mead, M., *L' Un et l'Autre Sexe*, Denoël - Gonthier, 1975.

Mellen, S., *The Evolution of love*, Oxford, W. H. Freeman, 1981.

Moret, A., *Mélanges offerts à Jean Capart*, Bruxelles, 1935.

Morin, E., *Le Paradigme perdu : La nature humaine*, Le Seuil, 1973.

—, *L' Homme et la Mort*, Le Seuil, collection 'Points', 1976.

Moscovici, S., *La Société contre nature*, collection '10 / 18', UGE, 1972.

Mumford, L., *Le Mythe de la machine*, tome I, Fayard, 1973.

Otto, W. F., *Les Dieux de la Grèce*, Payot, rééd. en 1984, préface de M. Détienne.

Pelletier, A., *La Femme dans la société gallo-romaine*, Picard, 1984.

Picard, Ch., *Les Religions pré-helléniques*, PUF, 1948.

Picq, F., *Sur la théorie du droit maternel, discours anthropoliques et discours socialistes*, thèse pour le doctorat d'État, octobre 1979, Paris IX.

Przyluski, J., *La Grande Déesse*, Payot, 1950.

Reed, E., Féminisme et Anthropologie, Denoël-Gonthier, 1979.

Roumeguère-Eberhardt, J., *Les Maasai, gurriers de la savane*, Berger-Levrault, 1984.

Schmitt-Pantel, P., 「La différence des sexes. Histoire. Anthropologie et Cité grecque」, in *Une histoire des femmes est-elle possible?*, Rivages, 1984.

Tanner, N., et Zilman, A., 「Woman in evolution : innovation and selection in human origins」, *Signs I* (3), 1970.

Testart, A., *Essai sur les fondements de la division sexuelle du travail chez les chasseurs-cueilleurs*, Éd. de l'École des hautes études en sciences sociales, 1986.

Vernant, J,-P., *Mythe et Pensée chez les Grecs*, 2 volumes, Maspero, 1971.

—, *Mythe et Société en Grèce ancienne*, Maspero. 1974.

Vidal-Naquet, P., *Le Chasseur noir*, rééd. LD / Fondations, 1983.

Weiner, A., *La Richesse des femmes, ou comment l'esprit vient aux hommes*, Le Seuil, 1983.

Zimbalist Rosaldo, M., et Lamphère, L., 「Editor's introduction」, in *Woman, culture and society*, Stanford, Stanford University Press, 1974.

2부

Abensour, L., *Histoire générale du féminsme*, Ressources, 1921.

Ait Sbbah, F., *La Femme dans l' inconscient musulman*, Le Sycomore, 1982.

Albistur, M., et Armogathe, D., *Le Grief des femmes. Anthologie de textes féministes du Moyen Age à 1848.* Éd. Hier et Demain, 1978.

Aristote, *De la génération et de la corruption*, trad. et notes de P. Louis, les Belles Lettres, 1961.

—, *La Métaphysique*, 2 tomes. trad. et notes de J. Tricot. Vrin, 1964.

—, *De l' Ame*, trad. et notes de J. Tricot. Vrin, 1964.

Badinter, E., *L' Amour en plus*, Flammarion, 1980.

Benveniste, E., *Le Vocabulaire des institutions indo-européennes*, Éd. de Minuit, 1975, tome I.

Bettelheim, B., *Les Blessures symboliques*, Gallimard. 1971.

La Bible, traduite par les membres du rabbinat français sous la direction de Z. Kahn, Paris, Librairie Durlacher, 1952.

La Bible, traduite et présentée par A. Chouraqui, Desclée de Brouwer, 1985.

Bril, J., *Lilith ou la mère obscure*, Payot, 1981.

Cahiers de doléances des femmes, 1789, Éd. des Femmes, 1981.

Chalier, C., *Les Matriarches, Sarah, Rebecca, Rachel et Léa*, Le Cerf, 1985.

Chesler, P., *Les femmes et la Folie*, Payot, 1975.

Chouraqui, A., *Des hommes de la Bible*, Hachette, rééd. 1985.

Condorcet, ⌜Lettres d' un bourgeois de New Haven à un citoyen de Virginie⌟, Recherches sur les États-Unis, tome I, 1788.

—, *Sur l' admission des femmes au droit de cité*, 3 juillet 1790.

Delaisi de Parseval, G., *La Part du père*, Le Seuil, 1981.

Deutsch, H., *La Psychologie des femmes*, tome I, PUF, 1949.

Diabate, M.-M., *Comme une piqûre de guêpe*, Présence africaine, 1980.

Diderot, *Sur les femmes* (1772), in *OEuvres complètes*, tome X, Club français du livre, 1971.

Dolle, J.-M., *Diderot, politique et éducation*, Vrin, 1973.

Duby, G., *Le Chevalier, la Femme et le Prêtre*, Hachette, 1981.

—, *Guillaume le Maréchal ou le meilleur chevalier du monde*, Fayard. 1984.

Duby, G., *Le Chevalier, la Femme et le Prêtre*, Hachette, 1981.

—, *Guillaume le Maréchal ou le meilleur chevalier du monde*, Fayard. 1984.

Duchet, M., ⌜Du sexe des livres, sur *les Femmes* de Diderot⌟, *Revue des sciences humaines*, tome XLIV, n° 168, octobre-décembre 1977.

Duhet, P.M., *Les Femmes et la Révolution, 1789~1794*, collection 'Archives', Gallimard, 1977.

Dunis, S., *Sans tabou ni totem*, Fayard, 1984.

Dupuy, J., ⌜La laïcité dans les déclarations internationales des droits de l'homme⌟, La Laïcité, PUF, 1960.

Épinay, Mme d', *Correspondance avec l'abbé Galiani*, Fausto Nolini, Bari, 2 tomes, 1929 et 1933.

Eschyle, *Théâtre complet*, GF / Flammarion, 1964.

Euripide, *Théâtre complet*, GF / Flammarion, 1965.

Flandrin, J.-L., *Le Sexe et l'Occident*, Le Seuil, 1981.

Généptique, Procréation et Droit, Actes du colloque, Actes Sud, 1985.

Godelier, M., *La Production des grands hommes*, Fayard. 1982.

Gouges, O. de, *Déclaration des droits de la femme et de la citoyenne*, 1791.

Griaule, M., *Dieu d'eau*, Fayard, rééd. 1983.

Groddeck, G., *Le Livre du ça*, TEL / Gallimard, 1978.

Hippeau, C., *L'Instruction publique en France pendant la Ré-volution*(1881), Librairie académique.

Histoire mondiale de l'éducation, PUF, 1981.

Illich, I., *Le Genre vernaculaire*, Le Seuil, 1983.

Klein, M., *Essais de psychanalyse*, Payot, 1968.

Kristeva, J., *Pouvoirs de l'horreur. Essai sur l'abjection*, Le Seuil, 1980.

Lacroix, J., ⌜Paternité et démocratie⌟, *Esprit*, mai 1947.

Latreille, A., ⌜L'Église catholique et la laïcité⌟, *La Laïcité*, PUF, 1961.

Lévi-Strauss, Cl., *La Pensée sauvage*, Plon, 1962.

—, *Race et Histoire*, Gonthier, 1967.

—, *Mythologiques*, I, II, III, Plon, 1964, 1967, 1968.

—, *Les Structures élémentaires de la parenté*, Mouton, 1973.

Macciocchi, M.-A., *Les Femmes et leurs maîtres*, Christian Bourgois, 1978.

Le Mahabharata, vol. I, GF / Flammarion, 1985.

—, *Les Femmes dans la société marchande*, PUF, 1978.

Millett, K., *La Politique du mâle*, Stock, 1973.

Nouvelle Revue de psychanalyse, n° 7, 1973, Gallimard : ⌜Bisexualité et différences des sexes⌟.

Ouvry-Vial, B., *Femmes made in USA*, Autrement, 1984.

Poulain de la Barre, *De l'égalité des sexes*, 1673, rééd. Le Corpus des oeuvres de philosophie de langue française, Fayard, 1984.

Rabaut, J., *Histoire des féminismes français*, Stock, 1978.

Rocheblave-Spenlé, A.M., *Les Rôles masculins et féminins*, PUF, 1964.

Roncin, F., *La Grève des ventres*, Aubier, 1980.

Rougemont, D. de, *L'Amour et l'Occident*, collection '10/18', UGE rééd. 1977.

Rousseau, J.-J., *L'Émile*, in *OEvres complétes*, tome IV, Bibliothèque de la Pléiade, NRF, 1969.

Sullerot, E., *Histoire et Sociologie du travail féminin*, Stock, 1971.

Thalmann, *Être femme sous le IIIe Reich*, R. Laffont, 1982.

This, B., *Le Père : acte de naissance*. Le Seuil, 1980.

Thomas, *Sur le caractère, les moeurs et l'esprit des femmes*, 1772.

Tillion, G., *Le Harem et les Cousins*, Le Seuil, 1966.

Tocqueville, A. de, *De la démocratie en Amérique*, GF/Flammarion, 1981.

Tristan, A., et Pisan, A. de, *Histoires du MLF*, Calmann-Lévy, 1977.

Vingt-cinq ans d'histoire du Planning familial, Éd. Tierce, 1982.

Zénié-Ziegler, W., *La Face voilée des femmes d'Égypte*, Mercure de France, collection 'Mille et une femmes', 1985.

3부

Alberoni, F., *L'Amitié*, Ramsay, 1985.

Badinter, E., ⌜Des causes de l'évolution du modèle paternel⌟, *Le Groupe familial*, n° 92, juillet-septembre 1981.

Ballorain, R., *Le Nouveau Féminisme américain*, Denoël-Gonthier, 1972.

Benedeck, Th., ⌜Parenthood as a developmental phase⌟, in *Journal of the American psychoanalythic Association*, 1959, 7.

Caron, J., *Des mères célibataires*, Pierre Horay, 1982.

Castro, G., *Radioscopie du féminisme américain*, Presses de la Fondation nationale des sciences politiques, 1984.

Chalvon-Demersay, S., *Concubin-Concubine*, Le Seuil, 1983.

Clément, C., et Cixous, H., *La Jeune Née*, collection '10/18', UGE, 1975.

David, C., ⌈Rapport sur la bisexualité psychique⌋, *Revue française de psychanalyse*, nᵒˢ 5~6, 1975.

Delaisi de Parseval, G., et Lallemand, S., *L' Art d'accommoder les bébés*, Le Seuil, 1980.

Delaisi de Parseval, G., et Janaud, J., *L' Enfant à tout prix*, Le Seuil, collection 'Points', 1985.

Deleuze, G., et Guattari, F., *L' Anti-OEdipe*, Éd. de Minuit, 1973.

Le Divorce en France, 3 vol., publié par le ministère de la Justice et l'INSEE, 1981.

Doucet, G., et Élia, Dr D., *Femme pour toujours, la ménopause oubliée*, Hachette, 1985.

Fcigen-Fasteau, M., *Le Robot mâle*, Denoël-Gonthier, 1980.

Femmes et Russie 1980, collectif de rédaction de l' Almanach, Éd. des Femmes, 1980.

Freud, S., *Naissance de la psychanalyse*, PUF, 1979.

—, *Les Trois Essais sur la théorie de la sexualité*, collection 'Idées', NRF.

—, *Névrose, Psychose et Perversion*, PUF, 1973.

—, ⌈Analyse terminée et analyse interminable⌋(1939), *Revue française de psychanalyse*, mai~juin 1975, n° 3.

Frischer, D., *Les Mères célibataires volontaires*, Stock 2, 1979.

Frydman, R., *L' Irrésistible Désir de naissance*, PUF, 1986.

Garcia, I., *Promenade femmilière. Recherches sur l' écriture féminine*, Éd. des Femmes, 1981.

Gorny, V., *Le Divorce en face*, Hachette, 1985.

Hermann, C., *Les Voleuses de langue*, Éd. des Femmes, 1976.

Irigaray, L., *Speculum. De l' autre femme*, Éd. de Minuit, 1974.

—, *Ce sexe qui n'en est pas un*, Éd. de Minuit, 1983.

—, Entretien avec X. Gauthier et A.M. de Vilaine, revue *Sorcières*, n° 20, ⌈La nature assassinée⌋.

Kreisler, F., ⌈Les intersexuels avec ambiguïté génitale⌋, La Psychiatrie de l'enfant, vol. XIII, fasc. 1, PUF, 1970.

—, ⌈L' enfant et l'adolescent de sexe ambigu ou l' envers du mythe⌋, *Nouvelle Revue de psychanalyse*, n° 7, 1973.

Laplanche, J., et Pontalis, J.B., *Vocabulaire de psychanalyse*, PUF, 1967.

Leclerc, A., *Parole de femmes*, Grasset, 1976.

Le Garrec, E., *Un lit à soi*, Le Seuil, collection 'Points', 1981.

Lilar, S., *Le Malentendu du dexième sexe*, PUF, 1962.

Lipovetsky, G., *L'Ère du vide*, Gallimard, 1983.

Maggiori, R., *De la convivance*, Fayard, 1985.

Marbeau-Cleirens, B., *Les Mères célibataires et l'Inconscient*, J. P. Delarge, 1980.

Martin-Fugier, A., *Les Indépendantes*, Grasset, 1985.

Mitscherlich, M., *La Fin des modèles*, Éd. des Femmes, 1983.

Mitscherlich, M., et Dierichs, H., *Des hommes. Dix histoires exemplaires.* Éd. des Femmes, 1983.

Le Monde de l'éducation, mars 1985.

Money, J., Hampson, J.G., Hampson, J.L., ⌐Imprinting and the establishment of gender rôle⌐, *Arch. Neurol. Psych.*, 77, 1957.

Norvez, A., Court, M., Vingt-Trois, A., *Dossier : La cohabitation juvénile*, Belgique, Chalet, 1979.

Nouvelle Revue de psychanalyse, n° 7, 1973, Gallimard, ⌐Bisexualité et différence des sexes⌐.

Orr, A., *Devenir père*, Dossier 90, F. Nathan, 1981.

Partisans, *Libération des femmes*, F.M. Maspero, 1974.

Les Pères aujourd'hui, Actes du colloque international, 17, 18, 19 février 1981, INED, 1982.

Platon, *Le Banquet*, GF/Flammarion.

Revue *Autrement*, n° 32, juin 1981, ⌐Les célibataires⌐.

—, n° 61, juin 1984, ⌐Pères et fils, masculinités aujourd'hui⌐.

—, n° 72, septembre 1985, ⌐Objectif bébé······⌐.

Revue *Le Débat*, n 36, septembre 1985, Gallimard ⌐Le droit, la médecine et la vie⌐.

Revue *Le Genre humain*, n° 10, printemps-été 1984, Éd. Complexe, ⌐Le masculin⌐.

Revue Sorcières, Éd. Garance, voir en particulier :

—, n° 4, ⌐Enceintes⌐.

—, n° 7, ⌐Écritures⌐.

—, n° 9, ⌐Le sang⌐.

—, n° 20, ⌐La nature assassinée⌐.

Stoller, R., *Recherches sur l identité sexuelle*, Gallimard, 1978.

—, 「Création d'une illusion : l'extrême féminité chez les garçons」, *Nouvelles Revue de psychanalyse*, n° 4, 1973.

—, 「Faits et hypothèses : un examen du concept freudien de la bisexualité」, *Nouvelle Revue de psychanalyse*, n° 7, 1973.

Sullerot, E., *Demain les femmes*, R. Laffont, 1965.

—, *Pour le meilleur et sans le pire*, Fayard, 1984.

Tabard, N., *Besoins et Aspirations des familles et des jeunes*, Éd. par la Caisse nationale des allocations familiales et le Centre de recherches et de documentation sur la consommation, 1974.

Testart, J., *De l éprouvette au bébé spectacle*, Éd. Complexe, 1984.

Vallée, E., 「Les anti-mères」, *Perspectives psychiatriques*, 1978, IV, n° 68.

—, *Pas d enfant, dit-elle*, Éd. Tierce, 1981.

Wolff, E., *Les Changements de sexe*, Gallimard, 1946.

Yogman, Dr M., 「La présence du père」, *Autrement*, n° 72, septembre 1985 :「Objectif bébé……」.

Yvert-Jalu, H.,「Le divorce en Union soviétique」, *Femmes, Sexisme et Sociétés*, PUF, 1977.

Zapperi, R., *L' Homme enceint*, PUF, 1983.

옮긴이 **최석**
1956년 광주 출생. 한국외국어대학교 불어과 및 동대학원 졸업. 프랑스 폴 발레리 대학에서 박사학위를 취득했고, 현재 한국외대에서 강사로 재직하고 있다. 저서로『말라르메-시와 무의 극한에서』가 있고, 엘리자베트 바댕테르의『XY : 남성의 본질에 대하여』, 단 프랑크의『짧은 사랑, 긴 여로』등을 우리말로 옮겼다.

문학동네 세계문학

남과 여

초판인쇄 | 2002년 3월 4일
초판발행 | 2002년 3월 14일

지 은 이 | 엘리자베트 바댕테르
옮 긴 이 | 최석
책임편집 | 김철식 최혜진
펴 낸 이 | 강병선
펴 낸 곳 | (주)문학동네
출판등록 | 1993년 10월 22일 제22-188호

주   소 | 136-034 서울시 성북구 동소문동 4가 260번지 동소문빌딩 6층
전자우편 | editor@munhak.com
         | 하이텔 : podo1
         | 천리안 : greenpen
전화번호 | 927-6790~5, 927-6751~2
팩   스 | 927-6753

ISBN 89-8281-480-9 03860
* 잘못된 책은 바꿔드립니다.
www.munhak.com